Margaret Mallory a abandonné une carrière de juriste pour se lancer dans la romance, et ne comprend pas pourquoi cela surprend tout le monde. En effet, qui ne préférerait pas passer ses journées en compagnie de beaux Highlanders plutôt qu'à rédiger dossiers et mémos ?

La Captive
Julianne Moo Roan.

CE LIVRE EST ÉGALEMENT DISPONIBLE
AU FORMAT NUMÉRIQUE

www.milady.fr

Margaret Mallory

Le Gardien

Le Retour des Highlanders – 1

Traduit de l'anglais (États-Unis) par Aldéric Gianoly

Milady Romance

Milady est un label des éditions Bragelonne

Titre original : *The Guardian*
Copyright © 2011 by Peggy L. Brown

Suivi d'un extrait de : *The Sinner*
Copyright © 2011 by Peggy L. Brown

Publié avec l'accord de Grand Central Publishing,
New York, New York, États-Unis
Tous droits réservés.

© Bragelonne 2012, pour la présente traduction

ISBN : 978-2-8112-0813-4

Bragelonne – Milady
60-62, rue d'Hauteville – 75010 Paris

E-mail : info@milady.fr
Site Internet : www.milady.fr

Voir le guenier

*Ce livre est dédié à toutes les femmes rousses de ma famille
– ma sœur, ma fille et trois de mes nièces –,
qui toutes m'ont réclamé une héroïne rousse.
Sìleas (prononcez « shi-las ») est pour vous.*

Remerciements

Je tiens tout d'abord à remercier mon courageux mari qui, entre autres épreuves, accueille avec bienveillance les plaisanteries relatives à ma source d'inspiration pour mes scènes d'amour.

Je suis très reconnaissante à Alex Logan ainsi qu'à toute son équipe de Grand Central Publishing pour tout le travail qu'ils ont effectué. Je tiens également à adresser un hommage tout particulier à Amy Pierpont et à Alex qui m'ont suggéré de m'essayer à la fiction historique écossaise. Si j'avais su que je prendrais tant de plaisir avec mes Highlanders, je m'y serais mise plus tôt.

Merci également à mon agent, Kevan Lyon, pour son soutien enthousiaste et ses conseils avisés. De chaleureux remerciements pour Anthea, Wanda et Ginny, qui ont apporté des commentaires pertinents sur le manuscrit, qu'elles ont relu en un temps record. Merci à mes camarades écrivains de la R.W.A. (Romance Writers of America) et à tous les auteurs de romance dont l'aide m'est précieuse pour poursuivre.

D.J. Macleod, bibliothécaire honoraire à la Gaelic Society of Inverness, a eu l'extrême gentillesse de me faire parvenir une copie d'un article rare et épuisé de l'organisme: «Marriage, Divorce and Concubinage in Gaelic Scotland», rédigé par David Sellar. Et, enfin, merci mille fois à Sharron Gunn qui m'a aidée pour le gaélique et de nombreuses autres références à l'Écosse.

Is minic a rinne bromach gioblach capall cumasach.
Souvent, le poulain sauvage devient noble cheval.

Prologue

Île de Skye
Écosse
1500

Teàrlag MacDonald, doyenne de son clan et voyante respectée, scruta les jeunes garçons de son œil valide. Rares étaient les visiteurs qui s'aventuraient jusqu'à son repaire perché sur une falaise.

— Qu'est-ce qui vous amène par une nuit si venteuse ?

— Nous voulons connaître notre avenir, Teàrlag, répondit le jeune Connor. Pouvez-vous nous dire ce que vous voyez pour nous ?

Le garçon qui avait pris la parole était le second fils du chef de clan. Costaud, il avait hérité sa chevelure de jais de sa mère.

— Êtes-vous sûrs de vouloir l'entendre ? Vous n'ignorez pas que je prédis la mort, la plupart du temps ?

Les quatre garçons, plus courageux que la moyenne, échangèrent des regards, mais aucun ne fit un pas en direction de la porte. Teàrlag se demandait néanmoins pourquoi ils avaient choisi cette nuit en particulier pour venir, dégoulinants de pluie, dans son repaire.

— Vous aviez peur que je meure avant de vous révéler votre avenir, c'est ça ?

11

Elle porta son regard sur le plus jeune des visiteurs, un garçon de dix ans aux cheveux aussi sombres que ceux de son cousin Connor et au regard d'un bleu profond comme un ciel d'été. En l'apercevant rougir, elle comprit qu'elle avait vu juste.

— Eh bien, je n'ai pas l'intention de mourir aussi tôt que tu le penses, Ian MacDonald.

Ian haussa les sourcils.

— Vous me connaissez, Teàrlag ?

— Bien sûr que je te connais. Vous trois, dit-elle en désignant d'abord Ian puis ses cousins Alex et Connor, vous êtes de mon sang.

Le fait d'apprendre qu'ils comptaient dans leur famille une femme borgne, et bossue de surcroît, ne sembla pas les enchanter. Elle rit sous cape en se tournant vers le foyer dans lequel elle jeta une poignée d'herbes sèches. Le feu cracha, crépita, et laissa échapper une fumée âcre que la voyante se pencha pour inspirer. Elle ne pouvait certes pas déclencher ses transes à l'envi, mais les herbes rendaient parfois ses visions plus claires.

À peine les garçons étaient-ils entrés, avec leur odeur de chien mouillé, de laine humide et d'iode, qu'elle avait remarqué le halo orangé qui les enveloppait, signe d'une vision imminente. Il était toutefois inhabituel qu'elle le voie englober plus d'une personne à la fois. Elle supposa que cela tenait de l'étroite relation d'amitié qu'entretenaient les quatre garçons, mais se garda bien de remettre en cause son don.

— Toi le premier, dit-elle à Ian en lui faisant signe d'approcher.

Il écarquilla les yeux, mais, lorsque ses camarades le poussèrent en avant, il contourna la table et vint se placer à côté de la vieille femme.

Rapide comme l'éclair, elle glissa un petit galet bien lisse dans la bouche entrouverte du garçon. N'améliorant en rien sa vision, la pierre avait cependant l'avantage d'épaissir le mystère tout en obligeant Ian à garder le silence.

— Ne l'avale pas, mon garçon. Ou tu en mourras.

Ian adressa un coup d'œil paniqué à son cousin Connor, qui lui répondit d'un hochement de tête rassurant. Teàrlag posa une main sur la tête d'Ian et ferma les yeux. La vision, qui se préparait déjà depuis qu'il avait franchi la porte, lui vint rapidement.

— Tu te marieras deux fois, lui annonça-t-elle. La colère présidera à la première, l'amour à la seconde.

— Deux femmes! s'exclama Alex en riant, celui qui devait sa blondeur à ses ancêtres vikings. Tu ne vas pas t'ennuyer.

Ian recracha le galet dans sa paume.

— Ce n'est pas ce que je voulais savoir, Teàrlag. Vous n'auriez pas pu m'apprendre quelque chose d'intéressant… comme le nombre de batailles auxquelles je vais participer… ou si je vais mourir en mer?

— Je ne choisis pas ce que je vois, mon garçon. Si la vision traite d'amour et de femmes, tu dois l'accepter. (Elle se tourna vers le reste du petit groupe.) Et vous autres?

Tous trois grimacèrent comme si elle venait de leur administrer un de ses remèdes amers. Elle caqueta en abattant la main sur la table.

— Ah, on fait moins les fiers, maintenant!

— Ce n'est pas juste, protesta Ian. Puisque vous avez écouté pour mes deux femmes, je veux savoir pour les vôtres.

Alex adressa un sourire incertain à ses deux camarades avant d'aller prendre la place d'Ian.

— Je n'ai besoin d'aucune vision pour savoir que tu en feras souffrir plus d'une, déplora la voyante en secouant la tête.

Les quatre garçons deviendraient tous de beaux jeunes hommes, mais celui-là avait une lueur ensorcelante dans le regard.

—C'est bien dommage que je ne puisse rien y faire, reprit-elle.

—Ça me convient très bien comme ça, sourit Alex.

—Ah!

La vieille femme prit une seconde pierre dans une assiette posée sur la table et la fourra dans la bouche du garçon, puis elle posa une main sur sa tête. C'était une heureuse coïncidence qu'elle ait pensé à ramasser de jolis galets sur la plage, le matin même.

—Tss, tss, ce n'est pas bon du tout, annonça-t-elle. Un jour, tu croiseras une femme d'une beauté à brûler les rétines, assise sur un rocher en mer. (Elle ouvrit les yeux et tapa du doigt sur la poitrine d'Alex.) Méfie-toi d'elle, elle pourrait très bien être une selkie ayant pris forme humaine pour te leurrer et t'entraîner vers ta mort.

—J'aimerais encore mieux une selkie que deux femmes, ronchonna Ian.

Pour un MacDonald de Sleat, délaisser une femme pour une autre était monnaie courante. Apparemment, c'était dans la nature des hommes de ce clan de briser le cœur des femmes qui les aimaient.

Teàrlag ferma de nouveau les yeux et partit d'un rire si violent qu'il s'acheva en quinte de toux. Ah, ça pour une surprise!…

—Alex, je te vois courtiser une jeune fille laide au visage grêlé, lui apprit-elle, tout en essuyant ses larmes avec son châle. J'ai bien peur qu'elle soit aussi un peu corpulente. Et pas dans le sens joliment potelée, si tu vois ce que je veux dire.

Ses camarades éclatèrent de rire, pliés en deux, jusqu'à ce que le rouge leur monte aux joues.

— Je crois que vous me faites marcher, dit Alex en lui lançant un regard en coin. Vu que je n'ai pas du tout l'intention de me marier, je suis sûr que, si je le fais, ce sera avec une très, très belle femme.

— Je vois ce que je vois, conclut-elle en le poussant et en invitant Duncan à la rejoindre.

C'était un garçon imposant, roux, et dont la mère avait été la nourrice de Connor.

— Dans les veines de celui-ci coulent à la fois le sang de la sorcière des mers MacKinnon et celui de Scáthach, la reine guerrière celte, alors veillez à ce qu'il soit toujours de votre côté, dit-elle en agitant un doigt en direction des trois autres. C'est de là que tu tiens ta violence et ton sale tempérament, ajouta-t-elle à l'attention de Duncan.

Le garçon se tenait droit, le visage sérieux, tandis qu'elle lui plaçait un galet dans la bouche et une main sur le front.

Presque aussitôt, un puissant sentiment de deuil et de nostalgie s'empara d'elle, tel un lourd fardeau pesant sur sa conscience. Trop vieille pour supporter cette charge bien longtemps, elle s'empressa d'ôter sa main.

— Tu es sûr de vouloir savoir, mon garçon ? lui demanda-t-elle dans un souffle.

Duncan la regarda d'un œil imperturbable et hocha la tête.

— J'ai bien peur que des jours sombres t'attendent, lui annonça-t-elle en lui serrant l'épaule. Mais il faut que tu saches que, parfois, un homme peut changer son destin.

Duncan recracha le galet et remercia poliment la voyante.

Le fils du chef de clan était le dernier.

— Ce qui m'intéresse, c'est l'avenir de notre clan, articula Connor malgré la pierre qui lui encombrait la bouche. Sera-t-il en sécurité, et prospère, dans les prochaines années ?

Peu de temps auparavant, son père était venu poser la même question à Teàrlag. Tout ce qu'elle avait pu lui répondre alors, c'était qu'il lui faudrait éloigner ce fils du clan pour son propre bien.

En posant la paume sur la tête de Connor, elle perçut les gémissements de mourants et vit des hommes gisant dans un champ imbibé de sang écossais. Elle aperçut ensuite les quatre garçons, à présent de jeunes hommes forts, à bord d'un navire, en pleine traversée. L'enchaînement des visions sembla l'épuiser.

— Teàrlag, vous allez bien ? demanda Connor.

Lorsqu'elle rouvrit les yeux, Alex lui tendit une tasse de son propre whisky.

— Une petite lampée vous fera du bien.

Elle vida la tasse sans le quitter de son œil valide, se demandant comment il avait trouvé le whisky.

— Je vois de nombreux périls sur votre route à tous, déclara-t-elle. Si vous voulez garder une chance de survivre, vous devrez rester unis les quatre.

Ses visiteurs accueillirent la nouvelle avec détachement. En tant qu'habitants des Highlands, ils n'avaient pas besoin d'une vision pour savoir que leur avenir regorgerait de dangers. Et pour des enfants de leurs âges, cette perspective était plus excitante qu'effrayante.

Ils étaient encore jeunes, et une femme sage ne dévoile pas tout ce qu'elle sait. Après s'être demandé ce qui pourrait leur être utile, Teàrlag se tourna vers Connor :

— Tu aimerais savoir quoi faire pour aider le clan ?

— Oui, Teàrlag, beaucoup.

— Très bien, alors écoute-moi. L'avenir du clan dépend de la justesse avec laquelle tu choisiras ton épouse.

— Moi ? Mais c'est mon frère qui deviendra le chef du clan.

Elle écarta sa remarque d'un haussement d'épaules. Il apprendrait bien assez tôt quelles douleurs l'attendaient.

— Dans ce cas, est-ce que vous pouvez me dire quelle femme je dois choisir ? s'enquit Connor, le visage inquiet et les sourcils froncés.

— C'est elle qui te choisira, répondit-elle en lui pinçant la joue. Il te faudra simplement être assez judicieux pour t'en apercevoir.

Elle porta son regard sur la porte juste avant qu'on y frappe. Alex, qui était le plus proche, ouvrit et se mit à rire en découvrant une fillette rousse à la tignasse ébouriffée.

— Ce n'est que la copine d'Ian, Sìleas, annonça-t-il en la tirant à l'intérieur et en refermant derrière elle pour éviter que le froid n'entre.

La gamine contempla la pièce de ses grands yeux verts avant de les poser sur Ian.

— Qu'est-ce que tu fais à traîner dehors, toute seule dans le noir ? lui demanda ce dernier.

— Je suis venue te trouver, Ian, lui répondit-elle.

— Combien de fois dois-je te dire de faire attention ? (Ian referma son manteau et se tourna vers ses compagnons.) Je ferais mieux de la ramener à son père.

La vieille femme aurait voulu voir le père de la gamine écorché vif pour avoir laissé traîner une si jeune enfant. Mais l'homme en question n'était pas du genre à s'occuper d'une fille.

— Tu n'as pas peur que les fées viennent t'attraper ? lui demanda-t-elle.

Sìleas secoua la tête. Ah, la pauvrette savait que les fées ne s'en prennent qu'aux enfants que leurs parents chérissent!

—Allez, viens, l'invita Ian en lui prenant la main. Je vais te raconter une histoire de selkie en chemin.

Sìleas leva le regard, et ses yeux s'embrasèrent comme si Dieu en personne lui avait envoyé le plus fort et le plus brave des guerriers de tous les Highlands pour la protéger.

Chapitre premier

Île de Skye
Écosse
1508

Sìleas, les mains tendues devant elle, suivait les rugueuses parois de pierre. Dans l'obscurité, le toucher remplaçait la vue. De petites créatures, elles aussi poussées par la peur, détalaient devant la fillette.

Mais aucun bruit de pas ne résonnait dans son dos. Pour le moment.

Un cercle de lumière grise apparut devant elle, indiquant la fin du tunnel. Lorsqu'elle l'atteignit, Sìleas se laissa tomber à genoux pour se faufiler dans l'étroit passage. La boue gluante s'accrochait à ses jupes. Elle se fraya un chemin vers la sortie à travers les ronces qui lui griffèrent le visage et les mains. Une rafale d'air pur chargé d'iode balaya la puanteur du tunnel, de tombe fraîchement creusée, qui dégageait une odeur à la fois humide et terreuse. Sìleas inspira à pleins poumons, mais ne prit pas le temps de s'arrêter.

Des moutons effrayés s'écartaient de sa route tandis qu'elle gravissait tant bien que mal la colline, tout en priant pour ne pas l'avoir manqué. Lorsque, enfin, elle atteignit le chemin, elle se tapit derrière un rocher et attendit. Avant même d'avoir pu reprendre son souffle, elle entendit un bruit de sabots.

Elle devait s'assurer qu'il s'agissait bien d'Ian. Le cœur battant à tout rompre, elle osa un coup d'œil vers le chemin.

À peine le cavalier eut-il franchi le coude qu'elle jaillit de sa cachette en criant son nom.

— Tu es folle, Sìl, lança Ian après avoir arrêté sa monture en catastrophe. J'ai failli te piétiner.

Sur son cheval élancé, avec ses cheveux sombres qui volaient au vent et la lueur du crépuscule qui l'enveloppait, Ian était si beau que Sìleas en oublia l'urgence de sa situation.

— Qu'est-ce que tu fais là ? lui demanda-t-il. Et pourquoi es-tu couverte de crasse ?

— Je me suis enfuie de chez mon beau-père, répondit Sìleas, qui recouvrait ses esprits. J'ai foncé dans le tunnel secret dès que j'ai vu qu'ils t'avaient refoulé à la porte principale.

— J'avais prévu de passer la nuit au château avant de rentrer chez moi, expliqua-t-il. Mais ils m'ont dit que la moitié des gens souffraient d'une épidémie, et ils m'ont renvoyé.

— Ils t'ont menti, dit-elle en lui tendant la main. Nous devons nous dépêcher avant qu'ils s'aperçoivent que je suis partie.

Ian la hissa sur sa monture, devant lui. Son dos la faisait souffrir le martyre, pourtant elle se laissa aller contre lui et soupira. Elle était en sécurité.

Elle s'était languie d'Ian au cours des derniers mois, tandis qu'il évoluait à la cour d'Écosse ou se battait à la frontière. Elle avait l'impression de revivre le passé, quand elle n'était qu'une petite fille et qu'il était toujours là pour la tirer des mauvais pas dans lesquels elle se fourrait.

Mais elle faisait à présent face à une situation plus désespérée que jamais. Et, si des doutes avaient subsisté, le fait de voir la Dame verte pleurer au-dessus de son lit aurait suffi à les dissiper.

Lorsque Ian fit faire demi-tour à son cheval pour repartir vers le château, elle se redressa d'un bond et se tourna vers lui.

— Qu'est-ce que tu fais?

— Je te ramène là-bas. Je ne tiens pas à être accusé d'enlèvement.

— Mais tu dois me tirer de là! Ce salaud a l'intention de me marier au pire des MacKinnon.

— Surveille tes paroles, la reprit Ian. Tu ne devrais pas traiter ton beau-père de salaud.

— Tu as entendu ce que je viens de te dire? Il veut me marier à Angus MacKinnon.

Ian immobilisa son cheval.

— Tu dois faire erreur. Même ton beau-père ne ferait pas une chose pareille. Quoi qu'il en soit, je te promets de le répéter à mon père et à mon oncle.

— Je le ferai moi-même quand tu m'auras conduite auprès d'eux.

Ian refusa d'un signe de tête.

— Je ne tiens pas à déclencher une guerre de clans en t'emmenant avec moi. Même si ce que tu dis est vrai, le mariage ne sera pas célébré demain. Tu n'es encore qu'une enfant.

— Je ne suis plus une enfant, protesta Sìleas en croisant les bras. J'ai treize ans.

— Peut-être, mais tu n'as pas de seins, répliqua Ian. Et aucun homme ne voudra t'épouser tant que tu… Aïe! Pas la peine de me planter ton coude dans les côtes simplement parce que je dis la vérité.

Sìleas ravala les larmes qui lui piquaient les yeux. Après tout ce qu'elle venait de subir, la critique était dure à supporter. D'autant plus de la part de l'homme qu'elle prévoyait d'épouser.

— Si tu refuses de m'aider, Ian MacDonald, j'irai à pied.

Elle essaya de descendre du cheval, mais Ian la retint. Il prit son visage dans une main et passa doucement le pouce sur sa joue, ce qui donna aux larmes qu'elle refoulait une vigueur toute renouvelée.

— Je ne voulais pas te blesser, gamine, dit-il. Tu ne peux pas partir seule ; la prochaine habitation se trouve à des lieues d'ici, et il fait presque nuit.

— Je ne retournerai pas au château.

— Je présume que, si je t'y ramène quand même, tu t'enfuiras de nouveau par le passage secret ?

— Tout juste.

Ian soupira et fit faire un nouveau demi-tour à sa monture.

— Dans ce cas, mieux vaut ne pas traîner. Mais si on me pend pour enlèvement, tu auras ma mort sur la conscience.

Ian s'arrêta lorsque l'obscurité, trop dense, ne lui permit plus de voir. S'il n'avait pas eu Sìleas avec lui, il aurait été tenté de poursuivre. Mais le domicile de ses parents était encore loin, et le trajet de nuit regorgeait de dangers.

Il partagea ses galettes d'avoine et son fromage avec Sìleas, puis ils mangèrent en silence. Le prix à payer pour leur escapade serait lourd, et tout ça à cause de l'imagination délirante de la fillette.

Il la regarda du coin de l'œil. Pauvre Sìl. Son prénom, si joli avec son « Sh » initial, tel un chuchotement glissé dans le creux de l'oreille, semblait se moquer d'elle. Petite chose squelettique, misérable, dotée de grandes dents et d'une chevelure hirsute d'un roux si intense qu'il donnait mal aux yeux. Même lorsque sa poitrine se serait développée, aucun homme ne l'épouserait pour son physique.

Au moins, elle avait essuyé la boue qui lui maculait le visage.

Ian déplia sa couverture et lança à la gamine un regard de mise en garde.

—Allonge-toi, et pas un mot.

—Ce n'est pas ma faute…

— Si, l'interrompit-il. Même si personne ne te le reprochera.

Sìleas se roula en boule sur un bord de la couverture et glissa les pieds sous sa cape.

Ian s'allongea en lui tournant le dos et s'enroula dans son plaid. Sa journée de voyage avait été longue et éprouvante.

Alors qu'il sombrait dans le sommeil, Sìleas le secoua par l'épaule.

—J'entends des bruits. (Ian empoigna sa claymore et s'assit, l'oreille tendue.) On dirait un sanglier, reprit-elle en chuchotant. Ou un très gros ours.

Ian se laissa retomber sur le dos en grognant.

—Ce n'est que le vent dans les arbres. Tu ne m'as pas assez torturé pour aujourd'hui ?

La fillette qui grelottait à côté de lui l'empêchait de trouver le sommeil. Elle n'avait rien sur les os pour lutter contre le froid.

—Sìl, tu as froid ? lui demanda-t-il.

—Je meurs de froid, répondit-elle d'une petite voix plaintive.

Avec un soupir, il roula sur le flanc et étendit son tartan sur leurs deux corps.

Il était à présent complètement éveillé. Il contempla le ballet des branches agitées par le vent au-dessus de sa tête pendant un long moment, puis il finit par demander :

—Sìl, tu dors ?

—Non.

— Tu sais, je vais bientôt me marier, dit-il, incapable de retenir un sourire. Je l'ai rencontrée à la cour, à Stirling. Je suis rentré pour l'annoncer à mes parents.

Il sentit Sìleas se raidir à côté de lui.

— Ça me surprend autant que toi, poursuivit-il. Je n'avais pas prévu de me marier avant quelques années, mais lorsqu'un homme rencontre la femme qu'il lui faut… Ah, Sìl, elle a tout pour elle !

Sìleas resta silencieuse. Au bout d'un long moment, elle finit par demander de sa drôle de voix rauque :

— Comment peux-tu savoir qu'elle est faite pour toi ?

— Philippa est d'une rare beauté, crois-moi. Elle a le regard pétillant, des cheveux blonds, soyeux… et des courbes à couper le souffle.

— Pff ! Et c'est tout ce dont tu peux parler au sujet de cette Philippa, son physique ?

— Elle est aussi gracieuse que la reine des fées. Et son petit rire est adorable.

— Et c'est pour ces raisons que tu veux l'épouser ?

Ian ricana devant le scepticisme de la fillette.

— Je ne devrais pas te dire ça, ma petite, mais il y a des femmes qu'un homme peut avoir sans se marier et d'autres pour lesquelles c'est impossible. Philippa appartient à la seconde catégorie. Et j'ai très, très envie de l'avoir.

Il posa un bras sur l'épaule de Sìleas et sombra dans le sommeil, un sourire aux lèvres.

Il avait dû dormir comme une souche car il ne se rappelait rien en se réveillant aux bruits de chevaux. En un clin d'œil, il se débarrassa du tissu de laine et se leva, tenant sa claymore à deux mains, tandis que trois cavaliers s'avançaient dans leur camp et les encerclaient. Bien que Ian les reconnût comme des membres de son clan, il ne baissa pas son arme pour autant.

Il jeta un regard par-dessus son épaule pour s'assurer que Sìleas allait bien. Elle était assise, le plaid sur la tête, et observait la scène par un interstice qu'elle avait ménagé.

— Ça ne serait pas notre jeune Ian, de retour de la bataille à la frontière? lança l'un des cavaliers.

— Mais si, c'est bien lui! On a entendu dire que vous aviez flanqué une raclée aux Anglais, enchaîna un autre, tout en continuant à tourner en rond. C'est qu'ils ne doivent pas être bien matinaux, ces Anglais.

— Il paraît qu'ils attendent même poliment qu'on ait choisi l'heure et le lieu de l'affrontement, renchérit le troisième. Sinon, comment expliquer qu'un homme dorme si profondément qu'il n'entend même pas des chevaux approcher de son campement?

Ian serra les dents tandis que les trois cavaliers continuaient leurs railleries.

— Les Anglais se battent comme des donzelles, qu'est-ce que tu veux, reprit le premier tandis que trois nouveaux cavaliers approchaient à leur tour du campement.

— En parlant de donzelle, qui donc est cette brave demoiselle qui ne craint pas de partager un lit avec notre féroce combattant? lança un autre cavalier.

— Ta mère va te tuer pour avoir ramené une putain à la maison, persifla un troisième, déclenchant un éclat de rire général.

— J'aimerais être là pour voir ça, ajouta le premier. Allons, Ian, laisse-nous jeter un coup d'œil à ce que tu as là.

— Il n'y a aucune femme avec moi, rétorqua Ian en rejetant le tartan en arrière pour dévoiler la gamine. Ce n'est que Sìleas.

Sìleas replaça le tissu sur sa tête d'un geste brusque et les fusilla d'un œil noir.

Les cavaliers se turent. Ian se retourna pour suivre la direction de leurs regards. Son père et son oncle qui n'était autre que le chef de leur clan avaient immobilisé leurs chevaux à l'entrée du campement.

Plus aucun son ne résonnait à présent, à l'exception du renâclement des montures. Le père d'Ian toisa son fils, puis Sìleas, avant de revenir sur Ian, les yeux emplis d'une colère sourde.

— Rentrez chez vous, ordonna son oncle aux autres cavaliers. Nous vous rejoindrons d'ici peu.

Son père mit pied à terre, mais attendit que ses hommes se soient suffisamment éloignés pour prendre la parole.

— Explique-toi, Ian MacDonald, dit-il d'un ton menaçant.

— Je ne sais pas comment l'approche des chevaux a pu ne pas me réveiller, père. Je…

— Ne joue pas au plus malin avec moi, s'emporta son père. Tu sais très bien ce que je te demande : pourquoi voyages-tu seul avec Sìleas ? Et pourquoi te surprenons-nous en train de partager ta couche avec elle ?

— Pas du tout, père. Enfin, si, je voyage bien avec elle, même si ce n'était pas prévu, bafouilla Ian. Mais je ne partageais certainement aucune couche avec elle !

Le visage de son père, déjà rouge, vira au pourpre.

— N'essaie pas de nier ce que je ne vois que trop clairement. Il ne peut y avoir qu'une seule explication. J'espère pour toi que vous vous êtes enfuis pour vous marier en secret.

— Quelle idée ? Bien sûr que non.

Pendant tout le trajet qui le ramenait chez lui, Ian avait imaginé lire la fierté sur le visage de son père lorsqu'il écouterait ses exploits de bataille contre les Anglais à la frontière. Au lieu de cela, son père s'adressait à lui comme à un gamin coupable d'une farce de très mauvais goût.

—Nous ne partagions pas le lit dans le sens où tu l'entends, père, expliqua Ian qui tentait, en vain, de rester calme. Ce serait répugnant. Comment peux-tu envisager une chose pareille ?

—Alors, que fait cette fille ici, avec toi ?

—Sìleas s'est mis en tête que son beau-père a l'intention de la marier à un MacKinnon. Elle se serait enfuie toute seule si je ne l'avais pas prise avec moi, je te le jure.

Le père d'Ian s'agenouilla à côté de Sìleas.

—Tu vas bien, ma petite ?

—Oui, merci.

Recroquevillée sous la couverture, elle faisait peine à voir. Avec sa peau blême et sa chevelure rousse en bataille, on aurait dit un oiseau chétif.

L'homme lui prit tendrement la main entre ses immenses paumes.

—Veux-tu bien me raconter ce qui s'est passé, ma petite ?

C'en était trop. Son père s'adressait à Sìleas comme si elle était innocente dans cette histoire.

—C'est vrai qu'Ian ne voulait pas m'aider. Mais je lui ai forcé la main parce que mon beau-père veut me faire épouser le fils MacKinnon afin de pouvoir revendiquer Knock Castle. (Elle baissa les yeux.) Et il y a autre chose, mais je préfère ne pas en parler, ajouta-t-elle d'une voix tremblante.

Sìleas était toujours du genre à exagérer. Si elle n'avait pas déjà charmé son père, c'était à présent chose faite, à n'en pas douter.

—Coup de chance que la petite ait eu vent de leur projet et qu'elle ait pu s'enfuir, déclara l'oncle d'Ian. Nous ne pouvons pas laisser les MacKinnon s'emparer de Knock Castle.

Le père d'Ian se redressa et posa une main sur l'épaule de son fils.

—Je sais que tu n'en avais pas l'intention, mais tu as malgré tout compromis la vertu de Sìleas.

Ian sentit son estomac se nouer à l'approche du désastre.

—Mais, père, ce n'est pas possible. Je connais Sìleas depuis toujours. Elle est si jeune ; personne ne s'offusquera du fait que nous ayons dormi ensemble dans la forêt.

—Les hommes qui vous ont trouvés ont déjà les pires scénarios en tête, répliqua son père. Nous ne pouvons pas empêcher que les autres l'apprennent.

—Mais il ne s'est rien passé, insista Ian. L'idée ne m'a même pas traversé l'esprit !

—Ça ne change rien, répliqua son père.

—Ce n'est pas de la vertu de Sìleas dont il est question en réalité, accusa Ian en se penchant vers son père, les poings serrés. Vous voulez seulement éviter que les MacKinnon mettent la main sur ses terres.

—En partie, reconnut son père. Mais toujours est-il que tu as ruiné la réputation de Sìleas, et je ne vois qu'une façon d'y remédier. Dès que nous serons de retour à la maison, tu devras l'épouser.

—Non, c'est hors de question ! se révolta Ian, horrifié par cette perspective.

—Ce qui est hors de question, c'est que tu nous fasses honte à ta mère et à moi, rétorqua son père en braquant sur lui un regard d'acier. J'attends de mes fils qu'ils se comportent avec dignité, même dans l'adversité. Surtout dans l'adversité.

—Mais je…

—C'est ton devoir, envers cette fille et envers ton clan, l'interrompit son père. Tu es un MacDonald, et tu agiras comme tel.

—Je réunis les hommes, annonça son oncle. J'ai le sentiment que les MacKinnon ne vont pas beaucoup apprécier la nouvelle.

Sìleas pleurait sans un bruit en se balançant d'avant en arrière, le tartan d'Ian plaqué contre le visage.

— Range donc tes affaires, ma petite, l'invita le père d'Ian avec une tape maladroite. Le mariage doit avoir lieu avant que les MacKinnon se lancent à ta recherche.

Chapitre 2

Donjon de Duart Castle
Île de Mull
1513

*F*outue vermine ! Cette paille grouille de bestioles. (Ian se leva et se gratta les bras.) Ça m'ennuie de dire ça, mais l'hospitalité des MacLean n'est plus ce qu'elle était.

— C'est plutôt la vermine MacLean à deux pattes qui me préoccupe, ajouta Duncan. Tu sais comme moi qu'en ce moment, là-haut, ils débattent de notre sort, et je doute qu'ils optent pour la clémence.

Connor se massa les tempes.

— Après cinq années passées à combattre en France, se faire capturer par les MacLean le jour où on remet les pieds en Écosse…

Cette humiliation était aussi amère pour Ian que pour son cousin. Sans compter que leurs familles avaient besoin d'eux. Ils avaient quitté la France aussitôt que la nouvelle de la cuisante victoire concédée aux Anglais à Flodden leur était parvenue.

— Il est grand temps de s'évader d'ici, déclara Ian. Je suppose que même les MacLean auront la courtoisie de nous apporter à dîner avant de nous tuer. Nous devrons alors saisir notre chance.

— Bien dit, lança Connor en venant se placer à côté de lui pour scruter l'obscurité derrière la grille en fer. Dès que les gardes ouvriront cette porte, je les…

— Ah, la violence est inutile, mon cousin ! intervint Alex, qui prenait la parole pour la première fois.

Il était nonchalamment allongé sur la paille crasseuse, les jambes tendues devant lui, sans que ce qui y grouillait le dérange le moins du monde.

— Voyez-vous ça, le railla Ian en lui donnant un léger coup de pied.

— Je ne dis pas que c'est un mauvais plan, répliqua Alex, simplement qu'il ne sera pas utile.

Ian croisa les bras, amusé malgré lui.

— Et comment tu comptes t'y prendre ? Demander aux fées de venir nous ouvrir la porte ?

Alex, qui excellait dans l'art du conte, laissa le silence s'étirer jusqu'à s'assurer l'attention de ses compagnons.

— Lorsqu'ils m'ont emmené pour m'interroger, ils ont eu la main un peu lourde. La femme du chef, qui passait par hasard, a insisté pour voir l'étendue des dégâts.

Connor grogna.

— Alex, ne me dis pas que tu as…

— Eh bien, elle m'a déshabillé de la tête aux pieds pour recouvrir la moindre de mes plaies d'un onguent parfumé. La dame a été impressionnée par mes blessures de guerre, et vous savez comme ce genre de choses me plaît chez une femme, poursuivit Alex en levant une main, paume vers le ciel. Nous nous sommes tous les deux laissé emporter par la situation et, je vous épargne les détails, mais…

— Tu as couché avec la femme du type qui nous retient prisonniers ? Mais tu as perdu la tête ou quoi ? s'écria Duncan. Les amis, nous avons plutôt intérêt à nous tenir prêts. Je ne sais pas pourquoi, mais j'ai l'impression que leur débat sur notre sort risque de tourner court.

— C'est toute la gratitude que tu as à m'offrir alors que j'ai sacrifié ma vertu pour vous tirer de là ? s'indigna Alex. La dame ne dira rien à son mari, elle m'a même juré qu'elle pouvait nous faire sortir d'ici.

— Et quand compte-t-elle le faire ? s'enquit Ian, qui ne doutait pas une seconde que la dame en question viendrait ; les femmes semblaient toujours disposées à faire les choses les plus improbables pour Alex.

— Cette nuit. Et ce ne sont pas que mes beaux yeux qui l'ont convaincue de nous aider. C'est une Campbell. Shaggy MacLean l'a épousée pour gagner la paix entre leurs deux clans. Elle le déteste, bien entendu, et s'arrange pour contrarier tous ses plans dès qu'elle en a l'occasion.

— Ah ! s'exclama Ian en pointant un doigt sur Connor. Que ça te serve de leçon quand tu choisiras ton épouse dans un clan ennemi.

Connor se passa une main sur le front. Puisqu'il était le fils du chef, on attendrait de son mariage qu'il serve à nouer une alliance politique. Avec tant d'hommes tombés à Flodden, une telle union serait l'enjeu de nombreux clans.

— Plutôt amusant que tu te permettes de donner des conseils à propos d'épouse, alors que tu ne sembles pas savoir quoi faire de la tienne, remarqua Alex.

— Je n'ai pas d'épouse, rétorqua Ian en guise d'avertissement. Un mariage n'en est pas un tant qu'il n'a pas été consommé.

Lorsqu'il était en France, Ian s'était évertué à oublier son union. Dès qu'il rentrerait à Skye, il mettrait un terme à ce simulacre de mariage.

Alex se redressa.

— Quelqu'un veut parier avec moi ? Tout mon argent qu'Ian n'y coupera pas.

Duncan dut retenir Ian avant qu'il efface le sourire du visage de son cousin à coups de poing.

— Ça suffit, Alex, intervint Connor.

— Vous faites peine à voir, répondit Alex tout en se levant pour s'étirer. Entre Ian, marié mais qui nie en bloc, et Duncan qui refuse d'épouser la femme qu'il aime.

Ah, pauvre Duncan ! Ian fusilla Alex du regard ; l'histoire était trop triste pour qu'on en plaisante.

— Sans parler de Connor, poursuivit Alex avec insouciance, qui doit deviner lequel d'une dizaine de chefs ayant des filles à marier il serait le plus risqué d'offenser.

— Ah, les frères de mon père vont certainement m'éviter l'embarras du choix en me tuant d'abord ! lança Connor.

— Pas tant que nous surveillerons tes arrières, dit Duncan.

La perspective d'éliminer un obstacle qui les éloignait du pouvoir ravirait sans aucun doute les oncles de Connor. Son grand-père, premier chef du clan des MacDonald de Sleat, avait eu six fils de femmes différentes. Tous s'étaient cordialement détestés dès la naissance, et ceux qui vivaient encore se tiraient sans cesse dans les pattes.

— J'espère que, quand mon frère prendra le commandement, il nous évitera ce genre d'ennuis en gardant la même femme, dit Connor en secouant la tête.

— Ragnall ? grogna Alex.

Difficile de fonder plus vain espoir, mais Ian se garda de le souligner. L'aîné de Connor tenait de son père et de son grand-père en ce qui concernait les femmes.

— Et toi, Alex, qui vas-tu épouser ? Quelle fille des Highlands sera capable de t'empêcher de courir les jupons sans te planter un dirk dans le dos ?

—Aucune, répondit Alex, légèrement amusé. Je vous l'ai dit : je ne me marierai jamais.

Aussi loin qu'Ian se souvienne, les parents d'Alex s'étaient toujours querellés. Même dans les Highlands, où les émotions étaient souvent hautes en couleur, leur animosité était réputée. Des trois sœurs, respectivement mère d'Ian, d'Alex et de Connor, seule la première connaissait une vie maritale heureuse.

Entendant des pas approcher, Ian et ses compagnons portèrent tous la main à leur ceinture, à l'endroit où étaient censés se trouver leurs dirks.

—Il est temps de quitter ce trou à rats, les gars, déclara Ian à voix basse.

Il se plaqua contre le mur, à côté de la porte, et adressa un signe de tête à ses compagnons. Plan ou pas, ils sauteraient sur les gardes.

—Alexander ! s'écria une voix de femme, aussitôt suivie par le cliquètement de clés, dans l'obscurité qui régnait derrière les barreaux.

Ian inspira l'air iodé à pleins poumons. Quelle agréable sensation de naviguer de nouveau ! Ils s'étaient emparés de la galère préférée de Shaggy, ce qui restaura en grande partie leur amour-propre. C'était un navire élancé et rapide, et les bourrasques d'octobre les propulsaient à vive allure. Le pichet de whisky qui passait de main en main permit à Ian d'oublier le froid. Il avait grandi sur ces eaux. Chaque récif et chaque courant lui était aussi familier que les pics montagneux qui se dressaient au loin.

Son regard était rivé sur le contour sombre de l'île de Skye. En dépit de tous les ennuis qui l'y attendaient, la vue de cette côte fit naître chez lui un profond sentiment de nostalgie.

Mais les soucis ne manqueraient pas. Ils avaient peu parlé au cours des longues heures qui s'étaient écoulées depuis que la femme de Shaggy leur avait annoncé la terrible nouvelle. Le père de Connor et son frère aîné, Ragnall, étaient tous deux morts à la bataille de Flodden. Une perte colossale pour le clan.

Duncan jouait des airs doux et mélancoliques sur la petite flûte qui ne le quittait jamais, traduisant à la fois la tristesse et l'impatience qu'ils éprouvaient. Puis il rangea l'instrument contre sa poitrine et dit à Connor :

— Ton père était un grand chef.

Le père de Connor n'était pas aimé, mais on le respectait pour ses qualités de meneur et sa férocité au combat, ce qui, dans les Highlands, était de loin le plus important. Ian avait du mal à accepter sa mort.

Il but une longue rasade au pichet.

— Je n'arrive pas à croire qu'on les ait perdus tous les deux, dit-il en serrant l'épaule de Connor à qui il fit passer le whisky. Pour être franc, je ne pense pas qu'un homme seul aurait fait le poids face à ton frère Ragnall.

Ian savait que la perte de son aîné était celle qui affectait le plus Connor. Fougueux et impétueux, Ragnall était accepté en tant que successeur à la tête du clan. Il montrait en outre un profond attachement à son jeune frère.

— J'avais un mauvais pressentiment, annonça Duncan. S'ils avaient été vivants, Shaggy n'aurait pas pris le risque de déclencher une guerre de clans en nous enlevant.

— Même sans notre meneur, Shaggy devrait s'attendre à des représailles de notre part, fit remarquer Ian après une nouvelle gorgée. Ce qui m'étonne, c'est qu'il ne semble pas s'en inquiéter.

—Ian a raison, acquiesça Alex. Lorsque Shaggy nous a annoncé qu'il allait balancer nos cadavres à la mer, il ne m'a pas paru plus angoissé que ça.

—D'autant qu'il n'a positionné aucune garde supplémentaire aux abords du château, renchérit Ian. Il y a anguille sous roche.

—Qu'est-ce que vous voulez dire? demanda Connor.

—Tu sais très bien ce qu'ils veulent dire, répliqua Duncan. L'un de tes oncles est forcément derrière tout ça. Ils savaient que nous rentrerions dès que nous apprendrions pour Flodden: l'un d'eux a donc demandé à Shaggy de garder un œil sur nous.

—Ce sont tous des roublards, de vils salauds, dit Alex. Mais, à ton avis, lequel lorgne le plus sur le siège de chef?

—Hugh Dubh, répondit Connor en l'affublant de son surnom, «Hugh le Noir», que lui avait valu son cœur impitoyable. Hugh a toujours estimé avoir été lésé à la mort de mon grand-père et il brûle d'une rancœur amère depuis. Les autres sont allés s'établir sur des îles voisines, mais pas Hugh.

—Ce que je suis curieux de savoir, dit Ian, c'est ce que Hugh a promis à Shaggy pour s'assurer que tu ne remettes jamais les pieds sur Skye.

—Vous allez un peu vite en besogne, tempéra Connor. Je sais bien que mon oncle et moi ne nous adorons pas, mais de là à vouloir me faire assassiner.

—Hum! grogna Alex. Personnellement, je ne fais aucune confiance à Hugh.

—Je n'ai jamais dit que je lui faisais confiance, corrigea Connor. Pas plus qu'à aucun autre de mes oncles.

—Je parie que Hugh s'est déjà intronisé chef et qu'il s'est installé à Dunscaith Castle, renchérit Duncan.

Cela, Ian le croyait volontiers. La tradition voulait que les membres du clan choisissent leur meneur parmi ceux qui partageaient le sang du chef. Son père et son frère étant morts, et lui livrant bataille en France, seuls restaient ses oncles. Si la moitié des histoires qui circulaient à leur sujet étaient vraies, alors ils n'étaient qu'une bande de meurtriers, de violeurs et de voleurs. Le fait qu'un homme aussi droit que Connor soit du même sang que ces individus relevait du mystère complet. D'aucuns prétendaient même que les fées avaient joué un mauvais tour en intervertissant des bébés.

La côte approchait. Sans avoir besoin d'échanger le moindre mot, Ian et Duncan affalèrent la voile avant de rejoindre les autres aux rames. Ils manœuvrèrent en suivant un rythme qui leur était aussi naturel que le fait de respirer.

— Je sais que tu n'es pas encore prêt à en discuter, Connor, dit Ian entre deux coups de rame. Mais, tôt ou tard, tu devras défier Hugh pour lui ravir le commandement.

— Tu as raison, lui répondit Connor. Je ne suis pas encore prêt à en discuter.

— Ah ! lança Alex. Tu n'as quand même pas l'intention de laisser cette vermine nous diriger.

— Je tiens surtout à éviter de semer la discorde au sein du clan, répliqua Connor. Après les pertes essuyées à Flodden, une lutte intestine pour le commandement ne ferait que nous affaiblir davantage et nous rendre vulnérables.

— Je suis aussi d'avis de garder profil bas dans un premier temps, acquiesça Ian.

Après cinq ans d'absence, Connor ne pouvait pas simplement se présenter à Dunscaith Castle pour réclamer le pouvoir, d'autant moins que Hugh avait la mainmise sur le château.

— Faisons savoir à tous que tu es de retour et que tu leur offres une alternative à Hugh. Ensuite, lorsque Hugh fera ostensiblement passer ses propres intérêts avant ceux du clan – ce qu'il ne manquera pas de faire, j'en suis sûr –, nous mettrons en avant tes qualités de meneur.

Alex se tourna vers Duncan, assis sur un banc de rame sur l'autre flanc de la galère.

— Nous faisons vraiment figure d'enfants innocents à côté de mes deux conspirateurs de cousins.

— Tous les grands chefs doivent savoir faire preuve de fourberie, ricana Ian. C'est même une qualité indispensable.

— Connor va déjà devoir se montrer assez rusé pour rester en vie, assena Connor avec sérieux. Hugh a joué les pirates dans les Hébrides extérieures pendant des années sans jamais se faire prendre. Ce qui veut dire qu'en plus d'être chanceux il est à la fois malin et impitoyable.

Le silence reprit alors ses droits. Connor avait beau refuser de l'admettre, Ian était d'accord avec Duncan ; sur Skye, sa vie serait en danger.

— Si tu vas au château, je viens avec toi, décréta Ian. Tu ne sais pas ce qui t'attend là-bas.

— Tu n'en sais rien non plus, répliqua Connor. Tu dois rentrer chez toi et voir comment ta famille se porte.

Ian pria pour que son père ait survécu à la bataille. Il regrettait que la colère ait présidé à leur séparation et s'en voulait plus encore de ne pas lui avoir obéi lorsqu'il lui écrivait de rentrer à la maison. Il aurait dû combattre aux côtés de son clan et de son père, à Flodden. Il se sentirait à jamais coupable de ne pas l'avoir accompagné jusqu'à sa tombe.

— Sans parler de ta situation conjugale, ajouta Connor. Cinq ans que tu la fais attendre, c'est déjà bien assez long.

Ian avait réussi à oublier son problème avec Sìleas pendant qu'ils parlaient de Connor et du commandement, et il n'avait aucune envie d'y penser pour le moment. Il but une nouvelle lampée de whisky au pichet posé à ses pieds tandis qu'ils reposaient leurs rames et laissaient le navire glisser vers la plage. Dès que le fond du bateau toucha le sable, les quatre compères sautèrent par-dessus bord dans l'eau glaciale pour le tirer sur le sol de Skye.

Après cinq années d'absence, il était enfin de retour chez lui.

— Je vais attendre de savoir dans quel sens souffle le vent avant de me rendre à Dunscaith Castle, déclara Connor tandis qu'ils tractaient l'embarcation à l'abri du ressac. Avec Duncan, nous allons emmener le bateau de Shaggy de l'autre côté de Sleat pour savoir ce qu'il s'y dit.

— Je pense que je devrais venir avec vous, dit Ian.

Connor secoua la tête.

— Nous t'enverrons un message ou nous te rejoindrons dans deux ou trois jours. En attendant, va parler à ton père. Il saura ce que pensent les gens dans cette partie de l'île.

— Je sais que vous ne pouvez pas vous passer de votre meilleur élément dans cette affaire, dit Alex. Vous voulez que je vous accompagne ou que j'aille dans le nord prendre la température ?

— Reste avec Ian, lui répondit Connor dont les dents blanches brillaient dans l'obscurité croissante. C'est lui qui va devoir affronter le plus gros danger.

— Très drôle.

À la pensée de Sìleas, il s'administra une nouvelle rasade de whisky et manqua de s'étrangler quand Alex lui donna un coup de coude dans les côtes.

— Vous feriez mieux d'accorder à Ian une semaine entière, railla Alex. Vous ne voudriez quand même pas qu'il laisse sa femme en manque après une si longue attente.

Ils éclatèrent de rire pour la première fois depuis qu'ils avaient appris la nouvelle tragique concernant le père de Connor.

Ian, en revanche, ne riait pas.

— Je n'ai pas de femme, s'entêta-t-il.

— Les terres de Sìleas sont importantes pour le clan, notamment Knock Castle, reprit Connor en passant son bras sur l'épaule d'Ian. Il protège notre territoire d'une attaque par la côte est. Nous ne pouvons pas le laisser tomber aux mains des MacKinnon.

— Qu'essaies-tu de me dire ? demanda Ian, la mâchoire crispée.

— Tu sais très bien que la vertu de Sìleas n'a rien à voir avec la volonté de mon père de te voir l'épouser. Il voulait que Knock Castle revienne à son neveu.

— Tu n'es quand même pas en train de me demander d'accepter Sìleas pour épouse ?

Connor serra l'épaule d'Ian.

— Tout ce que je souhaite, c'est que tu réfléchisses aux besoins du clan.

Ian se dégagea de l'étreinte de Connor.

— Nul besoin de réfléchir, je n'accepterai jamais ce mariage.

— Eh bien, dans ce cas, reprit Connor, tu vas devoir trouver un homme digne de confiance pour prendre ta place.

— Tu devrais peut-être attendre d'être nommé chef avant de commencer à donner des ordres, rétorqua Ian.

Chapitre 3

Le vent fouettait la cape de Sìleas, qui se tenait avec leur plus proche voisin, Gòrdan Graumach MacDonald, sur une saillie rocheuse surplombant la mer. Les montagnes du continent se découpaient en noir sur le ciel crépusculaire. Malgré la morsure du froid et son envie de rentrer aider à la préparation du dîner, quelque chose retenait la jeune femme.

—Combien de temps vas-tu encore accorder à Ian ? demanda Gòrdan.

Le regard rivé sur un navire qui empruntait le détroit et que la faible lumière rendait difficile à discerner, Sìleas réfléchit à sa réponse.

Comme elle gardait le silence, Gòrdan reprit :

—Il est grand temps que tu renonces à lui.

Renoncer à Ian ? En serait-elle capable ? Cette question la tourmentait sans cesse ces derniers jours.

Aussi loin qu'elle s'en souvienne, elle avait toujours aimé Ian. À peine savait-elle marcher que, déjà, elle envisageait de l'épouser. Elle sourit malgré elle en repensant à la gentillesse qu'il lui avait témoignée malgré les railleries de ses camarades et des autres membres du clan, qui ne comprenaient pas qu'il laisse une gamine haute comme trois pommes le suivre partout comme un chiot égaré.

— Voilà cinq ans qu'il te fait attendre, insista Gòrdan. Aucun homme ne mérite tant de patience.

— Tu n'as pas tort.

Sìleas repoussa une mèche qui lui fouettait le visage.

Son mariage était le pire souvenir de sa vie – qui pourtant n'en manquait pas. Ils n'avaient pas pris le temps de respecter la moindre tradition censée porter chance aux jeunes époux et qui font d'une telle union une fête. Ils n'avaient reçu aucun cadeau ou vœu de bonheur de la part des voisins, n'avaient pas procédé au lavement des pieds de la mariée, n'avaient pas échangé de bagues, et la jeune femme n'avait pas franchi le seuil de leur foyer dans les bras de son époux.

Sans parler du lit conjugal qu'aucune goutte d'eau bénite n'avait jamais aspergé ; pas avec Ian qui menaçait de pousser le prêtre dans l'escalier si celui-ci insistait pour les accompagner jusqu'à la chambre à coucher.

Seule une des traditions visant à repousser le mauvais œil fut observée. La mère d'Ian insista pour que Sìleas porte une robe neuve, même si la jeune femme ne voyait pas en quoi un peu plus de malchance changerait quoi que ce soit. Quoi qu'il en soit, la mère d'Ian ne voulait pas entendre parler de la robe crasseuse dans laquelle Sìleas était arrivée. Malheureusement, ne disposant que d'une heure pour se retourner, la mère ne put proposer à Sìleas qu'une robe qu'elle avait confectionnée pour ses propres besoins.

Sìleas expédia sa toilette, prenant à peine le temps de se laver, afin d'être prête et habillée avant que sa future belle-mère revienne l'aider. Elle tamponna en vitesse les longues entailles qui lui meurtrissaient le dos afin qu'aucune trace de sang ne vienne maculer la robe.

Elle l'enfila, et se sentit comme enveloppée dans un sac trop grand. Elle baissa les yeux sur le corsage bâillant qui semblait se moquer de son absence de poitrine. Comme si la

42

situation n'était pas encore assez catastrophique, la couleur était à pleurer. Un rouge si intense aurait été magnifique sur une femme à la chevelure de jais, comme la mère d'Ian, mais, sur Sìleas, il faisait paraître ses cheveux orange et sa peau tavelée.

L'expression de surprise de sa future belle-mère lorsqu'elle entra dans la pièce, et avant qu'elle l'efface de ses traits, confirma les pires craintes de Sìleas.

— C'est bien dommage qu'on ne puisse pas la retoucher, dit la mère avec un claquement de langue. Mais tu sais que ça attirerait le mauvais œil sur la jeune mariée.

Sìleas était convaincue que tout le bonheur que pourrait lui attirer le fait de ne pas retoucher la robe serait annihilé par sa couleur. La promise était censée être vêtue de bleu.

Mais le pire restait à venir. Lorsqu'elle emprunta l'escalier, sa future belle-mère la poussant dans le dos, elle entendit Ian s'en prendre à son père. Ses mots faillirent achever de l'anéantir :

— Tu l'as bien regardée, père ? Je refuse de la prendre pour épouse, tu m'entends ? Hors de question que je prête serment.

Mais, entouré de son père, de son chef de clan, et d'une dizaine d'hommes armés, Ian avait finalement obéi.

Sìleas cilla lorsque Gòrdan se plaça devant elle et la saisit par les épaules, la ramenant brusquement au présent.

— N'essaie pas encore de m'embrasser, l'avertit-elle en détournant la tête. Tu sais bien que ça ne se fait pas.

— Tout ce que je sais, c'est que tu mérites un mari qui t'aime et te respecte, répliqua Gòrdan. Et que je veux être cet homme.

Gòrdan était fort attirant avec ses cheveux d'un brun profond et son doux regard noisette.

— Tu es quelqu'un de bien, et je t'aime beaucoup. Mais je ne peux m'empêcher de penser qu'à son retour Ian va…

Quoi ? Tomber à genoux pour me prier de lui pardonner ? Me dire qu'il regrette chaque jour passé loin de moi ?

En réalité, elle n'était pas prête pour le rôle d'épouse lorsqu'ils s'étaient mariés. Elle avait alors besoin d'une ou deux années de plus pour devenir une femme à part entière. Mais cinq ans ! Chaque jour, l'absence d'Ian creusait un peu plus la blessure. Elle aurait déjà dû avoir un enfant dans les bras et un autre agrippé à ses jupes, comme la plupart des femmes de son âge. Elle voulait des enfants, et un époux.

Sìleas inspira profondément l'air glacial chargé d'iode. Elle subissait une humiliation constante. Ian pouvait sans difficulté prétendre ne pas être marié, puisqu'il évoluait au milieu de Français qui ne connaissaient rien à sa vie. Mais elle, elle vivait avec sa belle-famille, sur cette île, au cœur de leur clan.

Là où tous savent qu'Ian est parti en me laissant attendre.

— Si tu ne peux pas demander l'annulation…

Gòrdan ne termina pas sa question.

Bien qu'une telle chose soit possible, elle ne pouvait en informer personne, pas même Gòrdan. Du moins, pas pour le moment. Le père d'Ian et le chef de clan avaient été très clairs à ce sujet. Si jamais les MacKinnon apprenaient que le mariage de Sìleas n'avait pas été consommé, ils tenteraient sans le moindre doute de l'enlever, déclareraient l'union caduque et l'obligeraient à épouser l'un des leurs.

Pour autant, son mariage avec Ian n'avait rien d'un vulgaire concubinage. Le chef de clan, qui voulait officialiser leur union — et ainsi s'assurer la mainmise des MacDonald de Sleat sur son château —, avait miraculeusement réussi à trouver un prêtre.

La jeune femme ne pouvait donc pas compter sur le soutien de son chef pour sa demande d'annulation. Et aucun évêque ne transmettrait jamais un tel document à Rome si elle n'était pas appuyée. Elle s'était par conséquent adressée par écrit au roi Jacques pour obtenir son aide. Depuis six mois, la lettre attendait, cachée dans son coffre, qu'elle décide de l'envoyer.

Mais, à présent, son chef et le roi Jacques étaient morts l'un comme l'autre.

—Si tu ne peux pas demander l'annulation, répéta Gòrdan, alors divorce d'Ian et épouse-moi.

—Voilà qui ne ravirait pas ta mère! s'esclaffa-t-elle. Je ne sais pas si la nouvelle la tuerait ou la pousserait à te trucider à coups de dirk.

Bien qu'il soit courant, dans les Highlands, de divorcer sans la bénédiction de l'Église, la mère de Gòrdan avait les idées bien arrêtées quant au genre de femme que devrait épouser son fils chéri. Il était peu vraisemblable qu'une épouse «de seconde main» la satisfasse.

—Elle n'a pas son mot à dire, insista Gòrdan. Je t'aime, Sìleas. Et je suis bien décidé à faire de toi ma femme.

Sìleas soupira. C'était un don précieux que l'amour d'un homme de qualité, même si celui-ci n'était pas le bon.

—Tu sais très bien que je ne peux pas quitter la famille d'Ian comme ça.

—Alors, promets-moi simplement de me donner une réponse dès que tu le pourras. Beaucoup d'hommes aimeraient t'avoir à leur côté, mais je prendrai soin de toi. Je suis quelqu'un de loyal. Je ne t'abandonnerai jamais comme Ian l'a fait.

Il avait beau chercher à la rassurer, ses mots lui transpercèrent le cœur.

—Nous devrions rentrer, déclara-t-elle en se tournant pour regagner la piste. Je me suis absentée trop longtemps.

—Ah, personne ne te reprochera de souffler un petit moment après avoir travaillé aussi durement! dit Gòrdan en lui prenant le bras. Et puis, si tu m'épouses, il faudra bien qu'ils apprennent à se débrouiller sans toi.

Tandis qu'ils rebroussaient chemin, Sìleas lança un regard par-dessus son épaule en direction des eaux sombres. Où était Ian en ce moment ? Même après toutes ces années, le garçon qui avait été son ami et son protecteur lui manquait. En revanche, elle n'était pas certaine de vouloir encore du jeune homme en colère qui l'avait abandonnée, quand bien même il reviendrait la faire sienne après tout ce temps.

Elle avait attendu Ian pendant cinq ans. C'était assez. Demain, elle réécrirait sa lettre et l'enverrait à l'épouse du défunt roi.

— Tu devrais y aller doucement avec le whisky, remarqua Alex.

— Tu ne peux pas me demander de rester sobre pour affronter une telle situation, répliqua Ian.

Il inclina une fois de plus le pichet pour s'assurer qu'il était bien vide et le jeta à terre. Au virage suivant, il aperçut la fumée qui s'échappait par les cheminées de son foyer et ressentit un désir ardent de revoir sa famille. Quel plaisir ce serait de rentrer chez lui… s'il faisait abstraction de son petit problème avec Sìleas !

— Les femmes apprécient moyennement les hommes si saouls qu'ils se bavent dessus, cher cousin, insista Alex. J'espère que tu t'es maîtrisé, de sorte à pouvoir remplir ton devoir conjugal sans difficulté.

— Tu veux bien arrêter de parler de ça ?

— Du calme, répondit Alex. Je voulais juste te remonter le moral en te taquinant un peu.

— C'est une bonne chose que tu viennes avec moi, déclara Ian. Puisque Sìleas va devoir se trouver un autre mari au sein du clan, autant que ce soit toi.

— Et moi qui croyais que tu adorais cette fille.

Ian l'adorait, en effet. C'est même pour cela qu'il voulait qu'elle épouse quelqu'un de bien.

Quelqu'un de bien, mais pas lui.

Depuis cinq ans, ce faux mariage lui pendait au-dessus de la tête. Non pas que cela l'ait entravé, mais il ne pouvait s'empêcher d'y penser comme à une plaie qui refuse de cicatriser. À présent qu'il était de retour sur Skye, il allait sans tarder prendre la place qui lui revenait au sein du clan. Mais cela impliquerait qu'il choisisse une épouse et, par conséquent, qu'il règle d'abord cette histoire avec Sìleas. La colère s'emparait de lui chaque fois qu'il repensait à ce mariage forcé. Et, qu'elle ait agi à dessein ou non, tout était sa faute.

Une fois libéré des liens conjugaux, il pourrait lui pardonner.

Quelque part, dans l'obscurité, un chien aboya pour annoncer son retour à la maison. L'odeur des vaches et des chevaux lui emplit les narines tandis qu'ils passaient devant les silhouettes familières de l'étable, qui faisait également office d'écurie, et de la dépendance dans laquelle ses parents avaient vécu un temps. Droit devant eux, de la lumière filtrait par les volets de la maison que son père avait bâtie avant sa naissance.

Chancelant juste un peu, Ian finit par trouver le loquet et le souleva. À peine se fut-il glissé par l'ouverture que l'odeur du feu de tourbe l'enveloppa.

Ne prêtant aucune attention à la poussée d'Alex dans son dos, il s'immobilisa dans l'entrée sombre pour observer les gens réunis autour de l'âtre. Sa mère était assise tout au fond. Son visage était toujours aussi joli, mais elle semblait trop mince, et son épaisse tresse noire était striée de blanc.

Un couple était assis sur un banc face à elle, donc dos à la porte. Des voisins, certainement. Entre eux et sa mère, un jeune homme qui avait les cheveux du même châtain que son frère, était installé par terre, comme s'il était ici chez lui. Se pourrait-il que ce type aux membres élancés et qui s'exprimait d'une voix grave soit son petit frère Niall?

Aucun signe de son père ou de Sìleas: les retrouvailles les plus simples en premier.

— Bonjour, mère! lança-t-il en s'avançant dans la salle commune.

Celle-ci hurla son nom en se ruant vers lui pour lui sauter au cou. Il la fit tournoyer dans ses bras avant de la reposer.

— Mère, mère, ne pleure pas. (Il sentait ses côtes saillir sous sa paume tandis qu'il lui passait une main dans le dos.) Je vais bien, tu vois.

— Espèce de fils indigne, tu n'aurais pas dû rester loin si longtemps, dit-elle en lui assenant une légère tape sur le bras tout en lui souriant malgré ses larmes.

— Tante Beitris, Je sais que je vous ai manqué, moi aussi, dit Alex en tendant les bras vers la mère d'Ian.

— Mais qui est donc ce fier jeune homme? demanda Ian en se tournant vers son frère.

Leur mère avait perdu trois enfants avant la naissance de Niall, trois filles. Aussi les deux frères comptaient-ils neuf années d'écart. Lorsque Ian était parti pour la France, son cadet lui arrivait à peine à l'épaule. Mais, à présent, âgé de quinze ans, il pouvait le regarder droit dans les yeux.

— Impossible qu'il s'agisse de mon petit frère, plaisanta Ian en passant le bras autour du cou de Niall pour lui frotter le crâne d'un poing serré avant de le pousser vers Alex, qui en fit autant.

— Regarde-toi ! s'exclama Alex. Je parie que toutes les filles de l'île te harcèlent depuis que je ne suis plus là pour les divertir.

Niall et Alex échangèrent quelques coups de poing bon enfant. Puis Ian croisa le regard de son frère, qui fit un signe de tête sur le côté. Ian avait totalement oublié le couple assis sur le banc, mais, au geste de son frère, il s'approcha d'eux pour les saluer.

Ian sentit le sol se dérober sous ses pieds lorsque son regard se posa sur la jeune femme, à présent baignée dans la lumière des flammes, les yeux rivés au sol et les poings serrés. Ses cheveux étaient du plus beau roux qu'il ait jamais vu. Ils cascadaient en scintillant le long de ses épaules, jusqu'à sa poitrine, et encadraient un visage si beau que le simple fait de la regarder lui étreignit le cœur.

Lorsqu'elle leva les yeux pour croiser les siens, il eut le souffle coupé. Deux émeraudes d'une incroyable pureté semblaient receler une question brûlante, capitale, comme si la vie de la jeune femme en dépendait.

Quelle que soit cette question, Ian était prêt à répondre « oui » sans hésiter.

Chapitre 4

Cette jeune femme aux yeux verts avait quelque chose de familier, mais Ian était incapable de la situer.

— Ian, intervint Alex en lui donnant un coup dans les côtes.

Ian savait qu'il aurait dû cesser de la dévisager, mais il en était incapable. Après tout, elle-même le regardait fixement. Il se demanda vaguement si l'homme assis à côté d'elle était son mari, et espéra que non.

— Pff! grogna Alex en dépassant son cousin.

Il traversa la pièce et salua la jeune femme d'un baiser sur la joue, comme s'il la connaissait.

— Ah, quelle vision époustouflante! s'exclama-t-il en reculant, mais sans lui lâcher les mains. Si ç'avait été moi ton mari, Sìleas, tu peux être certaine que je ne t'aurais pas fait attendre un seul jour.

Sìleas? Ian secoua la tête. Non, ça ne pouvait pas…

La jeune femme n'avait rien à voir avec son souvenir d'une gamine squelettique de treize ans. L'allure dégingandée et les coudes osseux de la fillette avaient cédé la place à une silhouette gracieuse aux courbes généreuses qui lui laissaient la gorge sèche.

Et pourtant… c'était bien le petit nez retroussé de Sìleas. Il supposa aussi que ces magnifiques boucles rousses pouvaient être les siennes, pour peu qu'elle les ait brossées et peignées – ce qu'il ne lui avait encore jamais vu faire.

—Bienvenue à la maison, dit-elle à Alex avec le genre de voix rauque qu'un homme aime entendre dans le noir.

Sìleas n'avait certes jamais eu une voix de petite fille, aiguë et stridente… mais il était difficile de croire qu'elle puisse vraiment être devenue pareille beauté.

—Vous devez avoir faim, tous les deux, après tout ce périple. Viens, Sìleas, allons leur préparer à manger, dit la mère d'Ian en entraînant la jeune femme par le bras.

Elle lança à son fils un regard de reproche par-dessus son épaule, comme lorsqu'il était enfant et qu'il commettait une grossièreté en présence d'invités.

Alors qu'il s'apprêtait à suivre les deux femmes, Alex le retint.

—Tu es devenu fou ? lui siffla son cousin. Tu n'as même pas salué Sìleas. C'est quoi, ton problème ?

—Tu es sûr que c'est elle ? demanda Ian en se penchant sur le côté pour observer la jeune femme rousse.

—Évidemment ! Qui veux-tu que ce soit, imbécile ? Tu n'as pas entendu ta mère l'appeler par son nom, peut-être ?

L'approche de Niall, accompagné de l'inconnu, força Ian à détourner les yeux. En le regardant attentivement, il reconnut leur voisin, Gòrdan Graumach MacDonald.

—Ian, Alex, les salua celui-ci, montrant ostensiblement que l'absence d'Ian, si longue fût-elle, ne le serait jamais assez pour le satisfaire. Pas mal de choses ont changé ici en cinq ans.

—Ah, vraiment ? rétorqua Ian refusant de laisser passer le sous-entendu. Eh bien, tu peux t'attendre à ce qu'elles changent de nouveau, maintenant que je suis revenu.

Gòrdan le gratifia d'un rictus menaçant avant de tourner les talons pour rejoindre les femmes, occupées à garnir la table de nourriture à l'autre bout de la pièce.

— Merci beaucoup pour le souper. C'était très aimable de votre part, leur dit Gòrdan.

— Vous êtes toujours le bienvenu chez nous, Gòrdan. Ce n'est pas grand-chose en comparaison de tout ce que vous faites pour nous, lui assura la mère d'Ian avec un grand sourire. Merci d'avoir emmené Sìleas en promenade avec vous, aujourd'hui.

Par tous les saints, mais que faisait sa mère à remercier ce fourbe de Gòrdan ?

— Si tu as besoin de moi pour… quoi que ce soit, glissa Gòrdan à Sìleas d'une voix douce, tu sais où me trouver.

Il avait la main posée sur le bras de la jeune femme, ce qui fit naître dans la poitrine d'Ian une colère d'une violence inexplicable qui manqua de l'étouffer.

Le sang qui lui martelait les tempes l'empêcha d'entendre si Sìleas lui répondait. Que se passait-il au juste entre ces deux-là ? Il était sur le point d'inviter Gòrdan à prendre la porte lorsque ce dernier eut le bon sens de partir de son propre chef.

— Tu n'auras pas à chercher bien loin l'homme qui te remplacera, lui chuchota son cousin à l'oreille. Après tout, c'est bien ce que tu voulais, non ?

— Ça ne veut pas dire que je suis prêt à laisser Gòrdan faire de moi un cocu, rétorqua Ian, les dents serrées.

Il ne savait pas s'il avait eu tort de boire tant de whisky, ou s'il aurait dû en ingurgiter beaucoup plus. Après avoir sillonné la moitié du monde, il se sentait comme un étranger dans son propre foyer. Tous avaient changé ; son frère, sa mère, mais surtout Sìleas. Il peinait encore à croire que c'était bien elle.

— Où est père ? demanda-t-il à sa mère.

— Venez donc dîner, lui répondit-elle avant de disparaître dans la cuisine. (Elle reparut quelques instants plus tard, un bol fumant entre les mains.) Je t'ai préparé ton bouillon de poisson préféré.

L'estomac d'Ian, affamé, accueillit le délicieux fumet avec un gargouillis enthousiaste.

— Où est père? répéta-t-il en s'asseyant à la table.

Du coin de l'œil, il aperçut la jupe de Sìleas disparaître dans l'escalier.

Il se figea, la cuillère à la main, en prenant soudain conscience qu'il aurait le droit de la suivre pour réclamer son dû. Ce soir. Sur-le-champ même. Avant le dîner, s'il en avait envie. Et encore après. Son sexe réagit avec vigueur à cette perspective.

Une réaction qui le surprit. Depuis cinq ans, il envisageait de mettre un terme à son mariage dès qu'il aurait remis les pieds chez lui. Il n'avait pas nourri le moindre doute à ce sujet. Sa seule considération serait de ménager Sìleas autant que possible, tout en s'épargnant d'éventuelles complications.

Mais il avait arrêté sa décision avant que sa promise se mue en cette jeune femme envoûtante, à la voix plus douce qu'un frottement de velours sur la peau, et dont les courbes s'inviteraient inévitablement dans ses rêves dès qu'il aurait les yeux fermés.

Oh oui, il avait très envie de l'accompagner dans sa chambre! Tous les hommes le désireraient. La question, cependant, était de savoir s'il était prêt à faire d'elle la dernière femme dont il partagerait jamais la couche. Il n'était pas disposé à prendre une telle décision ce soir. Bon sang, il ne savait même plus qui était Sìleas! Avait-elle encore quelque chose à voir avec la petite fille ébouriffée qui le suivait partout et se fourrait sans cesse dans le pétrin?

Ian avait conscience qu'il aurait dû lui dire quelque chose. Mais quoi? Certainement pas qu'il était prêt à devenir son mari et à lier à tout jamais sa vie à la sienne. Bien qu'aucun mot ne lui vînt à l'esprit, il se leva néanmoins, malgré les protestations de son estomac, pour la suivre à l'étage.

Avant d'avoir pu faire deux pas, un lourd fracas, en provenance de la pièce voisine, l'obligea à s'immobiliser. Il se tourna juste à temps pour voir le coup d'œil qu'échangèrent sa mère et son frère.

Lorsqu'un second éclat retentit, Niall se leva d'un bond.

— Je m'occupe de lui.

Sìleas ne prêta aucune attention au bruit de poterie cassée ni aux hurlements qui suivirent tandis qu'elle montait l'escalier en courant. Pour une fois, ils devraient se débrouiller sans elle. Elle claqua la porte de sa chambre, s'y adossa et respira à pleins poumons. Qu'il soit maudit ! Elle avait pleuré bien trop souvent pour Ian MacDonald au cours des cinq dernières années et refusait de verser une larme de plus.

Le sang lui battait aux tempes, une douleur lancinante lui tiraillait la poitrine, et l'air semblait manquer.

Les projets stupides auxquels elle s'était attachée depuis qu'elle était une toute petite fille volaient en éclats, à l'image de la vaisselle que le père d'Ian projetait contre le mur, en bas. Elle s'était menti en se disant qu'elle avait mis de côté ses rêves enfantins et en prétendant ne plus s'attendre à ce qu'Ian souhaite partager sa vie à son retour.

Si cela avait vraiment été le cas, son cœur ne se briserait pas ainsi devant l'anéantissement de ses rêves.

En voyant Ian étreindre sa mère en premier, elle avait compris. Cela ne la surprit cependant pas outre mesure. Elle ne lui en voulut pas non plus de saluer ensuite son frère, à qui il avait manqué presque autant qu'à elle. Mais elle aurait dû être la suivante. Elle avait rivé les yeux au sol et attendu, le souffle court. C'est lui qui était parti ; c'était à lui de faire le premier pas. De toute façon, elle était incapable d'esquisser le moindre mouvement.

Le silence était retombé dans la pièce, et Sìleas avait senti le regard d'Ian se poser sur elle. Lentement, elle avait levé la tête pour plonger dans les yeux les plus bleus de tous les Highlands. Elle avait les doigts gelés, les paumes moites, et son corsage lui paraissait trop étroit. Elle attendait ce moment depuis cinq ans.

Elle l'avait imaginé des centaines de fois : Ian lui offrirait un grand sourire qui embraserait ses yeux, puis il la serrerait dans ses bras. Il lui dirait ensuite combien elle lui avait manqué et quel bonheur il éprouvait de rentrer chez lui. Puis, sous le regard de Dieu et de sa famille, il l'appellerait « femme » et l'embrasserait : son premier vrai baiser.

Dans ses moments les plus lucides, elle s'était dit que, peut-être, leurs retrouvailles seraient un peu maladroites, mais qu'Ian ferait tout pour effacer la gêne et obtenir son pardon. Jamais elle n'avait envisagé qu'il ne lui adresse pas la parole.

Pas le moindre mot.

Le cœur gros, elle l'avait imploré du regard d'agir comme il l'aurait dû. Mais il s'était contenté de la dévisager comme si un aileron et des nageoires lui avaient poussé dans le dos. Même s'il n'avait pas l'intention de faire d'elle sa femme, il aurait au moins pu avoir la courtoisie de la saluer comme la vieille amie qu'elle était, et ne l'informer de sa décision que plus tard, en privé. La rejeter comme il l'avait fait en public était à la fois cruel et insultant.

Sìleas fit les cent pas dans sa chambre, les poings si serrés que ses ongles lui marquèrent les paumes. Le garçon qu'elle avait connu ne se serait jamais montré si rude. Le jeune homme qui l'avait dite repoussante, en revanche, était capable d'une telle méchanceté. Pendant tout ce temps, elle lui avait trouvé des excuses. Encore à présent, elle était tentée de lui en chercher. Pourtant, faire comme si elle n'existait pas était tout simplement impardonnable.

Les mots qu'Ian avait prononcés le jour de leur mariage lui revinrent en mémoire : « Tu l'as bien regardée, père ? » Ah ! Elle donna un violent coup de pied dans la porte, que les hurlements du rez-de-chaussée masqueraient.

Elle rejeta la tête en arrière.

— Doux Seigneur, pourquoi l'avoir rendu plus beau encore qu'auparavant ? Était-ce bien nécessaire ?

Ian avait toujours été mignon, avec son tendre regard bleu azur, encadré par d'épais cils noirs. Le genre d'enfant devant lequel toutes les mères se pâmaient. Mais l'homme qui était entré dans la maison ce soir-là n'avait plus rien du charmant petit garçon. Certes, ses yeux étaient toujours aussi bleus et ses cheveux d'un noir aussi brillant que ceux d'une selkie, mais il avait à présent quelque chose de brutal, de dangereux.

Peut-être était-il déjà comme cela à son retour de la frontière ; elle était alors trop jeune pour s'en apercevoir. Mais, à l'instant où il avait pénétré dans la pièce, elle l'avait ressenti, perçu le danger qu'il dégageait. Un danger qui, au lieu de l'inquiéter, avait fait naître en elle un frisson d'excitation. Elle voulait se tenir à ses côtés, sentir la puissance de sa présence, toucher cette énergie vibrante qui l'animait.

Elle l'avait perçu, le voulait… mais Ian avait agi comme s'il ne l'avait pas vue.

Elle devait quitter cette maison. Elle refusait d'être l'épouse d'un homme qui ne voulait pas d'elle. Elle décrocha d'une secousse le sac de toile qui pendait à un crochet fixé au dos de la porte, le lança sur le lit et y fourra ses affaires.

Tous les hommes ne la trouvaient pas répugnante. Elle connaissait un certain nombre de membres du clan qui seraient ravis de l'avoir pour femme, et pas uniquement pour ses terres.

Tandis qu'elle balayait la pièce du regard en réfléchissant à ce qu'elle devait emporter, elle tomba sur la courtepointe que la mère d'Ian avait confectionnée pour elle, puis sur les galets colorés qu'elle avait ramassés avec Niall et sur la boîte de bois que son beau-père lui avait sculptée.

Elle avait vécu ici durant cinq années, mais elle avait eu tort de considérer cet endroit comme sa maison. Peu importait combien elle aimait les parents d'Ian, leur sang coulait dans les veines de leur fils. Elle n'était qu'une étrangère.

Sìleas baissa les yeux sur la robe qu'elle tenait à la main et repensa aux longues discussions auprès du feu qu'elle avait partagées avec sa belle-mère tandis qu'elles la cousaient. Toute sa vie, elle avait rêvé de trouver un foyer où les gens riaient à table et s'aimaient les uns les autres. Malgré l'attente, elle avait été heureuse ici.

La famille d'Ian l'avait accueillie dès le premier jour et avait fini par l'apprécier, par l'aimer. Même son père, le plus réticent de tous, avait fini par céder. Perdre cette famille qu'elle considérait comme la sienne serait difficile. Très difficile. Mais elle était ici en tant qu'épouse d'Ian. Aucune autre raison ne lui donnait le droit de rester.

Où pourrait-elle aller ?

Elle se laissa tomber par terre et posa la tête contre le flanc du lit. Elle n'avait pas de famille pour l'accueillir, pas de foyer à regagner. Bien qu'elle soit l'héritière légitime de Knock Castle, c'était à présent son beau-père, Murdoc MacKinnon, qui avait pris possession des lieux. Sìleas avait d'ailleurs redouté qu'après avoir investi le château, il ne se lance à sa recherche.

Elle pourrait toujours aller chez Gòrdan, bien sûr, mais elle n'était pas encore prête à prendre une telle décision.

Le désespoir s'empara d'elle lorsqu'elle aperçut par la fenêtre le ciel noir, dépourvu de lune. Ce serait une folie de voyager dans l'obscurité ; sans compter qu'elle n'avait nulle part où se rendre. Par ailleurs, elle ne pouvait pas abandonner ces gens après tout ce qu'ils avaient fait pour elle. Il lui faudrait régler certains détails avant de partir.

La jeune femme était comme saoule de fatigue. Les dernières semaines avaient été éprouvantes, sans parler de cette soirée. Elle attendrait le lendemain matin pour réfléchir à son avenir.

Elle tira le sac à moitié plein vers le bord du lit et le laissa tomber au sol dans un bruit sourd. Tout en se glissant sous les couvertures, Sìleas essaya d'oublier que cette couche était censée être son lit nuptial.

L'estomac d'Ian se noua.

— Mère, qu'est-ce que c'est ? Est-il arrivé quelque chose à père ?

— Ton père a été blessé à Flodden, lui répondit-elle avec un sourire crispé. Mais il va beaucoup mieux maintenant.

Elle tressaillit lorsqu'un nouveau fracas de vaisselle brisée retentit. Cette fois-ci, il fut suivi d'un éclat de voix.

— Tu vas me foutre la paix, oui !

Ian se rua vers la porte qui donnait sur la petite chambre à coucher autrefois réservée au domestique. Il se figea en apercevant l'homme alité.

Son père, allongé sous une courtepointe, était extrêmement maigre. Un bandage lui couvrait le sommet du crâne et lui masquait un œil. En dessous, une cicatrice lui barrait la joue jusque sous la mâchoire. La partie dénudée de son visage avait perdu son teint rougeaud habituel pour adopter une teinte de parchemin.

Dans les souvenirs d'Ian, son père était un guerrier immense, puissant, capable de manier une claymore avec assez de force pour trancher un adversaire en deux. C'était un homme d'extérieur, qui passait le plus clair de son temps dans les montagnes ou en mer. Le retrouver en invalide l'ébranla profondément.

—Bonjour, père, dit-il en s'efforçant de ne pas laisser sa voix trembler.

—Il t'en aura fallu du temps pour revenir à la maison, grogna le vieil homme d'une voix râpeuse comme si le simple fait de respirer lui coûtait. (Son regard passa derrière Ian, qu'Alex avait suivi de près.) Ça vaut également pour toi, Alex Bàn MacDonald. Est-ce que Duncan et Connor sont rentrés, eux aussi ?

—Oui, répondit Alex. Ils sont passés par l'ouest pour tâter le terrain.

Ian sentit sa bouche s'assécher. La courtepointe qui recouvrait son père reposait à plat à l'endroit où aurait dû se trouver une de ses jambes.

Il arracha son regard du membre manquant, la poitrine écrasée par le poids de la culpabilité.

—Tu as raison, père. J'aurais dû revenir plus tôt. J'aurais dû être là pour me battre à tes côtés à Flodden.

—Tu penses que tu aurais pu sauver ma jambe, c'est ça ? demanda son père d'une voix où perçait la colère. Non, mon fils, je ne regrette pas que tu aies évité ça, ajouta-t-il plus doucement. Tu y aurais péri comme les autres, et la famille a besoin de toi, maintenant que je ne sers plus à rien.

Quelle qu'en ait été l'issue, Ian aurait dû prendre part au combat aux côtés de son père. Ses paroles ne sauraient l'absoudre ; un homme doit mériter sa rédemption.

— Mais si tu avais participé à cette bataille, je sais que tu m'aurais laissé mourir comme un homme, reprit son père en lançant un regard noir à Niall.

Ian se tourna vers son frère cadet, prenant soudain conscience que celui-ci avait certainement combattu à Flodden. Aucun jeune homme de quinze ans, entraîné pour se battre, ne serait resté chez lui avec les femmes et les enfants.

Niall, la mâchoire crispée, implora :

— Allez, père, laisse-moi t'aider à t'asseoir.

Lorsqu'il essaya de prendre son père par le bras, ce dernier se libéra d'un geste brusque.

— Je t'ai dit de me foutre la paix !

La perte de sa jambe n'était pas le seul changement à s'être opéré chez leur père. Payton MacDonald avait certes été un guerrier redoutable qui instillait la terreur dans le cœur de ses ennemis, mais aussi un homme attentionné qui témoignait tendresse et gentillesse aux siens.

— Laisse la chaise à Ian et dégage ! aboya-t-il sans même un regard pour son deuxième fils. Alex, entre donc. Il faut que je vous relate les mésaventures qu'a connues le clan, l'avenir des MacDonald de Sleat dépend de vous, à présent.

Chapitre 5

*T*u crois vraiment qu'on fait bien de partir si vite ?
demanda Alex, tandis qu'ils traversaient la cour
en direction de l'écurie. On vient tout juste d'arriver.

— Nous devons retrouver Connor et Duncan pour
décider ensemble de la marche à suivre, répondit Ian.

Les tristes nouvelles que leur avait relatées le père d'Ian
les avaient tenus éveillés jusqu'au petit matin. Comme ils
l'avaient craint, Hugh Dubh et ses brutes, n'appartenant
à aucun clan, s'étaient emparés de Dunscaith, le château
destiné au chef, à peine le cadavre de ce dernier rapatrié de
Flodden par ses hommes. Hugh s'était ensuite autoproclamé
chef et n'avait pas daigné bouger le petit doigt lorsque les
MacKinnon avaient attaqué Knock Castle.

De tels agissements rendaient Ian fou de colère.

— Connor a dit qu'il viendrait nous trouver lorsqu'il
aurait besoin de nous, répliqua Alex.

— Je ne peux pas rester planté là à ne rien faire alors que
les enjeux sont si colossaux, rétorqua Ian.

D'autant qu'il avait besoin de trouver une échappatoire,
ne serait-ce que pour un jour ou deux. Il ne s'était attendu
à aucun des changements qui s'étaient opérés chez lui.
Cela l'avait durement affecté de découvrir son père mutilé.
Et la vue de Sìleas l'avait perturbé.

— Alors, qu'est-ce que tu vas faire pour Sìleas ?

— Je n'en sais rien.

—Tu crois que t'éloigner d'elle t'aidera à prendre ta décision ? le railla Alex. C'est de la pure foutaise, et tu le sais.

Foutaise ou non, c'était pourtant bien ainsi qu'Ian comptait procéder. Forcé à prononcer son serment alors qu'il n'avait commis aucune faute, il n'avait jamais songé à le respecter. Mais, s'il faisait de Sìleas sa femme pour de bon, les choses seraient radicalement différentes ; cette décision serait la sienne, et son honneur l'obligerait à ne jamais la renier. Jusqu'à ce que la mort les sépare.

—J'ai besoin de temps, expliqua Ian.

—Tu penses vraiment que le choix ne dépend que de toi ? Tu es convaincu que Sìleas te veut pour époux ?

Ian se tourna vers son cousin pour s'assurer de son sérieux.

—Elle est restée avec ma famille pendant tout ce temps à m'attendre. Tout le clan sait que cette fille m'adore depuis qu'elle est gamine, ajouta-t-il avec un rictus.

—Mais ce n'est plus une enfant, objecta Alex par-dessus son épaule, tout en ouvrant la porte de l'écurie.

Il s'était immobilisé si brusquement qu'Ian le percuta. En le dépassant, Ian vit ce qui avait surpris son cousin.

Sìleas, vêtue d'une chemise d'homme et chaussée de vieilles bottes, récurait une stalle. Avec les traces de crasse qui lui maculaient le visage, et les brins de paille emmêlés dans ses cheveux, elle ressemblait plus à la fillette dont se souvenait Ian.

Elle brandissait sa fourche quand elle les aperçut. Elle écarquilla les yeux et, très lentement, reposa la pointe du manche sur le sol sale.

—Ne me dis pas que tu t'es mis en tête de partir, dit-elle, les yeux rivés sur Ian.

—Seulement quelques jours, répondit-il, soudain pris d'un étrange sentiment de culpabilité ; son départ était pourtant parfaitement justifié.

— Tu n'es pas sérieux ? répliqua-t-elle d'une voix plus aiguë. Tu as vu comment sont les choses ici. Et ce qui est arrivé à ton père.

— Sìl, un homme doit parfois se plier à certaines obligations, expliqua Ian. Il en va de l'avenir du clan.

— Ça fait des semaines que Hugh Dubh occupe le château, répliqua-t-elle, une main posée sur la hanche. Je ne pense pas que nous soyons à un ou deux jours près.

— Le temps qui passe ne fait qu'empirer la situation.

— Tu n'as rien de plus à offrir qu'une courte soirée à ta pauvre mère, elle qui ne t'a pas vu depuis cinq ans ? s'emporta Sìleas.

Une nouvelle pointe de culpabilité l'assaillit, mais il devait partir. Afin de changer de sujet – et parce que la curiosité le titillait –, il demanda :

— Qu'est-ce que tu fais habillée comme ça ? Et pourquoi tu nettoies les stalles ?

— Il faut bien que quelqu'un le fasse, répondit-elle en le foudroyant de son regard émeraude. Ton père ne peut plus s'en occuper. Et ton frère ne peut pas tout faire tout seul, malgré le mal qu'il se donne.

— D'autres hommes pourraient s'en charger, souligna Ian.

— Parce que tu en vois, toi, des hommes ? rétorqua-t-elle en balayant l'espace d'un large geste du bras. (Son autre main serrait la fourche si fort que ses jointures en étaient exsangues.) Nous avons perdu des nôtres au combat, et Hugh Dubh a interdit aux survivants de travailler sur nos terres.

Le père d'Ian ne lui avait pas fait part de cette humiliation.

— Donne-moi ça, Sìl, intervint Alex sur le ton qu'il utilisait pour calmer les chevaux. Je comprends ce qui te donne envie d'empaler Ian avec, mais il ne sera plus d'aucune utilité pour personne si tu lui plantes cette fourche dans le cœur.

Elle le transperça d'un regard noir en frappant l'extrémité de son outil contre le sol, forçant Alex à reculer, les paumes en l'air.

— Je constate en effet, glissa-t-il à Ian à voix basse, qu'elle t'adore toujours.

Ian décida de tenter sa chance à son tour. Mais à peine fit-il un pas en avant qu'elle brandit la fourche devant elle.

— Ne t'avise pas de me parler des obligations d'un homme ! s'écria-t-elle, des larmes de colère dans les yeux. En réalité, tu n'en es pas un. Tu n'es qu'un gamin qui joue au grand !

Elle mettait sa patience à rude épreuve. Comment osait-elle se moquer de lui ainsi ?

— Protéger l'avenir du clan n'a rien d'un jeu.

— Un homme, un vrai, n'abandonne pas sa famille quand elle a besoin de lui, rétorqua-t-elle. La protection du clan commence par celle de ta famille.

La vérité contenue dans ces mots sembla cette fois-ci le marquer au fer rouge.

— Je vais rester jusqu'à ce que nous recevions des nouvelles de Connor, déclara-t-il avant de tendre la main vers la fourche. Rentre, Sìleas, je vais finir.

Elle lança l'outil contre un mur avec une violence telle que le fracas métallique fit renâcler les chevaux. Puis elle le dépassa en trombe.

Arrivée à la porte, elle fit volte-face pour lui assener une dernière remarque.

— Il serait temps de grandir un peu, Ian MacDonald, ta famille a besoin de toi.

Ian et Alex allèrent se laver dans le ruisseau, évitant ainsi de salir la cuisine familiale.

—Si j'avais su que nous aurions à récurer l'écurie pour servir le clan! déclara Alex, d'un ton enjoué.

—C'est du gâchis. Nous sommes des guerriers! s'emporta Ian, que la bonne humeur de son cousin ne faisait qu'énerver davantage. Nous devrions laisser s'exprimer nos claymores, nous ménager un accès au château et balancer Hugh par-dessus les remparts pour que les poissons le bouffent.

—Pendant que Sìleas nettoie l'écurie à ta place? s'enquit Alex avec un sourire moqueur. Hugh Dubh a tout autant le droit que Connor de prétendre au commandement. Nous ne pouvons pas simplement le jeter à la mer, même si cette perspective me réjouit grandement.

—Sauf qu'il a pris le pouvoir sans avoir été choisi, et ça, il n'en a pas le droit, souligna Ian. Il a commis une erreur en précipitant le choix sans recourir à l'assemblée, ni attendre le retour de Connor.

—Il s'attendait certainement à pouvoir répandre la triste nouvelle de la mort de Connor, avança Alex.

—Il va être difficile de convaincre les hommes de se dresser contre Hugh tant qu'il tiendra Dunscaith Castle, reprit Ian. Nous devons trouver un moyen de leur montrer que Connor est l'homme de la situation.

—Je meurs de faim, l'interrompit Alex en lui lançant la serviette sale. Il doit être l'heure de manger, non?

—Il y a un détail qui me perturbe dans le récit de la bataille que nous a livré mon père, poursuivit Ian, tandis qu'ils regagnaient la maison.

—Lequel?

—Il a dit que les Anglais l'avaient surpris, en attaquant par-derrière, exposa Ian. Tu as déjà combattu aux côtés de mon père, tu sais qu'il se bat comme s'il avait des yeux dans le dos. Alors comment les Anglais ont-ils fait pour le contourner sans qu'il s'en aperçoive?

Alex serra de sa main l'épaule de son cousin.

— Dans sa jeunesse, ton père était un guerrier hors pair, mais il n'est plus tout jeune.

— Oui, tu as raison, concéda Ian dont le moral s'effondra à l'évocation des joues creusées et des cheveux gris de son père. J'aurais dû être présent pour couvrir ses arrières.

— Comment vous sentez-vous, aujourd'hui, Payton ? demanda Sìleas, alors qu'elle déposait son plateau sur une petite table à côté du lit.

— Avec une jambe en moins, comment crois-tu que je me sente ?

Elle se retint de l'aider à se redresser, sachant que cela ne ferait que l'énerver. Bien qu'elle ait des centaines de choses à faire, Sìleas approcha la chaise et s'assit, les mains sur ses genoux.

— Qu'est-ce qui te met dans cet état ? lui demanda Payton en la regardant du coin de l'œil, tout en portant une galette d'avoine à sa bouche.

La jeune femme pinça les lèvres.

— Voyons, Sìleas, tu es tellement en colère que tes cheveux en frisent.

— Votre fils est un imbécile, finit-elle par éructer avant de le regretter aussitôt.

— Duquel de mes imbéciles de fils parles-tu ?

— Je refuse de vous entendre dire du mal de Niall, vous le savez, répondit-elle. Il est grand temps que vous arrêtiez de le blâmer pour avoir agi comme il l'a fait.

— C'est donc à Ian que tu faisais allusion ?

— J'ai du mal à comprendre en quoi cela vous amuse alors que vous n'avez pas souri depuis des semaines, lança-t-elle, amère.

Malgré sa contrariété, Sìleas était contente de revoir en lui un peu de son énergie passée.

— Qu'est-ce qu'il a bien pu faire pour te mettre en rogne aussi vite ?

Son amour-propre l'empêchait de lui dire que son fils n'avait pas jugé utile de la saluer, elle se rabattit donc sur son dernier affront.

— Il ne sait absolument pas s'occuper des récoltes ou du bétail, expliqua-t-elle, les bras croisés.

Ces responsabilités incombaient à présent à Ian, et il lui faudrait bien apprendre à s'en acquitter.

— Je l'ai élevé en guerrier, pas en fermier. Il avait d'autres chats à fouetter, répliqua Payton, qui avait retrouvé son sérieux. Je lui ai expliqué comment ce monstre s'était emparé de Knock Castle.

Sìleas savait que la perte de son château était pour la fierté de Payton, comme pour l'ensemble du clan, une plaie purulente. Aussi garda-t-elle le silence. Son beau-père avait rongé son frein pendant cinq années, avant de profiter des événements de Flodden pour frapper au moment où les MacDonald étaient les plus faibles.

Payton reposa son assiette sur le plateau, puis s'adossa à ses coussins. Il était pâle.

— Si cela peut vous rassurer, je pense que le fantôme de Knock Castle vient hanter mon beau-père, lui glissa-t-elle avec un clin d'œil. Ça m'étonnerait même que la Dame verte ait accordé une seule nuit de répit à Murdoc.

— C'est bien dommage que ton fantôme ne soit pas armé d'un dirk, commenta Payton d'une voix fatiguée.

— Vous voulez que je vous raconte comment elle m'a enjointe de fuir ce jour-là ? proposa Sìleas.

— Oui, volontiers.

Payton ferma les yeux aussitôt le récit commencé et sombra dans le sommeil avant même que Sìleas en atteigne la moitié. Voir un si grand homme dans un tel état de faiblesse lui serrait le cœur.

Les mains qui reposaient sur la courtepointe portaient des cicatrices de guerre plus révélatrices qu'une longue histoire. Pourtant, elle se rappelait avec quelle gentillesse ces mains avaient enveloppé les siennes le matin où il les avait découverts, Ian et elle, endormis dans la forêt. Sans le réveiller, Sìleas saisit la main la plus proche et la garda entre ses paumes.

Payton reprenait chaque jour un peu de force. Elle pourrait bientôt partir. À présent que son fils aîné était rentré, il se débrouillerait sans elle. Ils se débrouilleraient tous.

Mais elle redoutait de se sentir comme lui une fois partie, amputée à jamais d'une partie d'elle-même.

Chapitre 6

*I*an se tenait dans l'embrasure de la porte, d'où il observait Sìleas. Elle était redevenue la nouvelle Sìleas ; soignée, peignée, vêtue d'une robe vert mousse, et si belle qu'il faillit oublier de respirer. Elle s'était sans doute lavée dans le bac de la cuisine, car elle avait les joues rosies et une mèche encore humide courait sur le côté de son visage.

Il fut surpris de voir son père se laisser prendre la main, comme s'il avait été un enfant, avant de s'apercevoir qu'il dormait. Ian avait eu beau veiller à ne pas faire le moindre bruit, Sìleas sentit sa présence et se retourna. Ses yeux étaient d'un vert aussi profond que celui de sa robe, mais voilés par les larmes.

— Ma mère m'a chargé de te prévenir que le repas était prêt, chuchota-t-il. Tu vas bien ?

Elle hocha la tête avant de récupérer le plateau en se levant. Lorsque Ian se décala pour la laisser passer, elle dit :

— Il n'est pas en forme. Tu n'aurais pas dû le tenir éveillé si tard.

Le cœur de Sìleas était visiblement plein de tendresse pour tous les membres de sa famille – sauf lui.

— Mon père avait besoin de parler. Et je pense que ça lui a fait du bien.

— Je suppose que tu as raison, soupira-t-elle. Mais prends soin de lui.

Il accompagna du regard le balancement suggestif de ses hanches jusqu'à ce qu'elle disparaisse dans la cuisine.

Il continua à l'observer pendant tout le repas. Sa bouche charnue ne demandait qu'à être embrassée. Chaque fois que Sìleas avançait les lèvres pour souffler sur son ragoût, il sentait son cœur faire un étrange petit bond dans sa poitrine. Et ce n'était pas la seule partie de son corps à réagir. Son sexe aussi se tenait au garde-à-vous, raide comme un soldat anglais.

Sìleas était vraisemblablement en colère contre lui car il n'affichait pas clairement ses intentions. Il peinait à se souvenir des raisons qui l'avaient poussé à attendre, tandis qu'il l'observait porter la cuillère à sa bouche, sourire en goûtant le plat savoureux et passer sa langue rose sur sa lèvre.

Peut-être devrait-il simplement l'entraîner dans sa chambre sur-le-champ et en finir avec ses doutes. Si le prix à payer pour céder à son désir était de récupérer une femme, soit. Il était de toute façon temps qu'il en trouve une.

Alex, ce poison, était assis à côté de la belle, sur laquelle il exerçait son charme légendaire. Elle rejeta la tête en arrière, riant aux éclats à l'une de ses remarques. C'était un rire ravissant, à la fois retentissant et sensuel.

— Je ne crois pas un seul mot de ce que tu racontes, Alex Bàn MacDonald ! dit-elle en plaquant une main sur sa poitrine comme si elle peinait à reprendre son souffle. Cinq hommes, dis-tu ? Et comment donc t'es-tu enfui ?

— Tu veux dire comment se sont-ils enfuis, eux ? Rien de bien sorcier, vraiment. Je leur ai dit qu'ils avaient le choix entre courir et mourir.

Ian sentit l'irritation le gagner en voyant la manière qu'avait Sìleas de se pencher en avant, les yeux rivés sur Alex, comme si elle était prête à avaler son histoire.

— Ils n'étaient que trois, pas cinq, rectifia Ian d'un ton qu'il perçut lui-même comme grognon.

Sìleas se tourna vers lui, et son sourire s'effaça. Bon sang, qu'elle avait de jolis yeux, même lorsqu'ils affichaient un sérieux à toute épreuve, comme c'était le cas en ce moment ! Le parfum des bruyères d'été lui chatouilla les narines. Avait-elle ajouté de ces plantes séchées dans l'eau de son bain ? Cela impliquerait que sa peau aurait partout cette même odeur délicieuse.

—Maintenant que nous avons récuré l'écurie, Alex et moi allons discuter avec les hommes qui vivent de ce côté de l'île, annonça Ian.

—Et à quoi cela va-t-il vous servir ? s'enquit Sìleas.

—Bien que cela ne te regarde pas, nous cherchons à savoir ce que la perspective d'avoir Hugh pour meneur leur inspire.

—Je peux parfaitement te dire ce qu'ils ressentent envers Hugh, tout comme Niall, répondit Sìleas qui découpait sa viande avec assez de vigueur pour entailler la table. Mais si tu veux vraiment l'entendre de leur bouche, ils seront tous à l'église demain.

Les prêtres avaient toujours manqué dans les Highlands. Contrairement à celle de France, l'Église y était pauvre. Les chefs de clan des Highlands autorisaient certes les religieux à disposer de leurs terrains pour y ériger des églises ou des monastères, mais ils n'en cédaient jamais la possession. L'Église n'étant capable d'apporter qu'un soutien limité, peu d'hommes choisissaient d'entrer dans les ordres. À tel point que les prêtres mariés n'étaient pas déchus de leur titre. Dans les Highlands, on s'affranchissait souvent des positions strictes de l'Église quant au mariage et au divorce.

—Attendre qu'ils se rendent à l'église pour les rencontrer me semble être une bonne idée, déclara Alex en gratifiant Sìleas d'un sourire radieux. Tu n'es pas d'accord, Ian ?

Ce dernier acquiesça, malgré son envie de partir sur-le-champ, ne serait-ce que pour se sentir utile.

— Et ne négligez pas les femmes, intervint sa mère. *Ná bac éinne ná bíonn buíochas na mban air.* Ne prêtez pas attention à ceux que les femmes ne respectent pas.

— Sìleas, reprit Alex, que dirais-tu de m'accompagner faire un tour de barque cet après-midi ?

Alex tentait de provoquer son cousin, qui le fusilla d'un regard noir pour lui signifier qu'il ne goûtait guère son petit jeu.

— Je m'en réjouis d'avance, répondit Sìleas avec un sourire tendre. Mais, après avoir nettoyé la cuisine, je dois avoir une petite conversation avec Ian.

Elle avait prononcé son nom comme si elle avait parlé de crottin.

Elle tourna ensuite vers lui un regard noir.

— Quand tu auras fini de manger, auras-tu un peu de temps à m'accorder, pour parler ?

Elle avait beau avoir changé en apparence, elle n'avait rien perdu de sa franchise de sauvageonne. Manifestement, elle voulait savoir à quoi s'en tenir avec lui. Ses mots acérés lui rappelèrent qu'il serait avisé de bien réfléchir avant de décider de son destin.

— Il n'y a personne pour t'aider en cuisine ? demanda-t-il, souhaitant en partie changer de sujet.

Ils avaient de tout temps hébergé une femme du clan sans foyer qui, en retour, prêtait main-forte à sa mère.

— Des hommes sont venus demander à ton père son avis sur le choix d'un nouveau chef de clan, intervint sa mère. Il les a vigoureusement enjoints d'attendre le retour de Connor. Et depuis, Hugh Dubh ne cesse de se venger.

— Lorsqu'il a commencé à menacer tous ceux qui travaillaient ici, compléta Sìleas, nous leur avons demandé de partir.

— Tu peux aller discuter avec Ian, dit Beitris en prenant les bols des mains de Sìleas. Je m'occupe de la vaisselle.

Tandis qu'Ian se levait, Niall apparut sur le seuil. Plutôt que de lui reprocher d'avoir manqué le repas d'une remarque acerbe, Sìleas sembla se radoucir en le voyant arriver.

— Niall, tu veux bien nous accompagner, Ian et moi ?

Ça, alors ! Pourquoi demandait-elle à Niall de se joindre à eux ?

— Tu sais bien que tu peux tout me demander, lui répondit-il dans un sourire, tout en accrochant son chapeau derrière la porte.

— Merci, dit-elle d'une voix mal assurée, comme s'il l'avait émue, alors qu'elle ne témoignait à Ian qu'irritation.

Lorsque Ian la suivit dans l'escalier, l'odeur de bruyère lui emplit le nez. Il ne put s'empêcher de remarquer ses chevilles graciles et le balancement de ses jupes. En levant davantage les yeux, il imagina le fessier rebondi qu'elles dissimulaient.

Elle les entraîna dans la pièce qui lui avait servi de chambre lorsqu'il était enfant. Elle était différente à présent. Des galets s'alignaient sur le rebord de la fenêtre, et des fleurs séchées, disposées dans un pichet, ornaient la table. Il sentit son estomac se nouer en repensant à la dernière fois qu'il avait mis les pieds dans cette chambre. C'était le soir de leur « mariage », et il avait passé une longue nuit agitée sur le sol dur.

Il jeta un coup d'œil à son ancien lit, devenu celui de Sìleas. S'il en prenait la décision, il pourrait le partager avec elle nuit après nuit. Cette simple pensée suffit à l'exciter. S'il choisissait de faire d'elle son épouse, il leur construirait une nouvelle couche, plus digne de Knock Castle, avec des colonnes et de lourds voilages comme il en avait vu en France.

Après s'être assise à la table, elle les invita à l'imiter. Niall s'installa en face d'elle, comme s'il en avait l'habitude, laissant à Ian un tabouret près de lui.

— Je ne sais pas si tu te rends bien compte à quel point ton père était mal en point lorsque nous l'avons ramené, déclara Sìleas d'une voix douce, les yeux rivés sur la table.

— Il n'a pas ouvert l'œil pendant quinze jours, confirma Niall. C'est un miracle qu'il ait survécu.

Son père regrettait que Dieu lui ait réservé ce sort, mutilé comme il l'était. À sa place, Ian aurait éprouvé la même détresse.

— Comme tu n'étais pas là, Niall et moi avons dû prendre les décisions qui s'imposaient au cours des dernières semaines, poursuivit Sìleas d'un ton redevenu sec. J'espère que nos choix te conviendront.

— Quel type de décisions ? demanda Ian.

Elle se leva pour récupérer une liasse de papiers sur l'étagère qui surplombait la table.

— Combien de bêtes abattre pour l'hiver, quel mouton vendre ou troquer, ce genre de choses.

Quoi de plus inintéressant ?

Sìleas se rassit et glissa la pile de documents dans sa direction.

— Maintenant que tu es là, ces décisions te reviennent. (Elle marqua une pause.) Au moins jusqu'au rétablissement de ton père.

Ian posa les yeux sur la paperasse. La première page était couverte de chiffres.

— Qu'est-ce que tu veux que je fasse de ça ?

— Sìleas va devoir tout t'expliquer, lui répondit Niall en souriant à la jeune femme. Elle aide père à gérer nos terrains et nos locataires depuis des années. Tu devrais l'entendre, il est toujours à louer son intelligence.

Son père ? Laisser une femme l'aider, et s'en vanter en plus ? Ian refusait de traiter son frère de menteur, mais, pour être franc, il avait du mal à le croire.

Ian observa Sìleas qui parlait de bétail et de récoltes ; il écoutait plus le son de sa voix que ses mots. Il remarqua cependant que le nom de Niall revenait souvent dans ses explications. Le fait qu'elle traite délibérément son frère comme un homme sur lequel on pouvait compter l'impressionna tout autant que son enthousiasme pour une foule de détails ennuyeux.

Son père, lui, n'avait jamais exprimé de respect pour son cadet. En se rappelant la dureté avec laquelle il traitait Niall, Ian ressentit une bouffée de reconnaissance envers Sìleas, pour la gentillesse qu'elle témoignait à son frère. Il faudrait qu'il pense à lui demander pourquoi son père se montrait si dur envers lui.

Absorbé par ses réflexions, il n'avait pas remarqué que Sìleas avait fini son exposé, jusqu'à ce qu'elle se lève.

— Je dois y aller, déclara-t-elle en lissant ses jupes. La lessive et le dîner ne vont pas se faire tout seuls.

Sans prendre le temps de réfléchir, Ian demanda :

— Ce n'est pas la responsabilité de ma mère de s'occuper de la maison ?

Cette question en entraîna une seconde qui le tracassait. Désignant la liasse de documents, il ajouta :

— Pourquoi est-ce que ce n'est pas elle qui a pris les décisions à la place de père ?

— Tu crois que je l'ai spoliée de ses droits, c'est ça ? lança Sìleas sans élever la voix. C'est vraiment ce que tu penses ?

La douleur qu'il lut dans son regard le blessa profondément.

— Je ne voulais pas…, commença-t-il, mais elle l'interrompit.

— C'est sans importance, dit-elle, niant l'évidence. C'est toi qui reprends le flambeau, maintenant, je te laisse donc à tes affaires.

— Attends! s'écria Ian en lui saisissant le bras. Tu as fait du beau travail, et j'aimerais que tu continues à t'en charger.

— Ce rôle ne me revient plus, répondit-elle, la gorge serrée.

Il se sentait plus bas que terre. Mais avant même qu'il formule la moindre excuse, elle était sortie. À peine était-elle partie que son frère frappa du poing sur la table.

— Tu n'as pas idée de ce que nous avons enduré ici pendant que tu étais en vadrouille! lâcha Niall.

Ian soutint le regard furieux de son frère.

— Je compte sur toi pour me le raconter.

— Père était à deux doigts de la mort lorsque je l'ai ramené à la maison. (Niall serra les mâchoires, se pencha en avant et baissa les yeux sur ses mains.) Je ne sais pas ce que nous aurions fait sans Sìleas. Elle s'est occupée de laver ses plaies et d'y appliquer l'onguent que Teàrlag nous a concocté, jour après jour.

Le chagrin et la culpabilité se partageaient le cœur d'Ian. Il ne saurait jamais s'il aurait pu épargner sa blessure à son père en combattant à ses côtés, mais il n'était pas plus maladroit qu'un autre avec une épée à la main et il aurait pu faire basculer les choses.

— Pendant le temps où il est resté endormi, poursuivit Niall, Sìleas a passé des heures à son chevet, à lui parler, à lui lire des histoires, comme s'il pouvait entendre ce qu'elle disait.

Ian fut frappé que le récit de Niall n'évoque que la jeune femme.

—Et mère ?

—Elle n'a plus dit un mot tant qu'elle a cru qu'il allait mourir. On aurait dit une morte-vivante. (Niall, les yeux toujours rivés sur ses mains, s'exprimait d'une voix rauque, basse.) Avec Sìl, nous avons fait en sorte qu'elle continue à se nourrir, mais elle s'est affaiblie, et nous avons eu peur de la perdre, elle aussi.

Ian sentit l'amertume de la culpabilité lui brûler la gorge. Niall était trop jeune pour porter un tel poids, d'autant que ce fardeau lui revenait, à lui.

—Mère va beaucoup mieux depuis que père a repris connaissance, il y a quelques semaines. Mais lui… (Niall porta son regard vers la petite fenêtre.) C'est presque pire depuis qu'il s'est réveillé et qu'il a découvert qu'il lui manquait une jambe.

Ian se pencha par-dessus la table et posa une main sur l'épaule de son frère.

—Je suis désolé de ne pas avoir été présent. Nous sommes rentrés dès que nous avons eu vent de la bataille.

—Tu aurais dû être là bien plus tôt, répliqua durement Niall. Pour Sìleas, tu aurais dû être là. Tu l'as humiliée en l'abandonnant si longtemps.

Ian n'avait jamais envisagé cet aspect de son absence. Jusqu'à son retour, il avait considéré Sìleas comme une gamine trop jeune pour le mariage.

—D'une façon ou d'une autre, je vais arranger les choses, déclara Ian. Je te suis reconnaissant d'avoir pris soin de la famille en mon absence.

—C'est Sìleas que tu devrais remercier, pas moi. (Niall se leva soudain et bouscula la table. Il tremblait de colère.) Elle a sué sang et eau pour maintenir la famille à flot ces dernières semaines. N'as-tu pas remarqué les cernes sous ses yeux ? Je fais de mon mieux pour l'aider, mais ça ne suffit pas.

— Je vais prendre les choses en main à partir de maintenant, affirma Ian avec calme.

— Tu ferais mieux de la convaincre de rester, enchaîna son frère. Parce que, sans elle, nous n'arriverons à rien.

— Sìleas n'ira nulle part, rassure-toi.

Du moins pas tant qu'il n'aurait pas pris sa décision.

— C'est un miracle qu'elle n'ait pas déjà mis les voiles, rétorqua Niall en foudroyant son frère du regard. Au cas où tu ne le saurais pas, il y a une foule d'hommes qui attendent qu'elle se lasse de toi.

Chapitre 7

Ian écoutait les ronflements d'Alex tout en observant la lumière du petit matin se glisser entre les lattes des volets de la vieille dépendance, ses pensées tournées vers la journée à venir. Ce serait un jour important, pour lui comme pour le clan. Après avoir passé en revue les quarante-huit heures qui venaient de s'écouler, il avait décidé de faire de Sìleas son épouse. Il lui annoncerait la nouvelle après le rassemblement à l'église.

Le choix avait été simple, en définitive. Sìleas était le lien qui permettait à sa famille de rester unie. Après leur avoir failli par son absence, il refusait de les séparer d'elle. Tous l'adoraient. Même Niall, qui, soupçonnait Ian, ne lui vouait pas qu'un amour fraternel. Mais il était jeune et s'en remettrait rapidement.

Dans le cœur de sa mère, Sìleas occupait la place laissée vacante par les filles qu'elle avait perdues. Ce qui le surprenait le plus, c'était l'affection qui liait la jeune femme à son père. Aussi débordée qu'elle ait pu l'être, Ian l'avait pourtant trouvée au chevet de Payton plusieurs fois par jour. Sa présence semblait l'apaiser. Même si, à la différence de sa femme, il n'avait jamais ouvertement porté le deuil de leurs filles, peut-être souffrait-il lui aussi d'une blessure que Sìleas soulageait.

Ces raisons auraient suffi à convaincre Ian de la garder en tant qu'épouse. Mais elle était, en plus, une gestionnaire avisée, l'héritière de Knock Castle, et capable de faire bouillir son sang. Qu'est-ce qu'un homme pourrait demander de plus ?

Ian étant déterminé à prendre sa place au sein du clan, il savait qu'il lui fallait une femme. Alors, à quoi bon lâcher la proie pour l'ombre ? Le seul détail qui le chagrinait, c'était qu'il n'avait pas choisi, initialement, d'épouser Sìleas. Mais ce serait faire preuve d'un entêtement aveugle que de se laisser dissuader par cette broutille quand tout le reste penchait en faveur du mariage.

À présent que sa décision était prise, il lui suffirait d'aller trouver Sìleas, seule, pour la lui annoncer. Après avoir tiré le clan des griffes de Hugh, bien entendu. Il lui parlerait dès qu'il en aurait fini avec les fidèles, à l'église.

Il pourrait ensuite la rejoindre dans sa chambre, à l'étage.

Cette perspective lui arracha un sourire. Cette prérogative avait pesé de façon non négligeable dans sa réflexion. Plus de nuits en compagnie d'Alex dans la vieille dépendance. De plus, dès qu'il aurait fait part de son choix à Sìleas, elle cesserait de le rabrouer d'une langue acérée.

Une langue pour laquelle il envisageait d'ailleurs d'autres usages…

— Tu comptes rester au lit toute la matinée ?

Ian se tourna vers Alex, qu'il découvrit, déjà habillé, en train de fixer sa claymore.

Ian lui sourit, heureux pour la première fois depuis son retour. Il bouillait d'impatience de voir le visage de Sìl lorsqu'il lui annoncerait la nouvelle. Il se souvenait des regards qu'elle levait autrefois vers lui, de cette lueur dans ses yeux, comme s'il était la personne la plus forte, la plus courageuse qu'elle pût jamais rencontrer.

Lorsqu'il lui annoncerait, elle le regarderait de nouveau de cette façon, mais avec des yeux de femme, cette fois. Et avec désir. Il la prendrait alors dans ses bras et l'embrasserait. Ah, cela faisait des années qu'il n'avait pas donné à une fille son premier baiser !

Ensuite viendraient toutes les autres premières fois…

Par le sang de Dieu, il n'avait jamais auparavant partagé le lit d'une vierge. Il s'était jusqu'alors appliqué à éviter les filles chastes. Il fut surpris que la perspective de coucher avec une vierge l'excite. Du moins avec celle-là. Sìleas ne serait qu'à lui, pour toujours.

—Ian, lança Alex, l'arrachant à ses rêveries.

En sortant du lit, il dut prendre son plaid pour masquer son érection. Par la barbe de Dieu, que son sexe le faisait souffrir ! Ce soir. Ce soir, il pourrait partager la couche de Sìleas.

Mais, avant cela, il y avait l'assemblée des fidèles. Le travail avant le plaisir.

—Tu ne comptes pas aller à l'église en touriste, à ce que je vois, dit-il à Alex en s'équipant à son tour de sa claymore.

—Je ne fais aucune confiance à Hugh pour respecter la maison de Dieu si on ne l'y encourage pas quelque peu.

La nouvelle du retour d'Ian et de son cousin serait, à n'en pas douter, arrivée aux oreilles de Hugh, et leur venue à l'église ne serait pas pour lui plaire. Hugh n'était pas stupide. Il ne manquerait pas de déduire de leur présence que Connor et Duncan les suivaient de près.

—Combien d'armes emportes-tu ? demanda Ian en glissant un dirk dans sa botte.

—Je ne prends que deux dirks, répondit Alex avec un rictus.

—Tiens, dit Ian en lui en lançant un troisième. J'en ai prélevé quelques-uns dans la maison, hier.

—Bien vu, commenta Alex en attrapant la dague.

Sìleas n'était pas là lorsqu'ils prirent leur petit déjeuner, mais elle les attendait dehors en compagnie de sa belle-mère quand, avec Niall, ils arrivèrent sur leurs chevaux.

— Vous êtes certaine que tout ira bien sans moi ? demanda Sìleas à sa belle-mère.

— Ne t'inquiète pas, répondit celle-ci en lui tapotant la main. Je me sens comme avant. Nous nous débrouillerons très bien, Payton et moi.

Sìleas l'embrassa sur la joue avant de s'approcher de l'endroit où les trois hommes attendaient sur leurs montures.

— Le temps est magnifique, remarqua-t-elle. Nous pourrions marcher.

— Nous y allons à cheval, répondit Ian.

La pluie n'était qu'un léger crachin ; un temps effectivement agréable pour la mi-octobre dans les Highlands. Mais Ian voulait disposer de montures en cas de départ précipité.

Voyant Sìleas se diriger vers le cheval de Niall, il fit avancer le sien pour lui bloquer le passage, puis il lui tendit la main.

— Monte avec moi.

Pendant quelques secondes, il crut qu'elle allait refuser, ce qui le contraria. Puis il se rappela qu'elle ignorait encore sa décision. Lorsque, enfin, elle lui prit la main, il la fit monter devant lui d'un mouvement ample. Il la serra contre lui et mit son cheval au trot. En se retournant pour saluer sa mère, il distingua un hochement de tête appréciatif de sa part.

Sa décision de conserver Sìleas pour épouse ferait le bonheur des deux femmes.

Il avait le plus grand mal à se concentrer avec l'odeur de ses cheveux juste sous le nez et son derrière niché entre ses cuisses. Mais le trajet était court, et il s'efforça de réfléchir à ce qu'il dirait aux hommes une fois sur place.

À l'approche de l'église, ils durent passer devant Dunscaith Castle, le fief de leur chef de clan. Deux femmes étaient à l'origine de la renommée de ce château, deux ancêtres de Duncan, à en croire Teàrlag. D'après les vieux récits, Dunscaith avait été érigé en une seule nuit par une sorcière des mers. C'était là également que la grande reine guerrière celte, Scáthach, avait choisi d'établir la légendaire école où furent formés tant de héros.

Ian avait vu le château à des milliers de reprises auparavant mais, pour la première fois, il le considérait avec l'œil de l'assaillant. Bâti sur un rocher qui saillait de la mer, il n'était séparé de la côte que par une vingtaine de pieds. Si l'à-pic de l'affleurement ne suffisait pas à décourager une attaque par la mer, le rempart épais qui le ceignait s'en chargerait.

Pour pénétrer dans le château, un éventuel assaillant devrait soit passer par l'entrée maritime, qu'il était facile de condamner, soit traverser le passage fortifié qui le reliait à l'île. Mais, même s'il parvenait à emprunter celui-ci, les défenseurs du château pouvaient encore relever le pont-levis qui le terminait. Et en admettant qu'il franchisse malgré tout le pont-levis, il lui faudrait encore se frayer un chemin dans un escalier fortifié si étroit que deux hommes armés ne pouvaient y progresser de front.

— Un château facile à défendre et presque impossible à prendre, déclara Alex, comme en écho aux pensées de Ian.

— Oui.

Tandis qu'ils le dépassaient, Ian plissa les yeux en direction de la tour. Hugh s'y trouvait-il en ce moment ? Les observait-il depuis là-haut ?

L'idée qu'un homme cupide, qui ne respectait rien, trône dans le château où Scáthach avait autrefois formé ses célèbres guerriers, était insupportable.

Ian aperçut un rassemblement déjà important devant l'église, qui n'était qu'à un jet de pierre du passage menant à Dunscaith. C'était un bâtiment modeste, blanchi à la chaux, le parent pauvre des cathédrales qu'Ian avait vues en France.

L'esprit tourné vers Hugh et les tâches à venir, Ian se rendit compte qu'il n'avait pas adressé le moindre mot à Sìleas, mais il n'en avait pas le temps pour le moment.

—Protège-la, dit-il à son frère, en l'aidant à descendre. Je dois aller parler aux hommes.

Comme ils l'avaient prévu, Alex et lui se séparèrent pour essayer d'apprendre ce que les gens pensaient de la volonté de Hugh de devenir leur chef. Après avoir salué son retour, certains lui parlèrent à voix basse des mauvais traitements que Hugh leur infligeait, à eux ou à leur famille. Tait MacDonald, un type maigre d'une trentaine d'années, ne prit même pas la peine de baisser le ton.

—Hugh a violé ma sœur et l'a laissée en cloque, déclara-t-il, le regard brûlant de haine.

—Je présume que tu ne tiens pas particulièrement à attendre le Jugement dernier pour le voir puni, dit Ian. À ta place, je ne pourrais pas.

—Hugh a plutôt intérêt à surveiller ses arrières. (Tait s'avança imperceptiblement.) Beaucoup seraient prêts à te soutenir si tu revendiquais le commandement.

—Je ne suis pas de la famille du chef.

Ian était certes un guerrier hors pair, capable de diriger les hommes au combat, mais les meilleurs meneurs devaient pouvoir être de patients tacticiens, et il ne brillait pas par sa patience, contrairement à son cousin.

—Non, ce rôle revient à Connor, conclut-il. Il est rentré, et fera un grand chef, meilleur encore que son père.

—Dis à Connor que je suis avec lui, lui assura Tait.

Ian le regarda de la tête aux pieds et supposa que sa rapidité compenserait sa frêle stature au combat.

—Il sera ravi de pouvoir compter sur ton soutien.

C'était un début. D'autres suivraient. Comme le dit l'adage : « Une vache brise l'enclos, douze le franchissent. »

—Le problème, c'est que Connor n'est encore qu'un gamin dans l'esprit des gens, reprit Tait. Ça fait longtemps qu'il est parti.

Tait avait raison. Ils avaient besoin de voir de quoi Connor était capable en tant qu'homme. Cependant, apparaître en public trop tôt pourrait lui coûter la vie.

—D'un autre côté, enchaîna Tait, tous ont trouvé révoltant qu'après s'être proclamé chef Hugh soit resté sans broncher lorsque les MacKinnon ont attaqué Knock Castle. Personne n'a compris pourquoi il n'a pas essayé de le récupérer.

Cette perte constituait un maillon de plus à la chaîne de culpabilité qu'Ian portait autour du cou. Car, même s'il ne l'avait pas choisi, la défense de Knock Castle relevait de sa responsabilité.

Le lendemain de son « mariage », son chef de clan et lui avaient surpris le beau-père de Sìleas en lui annonçant la nouvelle. Ils étaient par ailleurs accompagnés d'une véritable armée. À peine les MacKinnon avaient-ils abandonné le château qu'Ian avait embarqué pour la France, sans se soucier de l'homme que son chef choisirait pour garder le château en son nom. Mais, à présent, une fureur teintée de honte lui nouait les tripes. Le membre du clan qui avait occupé sa place comme défenseur du château était mort lors de l'attaque menée par les MacKinnon.

Tandis qu'il progressait dans la foule, Ian entendit de nouveaux échos de la rancœur née de la perte de Knock Castle.

—Qu'est-ce que tu comptes faire pour le château de ta femme ? lui demanda plus d'un fidèle. Nous sommes prêts à nous battre pour le récupérer, mais il nous faut un meneur.

Quand on parle du loup…

Voyant les hommes qui l'entouraient tourner la tête et s'écarter, Ian fit volte-face et découvrit Hugh Dubh qui débouchait du passage fortifié, suivi par une vingtaine de soldats. Ian échangea un regard avec son cousin par-dessus la foule pour s'assurer qu'il avait vu Hugh. Alex hocha la tête et s'approcha de lui.

Ian prit le prêtre par le bras.

—Mon père, emmenez les femmes et les enfants dans l'église.

L'ecclésiastique se tourna et aperçut Hugh et ses hommes.

—Je vais les faire entrer, mais, je vous préviens, je ne tolérerai aucune violence dans la cour de l'église.

—Tout dépend de Hugh, répondit Ian. Tout ce que je peux vous promettre, c'est de ne pas déclencher les hostilités.

Ian alla ensuite trouver Sìleas et Niall.

—Allez à l'intérieur, leur ordonna-t-il en plaçant sa main dans le creux des reins de sa femme pour la pousser doucement.

Elle considéra d'un regard noir les hommes qui approchaient.

—Je n'ai pas peur de Hugh.

—Tu devrais, répliqua Ian en lui saisissant fermement le bras pour lui faire comprendre qu'il ne plaisantait pas. Niall, veille à ce qu'elle entre dans l'église avant d'aller aider le prêtre avec les autres.

Niall et Sìleas lui retournèrent une même grimace, mais il n'avait pas le temps de discuter.

—Allez-y maintenant, tous les deux.

Il vint se placer à côté de son cousin à l'instant où Hugh et ses hommes pénétraient dans la cour de l'église. Hugh braqua son regard droit sur lui, ce qui convenait parfaitement à Ian.

Je suis prêt à t'arracher les bourses, Hugh Dubh.

Hugh se planta à un pas de lui, les jambes écartées, d'un air supérieur. Pendant un long moment, ils se dévisagèrent. Hugh était un type imposant au visage carré et dont la ressemblance avec le père de Connor et de Ragnall était frappante. Dernier des six fils de son père, il ne devait pas avoir plus de trente ans, même si les années passées en mer le faisaient paraître plus vieux.

Lorsque le père de Connor avait été désigné chef, Hugh s'était lancé dans la piraterie. À en juger par les histoires hautes en couleur qui circulaient à son sujet, Hugh avait mené un commerce prospère. D'aucuns, troublés par la façon dont disparaissaient ses navires après une attaque, prétendaient même qu'il pouvait invoquer le brouillard à l'envi. D'autres prétendaient qu'il possédait une immense cache d'or sur l'île d'Uist et qu'il nourrissait le dragon chargé de la garder avec de jeunes enfants.

—J'ai entendu dire que vous étiez rentrés, déclara Hugh, une main posée sur le manche du long dirk passé dans sa ceinture. Vous auriez dû passer au château me présenter vos hommages.

—Si les gens qui travaillaient nos terres avaient continué à le faire, répliqua Ian, j'aurais peut-être trouvé le temps pour une petite visite.

—Reculez, vous autres, dit Hugh, une main brandie. J'aimerais dire quelques mots à nos deux fils prodigues en privé. (Il attendit que les fidèles aient fait quelques pas en arrière.) Je ne faisais qu'inciter ton père à me prêter allégeance, dit-il, une lueur d'amusement dans le regard.

Mais, maintenant que tu es là, je serais ravi que tu t'en charges pour lui.

La colère vibrait en Ian. Sa main le démangeait, ne demandant qu'à saisir la claymore qu'il avait sanglée dans le dos. Un simple geste suffirait à débarrasser le clan de cette vermine.

Ian ne fit aucun effort pour garder le contrôle de sa voix.

— Tant que mon père vivra, je ne prendrai aucune décision à sa place.

Espèce de misérable salaud.

— J'ai cru comprendre qu'il avait perdu l'esprit, en plus de sa jambe, persifla Hugh. Il est de ton devoir de faire face et de prendre la relève en tant que chef de famille.

— Comme tous le savent ici, répliqua Ian d'une voix sonore, en englobant d'un geste la foule qui les entourait, mon père a livré de nombreuses batailles pour protéger notre clan. Il mérite le respect de son fils et celui de son clan. (Les fidèles hochèrent la tête ou grognèrent en signe d'approbation.) Je ne compte pas prendre sa place, ni prêter un quelconque serment en son nom, ajouta-t-il en foudroyant Hugh du regard.

— Et ton père à toi, Alex Bàn MacDonald, quelle est sa position ? demanda Hugh.

— Puisque vous me posez la question, j'en déduis qu'il ne vous a pas apporté son soutien, répondit Alex avec un sourire qui laissait supposer qu'il savait parfaitement que son père n'appuierait jamais Hugh. Vous ne pensez tout de même pas qu'il nourrisse des réserves quant à votre capacité à diriger, si ?

Une veine tressaillait dans le cou de Hugh tandis que son regard passait sans cesse d'un cousin à l'autre.

— Il finira bien par mettre un genou à terre, comme vous tous ici, aboya Hugh. Vous pouvez d'ailleurs informer Connor de son sort quand vous le verrez.

Ian se retourna pour s'adresser aux hommes qui se tenaient derrière lui, laissant Alex couvrir ses arrières.

— En tant que fils de Payton, neveu de notre chef défunt et membre de son clan, cria-t-il, je demande la tenue d'une assemblée afin de choisir notre prochain chef, comme l'exige notre coutume.

Lorsqu'il fit de nouveau face à Hugh, il lut sur les traits de celui-ci une irrépressible envie de lui planter sa claymore dans le cœur, mais une seconde vague de grognements approbateurs l'en dissuada.

— C'est une excellente idée, concéda-t-il, la mâchoire crispée. Réunissons-nous tous dans la cour du château et décidons sur-le-champ.

Ses hommes, un groupe de brutes rencontrées lors de ses jours de piraterie, brandirent le poing en hurlant leur assentiment. Durant quelques instants, Ian crut avoir perdu son emprise sur la foule, mais le silence qui régnait dans ses rangs lui indiqua clairement que tous n'approuvaient pas la suggestion de Hugh.

— Chaque homme doit pouvoir exprimer sa voix lors de la sélection d'un chef, s'écria Tait. Il faut prévenir tous les membres du clan et les informer d'une date.

Un lourd murmure approbateur résonna.

Hugh, qui décryptait aussi bien qu'Ian les réactions de la foule, déclara :

— Nous confirmerons ma position de chef à la réunion de Samhain. J'annoncerai publiquement que j'attends la venue de chacun afin de me prêter allégeance.

Alex se tourna vers son cousin. Au moins s'épargneraient-ils une lutte pour pénétrer dans Dunscaith.

— Maintenant, allons assister au baptême de ces bébés, indiqua Hugh à ses hommes.

La foule s'ouvrit pour les laisser accéder à l'église.

— Tu as du nerf, dit Ian à Alex, tandis qu'ils attendaient que les autres soient entrés. « Vous ne pensez tout de même pas qu'il nourrisse des réserves quant à votre capacité à diriger, si ? »

— Moi ? Mais j'essayais seulement de lui faire sortir les yeux de la tête autant que tu l'avais fait.

Tous deux rirent sèchement, puis se dirigèrent vers l'église.

— À peine trois semaines nous séparent de Samhain, remarqua Alex d'une voix tendue.

— Il serait peut-être plus simple de prendre le château par la force que de convaincre ces entêtés de MacDonald de quoi que ce soit en si peu de temps.

— Il est bien dommage que la mère de Hugh ne l'ait pas noyé à la naissance.

— Ça, je ne te le fais pas dire.

Le prêtre, dont la carrure de guerrier correspondait bien à l'attitude, se tenait à la porte pour obliger chaque homme à laisser ses armes à l'extérieur.

— Les gars, veuillez déposer vos claymores sur cette pile et vos dirks sur celle-là. Je n'autorise aucune arme dans mon église.

— Avez-vous également obligé Hugh Dubh et ses hommes à abandonner les leurs ? demanda Ian lorsque son tour fut venu.

— Oui, répondit le prêtre. Et vous allez les imiter.

— Vous êtes courageux, commença Ian à voix basse. Et, si vous êtes du côté du bien, vous savez que ce Hugh est un suppôt du diable.

Les yeux noirs de l'ecclésiastique s'embrasèrent, et il hocha imperceptiblement la tête.

— Ce Hugh et ses hommes auront sans le moindre doute dissimulé quelques lames à votre vue, poursuivit Ian.

Sauf votre respect, je pense que mon cousin et moi-même ferions mieux de garder les nôtres.

— Cachez-les bien, concéda le prêtre dans un murmure.

Ian se pencha vers le prêtre pour lui glisser à l'oreille :

— Lorsque le moment sera venu, nous aurons besoin de tous les hommes valides, y compris vous, mon père.

— Dieu récompensera les justes, répliqua-t-il. Mais vous retardez Son œuvre, alors entrez.

Un regard d'Ian suffit à faire comprendre aux garçons assis au dernier rang qu'ils devaient se trouver une autre place. Alex et lui devaient rester le plus près possible de la porte et des piles d'armes entassées à l'extérieur. Une fois assis, Ian balaya l'assemblée du regard à la recherche de Sìleas. Il ne lui fallut que quelques secondes pour la repérer dans les premiers rangs. L'éclat de sa chevelure la rendait facile à distinguer, même parmi de nombreux roux.

— C'est qui, à côté d'elle ? siffla-t-il à son cousin.

— À côté de qui ?

— Tu sais très bien que je parle de Sìleas.

Alex ne fit rien pour masquer son sourire.

— On dirait ton voisin, Gòrdan. C'est un type bien, ce Gòrdan, ajouta-t-il après une pause. Et je suis prêt à parier que les filles le trouvent bel homme.

Ian bouillonnait d'impatience, tandis qu'on aspergeait une dizaine de nourrissons braillards et qu'on priait.

— Par tous les saints, combien d'enfants sont nés cette année ? se plaignit-il.

— J'ai l'impression que les hommes n'ont pas chômé cet hiver, répondit Alex.

Alex et Ian furent les premiers sortis de l'église, à peine le dernier bébé baptisé. Les gouttes d'eau bénite n'avaient pas eu le temps de sécher sur la minuscule tête que, déjà, ils avaient empoigné leurs armes.

— Quel bonheur de la retrouver, déclara Ian en déposant un baiser sur la lame de sa claymore.

Côte à côte, l'arme au clair, les deux cousins attendirent que Hugh et ses sbires quittent l'église.

Hugh s'immobilisa à leur hauteur.

— Écoutez-moi bien, siffla-t-il à mi-voix. À moins que vous ne soyez morts d'ici à Samhain, je vous garantis que vous vous inclinerez devant moi lors de l'assemblée.

— L'un de nous sera mort avant cela, répliqua Ian.

Il croisa le regard de chacun des hommes qui sortaient de l'église et en reconnut la plupart. Tous comprenaient que le retour de France des enfants du pays modifiait l'équilibre des pouvoirs sur Skye. Il leur faudrait choisir un camp.

Alors que le dernier des sbires de Hugh empruntait le pont menant au château, Ian aperçut Ilysa, la sœur de Duncan. Elle était si frêle qu'on avait du mal à croire que Duncan et elle soient de la même mère. Vêtue d'une robe informe, les cheveux couverts d'un foulard terne de grand-mère, elle évoluait parmi les femmes mariées. Ian ne la remarqua que lorsqu'elle leva les yeux pour lui adresser un regard incisif. Elle inclina ensuite la tête pour lui indiquer qu'elle voulait lui parler.

Il s'approcha du groupe de femmes qui l'encerclèrent et l'assaillirent de questions sur son voyage. Il lui fallut faire preuve de patience pour extirper Ilysa du lot.

— Je suis désolé que tu aies perdu ton époux à Flodden, déclara-t-il une fois que les autres furent hors de portée de voix.

Une émotion indéchiffrable déforma les traits d'Ilysa avant qu'elle baisse les yeux et accepte ses condoléances d'un hochement de tête.

— Où vis-tu, à présent? lui demanda-t-il.

— Je suis retournée au château.

Ian la dévisagea.

— Ce n'est pas un endroit sûr. Hugh et ses hommes sont des brutes.

Ilysa et Duncan avaient certes grandi dans ce château, mais Ian avait supposé qu'elle serait allée s'installer chez la famille de son défunt mari.

— Oh, tu sais, personne ne fait attention à moi! lui assura-t-elle avec un faible sourire. Et, pour être certaine qu'ils me laissent tranquille, je clame sur tous les toits que Teàrlag m'enseigne la magie.

— Je n'arrive pas à croire que Duncan te laisse vivre là-bas.

— Comme s'il avait son mot à dire, répliqua-t-il en levant les yeux au ciel. Je me suis bien dispensée de ses recommandations pendant que vous étiez partis, tous les quatre. Il a bien insisté, mais j'ai la tête deux fois plus dure que lui.

Ce qui n'était pas peu dire.

— Mais pourquoi restes-tu dans ce château? Si tu ne veux pas t'établir chez tes beaux-parents, tu es la bienvenue chez nous.

— Connor a besoin que quelqu'un laisse traîner ses yeux et ses oreilles au château, et aucun de vous ne peut le faire, expliqua-t-elle. Hugh a une si piètre opinion des femmes qu'il n'imagine même pas que je puisse l'espionner.

Si Duncan n'était pas parvenu à lui faire changer d'avis, Ian n'avait aucune chance.

— Fais bien attention à toi. Ne prends aucun risque.

— J'ai un message de la part de Connor et de Duncan, glissa-t-elle à voix basse. Tu dois les retrouver dans la grotte, sous le repaire de Teàrlag, après-demain.

Alex les rejoignit par-derrière et passa son bras autour des frêles épaules d'Ilysa.

— Alors, comment se porte la sœurette de Duncan?

— Je vais bien, merci. Et tu peux enlever tes pattes de là, Alexander Bàn, répondit-elle avec bonne humeur, tout en repoussant le bras d'Alex. Dans quels ennuis vas-tu te fourrer, maintenant ?

— Des ennuis, moi ? Non, j'ai même fait une bonne action, retourna Alex avec un petit sourire diabolique.

Puis, se tournant vers Ian, il ajouta :

— J'ai trouvé quelqu'un pour aider ta mère et Sìleas en cuisine.

— Voyez-vous cela ? dit Ian en se grattant la nuque. Laisse-moi deviner. La personne en question serait-elle par hasard une jeune femme charmante aux mœurs dissolues ?

— Alors que je m'efforce de venir en aide à une pauvre femme abandonnée par son mari, plaida Alex en secouant la tête, tout ce que tu trouves à faire, c'est critiquer.

— Tu ne serais pas en train de parler de Dina, des fois ? intervint Ilysa.

Dina ? Ian se souvenait vaguement d'une fille pulpeuse aux yeux noirs, de quelques années son aînée. Il s'était aventuré entre ses cuisses à une ou deux reprises alors qu'il était à peine assez âgé pour savoir quoi faire.

— Eh bien, bonne chance ! lâcha Ilysa. Je dois y aller. Il faut que Hugh continue à croire que, sans moi, sa table ne sera jamais garnie de nourriture et de bière.

Une fois la jeune femme partie, Ian déclara :

— Tu aurais quand même pu me demander mon avis avant d'inviter quelqu'un à vivre chez moi.

— Je ne t'ai pas trouvé très entreprenant dans ta recherche d'une aide pour ta mère et ta femme, se dédouana Alex avec un haussement d'épaules. Mais si tu préfères qu'elles s'usent les doigts jusqu'à l'os, dans ce cas…

À l'évocation de Sìleas, Ian passa en revue les quelques femmes encore présentes dans la cour.

— As-tu vu Sìleas ? demanda-t-il, persuadé qu'elle était retournée dans l'église.

— Elle est partie avec Gòrdan. (Alex s'éclaircit la voix.) Pour leur traditionnelle balade du dimanche.

— Leur quoi ?

— Du calme… Elle a dit qu'elle nous retrouverait à la maison. Vois-tu, Gòrdan se joindra à la famille pour le repas dominical. Comme d'habitude.

— Non, mais à quoi elle joue ? s'écria Ian qui avait l'impression que sa tête menaçait d'exploser.

— À se promener, je suppose, répliqua Alex.

Ian rêvait de lui faire disparaître son sourire à coups de poing.

Ce traître de Gòrdan ! Ian rejoignit son frère, qui se tenait auprès de leurs chevaux, et le saisit par le bras.

— Explique-moi ce qui se passe entre Sìleas et Gòrdan.

Niall se dégagea de l'emprise de son frère d'un geste brusque.

— Gòrdan se charge de la protéger, comme nous l'avons tous fait en ton absence.

Sur ces mots, Niall bondit en selle et talonna sa monture, qui s'élança au galop. Ian expira lentement en se demandant ce qu'il était advenu du petit garçon qui le regardait avec admiration. Il lui faudrait avoir une discussion avec son frère. Mais, avant cela, il devait s'occuper de Sìleas.

Sur le chemin du retour, il ne répondit pas aux tentatives de son cousin pour engager la conversation. Il n'était pas d'humeur à bavarder. Il scrutait les alentours à la recherche de Gòrdan et Sìleas, mais n'aperçut pas le couple en vadrouille durant le trajet.

S'ils avaient quitté le sentier, où diable étaient-ils passés ?

Chapitre 8

Une fois de retour à la maison familiale, Alex se rendit dans l'écurie, indiquant qu'il préférait la compagnie des bêtes à celle de son cousin. Niall avait aussi dû s'éclipser car il était introuvable. Ian trouva sa mère seule, occupée à tricoter au coin du feu.

— Comment va père ? demanda-t-il.

— Il dort.

Ian s'assit, les bras croisés, en attendant Gòrdan et Sìleas. Sa mère leva les yeux de son ouvrage.

— Qu'est-ce qui te tracasse, mon fils ?

— J'essaie de comprendre pourquoi ma famille semble pousser Sìleas à traîner avec Gòrdan chaque fois qu'elle le peut, expliqua-t-il, les dents serrées. Tu sais de quoi cela a l'air, mère. La mère de Sìl ne lui a certes pas appris que sa réputation pourrait pâtir de ce genre de comportement, mais toi, tu le sais. Pourquoi ne lui as-tu rien dit ?

Sa mère se rembrunit.

— Si tu étais si préoccupé par le sort de ta femme, tu aurais peut-être dû rentrer plus tôt.

— J'étais loin de me douter qu'elle arpentait tout Skye en compagnie de Gòrdan Graumach MacDonald.

Et il valait mieux pour elle que sa relation avec Gòrdan se cantonne à sillonner l'île.

—Ah, les hommes, marmonna sa mère qui reporta son attention sur sa couture. Tu devrais plutôt remercier Gòrdan d'avoir veillé sur elle.

—Je devrais le remercier ? s'exclama Ian qui luttait pour ne pas s'emporter.

—Tu ne peux quand même pas attendre d'elle qu'elle reste enfermée dans la maison toute la journée, répliqua sa mère. Ton père n'a jamais voulu la laisser sortir seule, de peur que les MacKinnon ne l'enlèvent. Depuis qu'il est blessé et que les autres hommes ont cessé de travailler nos terres, Gòrdan s'est gentiment proposé pour l'accompagner chaque fois que ton frère ne le pouvait pas.

—Hum, grogna Ian. Gòrdan a forcément une idée derrière la tête.

—Gòrdan est un honnête homme. Si tu ne veux pas de Sìleas comme femme, je serai heureuse qu'elle le prenne pour époux.

Ian se redressa.

—Pour époux, dis-tu ?

—Pas si fort. Tu vas réveiller ton père.

Avant son retour, Ian avait prévu de trouver quelqu'un de bien pour Sìleas. Mais Gòrdan ? Il ne ferait jamais l'affaire.

—Ce serait un bon mariage pour notre Sìleas – si on exclut la mère de Gòrdan, bien entendu, ajouta-t-elle en claquant la langue. Cette femme sera une épreuve pour sa future bru.

—Un bon mariage, si on exclut sa mère ? aboya Ian, qui n'en croyait pas ses oreilles.

—Oui, très bon, confirma-t-elle en rompant le fil avec ses dents. Perdre Sìleas serait comme perdre une de mes filles, une fois de plus. Si elle ne peut rester dans la famille, j'aime autant qu'elle s'installe à proximité.

—Qu'est-ce qui te fait penser que je suis disposé à laisser Gòrdan l'avoir?

Sa mère remisa son ouvrage de côté et lui adressa un mince sourire.

—Si tu as l'intention de faire d'elle ta femme, alors il est grand temps de le lui annoncer, tu ne crois pas?

En entendant la porte s'ouvrir, Ian se leva d'un bond. Sìleas entra, elle regardait derrière elle et riait. Elle était ravissante, avec ses joues rosies par le froid et ses boucles torsadées qui lui encadraient le visage.

Son rire mourut dès qu'elle tourna la tête et l'aperçut.

—Où étais-tu passée? demanda Ian, qui s'était planté devant elle, en attente d'explications.

—J'étais avec Gòrdan, répondit-elle en se débarrassant de sa cape, qu'elle tendit à son accompagnateur.

—Je ne vous ai pas vus sur le chemin.

—Parce que nous n'y étions pas, répliqua-t-elle.

Puis, s'adressant à la mère d'Ian, elle ajouta:

—Quel après-midi délicieux pour la saison! Non, ne bougez pas Beitris. Je m'occupe du dîner.

Elle passa devant Ian, à qui elle n'adressa qu'un infime coup d'œil, pour gagner la cuisine. Il était sur le point de lui emboîter le pas lorsque Alex passa la tête dans l'embrasure de la porte.

—Niall et moi aurions besoin de ton aide pour un cheval, lança-t-il avant de refermer la porte.

Ian sortit en un éclair et retrouva son cousin devant l'écurie.

—Pourquoi est-ce que tu as besoin de moi? Tu n'as pas ton pareil avec les chevaux.

—Je ne t'ai pas appelé pour que tu m'aides avec les canassons, chuchota Alex. Ton frère est à l'intérieur. Il est dans une telle fureur que j'ai peur qu'il ne fasse tourner le lait des vaches.

—Je n'ai pas le temps maintenant, répliqua Ian, les poings crispés. Je dois parler à Sìleas.

—Je pense que, pour le moment, il est préférable que tu parles à ton frère. J'ai essayé de lui expliquer que tu n'étais pas aussi stupide que le laissent croire les apparences, mais je crains de ne pas avoir été très convaincant, rapporta Alex avant de le gratifier d'une tape dans le dos. Va lui parler.

—Ah!

Ian entra dans l'écurie dont il claqua la porte derrière lui. Niall pansait son cheval.

Lorsqu'il leva les yeux et aperçut son frère, il projeta sa brosse contre le mur.

Ian saisit Niall avant qu'il passe devant lui en trombe.

—Niall, qu'est-ce qui…

—Repars en France! lui hurla son cadet au visage.

Ian dut bloquer le coup de poing que son frère tentait de lui assener en pleine face. Avant qu'il pense à se servir de son autre main, Ian lui fit faire volte-face et le saisit à la gorge. Tout comme Niall, il était à présent hors de lui.

—Ce n'est pas demain la veille que tu feras le poids face à ton grand frère. Je ne saurais trop te conseiller de ne pas retenter de sitôt, lui siffla-t-il à l'oreille.

Leur état rendant toute conversation impossible, Ian relâcha son étreinte.

Il garda les yeux rivés sur le dos raide de son frère, qui quitta furieusement l'écurie, les poings serrés. Il finit de panser le cheval, le temps de recouvrer son calme, puis il retourna dans la maison.

Lorsqu'il s'approcha pour s'asseoir à table, Niall et Gòrdan encadraient déjà Sìleas. Quant à Alex, il s'était installé face à la jeune femme. Ian s'assit et fusilla du regard son cousin qui mangeait à belles dents.

Sa mère lui parlait, mais il était incapable de suivre ce qu'elle disait tant il lui semblait évident que Gòrdan essayait de le déposséder de Sìleas, sous son propre toit. Par les os de Dieu, ce type ne la quittait jamais des yeux.

Et à quoi jouait Alex, à faire un tel étalage de son charme radieux ? D'autant que, à voir la façon dont Sìl riait à la moindre de ses remarques, celui-ci semblait agir.

Ian avala son dîner avec peine.

Sìleas était déterminée à ne pas se départir de sa bonne humeur. N'en déplut à Ian MacDonald. D'abord, il lui avait demandé de monter en selle avec lui, la laissant croire qu'il allait se conduire en époux devant la moitié du clan réunie à l'église, puis, à peine arrivés, il l'avait congédiée comme si elle n'était encore qu'une enfant.

Elle rejeta la tête en arrière et éclata de rire à la plaisanterie d'Alex, bien qu'elle n'en ait entendu qu'une partie.

Était-ce trop demander qu'Ian s'asseye à côté d'elle ? Pendant cinq années, elle avait dû endurer les remarques des autres femmes sur son mari absent. Si l'une d'elles l'avait regardée d'un œil compatissant ce jour-là, elle se serait mise à hurler sur-le-champ, même au beau milieu de l'église. Ce qui n'aurait fait qu'alimenter davantage les commérages.

Elle aurait dû être habituée à cette vexation, après tout ce temps. Mais elle avait sous-estimé l'intensité de la douleur qui la tenaillait chaque fois qu'une mère apportait son bébé aux fonts baptismaux, tandis que ses bras à elle restaient désespérément vides.

Ian ne l'avait même pas attendue à la sortie de l'église. Heureusement, Gòrdan avait gentiment proposé de la reconduire chez elle dès l'office terminé. Bien sûr, elle avait dû supporter ses regards implorants, mais il avait eu le bon sens de ne pas insister.

— Nous devrions leur parler des hommes que nous avons vus, glissa Gòrdan à voix basse, tandis que les autres discutaient.

— Non, articula-t-elle en silence.

Gòrdan parut contrarié, mais il ferait ce qu'elle lui demandait. Elle ne voulait pas inquiéter Beitris et Payton sans raison, alors que tous deux commençaient à se rétablir. Lorsqu'elle avait vu les trois étrangers qui s'approchaient d'eux sur le sentier, elle avait paniqué, certaine qu'il s'agissait d'une bande de MacKinnon venue l'enlever.

Foutaise ! Pourquoi s'en prendraient-ils à elle après tout ce temps ? Gòrdan et elle avaient néanmoins quitté le sentier et emprunté le raccourci qui menait chez le jeune homme, où il lui avait offert une lampée de whisky sous l'œil réprobateur de sa mère.

— Qu'est-ce que vous dites ? demanda Ian en fusillant Gòrdan du regard, depuis le bout de la table.

Sìleas lui donna un coup de pied pour le rappeler à sa promesse de garder le secret.

— Que je ferais mieux de rentrer chez moi, répondit l'intéressé en se levant. Ma mère va s'inquiéter.

Sìleas lui adressa un grand sourire, reconnaissante qu'il n'ait rien dévoilé.

— Merci de m'avoir raccompagnée.

À peine Gòrdan fut-il parti que l'on frappa à la porte.

— J'y vais, annonça Alex.

Lorsqu'il ouvrit, Dina, une femme que tous les hommes suivaient comme si elle détenait un secret, entra. Sìleas avait entendu dire à l'église que le mari de Dina avait retrouvé sa femme avec un autre homme dans le lit conjugal – ce qui n'avait surpris que lui – et l'avait congédiée.

Un sentiment de malaise s'empara de Sìleas lorsqu'elle vit que Dina déposait un lourd sac de toile à l'entrée.

— Merci de m'accueillir, dit-elle en saluant la mère d'Ian. Je suis une excellente cuisinière, et je ferai de mon mieux pour mettre la main à la pâte chaque fois que je le pourrai.

À en juger par l'expression de surprise qu'affichait Beitris, l'invitation n'avait pas émané d'elle.

— Ian et moi avons dit à Dina que vous seriez ravie qu'elle vous aide, expliqua Alex.

Sìleas lança un coup d'œil à Ian, qui couvait son cousin d'un regard noir, comme s'il lui reprochait d'avoir mentionné son implication dans cette affaire. Comment Ian pouvait-il lui faire une chose pareille, en plus de tout le reste ? C'était l'humiliation de trop.

L'effroyable souvenir s'insinua dans son esprit. Elle devait avoir neuf ans alors. Ian lui avait dit et répété qu'il était devenu un homme et ne pouvait plus se permettre de la laisser le suivre partout. Bien entendu, elle n'en avait tenu aucun compte.

Jusqu'au jour où elle l'avait surpris derrière une cabane de berger, les jambes de Dina autour de la taille.

Ah, il avait complètement oublié cette histoire de Dina ! Il aurait dû prévenir sa mère. Pourquoi diable Alex l'avait-il invitée ? Les choses n'étaient-elles pas déjà assez compliquées comme ça à la maison ?

— Je vais apporter son dîner à Payton, déclara Sìleas qui se leva en n'adressant qu'un bref coup d'œil en direction d'Ian. Tu dois avoir faim, Dina. Prends ma place.

Ian remarqua qu'elle n'avait pas touché à son assiette.

Une fois le repas terminé, Ian, accompagné de son cousin, alla trouver Payton pour discuter. Lorsqu'il essaya de croiser le regard de Sìleas, celle-ci quitta précipitamment la pièce, laissant une vague glaciale dans son sillage.

Ian aurait voulu la rattraper, mais son père attendait qu'il lui relate les événements de la journée. Payton sembla avoir recouvré une partie de sa sagacité tandis qu'ils débattaient de la marche à suivre. Ayant fait une longue sieste, il ne montra les premiers signes de fatigue que bien plus tard.

Lorsque Ian et Alex regagnèrent la salle principale, celle-ci était déserte.

—Eh, merde! lâcha Ian. J'aurais voulu parler à Sìleas, ce soir.

—Parler, hein? demanda Alex en lui donnant un petit coup de coude. J'avais cru comprendre que tu voulais faire d'elle ta femme dès aujourd'hui.

—Elle ne me facilite pas la tâche, répliqua Ian en prenant le pichet de whisky et deux verres sur l'étagère. On pourrait percer une armure avec les œillades qu'elle me lance.

—Ah! Elle est simplement énervée que tu l'aies fait attendre, relativisa Alex en se tapant sur la poitrine. Moi, en tout cas, je ne l'aurais pas fait attendre.

—Mais oui, bien sûr, tu es prêt pour le mariage, ça ne fait aucun doute, répliqua Ian avant d'avaler son whisky.

—Moi, non. Mais nous savons tous les deux que toi, tu es du genre à te marier. (Alex imita son cousin et lui fit signe de le resservir.) Tu ne trouveras pas mieux que Sìleas. Cette fille a du feu dans les veines.

Avant d'engloutir leur deuxième verre, ils trinquèrent et scandèrent:

—Pas de bonne santé sans bonne descente.

—Qu'est-ce que je peux faire? demanda Ian en s'essuyant la bouche. Elle se comporte comme si elle me détestait. Elle passe son temps à s'enfuir avec ce Gòrdan Graumach.

— Tu ne peux pas laisser Gòrdan te la prendre ; il est bien trop insipide pour une femme pareille. Moi, je saurais quoi faire d'un tel feu.

— L'heure n'est pas à la plaisanterie, l'interrompit Ian, de plus en plus irrité. Et ça commence à me fatiguer plus qu'un peu de t'entendre sans cesse dire ce que tu ferais à ma place.

— Qui a dit que je plaisantais ? répondit Alex en haussant une épaule. Tu ne préférerais pas qu'elle soit avec moi plutôt qu'avec Gòrdan ? Ah, quel gâchis cela serait de la voir aux mains d'un homme si peu imaginatif !

— Je n'apprécie pas que tu parles de ma femme comme ça ! s'exclama Ian, les poings serrés.

— Si tu es assez stupide pour laisser Sìleas partir sans te battre, c'est que tu ne la mérites pas. (Alex, soudain redevenu grave, se pencha en avant.) Et si tu ne fais pas d'elle ta femme rapidement, tu vas la perdre.

— Elle est ma femme, répliqua Ian, la mâchoire crispée. Et j'ai bien l'intention de la garder.

— Dans ce cas, tu ferais bien de te bouger. J'ai grandi avec une femme aigrie et, crois-moi, à force de trop pardonner, elles finissent par te haïr.

Cette pensée les déprima, et ils burent une nouvelle tournée.

— En parlant de tes parents, reprit Ian, quand est-ce que tu comptes aller les voir ?

— Quel que soit celui que j'irai voir en premier, l'autre me le reprochera jusqu'à la fin de ses jours. (Alex soupira longuement.) Je vais attendre l'assemblée de Samhain, comme ça, je les verrai tous les deux en même temps.

— Combien de fois ta mère a-t-elle essayé d'empoisonner ton père ? demanda Ian sans attendre de réponse. Tu ne trouves pas ça bizarre qu'aucun ne se soit remarié ?

— Remercions Dieu qu'ils n'aient entrepris de torturer personne d'autre. Leur seul point commun, c'est de vouloir que je commette la même erreur qu'eux. Ils souhaitent que je me marie et que je leur donne un héritier, expliqua Alex en secouant la tête. Peut-être devrais-je sauver Sìleas des bras de Gòrdan. Ce serait assez agréable de travailler à ma descendance avec elle.

Ian saisit Alex par le devant de sa chemise.

— Je t'ai déjà dit de ne pas parler d'elle comme ça !

Un petit rire l'empêcha de mettre son poing dans la figure de son cousin. Il se retourna et aperçut Dina qui sortait de la cuisine d'un pas nonchalant.

— Vous vous battez déjà pour moi, c'est ça ? demanda-t-elle.

— Prends ton temps avant de rejoindre la dépendance, dit Alex à son cousin, puis il se leva de table.

Il passa son bras sur l'épaule de Dina, et tous deux se dirigèrent vers la porte.

Ian versa un peu de whisky dans son verre où il fit tournoyer le nectar ambré. S'il avait à choisir, il prendrait sans hésiter un bon whisky écossais plutôt qu'un vin français. Il sentit l'agréable brûlure accompagner le liquide dans sa gorge. Bon sang, il préférerait même un mauvais scotch au meilleur des vins français.

Nom de Dieu, mais pourquoi dormait-il chaque nuit dans un lit froid, à côté d'Alex ? Sìleas était sa femme, non ? Elle dormait dans sa chambre à lui, dans son lit, même.

Ils avaient prononcé leur serment devant un prêtre. Cela voulait bien dire quelque chose. Certes, il avait été sur le point de renoncer à elle, mais c'était avant qu'il rentre et la retrouve adulte.

Et, par tous les saints, quelle adulte !

Il repensa à sa poitrine galbée, au balancement envoûtant de ses jupes dans l'escalier, à la lueur qui scintillait dans son regard d'émeraude, à la peau laiteuse de son cou.

Son verre étant vide, il but une longue lampée à même le pichet.

Il rêvait de voir plus de cette peau laiteuse. De la sentir. D'y faire courir sa langue. Et rien ne saurait l'en empêcher. Sìleas était sienne. L'Église les avait unis.

Bon sang, il n'aurait jamais dû hésiter ! C'était là que résidait à présent le problème. Tout ce qu'il avait à faire, c'était de lui montrer qu'il voulait être son époux.

Mais… était-il prêt à renoncer à toutes les autres femmes ? Était-il prêt à se dire que ce serait la dernière de qui il partagerait jamais la couche ? Il réfléchit quelques instants.

Oh oui.

Il allait lui faire comprendre combien il la désirait. Sìl était dotée d'un caractère fougueux, depuis toujours. Elle lui apporterait au lit tout ce dont il pourrait rêver, à n'en pas douter. Et il la satisferait tout autant. Elle ne prêterait plus jamais la moindre attention à ce Gòrdan Graumach.

Il reposa violemment son verre sur la table. Le moment était venu. Sa décision prise. Par tous les saints, il était prêt à s'engager.

La nuit à venir serait inoubliable.

Chapitre 9

Tan ôta ses bottes et s'engagea en silence dans l'escalier. Inutile d'informer toute la maisonnée de ses intentions. Il souleva le loquet de la chambre de Sìleas – de leur chambre – et se glissa à l'intérieur. Les ténèbres l'enveloppèrent tandis qu'il refermait la porte derrière lui.

Il tâtonna à la recherche de la barre, qu'il plaça en travers. Autant ne pas être dérangé au petit matin. Quelqu'un d'autre devrait se charger des corvées matinales ; il était bien décidé à garder Sìleas au lit jusque tard. Peut-être même ne se lèveraient-ils pas de la journée.

Il se tenait près de la porte, les muscles tendus par l'anticipation, à attendre que ses yeux s'accommodent de l'obscurité. Son sexe était déjà dressé, et presque douloureux. Dans le silence, il percevait la respiration de la jeune femme, aussi douce que des soupirs.

Petit à petit, il discerna sa forme étendue sur le lit. Elle était allongée sur le dos, un bras rejeté en arrière, encadrant l'oreiller où reposait sa tête. Il déglutit. Il garderait à jamais l'image de cette première nuit en mémoire. Une vague de tendresse inonda sa poitrine. C'était à lui de protéger cette femme. Sa femme.

Et il était disposé à en assumer la responsabilité.

La douleur qui lui vrillait le bas-ventre lui confirma qu'il était plus que prêt pour le plaisir. Le souffle court, saccadé, il s'approcha du lit.

Ce ne serait pas comme avec les autres femmes. Elle était son épouse. Elle était Sìleas.

Il avait l'estomac noué et la gorge sèche. Il ne pouvait résister à l'envie de la toucher. De lui ôter sa tenue et de faire courir ses mains pour la première fois sur sa peau douce. D'enfoncer ses doigts dans sa chevelure rousse tout en l'embrassant et en la caressant.

Ils seraient nus. Oui, complètement nus, peau contre peau. L'odeur des bruyères lui emplirait le nez. Il défit son kilt et enleva sa chemise, les laissant retomber sur le sol à ses pieds. Sìleas soupira lorsqu'il souleva les couvertures pour la rejoindre dessous. Les battements de son cœur l'assourdissaient presque.

Il avança la main et rencontra le tissu raide de la chemise de nuit, tandis que Sìleas s'écartait en roulant avec un nouveau soupir. Il s'approcha et posa la main sur le creux de sa taille.

Le désir grondait en lui telle une bête sauvage. Bon sang, elle était vierge. Il s'efforça de procéder avec lenteur, mais cela promettait d'être difficile.

Il l'attira contre lui et dut se mordre la lèvre pour ne pas succomber au désir qui lui inonda les sens, mettant sa résolution à rude épreuve. Il se contraignit à prendre plusieurs inspirations profondes. Il était bien décidé à savourer chaque aspect de cette première fois : l'odeur des cheveux de sa femme, la chaleur de son corps contre le sien.

Il repoussa sa chevelure sur le côté et l'embrassa dans la nuque.

—Mmm, gémit-elle d'une voix rauque.

Il sourit contre sa peau en s'imprégnant de son parfum. Il avait craint de devoir la convaincre, mais elle semblait n'attendre que sa venue.

—Sìl, murmura-t-il à son oreille. Je vais t'ôter ta chemise de nuit, maintenant.

Tandis qu'il se blottissait contre son cou, elle laissa échapper un nouveau gémissement qui lui enflamma le bas-ventre. Il eut ensuite le souffle brusquement coupé lorsqu'elle recula, plaquant les fesses contre son sexe douloureux.

Il s'appliquait à faire glisser la chemise de nuit en douceur, se délectant par avance du contact avec sa peau nue. Il la remonta au-dessus de ses hanches… Ah, sa peau était plus douce encore que ce qu'il avait imaginé. Encore un peu et son membre reposerait contre ses fesses nues.

—Tu ne peux pas savoir à quel point c'est bon, dit-il dans un murmure saccadé.

Si bon qu'il faillit lui mordre l'épaule. Mais les choses se passaient mieux que prévu, et il ne voulait pas la brusquer. Il préféra donc l'embrasser tendrement et lutta pour ne pas bouger. Elle poussa un grand soupir d'aise, si profond qu'il se demanda s'il ne s'inquiétait pas un peu trop.

Il regrettait de ne pas avoir de bougie. Il aurait voulu la regarder, mais rien ne saurait le faire sortir de ce lit à présent. C'était une torture délicieuse que de faire décrire à ses doigts la courbe de sa hanche. Puis, comme animée d'une volonté propre, sa main remonta et se referma sur le sein de la jeune femme.

Oh, Seigneur! Cette douceur rebondie qui lui emplissait la paume était magnifique. Il sentit le téton durcir et se dresser dans le creux de sa main : il était perdu. Le sang lui martelait les oreilles. Son appétit devenait vorace, irrésistible. Il la voulait, sans plus attendre.

Sa résolution de procéder avec lenteur n'était plus qu'une coquille de noix malmenée dans l'orage rugissant de son désir. Il ne désirait rien d'autre au monde que d'être en elle. En un clin d'œil, il l'allongea sur le dos. Caressant sa poitrine, les mains sous la chemise de nuit, et le sexe plaqué contre ses cuisses, il lui embrassait le cou.

—Ian ! Qu'est-ce que tu fais ?

Oui, que faisait-il ? Il s'efforça de se ressaisir. *Vierge. Elle est vierge.*

Une vierge n'aurait pas dû lui faire tant d'effet. Il lui prit le visage entre les mains et se pencha pour l'embrasser. L'innocence du baiser qu'elle lui rendit le troubla.

—Ah, Sìl, tu es une merveille !

Il fit courir sa langue sur la lèvre de la jeune femme et l'entendit inspirer. Au début, elle sembla résister à ses baisers mais, petit à petit, elle baissa la garde. Lorsqu'il la força à ouvrir la bouche, elle tressaillit, surprise, avant de se laisser aller. Le ballet de leurs langues entremêlées lui donna un aperçu du paradis à venir. Bien vite, il fut submergé par ses baisers.

Tout était parfait. Elle était parfaite.

Il crispa la main dans les cheveux de Sìleas.

—N'aie pas peur. Je ferai attention. Tu n'auras pas mal, lui chuchota-t-il à l'oreille en s'avançant un peu. Son cœur manqua un battement lorsque l'extrémité de son sexe rencontra la douce intimité de sa promise.

—Va-t'en ! hurla Sìleas en lui martelant la poitrine et les épaules de coups de poing.

—Quoi ? Quel est le problème ?

Elle ne répondit pas et continua à le griffer tout en se débattant furieusement, si bien qu'il roula sur le côté.

—Sìl, qu'est-ce que j'ai fait ?

Elle rejeta les couvertures et bondit hors du lit. Il aperçut ses longues jambes dans le clair de lune qui filtrait par la fenêtre avant qu'elle tire violemment sur sa chemise de nuit.

Elle alluma une bougie et le fusilla d'un regard assassin.

—Qu'est-ce que tu fais dans mon lit, Ian MacDonald ?

—C'est aussi le mien, répondit-il en essayant de recouvrer l'usage de son cerveau.

Son sexe était si dur qu'il lui faisait mal. Il avait été si proche…

—Comment oses-tu t'introduire ici pendant mon sommeil et espérer coucher avec moi ?

—Tu es ma femme, plaida Ian. Ce qui implique que je peux coucher avec toi.

—Alors, maintenant, je suis ta femme ? Ce n'est pourtant pas ce que tu disais jusqu'ici.

Elle croisa les bras sous sa poitrine, et il sentit sa gorge s'assécher.

—J'ai… j'ai décidé d'accepter la situation, lui expliqua-t-il, le regard et la pensée tournés vers ses seins ; le souvenir de leur contact sur sa peau irradiait dans ses paumes. Je suis prêt à te prendre pour épouse. Tout à fait prêt.

—Vraiment ? Et qu'est-ce qui t'a amené à cette décision après tout ce temps ?

Elle tapa du pied – un mauvais présage. Ah, même ses chevilles étaient jolies…

—Ian ! cria-t-elle pour attirer son attention. Je t'ai demandé ce qui t'avait décidé à vouloir être mon mari. Je croyais que je te dégoûtais.

Il lança ses jambes par-dessus le bord du lit et la scruta lentement de la tête aux pieds.

—Ce n'est plus le cas aujourd'hui, articula-t-il avec difficulté. Et, à en juger par la façon dont tu m'embrassais, je ne te dégoûte pas non plus.

Il ne put s'empêcher de sourire à cette évocation, ce qui était probablement une erreur.

—J'étais endormie !

Elle avait à présent les mains sur les hanches et tapait du pied avec frénésie.

— Peut-être au début, répondit-il, trouvant l'idée de la taquiner amusante. Mais je ne pense pas que tu dormais encore quand tu m'as rendu mes baisers.

— Je croyais être en train de rêver, expliqua-t-elle sèchement. Je ne savais pas ce que je faisais.

— Pour quelqu'un qui ne sait pas ce qu'il fait, tu te débrouillais plutôt bien, répliqua-t-il avec un rictus. Très bien, même.

Le rouge lui monta aux joues, la rendant plus jolie encore. Il empoigna sa chemise de nuit et l'attira vers lui.

— Je sais que tu as entendu certains mots malheureux à ton égard sortir de ma bouche avant mon départ, et je suis désolé de t'avoir blessée. Mais je te trouve séduisante, à présent. (Il baissa les yeux sur sa poitrine galbée.) Très séduisante.

Lorsqu'il releva la tête, il découvrit son regard assassin. Il eut beau réfléchir : il ne comprit pas ce qu'il avait dit de mal. Quelle femme n'appréciait pas les compliments ?

— Ce que tu essaies de m'expliquer, c'est que tu aimerais coucher avec moi, résuma-t-elle.

— Absolument.

— Et c'est pour cette raison que tu souhaites devenir mon époux.

— C'est l'une des raisons, en effet, reconnut-il, sur ses gardes. J'ai aussi vu tout ce que tu avais fait pour les miens et combien ils tiennent à toi. Ma mère t'adore.

— Donc, tu veux me garder car ta mère m'adore, répéta-t-elle. Voilà qui ferait chaud au cœur de n'importe quelle femme.

Ian comprit que la conversation lui échappait. Elle n'aurait même jamais dû avoir lieu. S'il parvenait à attirer Sìleas dans le lit, il lui ferait oublier toutes ces foutaises qui la mettaient hors d'elle. Il se leva et la serra contre lui.

— Je suis désolé si je ne trouve pas les mots adéquats, mais ta peau est si délicieuse, murmura-t-il dans son oreille, et tu sens si bon que j'ai du mal à réfléchir.

Elle haleta lorsqu'il s'empara d'un de ses seins. Enfin, elle paraissait à court de mots.

— Nous finirons de toute façon dans ce lit, Sìl. Ne me fais pas attendre. Je te désire trop.

Elle le repoussa brusquement.

— Vouloir coucher avec moi n'a rien d'extraordinaire, Ian MacDonald. (Elle écarta les bras.) La moitié des hommes du clan pourraient en dire autant. Du moins, je suis persuadée qu'ils ne refuseraient pas si je m'offrais à eux.

Les battements de son cœur l'assourdissaient.

— Si tu t'offrais à eux ? Si tu t'offrais à eux ?

— Ton envie de coucher avec moi n'est pas une raison suffisante, poursuivit-elle en traversant la pièce à grandes enjambées. (Une fois à la porte, elle se retourna.) Tu ne me mérites pas !

Elle claqua la porte avec une violence qui ébranla les galets alignés sur le rebord de la fenêtre.

Lui aussi était profondément contrarié. *Si elle s'offrait à eux.* Comment pouvait-elle dire une chose pareille ?

Il ramassa sa chemise et l'enfila tout en traversant la chambre en trois longues enjambées. Puis il s'engagea dans l'escalier à la suite de Sìleas.

— C'est toi, la première, qui voulais que je sois ton mari. Tu ne peux pas le nier.

— Ne m'approche pas ! hurla-t-elle. Ou je te plante un dirk dans le cœur, je le jure.

— Tu avais tout planifié pour t'éloigner de ton beau-père, lui cria-t-il en la suivant dans la salle commune, puis dans la cuisine. Et moi, je n'aurais pas dû avoir mon mot à dire, c'est ça ? Tout le monde aurait obtenu ce qu'il voulait, sauf moi.

Ils étaient à présent dans la cuisine, séparés par le plan de travail. Lorsqu'il tendit le bras pour attraper Sìleas par sa chemise de nuit, elle saisit une poêle et la brandit au-dessus de sa tête.

— Et maintenant que je veux que tu sois ma femme pour de bon, tu changes d'avis, poursuivit-il. Dans quoi est-ce que tu croyais t'engager ? Tu ne t'attendais pas à ce que ton mari veuille partager ton lit ?

— Si, bien sûr, mais il y a un an. Ou un mois, cria-t-elle. Ou même il y a quelques jours, lorsque tu as finalement daigné nous gratifier de ta présence.

— Je suis disposé, maintenant, à devenir ton époux, répéta Ian en serrant les dents.

— Oh, mille mercis ! (Elle leva les yeux au ciel et plaqua une main sur sa poitrine.) Mon cœur s'emballe à ces mots.

— Tu m'as choisi et, que cela te plaise ou non, je suis ton mari à présent. Et je ne veux plus jamais entendre ma femme parler des autres hommes et de ce qu'ils feraient si elle s'offrait à eux !

C'est alors que la poêle l'atteignit en pleine tête.

— Jésus, Marie, Joseph, mais tu m'as frappé ! s'exclama-t-il, courbé en deux.

Il souffrait le martyre.

Sìleas semblait aussi choquée que lui de son geste. Il se dit que, si elle était prête à lui pardonner, il pouvait bien en faire autant.

— Viens, chérie, ce n'est pas une manière de commencer notre vie conjugale.

— Non, tu as raison, reconnut-elle d'une voix tremblante.

Il aperçut le couteau de cuisine qu'elle tenait dans l'autre main et tendit le bras pour l'en déposséder.

—Pose cette lame, Sìl, et retournons au lit.

Elle le frappa une seconde fois.

Lorsqu'il reprit connaissance, Sìleas le surplombait, son couteau toujours à la main. À en juger par la flamme qui dansait dans son regard, elle hésitait à le lui planter dans le corps.

—Je pense que cet animal ne t'importunera plus, même sans que tu aies à te servir de mon meilleur couteau.

En entendant sa mère, Ian prit le risque de quitter Sìleas des yeux assez longtemps pour l'apercevoir sur le pas de la porte en chemise et bonnet de nuit. Sa longue tresse poivre et sel reposait sur son épaule, et elle avait les mains sur les hanches.

Ian roula sur le côté tandis que le couteau glissait de la paume de Sìleas et tombait par terre, à l'endroit où Ian s'était trouvé. Sìleas ouvrit la bouche, comme pour répondre à sa belle-mère, puis elle se plaqua une main sur les lèvres et quitta la pièce en courant.

—Merci, mère, dit Ian en se relevant.

Il secoua la tête pour recouvrer ses esprits et essayer de comprendre ce qui venait de se produire. À un moment, il embrassait Sìleas dans son lit et, la minute suivante, elle s'apprêtait à le tuer.

—Non, mais qu'est-ce qui t'a pris ? lui demanda sa mère.

—Moi ? répondit-il. C'est Sìleas qui a tenté de m'assassiner dans ta cuisine.

—Bah ! Même à moitié ivre comme tu l'es, je suppose qu'une fille de sa corpulence ne te poserait aucun problème, contra-t-elle en écartant sa remarque de la main. Maintenant, explique-moi pourquoi cette adorable jeune femme te poursuivait dans la cuisine, armée d'un couteau ?

—Je n'ai pas l'intention de parler de cela avec ma mère.

Il ramassa le couteau et la poêle qui gisaient par terre et les déposa brutalement sur la table.

Niall apparut alors sur le seuil de la porte, derrière sa mère.

— Qu'est-ce qu'il a fait à Sìleas ? Si elle est blessée, je le tue.

Ian soupira en s'emparant de nouveau de la poêle, au cas où il lui faudrait se défendre.

— Ça ne te regarde pas, dit sèchement sa mère à son plus jeune fils. Retourne te coucher. Je m'occupe d'Ian.

Niall adressa un long regard noir à son frère, les poings serrés, avant d'obéir à sa mère. Lorsque la porte se referma enfin, Ian reposa la poêle. La situation était si grotesque qu'elle lui arracha un sourire.

— Tu vas me gronder, c'est ça, mère ? Ne suis-je pas un peu trop vieux pour ça ?

— J'ai des conseils à te donner, répondit-elle. Et tu ferais bien de m'écouter si tu ne veux pas perdre ta femme.

Laissant échapper un soupir, il suivit sa mère dans la pièce principale et s'assit près de l'âtre. Sa tête résonnait encore des coups qu'il avait reçus. La jeune femme avait un sacré bras.

— Tu n'as presque pas adressé la parole à Sìleas depuis ton retour et, soudain, tu t'introduis dans sa chambre pour faire valoir tes droits d'époux, déclara sa mère en secouant la tête.

— Mère, pourrais-tu respecter mon intimité ? Cette affaire ne concerne que Sìleas et moi.

Elle repoussa de nouveau son argument d'un geste dédaigneux.

— Qu'est-ce qui t'a pris ? Tu as sauté sur cette pauvre fille ?

— Non, mère. Je ne lui ai pas sauté dessus, répondit Ian, qui s'efforçait de garder son calme. Mais elle est ma femme.

— Quelle espèce d'imbécile ai-je élevé ? dit-elle à voix haute en levant les yeux comme pour implorer les cieux.

— Vous m'avez forcé à l'épouser, et maintenant vous me dites que je ne peux pas agir comme son mari ?

— Tu sais parfaitement qu'il existe toutes sortes de mariages, répliqua-t-elle, un doigt pointé sur lui. Si tu veux que le tien soit heureux, alors écoute-moi bien.

Il pensa aux parents d'Alex, qui se livraient une guerre sans merci depuis aussi longtemps qu'il les connaissait.

— Très bien, mère. Dis-moi ce que tu penses que je devrais faire.

— Tu lui as brisé le cœur et tu l'as blessée dans son orgueil, exposa-t-elle. Par conséquent, tu dois gagner son pardon et retrouver sa confiance.

— Et comment suis-je censé procéder ?

— Parle-lui, passe du temps avec elle. Montre-lui que tu tiens à elle.

— Je tiens à elle.

— Je ne suis pas persuadée qu'elle l'a compris quand tu as fait irruption dans sa chambre en pleine nuit pour réclamer ton dû.

— Je te l'ai dit : ça ne s'est pas passé comme ça.

— Sìleas sait qu'on t'a marié de force, reprit sa mère, à présent penchée en avant. Tu vas donc devoir la convaincre que, si le choix t'était donné, ce serait elle, et aucune autre au monde, que tu choisirais.

Il voulait encore d'elle, même après qu'elle l'avait frappé à la tête avec une poêle – à deux reprises. Certainement, cela signifiait quelque chose.

Mais préférerait-il Sìleas à toutes les autres femmes ? Une semaine plus tôt il aurait été convaincu du contraire. À présent, il ne savait plus.

—Le père de Sìleas avait plus d'estime pour ses chiens que pour sa propre fille, puis elle a hérité d'un beau-père pire encore, poursuivit sa mère. Cette fille a besoin d'un homme qui voie sa vraie valeur et qui l'aime. Elle le mérite. Si tu ne t'en sens pas capable, tu ferais peut-être mieux de renoncer à elle.

Ian avait toujours bien aimé Sìleas. Mais il savait que ce n'était pas à cet amour-là que sa mère faisait référence. Elle parlait de ce qu'elle partageait avec son père.

Elle se leva et prit le visage de son fils entre ses mains.

—J'avais prévu que vous vous marieriez bien avant que ton père et ton oncle te surprennent à dormir avec elle dans la forêt.

Ian haussa les sourcils.

—Tu aurais peut-être pu m'en parler.

—Ça ne t'aurait pas rendu service, répondit-elle avant de lui déposer un baiser sur le front. Sìleas et toi êtes faits l'un pour l'autre. Ne détruis pas tout en te conduisant encore comme un imbécile.

Chapitre 10

À peine Ian fut-il assis à table pour partager le petit déjeuner avec son frère et son cousin que Niall se leva d'un bond, envoyant sa cuillère valser par terre. Après avoir gratifié son aîné d'un regard meurtrier, il quitta la pièce en trombe et sortit de la maison en claquant la porte derrière lui.

— Impossible d'avoir le calme dans cette famille, déclara Alex en faisant la moue. (Il s'étira ensuite avec des mouvements exagérés.) Un bruit effroyable m'a tiré du sommeil, la nuit dernière.

— Je ne veux plus entendre un mot, Alex. Tu es prévenu, répliqua Ian.

— J'en déduis que la nuit de noces ne s'est pas déroulée comme tu l'espérais. Tu veux que je te donne quelques indications, cousin ?

Ian s'apprêtait à bondir par-dessus la table, mais il se ravisa en apercevant le regard de mise en garde d'Alex.

— Belle matinée, Sìleas, lança ce dernier.

— Vraiment ? répondit-elle sèchement.

Dédaignant la place libre à côté d'Ian, elle fit tout le tour de la table pour venir s'asseoir près d'Alex.

Celui-ci adressa un coup d'œil interrogateur à son cousin, puis se mit à engloutir son porridge.

Ian s'éclaircit la voix.

— Bonjour, Sìl.

Elle garda les lèvres pincées en une fine ligne et entreprit de remuer le contenu de son bol avec vigueur. Le silence des minutes qui suivirent ne fut interrompu que par le bruit sporadique des couverts. Bien que visiblement absorbée par son porridge, Sìleas mangeait peu.

Finalement, elle reposa sa cuillère. Regardant derrière Ian comme s'il n'existait pas, elle demanda :

— Où est Niall ?

Ian se racla de nouveau la gorge.

— Je crois qu'il est sorti prendre l'air, répondit-il.

Il cherchait désespérément quelque chose d'autre à lui dire.

— Un peu d'air frais te ferait le plus grand bien à toi aussi, dit Alex à la jeune femme. Tu es toute pâle. Ça te dirait que je t'emmène pêcher aujourd'hui ? La brise marine te redonnera des couleurs.

Sentant le coup de pied d'Ian, il leva le doigt qui reposait contre sa joue pour lui indiquer d'être patient.

Sìleas plissa les yeux ; elle réfléchissait à la proposition.

— Ce sera avec grand plaisir, finit-elle par répondre. Ça fait des années que je ne suis pas allée pêcher.

— Retrouve-moi sur la grève dans une heure, et je te montrerai comment il faut s'y prendre.

Nom de Dieu, mais que manigançait-il ?

La porte de la cuisine s'ouvrit soudain, et Dina apparut, s'essuyant les mains sur son tablier.

— Vous avez terminé ? s'enquit-elle. Ou vous en voulez encore ? ajouta-t-elle avec un sourire entendu à l'intention d'Alex.

— Peux-tu t'occuper du petit déjeuner de Payton, Dina ? demanda Sìleas en se levant. Je dois régler quelques détails avant de partir à la pêche.

Sans attendre la réponse de Dina – ni adresser le moindre regard à Ian –, elle leur faussa compagnie et disparut dans l'escalier.

Le vent glacial lui mordait les joues et la faisait pleurer. Malgré le coup de rame sûr et régulier d'Alex, leur petite embarcation était ballotée par les eaux agitées.

Sìleas était d'une humeur aussi déchaînée que la mer. Elle était furieuse qu'Ian ait tenté de se glisser dans son lit sans le lui avoir au préalable demandé. Après l'avoir fait languir pendant cinq années, il s'était attendu à ce qu'elle lui soit reconnaissante – reconnaissante ! – de finalement « accepter la situation ».

Elle n'était pas une « situation ».

Les baisers d'Ian avaient déclenché en elle un orage rugissant d'émotions. Elle avait faim de son affection, et il avait fait naître chez elle un désir si irrésistible qu'elle avait failli s'abandonner. Mais elle savait que, pour lui, il n'était question que de pulsion physique. Ian la désirait, mais pour une mauvaise raison ou, du moins, pas pour celles dont Sìleas avait besoin.

— Un peu de mauvais temps ne te fait pas peur, si ? plaisanta Alex.

Elle secoua la tête. Comme lui, elle avait grandi sur l'île et se sentait aussi bien sur terre que sur mer.

— Pour autant, je n'ai pas l'impression que ce soit un jour très propice pour la pêche.

— Tu ne crois tout de même pas que je t'ai amenée ici pour pêcher ?

Elle secoua de nouveau la tête et l'observa, tandis qu'il manœuvrait la barque avec talent pour contourner un récif et gagner une crique abritée, où la mer était plus calme.

—Il était grand temps que nous ayons une petite conversation. (Il reposa les rames et se pencha en avant.) Nous avons un plan à élaborer.

Elle repoussa les cheveux qui lui fouettaient le visage.

—Un plan ?

—Oui, confirma Alex. Bon, nous savons tous les deux que tu aimes et que tu as toujours aimé Ian.

—Tu ne sais rien de ce que je ressens.

—Je suis de ton côté, ma belle, répliqua Alex. Inutile de perdre du temps à se mentir.

Elle croisa les bras et contempla la mer.

—Il est hors de question que je passe ma vie entière à attendre qu'il ait des sentiments pour moi.

—Je n'ai jamais dit que tu devrais accepter moins que ce que tu mérites. Mais j'ai l'impression qu'Ian ignore à quel point il t'aime.

—Si tu veux mon avis, répliqua-t-elle, la mâchoire crispée, ignorer qu'il m'aime revient à ne pas m'aimer.

—Les hommes ont parfois besoin qu'on les pousse un peu, poursuivit Alex. Lui frapper la tête à coups de poêle, deux fois, c'était un bon début.

Sìleas sentit la chaleur lui monter aux joues.

—Il l'avait cherché.

—Je n'en doute pas une seconde. Mais tu ne peux pas lui reprocher de vouloir t'entraîner sous les couvertures.

—Pfff !

Un phoque sortit la tête de l'eau et l'observa un long moment de ses yeux noirs avant de disparaître dans les vagues.

—Tu te rappelles quand nous naviguions tous les quatre jusqu'à Knock Castle pour t'emmener pêcher avec nous ? reprit Alex. L'idée venait chaque fois d'Ian. Non pas que nous autres ne t'appréciions pas, mais nous étions des jeunes en quête d'aventures et nous ne t'aurions pas prise avec nous sans l'insistance d'Ian.

—Il avait pitié de moi.

—Ian a certes toujours eu le cœur tendre, reconnut Alex. Mais il aimait que tu sois là. Il parlait sans cesse des choses amusantes que tu disais, ou de la vitesse à laquelle tu apprenais.

—Je n'étais qu'une enfant, objecta-t-elle. Il ne sait plus qui je suis, aujourd'hui.

—Alors, laisse-lui le temps de le découvrir. Tout ce que je te demande, c'est de ne pas le rejeter trop vite.

—Pourquoi essaies-tu de me convaincre ?

—Parce que je sais que tu feras de lui un homme heureux, répondit Alex avec un sérieux inhabituel. C'est un type bien, Sìleas. C'est même pour ça que tu l'as attendu si longtemps.

—Hum ! ponctua-t-elle, plus confuse que jamais.

Alex plissa les yeux en regardant les nuages qui obscurcissaient l'horizon.

—Nous ferions mieux de rentrer. L'orage approche.

Les vagues, plus violentes qu'à l'aller, secouaient leur embarcation comme un œuf dans une casserole d'eau bouillante. Sìleas se tenait fermement au rebord de la barque, savourant la fureur de la mer et la morsure des embruns sur sa peau.

—C'est grandiose, n'est-ce pas ? cria Alex avant d'échanger un sourire avec sa passagère.

La pluie drue s'abattait sur la mer, non loin derrière eux, tandis qu'Alex ramait à toute allure en direction de la grève.

—C'est Ian ? demanda Sìleas en hurlant dans le vent, bien qu'elle sache déjà que c'était bien lui qui faisait les cent pas sur la plage.

— Ah, parfait ! s'exclama Alex. Même d'ici, on voit qu'il est dans tous ses états.

Ian les avait aperçus et les contemplait, les mains plantées sur les hanches.

— On reste encore un peu ? proposa Alex. Il mérite de souffrir, tu ne crois pas ?

— À quoi est-ce que tu joues, Alex ?

— Ça fait partie de mon plan pour gagner l'affection d'Ian.

— Son affection ? On le dirait prêt à nous assassiner tous les deux.

— Son attitude trahit ce qu'il ressent, expliqua Alex. Crois-moi, c'est bon signe.

Elle se rapprocha tant bien que mal de lui pour mieux l'entendre malgré le vent.

— Tu as évoqué un plan, mais tu ne m'as pas dit en quoi il consistait.

— Eh bien, tout d'abord, il faut le rendre jaloux, exposa Alex.

— Jaloux ? De toi ?

Alex éclata de rire.

— Crois-le ou non, la plupart des femmes me trouvent irrésistible.

Bien qu'Alex ne soit pas son genre, elle comprenait sans difficulté que ses yeux d'un vert marin et ses traits de guerrier viking, combinés à son immense charme, puissent en séduire plus d'une.

Elle se tourna et vit Ian qui s'avançait dans l'eau d'un pas vif pour venir à leur rencontre. Il avait ce regard enragé qui faisait battre son cœur.

— Tu es sûre que c'est une bonne idée, Alex ?

—Je te propose un marché, répondit-il. Si j'ai raison et qu'il rampe à tes pieds dans moins de deux semaines, tu devras m'embrasser sur la bouche devant lui.

—Tu es diabolique, dit-elle, incapable de s'empêcher de rire, malgré la tension que l'approche d'Ian faisait peser sur eux. Et si tu te trompes ?

Un grand sourire s'étira lentement sur les lèvres du jeune homme.

—Ma foi, tout pareil, ma chère. Tout pareil.

Des fées avaient dû s'emparer de sa raison pour qu'il laisse son cousin emmener Sìleas seule avec lui en mer.

« Tu ne te débrouilles pas si bien que ça, tout seul, lui avait dit Alex. Laisse-moi t'aider à lui faire comprendre ton point de vue. Tu connais ma force de persuasion ».

Ian ne savait que trop combien son cousin pouvait se montrer convaincant. Les femmes se battaient pour se ridiculiser à son bras.

La mer était déchaînée, brutale, et de lourds nuages noirs gorgés de pluie approchaient tandis qu'Ian arpentait la plage. Bon sang, mais où étaient-ils ? À quoi jouait Alex alors que l'orage menaçait ? Le ciel s'obscurcissait davantage à chaque seconde.

Ian se rappela qu'Alex jouissait d'un sens inné de la navigation, comme si ses ancêtres vikings lui chuchotaient des conseils à l'oreille. Mais, tout de même, il n'aurait pas dû courir le moindre risque avec Sìleas à bord.

Ian jeta un nouveau regard à la vieille coque de noix trouée qui reposait plus haut sur la plage. Il était si désespéré qu'il hésitait à la mettre à l'eau pour partir à leur recherche quand il aperçut leur embarcation entre deux vagues. Par tous les saints, Alex était un homme mort.

Tandis que le couple approchait du rivage, Ian entra dans l'eau agitée pour aider à tracter la barque. Ni la mer glaciale ni le vent humide qui lui fouettait le visage ne suffirent à l'apaiser. Ses nerfs s'embrasèrent même davantage lorsqu'il vit Sìleas s'asseoir à côté d'Alex et qu'il entendit son rire porté par la houle.

Il saisit le bord de la barque et la stabilisa pendant qu'Alex se laissait tomber dans l'eau. Mais plutôt que d'aider Ian à tirer l'embarcation, il prit Sìleas dans ses bras avant de regagner la grève, en maintenant la jeune femme au-dessus des vagues. Ian dut se charger de tirer la barque comme un vulgaire serviteur.

— Attention à la barque ! lança Alex par-dessus son épaule. Il serait dommage de la perdre.

Une fois à l'abri sur le sable, il se tourna, Sìleas toujours dans ses bras, et observa Ian travailler à sa place. *Nom de Dieu, mais pourquoi ne la reposait-il pas sur ses pieds, à présent ? Et elle qui souriait à Alex, comme si la situation l'amusait !*

Dès que Ian eut remorqué l'embarcation, il les rejoignit à grandes enjambées.

— Ma femme est-elle blessée ?

— Je ne laisserai jamais une chose pareille arriver à ma jeune femme préférée, voyons, répondit Alex en adressant un sourire radieux à Sìleas. Mais je ne pouvais quand même pas courir le risque qu'elle se fasse emporter par les vagues. Le temps est plutôt orageux, au cas où tu ne l'aurais pas remarqué.

— Je te suggère de la reposer avant que je te casse les bras, répliqua Ian. Ou mieux, je vais la prendre.

— Je peux marcher, objecta Sìleas. Pose-moi par terre.

— Tout ce que tu voudras, ma chère, dit Alex avant de s'exécuter.

L'envie de frapper son cousin pour lui effacer ce sourire démangeait Ian, mais il voulait des réponses.

— Qu'est-ce qui t'a pris de l'emmener en mer alors qu'un orage approchait, nom de Dieu ? Et ne me dis pas que tu ne le savais pas.

— Bien sûr que je l'avais vu venir, répliqua Alex avec une nonchalance désarmante. Je reconnais que j'ai un peu traîné, mais nous partagions un moment tellement magnifique, vois-tu. Et nous sommes rentrés sains et saufs.

Ian foudroya Sìleas du regard et n'éprouva pas le moindre remords en la voyant trembler. Les joues colorées par le vent et les cheveux en bataille, elle ressemblait à une néréide qui aurait accosté dans l'espoir de se faire enlever.

— Qu'est-ce qui vous a pris autant de temps ? lui demanda-t-il. Je n'ai pas vu le moindre poisson dans cette maudite barque.

— Ce n'est pas un temps pour pêcher, voyons.

En y repensant, il n'avait pas non plus vu de filet à bord.

— Qu'est-ce que vous avez fait alors pendant si long-temps ? cria-t-il, l'image des bras de Sìleas autour du cou d'Alex tandis qu'il la portait sur la plage, gravée dans sa mémoire. Ça ne te suffit pas que Gòrdan Graumach te mange dans la main ?

— Ça peut te paraître étrange, mais j'apprécie la compagnie d'un homme qui ne me hurle pas dessus, répliqua-t-elle en criant, elle aussi.

— Tu appréciais la compagnie d'Alex, c'est ça ?

Avec ses yeux d'émeraude embrasés et les mèches folles qui lui battaient le visage, elle était l'incarnation même de la magnifique reine guerrière celte, Scáthach.

— Tes accusations sont sans fondement, rétorqua-t-elle en lui frappant le torse d'un doigt menaçant.

Cette déclaration le réconforta quelque peu. Sìleas n'oserait pas lui mentir.

— Tu devrais faire attention à l'image que tu donnes en traînant avec d'autres hommes, poursuivit-il. Je refuse de passer pour un imbécile.

Sìleas éructa ce qui aurait pu être des insultes, mais que le vent emporta. Lorsqu'il lui tendit la main, elle lui retourna un coup de pied dans le tibia. Il resta planté là, interdit, tandis qu'elle tournait les talons pour courir jusqu'au chemin qui surplombait la grève.

Il regarda son cousin, s'attendant à ce qu'il fasse preuve d'empathie et qu'il lui présente les excuses qui lui étaient dues.

— Nom de Dieu, mais qu'est-ce qui ne tourne pas rond chez toi ? demanda Alex en levant les mains au ciel. Tu étais obligé de lui crier dessus ?

— Quoi ? C'est toi qui te permets de me faire des reproches ?

— Tu peux m'accuser de ce que tu veux, répliqua Alex d'une voix acerbe, mais insulter Sìleas comme tu l'as fait est impardonnable.

— J'espère que tu essaies par là de me dire qu'il ne s'est rien passé entre vous, là-bas, reprit Ian, les poings serrés.

— Je faisais de mon mieux pour la convaincre que tu n'es pas l'imbécile que tu es. Tu as réussi, je ne sais comment, à obtenir la femme parfaite, et voilà que tu sembles faire tout ce qui est en ton pouvoir pour la perdre. (Alex, qui ne se départait habituellement jamais de son calme, ne tenait pas en place et agitait les mains.) Sìleas n'est pas seulement jolie, elle est également douce et attentionnée, poursuivit-il. Et, comme si tout cela ne suffisait pas, ta famille l'adore.

— Je lui ai dit que je voulais d'elle, protesta Ian. Qu'est-ce qu'elle attend de plus ?

— Pourquoi n'as-tu rien fait pour essayer de te racheter à ses yeux ? demanda Alex, les bras ouverts. Ce serait trop te demander que de montrer que tu l'admires ? Que tu tiens à elle ? Écoute, tu m'agaces, j'en ai marre.

Sur ces mots, Alex tourna les talons et laissa son cousin seul sur la plage. Ian n'avait pas bougé d'un pouce lorsque les cieux s'ouvrirent et le trempèrent jusqu'aux os.

Chapitre 11

Sìleas était assise à la petite table de sa chambre, devant sa lettre adressée à feu le roi Jacques et une feuille de parchemin vierge. Comment s'adressait-on à une reine devenue à la fois veuve et régente ? Elle frottait l'extrémité de sa plume contre sa joue tout en réfléchissant à la question.

Votre Majesté.

Voilà qui devrait suffire. Elle se mordit la lèvre tout en recopiant sa première missive. Le fait que ce soit Ian qui lui ait appris à écrire la contrariait. N'avait-elle donc aucun souvenir agréable de son enfance dans lequel il ne figurait pas ?

Sa mère avait décliné trop tôt pour lui enseigner l'écriture, et il ne serait jamais venu à l'esprit de son père de faire appel à un précepteur. Lorsqu'il était devenu évident que personne ne se donnerait la peine de lui apprendre, Ian s'était proposé. Pour un garçon qui n'aimait pas rester assis, il s'était montré très appliqué et avait passé des heures avec elle. Au final, et bien qu'elle n'ait la main ni féminine ni élégante, Sìleas jouissait d'une plume certes lente, mais efficace.

Elle fit alors une tache d'encre et dut tout recommencer sur une nouvelle feuille de parchemin. Une fois sa lettre terminée, elle souffla dessus et la relut pour la énième fois. Cela ferait l'affaire.

Le problème à présent était de la faire porter à la reine au château de Stirling.

Elle sursauta en entendant frapper à sa porte. Elle glissa les lettres sous une liasse de feuilles de comptes empilées sur la table.

—Qui est-ce? demanda-t-elle.

Ian passa la tête dans l'embrasure de la porte.

Le sourire qu'il lui adressa accéléra son rythme cardiaque. Pourquoi lui faisait-il tant d'effet? Elle l'avait soigneusement évité depuis la veille – ce qui n'était pas une mince affaire vu qu'ils évoluaient sous le même toit –, de peur que sa résolution ne faiblisse en le voyant.

—Je peux entrer?

Comme elle ne trouvait aucune réponse, il s'avança dans la pièce et referma la porte derrière lui. Elle sentit ses joues s'enflammer au souvenir de la lettre. Elle dut réprimer une pointe de culpabilité à l'idée qu'elle lui cachait son recours à l'aide royale pour faire annuler leur mariage.

—Je te promets que je ne hurlerai pas et que je ne tenterai pas de te toucher…

Sa voix se perdit tandis que son regard glissait sur le corps de Sìleas, comme s'il repensait à chaque endroit qu'avaient parcouru ses mains deux nuits plus tôt.

—À moins que tu ne me le demandes.

Elle avait du mal à respirer. Avec ses longs cheveux sombres qui lui couvraient un œil et le début de barbe qui obscurcissait sa mâchoire carrée, Ian semblait impitoyable et dégageait un charme dangereux.

Il fronça les sourcils.

—Je ne te ferai jamais souffrir. J'espère que tu le sais.

Faux. Il l'avait déjà fait.

Il laissa son regard dériver dans la pièce.

—Tu as fait de cette chambre un endroit agréable. (Il inspira avec un léger sourire.) Et ça sent bien meilleur que quand j'y vivais enfant. Il y régnait une odeur de cheval, de chiens… et de moi, je suppose.

Elle se rappelait son odeur à son réveil la nuit où il s'était glissé dans son lit. Les restes de son parfum sur ses draps lui avaient fait vivre une nuit agitée.

Elle déglutit en voyant le regard d'Ian s'attarder sur le lit.

— Je suis venu te poser des questions sur les cahiers de comptes que tu m'as montrés, dit-il en revenant à elle.

Comment un homme pouvait-il avoir des yeux aussi bleus ?

— Je suis persuadé que mon père ne s'encombrait pas de ce genre de suivi, bien que l'un de ses employés s'en soit certainement chargé pour lui. Tu vas donc devoir me montrer comment ça marche.

Elle ne put s'empêcher de hausser les sourcils, vu qu'il n'avait rien écouté la première fois qu'elle avait essayé de lui expliquer.

Il prit d'une main le tabouret qui reposait contre le mur, le posa à côté d'elle et s'assit avec souplesse. Il se déplaçait comme elle pensait qu'un lion le ferait, tout en grâce et en muscles.

Elle sursauta lorsqu'il approcha son siège.

En tendant la main vers la pile de parchemins, il appuya son bras et son épaule contre ceux de la jeune femme, et une vague de chaleur la traversa.

— Alors, jetons un coup d'œil.

Elle sortit brusquement de sa transe et lui arracha les papiers des mains.

— Ils sont classés ! s'écria-t-elle d'une voix étrangement perchée et aiguë.

Il l'observa d'un œil amusé.

Pour masquer son embarras, elle entreprit de lui exposer sa méthode de suivi du bétail de la ferme.

—Tu vois, je répertorie ici tous les vêlages…

Il lui toucha alors la main, et ses mots moururent sur ses lèvres.

—Tu as toujours été meilleure que moi, avec les chiffres, Sìl.

—C'est parce que tu manques de patience, voilà tout, rétorqua-t-elle en tentant d'adopter un air de reproche mais, malgré elle, le compliment lui ravissait le cœur.

—L'impatience est en effet l'une de mes faiblesses, avoua-t-il avec un sourire, tout en faisant lentement remonter son doigt sur l'avant-bras de Sìleas. Une faiblesse que je combats de toutes mes forces.

Elle déglutit.

—Je sais ce que tu essaies de faire.

—Ah, vraiment?

Il repoussa une mèche rebelle de sa joue, provoquant un frisson qui la parcourut de la tête aux pieds.

—Tu essaies de me séduire.

—Chacun devrait se contenter de faire ce pour quoi il est doué, commenta-t-il, une étincelle dans le regard. (Sans la quitter des yeux, il désigna la pile de feuilles.) Tu as un don pour les chiffres, tu devrais donc en garder la responsabilité.

Elle ouvrit la bouche pour lui répondre qu'elle ne serait plus là pour s'en charger, mais se retint. Ian était disposé à assumer son rôle pour le bien de sa famille et de son clan, et cela impliquait qu'il fasse d'elle sa femme pour de bon. Il était par conséquent préférable qu'il ignore qu'elle avait d'autres plans en tête.

—Et toi, pour quoi es-tu doué? s'enquit-elle.

—Tu viens de le dire, répondit-il avec un sourire étincelant, tout en s'approchant d'elle. Pour séduire ma femme.

Elle sentit son visage s'empourprer jusqu'à la racine des cheveux.

—Je ne suis pas ta femme.

—Si.

—Tu n'as rien fait en ce sens depuis cinq ans.

Il posa une main sur sa nuque tout en se penchant vers elle.

—Eh bien, disons que je rattrape le temps perdu.

Que les saints la protègent, Ian s'apprêtait à l'embrasser. Le souvenir de s'être réveillée sous ses baisers fit naître en elle un désir d'une puissance rare. Derrière ses paupières mi-closes brûlait une chaleur ardente. Elle se sentit faiblir et se pencher vers lui, tel un papillon de nuit attiré par la flamme.

Il lui donna un baiser tout en douceur et en sensualité, une promesse de tout ce qu'un baiser pouvait offrir. Il se recula, et elle le suivit. Il sourit, puis fit lentement courir sa langue sur la lèvre de Sìleas. Comment un contact si ténu pouvait-il susciter un appétit si vorace ? Elle agrippa sa chemise en lin pour se stabiliser.

Ian émit alors un son guttural qu'elle perçut plus qu'elle ne l'entendit. Lorsqu'il pressa de nouveau les lèvres contre les siennes, ce ne fut pas une simple caresse, mais un baiser qui lui fouetta le sang. Elle sentait le cœur d'Ian battre sous ses doigts tandis qu'il l'attirait à lui.

Elle sentait son cœur s'emballer à mesure que l'étreinte s'accentuait. Elle ne se souvenait pas d'avoir ouvert la bouche, mais leurs langues s'entremêlaient à présent dans un rythme auquel tout son corps faisait écho. Elle percevait le sentiment d'urgence, à la fois effrayant et grisant, qui s'éveillait en lui.

Il avait les doigts enfouis dans ses cheveux, et son corps était parcouru de la même tension que celle qui habitait Sìleas. Tandis qu'il déplaçait sa bouche sous son oreille puis dans son cou, elle posa une main sur sa mâchoire. La courte barbe chatouilla la peau sensible de sa paume et envoya de délicieux frissons tout le long de ses bras.

Elle adorait son visage. À présent qu'elle le touchait, elle se rendait compte combien elle s'était languie de le sentir au creux de ses mains.

Elle inspira tant bien que mal tandis qu'il approchait la bouche de son corsage. Maintenant. Il fallait qu'elle l'arrête maintenant.

Mais elle avait envie qu'on la touche. Envie qu'il la touche. Envie d'Ian.

Elle cessa de respirer en le sentant glisser lentement la pointe de sa langue sur le haut de ses seins. Il semblait lire son corps comme un livre ouvert. À peine une étrange douleur se réveilla-t-elle entre ses jambes qu'il l'amplifia en posant une lourde main chaude sur sa cuisse. Elle émit un son guttural et, aussitôt, il releva la tête pour s'emparer de sa bouche.

Elle était enivrée, submergée par ses baisers. Elle aurait été incapable de dire depuis combien de temps leur étreinte durait. Lorsqu'il recula, elle se rendit compte de l'avancée de la main sur sa cuisse et du souffle chaud dans son oreille.

— Nous devrions aller sur le lit, dit-il d'une voix rendue rauque par le désir, une voix qu'elle était prête à suivre n'importe où. Je ne veux pas que notre première fois se passe sur une chaise.

Le fait d'exprimer à voix haute la suite inévitable des événements ramena Sìleas à la raison.

— Non, répondit-elle en le repoussant.

Il laissa tomber son front contre l'épaule de sa promise.

— Sìl, ne dis pas « non », la pria-t-il comme s'il souffrait. Je t'en supplie.

L'atmosphère de la chambre était devenue étouffante. Seules leurs respirations saccadées y résonnaient.

— J'ai terriblement envie de toi.

Il ne la touchait plus, seul son front reposait sur son épaule, pourtant la tension qui les reliait était palpable.

— J'ai dit « non ».

Elle ne le repoussa pas, de peur que le moindre contact ne l'empêche ensuite de renoncer.

Il inspira à pleins poumons et expira lentement.

— Comme tu voudras, marmonna-t-il avant de se redresser sur son tabouret. Peux-tu au moins me dire pourquoi ?

Elle sentait la brûlure de son regard sur sa peau. Elle se mordit la lèvre, mais refusa de répondre.

— Tu aimes que je t'embrasse… et que je te touche. Tu ne peux pas le nier, insista-t-il d'une voix aussi douce que du miel.

À ces mots, une nouvelle vague incandescente irradia en elle.

— Je suis persuadé que tu aimerais également… le reste.

Oh oui! Elle s'était souvent demandé si elle apprécierait les relations conjugales, mais plus aucun doute ne subsistait. En tout cas, pas en ce qui concernait les relations avec Ian. Son cœur battait toujours aussi fort que si elle venait de courir.

D'un doigt, il lui caressa légèrement le bras ce qui lui envoya une nouvelle décharge brûlante dans le ventre.

— Y a-t-il quelque chose qui te tracasse ? Qui te fait peur ?

Oui, mais elle refusait de lui dire quoi.

— Tu redoutes peut-être la douleur de la première fois, reprit-il, mais j'ai l'impression qu'il y a autre chose.

Elle déglutit, se demandant comment il avait deviné.

— Je ne peux rien faire si tu ne me dis pas ce qui ne va pas.

Ian semblait sincère, du moins d'après ce qui filtrait à travers le martèlement qui lui emplissait les oreilles. Mais elle ne lui dirait rien. Elle avait décrété qu'elle avait besoin de plus que son simple désir. Ce n'était néanmoins pas ce qui l'avait arrêtée ce soir. En vérité, lorsqu'il l'embrassait ainsi, son manque d'amour et d'attachement était bien la dernière de ses préoccupations.

Non, une peur différente l'avait ramenée à la réalité et lui avait donné la force de mettre un terme à ce qu'ils désiraient pourtant tous les deux.

—Tu m'as toujours fait confiance, poursuivit-il en lui prenant la main, qu'il caressa d'un pouce.

À une certaine époque, elle lui aurait absolument tout dit. Mais elle ne le pouvait plus.

Rien au monde n'aurait pu la convaincre de reconnaître que ce qu'elle redoutait, c'était de voir la flamme dans ses yeux s'éteindre lorsqu'il la découvrirait nue. Dans son ignorance, elle avait pensé qu'il serait possible de rester habillée tandis que son mari la mènerait au lit. Mais, vu la détermination avec laquelle Ian s'évertuait à lui ôter ses vêtements, cette éventualité lui paraissait à présent bien improbable.

Impossible, même.

S'il l'avait aimée, elle n'aurait sans doute pas eu cette peur. Et si elle ne l'avait pas tant aimé, cela n'aurait pas eu une telle importance.

—Tu étais une enfant intrépide. (Son regard s'adoucit, et son sourire s'élargit.) À vrai dire, tu me faisais même peur, parfois. J'avais l'impression que tu cherchais volontairement les ennuis, juste pour que je vienne t'en tirer.

—Tu as raison, c'est vrai. (Elle manqua de s'étrangler sur ses aveux ; la chose n'était pas simple à reconnaître.) Je te faisais entièrement confiance. Mais ce n'est plus le cas aujourd'hui.

Elle aperçut l'éclat de douleur qui lui traversa le regard. Il pinça les lèvres et hocha la tête. Sa bouche s'asséchait à mesure que le silence pesant s'éternisait entre eux.

— J'ai fait défaut à ma famille et à mon clan en n'étant pas auprès d'eux lorsqu'ils avaient besoin de moi. Je veux me racheter, rétablir tout ce qui peut l'être, déclara-t-il. Je veux être ton époux, et pas simplement pour t'avoir dans mon lit, même si je mentirais en disant que cette idée ne me plaît pas. Mais je te promets d'essayer d'être le mari attentionné que tu mérites.

Sìleas sentit sa résolution faiblir, mais il faudrait plus qu'un beau discours pour lui faire oublier les années d'indifférence ou la douleur qu'il lui avait infligée depuis son retour.

— Et ce dont j'ai envie, moi ? demanda-t-elle d'une voix tremblante.

— Je pensais que c'était ce que tu désirais. Tu as été heureuse ici, à partager la vie de ma famille. (Il se pencha et lui adressa un sourire tendre.) Et tu m'as toujours aimé plus qu'un peu.

Ce qu'il ne disait pas, mais que tous deux savaient, c'est qu'Ian était la personne qu'elle avait aimée le plus au monde. Et, à en juger par la façon dont son cœur la faisait souffrir, c'était toujours le cas.

— Je ne veux pas que tu sois mon époux parce que tu y es contraint. (Elle déglutit et regarda ses mains, posées sur ses genoux.) Ou parce que le clan a besoin de mes terres, ou encore parce que ta mère m'adore.

— Je t'adore, moi aussi.

Il tendit le bras pour lui glisser une mèche bouclée derrière l'oreille, mais elle se recula.

— Je ne veux pas que tu sois mon époux parce que tu crois qu'il me faut une protection, ou parce que tu as pitié de moi, poursuivit-elle. Ni même parce que tu n'aimes pas t'occuper des livres de comptes.

— Je t'assure que je te voudrais toujours, même si les chiffres étaient ma passion, répondit-il en lui caressant la joue du dos de la main. (Lorsqu'elle leva les yeux, il lui adressa un regard brûlant qui lui noua l'estomac.) Sìl, je te veux.

Elle dégagea sa main et se leva.

Toutes les raisons qu'il avançait auraient pu suffire s'il avait été un autre. Mais, venant d'Ian, elle en espérait davantage. Elle ne passerait pas sa vie à attendre qu'un homme lui rende son amour.

Elle se força à quitter la pièce et referma la porte derrière elle.

Chapitre 12

A lors qu'il ouvrait la porte d'entrée, Ian entendit les éclats de voix de son père.

— Regarde ce que tu m'as fait ! hurlait Payton à Niall, qui l'aidait à traverser la pièce. Tu aurais dû me laisser mourir en homme.

Sìleas, qui se tenait de l'autre côté de Payton, l'incitait à avancer.

— Ce sera un grand bonheur que vous puissiez prendre de nouveau vos repas avec toute la famille.

— Tu ne veux pas venir t'asseoir à table, père ? demanda Niall.

À l'instant où son père brandit sa canne pour en assener un coup à son frère, Ian s'apprêta à se ruer vers lui, mais Sìleas était plus proche. Il sentit son cœur s'arrêter en voyant la jeune femme s'interposer entre les deux hommes.

— Je vous interdis de lever la main sur lui ! cria-t-elle.

Voyant son père retenir son coup au dernier moment, Ian respira de nouveau. Payton avait encore des bras puissants et de larges épaules. Il aurait pu la tuer !

Niall dépassa Ian pour franchir la porte sans même le voir. Sìleas regardait Payton droit dans les yeux, leurs nez se touchant presque – c'est-à-dire qu'ils se seraient touchés si elle avait été plus grande. Aucun d'eux ne sembla remarquer la présence d'Ian, pas plus que le fracas de la porte qui claqua.

— Si vous parlez encore une fois de cette façon à Niall, je jure que je ne vous le pardonnerai jamais, déclara Sìleas.

Son buste se soulevait au rythme de sa respiration tandis qu'ils échangeaient des regards meurtriers.

— Il aurait dû me laisser mourir sur le champ de bataille, contra Payton. Il m'a privé de ma virilité en me ramenant chez moi dans cet état.

Elle lui répondit d'une voix posée, mesurée, mais avec un œil d'acier.

— Vous devriez être reconnaissant d'avoir un tel fils, après tout ce qu'il a fait pour vous.

— Reconnaissant ? Regarde-moi ! cria-t-il en désignant son membre manquant.

— Honte à vous, Payton MacDonald, pour avoir souhaité abandonner votre famille ! Voilà bien longtemps déjà que vous auriez dû cesser de vous apitoyer sur votre propre sort.

Elle tourna les talons et quitta la maison en trombe.

Payton sautilla jusqu'à la chaise la plus proche, s'y laissa tomber avec un bruit sourd et se passa les mains sur le visage. Ian prit le whisky dans le placard et lui en servit une rasade.

— Tiens, père, offrit-il en posant le verre sur la table.

Il commença à ranger la bouteille avant de se raviser et de la placer devant son père.

Payton s'accrocha à son verre comme s'il s'agissait d'une bouée et s'absorba dans la contemplation du mur.

— Je ferais mieux d'aller trouver Niall, déclara Ian.

Son père hocha la tête sans détourner les yeux du mur.

— Fais donc, mon fils.

Comme il pleuvait à verse, Ian supposa que son frère n'avait pas dû aller bien loin. Il commença par le chercher dans la vieille dépendance, où il trouva Alex et Dina en train de s'adonner aux plaisirs de la chair. Ils ne le remarquèrent même pas. De là, il pataugea entre les flaques jusqu'à l'étable.

L'odeur du bétail et de la paille mouillée lui assaillit les narines lorsqu'il glissa un regard dans la pénombre confinée. Il s'immobilisa et tendit l'oreille. Derrière le martèlement de la pluie, il perçut un chuchotement ténu qu'il suivit jusqu'à l'arrière du bâtiment. Là, Niall et Sìleas étaient assis côte à côte sur une botte de paille, entre deux vaches. Ils ne l'entendirent pas approcher.

— C'est la douleur de ton père qui parle, murmura Sìleas. Il ne pense pas ce qu'il dit.

— Si, jusqu'au dernier mot, répliqua Niall en abattant la tranche de son poing derrière lui, sur la paroi de l'étable. Il s'est montré assez clair.

— Écoute, moi, je suis fière de toi, si ça a la moindre valeur à tes yeux, le consola-t-elle en posant une main sur sa joue. Je suis si fière de ce que tu as fait que j'en ai presque le cœur qui explose chaque fois que j'y repense.

— Tu es sincère, Sìl? demanda Niall, à présent rouge comme une pivoine.

— Et comment! répondit-elle en écartant les doutes du jeune homme d'un revers de la main. Je t'ai vu devenir un homme sur lequel on peut compter les yeux fermés. Pour être honnête, je suis plus que jalouse de la femme que tu choisiras, car je suis persuadée qu'il n'y aura pas meilleur mari que toi dans toute l'Écosse.

Ian perçut dans sa déclaration la morsure du reproche. *Un homme sur lequel on peut compter. Le meilleur mari de toute l'Écosse.* Elle pointait du doigt deux de ses principales faiblesses.

— Mais n'oublie pas que c'est grâce à ton père que tu es devenu l'homme que tu es aujourd'hui, ajouta-t-elle d'un ton plus doux. Je suis folle de rage contre lui pour l'instant, mais, en même temps, je prie pour qu'il redevienne lui-même. Alors, je sais qu'il regrettera tous ces mots qu'il t'a dits.

— Ah, vous êtes là! lança Ian, feignant d'arriver dans l'étable.

Tous deux se tournèrent en le voyant approcher.

— Je suis désolé que père ait été si dur avec toi, poursuivit-il.

— Penses-tu que j'ai fait le bon choix en ramenant père à la maison?

Niall braquait à présent sur son frère un regard intense. Il attendait visiblement son approbation, comme dans le passé.

Ian se doutait qu'il partagerait l'état d'esprit de son père dans pareil cas. Un homme qui ne pouvait plus se battre n'était plus vraiment un homme à part entière. Pour autant, à la place de son jeune frère, il aurait agi de la même façon.

— Je ne sais pas si c'était une bonne chose, répondit-il. Mais tu n'avais pas d'autre choix.

Lorsque Sìleas emboîta le pas de Niall qui sortait de l'étable, Ian la saisit par le bras. Une pointe de culpabilité le traversa lorsqu'elle fit volte-face et qu'il découvrit que la méfiance avait remplacé la tendresse qui habitait son regard tandis qu'elle parlait à son frère.

— Merci d'avoir parlé à Niall comme tu l'as fait. Tu lui as redonné foi en lui.

L'éloge adoucit les traits de la jeune femme, et Ian se sentit une fois encore coupable. S'il ne fallait rien de plus qu'un compliment mérité pour la satisfaire, il aurait dû y parvenir plus tôt.

— Le temps ne devrait plus tarder à se calmer, reprit-il. Ça te dirait de faire un tour avec moi?

— J'ai trop de travail à…

—Tu peux te promener avec Gòrdan et Alex, mais pas avec moi ? l'interrompit-il d'un ton acerbe malgré lui.

—Je passe d'agréables moments avec eux, répliqua-t-elle en le regardant droit dans les yeux. Je ne vois pas l'intérêt de prendre du retard dans mes tâches pour me disputer avec toi.

Elle essaya de se dégager, mais il tint ferme.

—Ah, mais je n'ai pas la moindre intention de me disputer avec toi ! Tu veux bien m'accompagner au repaire de Teàrlag ? Tu pourrais lui apporter un panier de provisions.

Il tenait de sa mère que Sìleas et la sœur de Duncan s'arrangeaient à tour de rôle pour apporter de la nourriture à la doyenne. Sans ces vivres, Teàrlag n'aurait pas passé l'hiver.

—Je dois en effet lui rendre visite, concéda Sìleas qui réfléchissait visiblement, les lèvres pincées.

—Dans ce cas, viens avec moi, tiens-moi compagnie, insista Ian.

—D'accord, accepta-t-elle. Mais pourquoi dois-tu te rendre là-bas ?

—Je suis censé y retrouver Connor et Duncan. Tu penses être prête d'ici une heure ou deux ? J'ai quelque chose à régler avant de partir.

Sìleas s'évertua à contenir son irritation tandis qu'elle montrait à Dina où se trouvaient les ustensiles dans la cuisine. En réalité, « irritation » était un mot bien trop faible pour décrire ce qu'elle éprouvait.

Non pas que Dina eût fait quoi que ce soit pour l'exaspérer – du moins, jusqu'alors –, mais, chaque fois qu'elle la regardait, elle ne pouvait s'empêcher de la voir collée à Ian, ses jambes croisées dans son dos nu, tandis qu'ils s'agitaient derrière la cabane du berger.

Sìleas posa bruyamment un pot sur la table et fut doublement contrariée de ne pas se souvenir de l'usage qu'elle avait prévu pour lui.

Le couple avait été trop absorbé dans la luxure pour remarquer la petite fille de neuf ans qui les observait non loin de là. D'abord trop choquée, Sìleas n'avait pas eu le réflexe de se couvrir les yeux, ce qui expliquait sans doute pourquoi elle se rappelait la scène dans ses moindres détails. Mais, même une fois retournée, elle percevait encore les étranges gémissements de Dina et les « Oh oui ! Oui ! » qu'elle criait.

— Oui ?

La voix de Dina la fit sursauter.

La jeune femme la dévisagea d'un œil perplexe.

— Est-ce là que Beitris cache le sel ?

Sìleas hocha la tête sans même regarder la direction qu'indiquait Dina. Sa présence sous ce toit lui répugnait. Comment Ian avait-il pu inviter son ancienne amante dans cette maison ? Mais, après tout, elle n'était pas vraiment chez elle ici.

Et peut-être Dina n'était-elle pas non plus seulement l'ancienne amante d'Ian.

Sìleas entreprit de trancher des navets à l'aide d'un grand couteau.

Elle en voulait à Ian de rappeler à sa mémoire de douloureuses images. Et constater que cela l'atteignait toujours autant que lorsqu'elle était enfant la contrariait encore plus. Après ce jour, tout avait changé entre elle et Ian. Elle cessa de jouer du couteau. Non, le changement avait déjà commencé avant.

À mesure qu'Ian laissait l'enfance derrière lui, il venait de moins en moins souvent à Knock Castle pour l'emmener faire un tour de cheval ou de bateau. Puis il était parti étudier dans les plaines pendant plusieurs mois d'affilée.

Lorsqu'il revenait, il ne faisait que s'entraîner au combat avec les hommes, ou flirter avec les jeunes filles assez âgées pour avoir de la poitrine.

Et, parfois, le flirt ne suffisait pas.

— Tu n'as pas émincé grand-chose, souligna Dina en désignant le seul navet tranché qui reposait sur la table.

— Penses-tu pouvoir t'en sortir seule avec le dîner ? demanda Sìleas en ôtant son tablier. J'ai une course à faire.

Elle quitta la cuisine sans même attendre la réponse de Dina et se mit en quête d'Ian, bien décidée à lui dire qu'elle avait changé d'avis et qu'elle ne souhaitait plus l'accompagner chez Teàrlag. Elle s'immobilisa brusquement en l'apercevant derrière l'étable avec son père.

Sa gorge se noua, et des larmes lui montèrent aux yeux tandis qu'elle observait la scène. Maudit Ian ! Alors qu'elle était enfin prête à reconnaître qu'il ne restait en lui plus rien du jeune homme qu'elle avait aimé, il fallait qu'il fasse ce genre de choses.

Ian avait taillé une pièce de bois qu'il avait fixée à l'aide de sangles à la jambe sectionnée de son père. Un bras sur les épaules de son fils, Payton apprenait à marcher avec.

Depuis le retour de Payton, ils l'avaient tous traité comme l'invalide qu'ils voyaient en lui. Ils allaient le chercher, l'emmenaient avec eux et – jusqu'à ce jour – composaient avec sa colère de ne plus être l'homme qu'il avait été. Mais Ian était un guerrier et comprenait mieux son père qu'eux.

Elle sentit la culpabilité la ronger en se rendant compte que c'était la première fois que Payton – un homme qui avait l'habitude de passer le plus clair de son temps à l'extérieur – sortait de la maison depuis que Niall l'avait ramené.

Elle observa Ian qui marchait avec son père d'un pas extrêmement lent sur toute la longueur de l'étable avant de revenir et de répéter l'opération.

— Tu prends le coup, père.

Payton grogna.

— Je vais bientôt pouvoir danser, c'est ça ?

— Tu as toujours été un très mauvais danseur, père.

En entendant le rire de Payton, Sìleas sentit faiblir un peu plus sa résolution de résister à Ian. Son geste ressemblait tant au Ian de ses souvenirs. Il avait compris ce qui aiderait son père et s'était attelé à la tâche.

— Tu marcheras seul en un rien de temps, déclara Ian. Et dès que tu y arriveras, on te remettra une épée entre les mains.

— Bien. Je suis bien meilleur bretteur que danseur, concéda Payton.

Ian riait encore lorsqu'il leva les yeux et aperçut Sìleas. Elle essuya ses larmes juste avant que Payton la remarque à son tour.

— Ah, Sìleas ! lança-t-il, l'œil rieur. C'est une bien belle journée pour sortir, n'est-ce pas ?

Il régnait un froid glacial et humide.

— Magnifique en effet, Payton, reconnut-elle, le regard voilé. La plus belle depuis bien longtemps.

Chapitre 13

De violentes émotions tiraillaient Sìleas : malgré sa colère contre Ian, elle éprouvait pour lui de la reconnaissance pour le geste qu'il avait eu envers Payton. Elle se rendit compte que, à l'occasion de cette balade jusqu'au repaire de Teàrlag, pour la première fois depuis son retour elle se retrouvait seule avec lui — à l'exception bien sûr de ses deux visites dans sa chambre à coucher, lesquelles n'avaient pas été particulièrement propices à la conversation.

— Comment vas-tu t'y prendre pour que Connor soit désigné chef ? demanda-t-elle, faute de mieux.

— Je ferai tout ce qu'il faudra pour le bien du clan, répondit Ian. Je ne reculerai devant rien pour Connor. Il est comme un frère pour moi.

Si Ian avait un plan en tête, il ne semblait pas disposé à le lui exposer.

— Le repaire de Teàrlag est une bonne idée comme point de rendez-vous, reprit-elle. Je ne croise presque jamais personne sur le chemin qui y mène.

— Je soupçonne Connor et Duncan de s'être installés dans la grotte qui borde la plage sous son repaire. Cet endroit est parfait pour y dissimuler la galère de Shaggy.

— Je me souviens de cette grotte, dit-elle en se tournant vers lui. Vous vous y cachiez souvent, et prétendiez être de dangereux pirates.

Les autres garçons avaient été furieux qu'elle les y débusque, jusqu'à ce qu'Ian propose de lui faire jouer une princesse prisonnière qu'ils retenaient contre rançon. À l'époque, se retrouver bâillonnée et attachée lui avait paru être un prix bien faible à payer pour faire partie de leur jeu.

Le chemin s'éloignait de la mer pour le dernier mile, emmenant les voyageurs dans la vallée afin d'éviter les hautes falaises à pic qui s'étiraient le long de la côte. Avant le coude, Sìleas et Ian quittèrent le chemin pour gagner un replat herbeux au sommet de la falaise.

—C'est un de mes lieux préférés, déclara la jeune femme.

Elle inspira la fraîche brise marine, le regard rivé sur la colline qui s'élevait de l'autre côté de la crique. L'excitation lui chatouillait le bout des doigts tandis qu'elle écoutait le son des vagues qui s'écrasaient en contrebas. Comme pour beaucoup d'habitants de l'île, le caractère sauvage de la mer résonnait au plus profond de son âme.

—Tu veux aller voir si le tronc est toujours là ? proposa Ian, le doigt pointé sur leur droite, où un sentier longeait l'à-pic.

—D'accord, allons-y.

Ian lui prit la main et lui sourit en la glissant contre sa poitrine pour la garder au chaud. Elle savait qu'il se rappelait, tout comme elle, les fois où ils avaient emprunté cette piste, main dans la main.

—Je ne risque plus de tomber, aujourd'hui, dit-elle en lui rendant son sourire.

—Je préfère quand même te tenir. Le vent souffle fort, et la chute serait terrible.

La première partie du sentier était assez large pour qu'ils avancent de front entre l'affleurement rocheux et le vide. Quelques pas plus loin, ils durent contourner un large rocher. Puis, le sentier se fit plus étroit avant de se terminer brusquement devant une profonde crevasse dans la falaise.

— Le tronc est toujours là, déclara Ian d'un ton guilleret.

Lors d'un orage qui avait éclaté longtemps auparavant, un arbre, jusqu'alors agrippé à la roche escarpée, était tombé en travers du précipice, offrant un pont de fortune d'une trentaine de pieds de long. Le seul moyen de poursuivre était de l'emprunter, comme le faisaient les chèvres.

Sìleas dut retenir son souffle en risquant un regard vers le vide.

— Je n'arrive pas à croire que vous passiez par là plutôt que de faire tout le tour par le chemin principal.

— Nous étions des imbéciles. C'est un miracle qu'aucun de nous ne se soit tué, reconnut Ian, qui la retenait. Cela dit, la seule fois où j'ai vraiment eu peur, c'est quand tu nous as suivis.

Sìleas ressentait encore le contact du bois glissant sous ses pieds nus, elle entendait également le ressac en contrebas et l'éclat des vagues sur les brisants. Ian lui avait dit de ne pas venir. Elle s'était donc cachée derrière le gros rocher jusqu'à ce que les quatre garçons aient franchi le précipice et disparu de l'autre côté du sentier.

— J'ai perdu une année d'espérance de vie lorsque je me suis retourné et que je t'ai aperçue sur le tronc.

Ian passa un bras sur ses épaules et la serra contre lui.

Elle était arrivée au milieu de la crevasse avant de baisser les yeux et de se pétrifier.

— Pourquoi est-ce que tu t'es retourné, ce jour-là ? lui demanda-t-elle.

Le contact de son bras était agréable ; elle ne put s'empêcher de se coller davantage contre lui.

—J'ai senti une espèce de frisson me glacer la nuque, répondit-il avec un sourire qui la transperça, tout en lui passant un doigt sous le menton.

Sìleas observa l'eau qui montait tandis qu'une nouvelle vague emplissait l'étroite crevasse pour venir s'écraser contre les parois verticales. Lorsqu'elle explosa en mousse et en embruns, Sìleas se sentit de nouveau en proie à la peur qui s'était emparée d'elle sur ce tronc, alors qu'elle n'était qu'une petite fille. Ce jour-là, elle avait été incapable d'arracher son regard des flots bouillonnants qui rugissaient sous ses pieds – jusqu'à ce qu'elle entende Ian crier son nom.

« Ne regarde pas en bas, Sìl, regarde-moi. Regarde-moi ! »

Se mordant la lèvre, elle avait décroché ses yeux des tourbillons marins pour les reporter sur Ian.

« Tu n'as rien à craindre, je vais venir te chercher. »

Il avait alors traversé le tronc à sa rencontre, la soutenant du regard et lui parlant sans cesse. Aujourd'hui encore, elle se souvenait de la vague de soulagement qui l'avait parcourue lorsqu'il lui avait finalement saisi le poignet.

« Je te tiens, maintenant. Je ne te laisserai pas tomber. »

Et il avait tenu parole.

Sìleas s'aperçut qu'elle retenait son souffle et expira. Une profonde gratitude lui emplissait le cœur pour le garçon de onze ans qui avait, sans une seconde d'hésitation, traversé le tronc pour voler à son secours. Ian avait toujours été ainsi : téméraire et décisif dans les moments graves. Ce n'était pas la seule fois qu'il l'avait secourue, seulement la plus spectaculaire.

Depuis ce jour, chaque fois qu'elle se trouvait en danger, elle ne priait plus Dieu de la sauver, mais plutôt d'envoyer Ian.

—Sìleas, appela-t-il.

Elle détourna son attention du garçon de ses souvenirs pour revenir au jeune homme qui se tenait derrière elle. Il l'adossa contre le rocher et l'étreignit.

—Je pense que tu me dois un baiser pour m'avoir fichu une telle trouille ce jour-là.

Sans attendre son assentiment, il baissa la tête.

Elle ne put lui résister – n'en avait pas envie. S'agrippant à son tartan pour se stabiliser, elle leva le visage vers lui. Au contact de ses lèvres, elle crut fondre. L'eau qui déferlait avec fracas sous leurs pieds et le vent qui battait violemment les branches au-dessus d'eux faisaient écho au bouillonnement intérieur qui l'animait.

Son cœur battait si vite qu'elle se sentit comme enivrée, tandis qu'il lui embrassait le nez, les paupières, les joues.

—M'as-tu amenée ici en pensant que l'endroit me mettrait dans de meilleures dispositions à ton égard ? demanda-t-elle.

—Oui, répondit-il en lui mordillant l'oreille. Est-ce que ça marche ?

Sous la vanité et le côté redoutable de Ian, Sìleas perçut les impressions du garçon au grand cœur qu'elle connaissait. Au souvenir du gamin qui aurait risqué sa propre sécurité pour accourir à sa rescousse, elle était presque disposée à lui faire de nouveau confiance.

Pour autant, ce n'était pas le garçon qui l'avait abandonnée, mais l'homme.

—Tu ne sentais pas si bon, à l'époque, reprit Ian, le nez dans ses cheveux. (Il glissa les mains sous sa cape et les fit remonter sur les flancs de Sìleas qui, comme saoule, en eut le souffle court.) J'aime encore plus sentir ton contact.

Il était difficile de réfléchir avec les mains d'Ian sur elle et sa voix au creux de son oreille. Elle parvint finalement à placer les paumes contre son torse.

— Tu as eu ton baiser, dit-elle. Il est temps de se remettre en route.

— Ce baiser n'était que pour la frousse de ce jour-là, répondit-il en l'embrassant doucement le long de la joue. J'ai bien peur que tu ne m'en doives de nombreux autres pour t'avoir fait franchir ce tronc.

Elle sentit son cœur s'emballer lorsqu'il lui prit de nouveau la bouche. Ses lèvres étaient douces, chaudes, et, une fois encore, elle fondit dans ses bras. Puis elle s'arracha à lui, déboussolée et les joues en feu.

— Je suis bien content d'avoir attendu pour réclamer mon dû, déclara-t-il avec un sourire et une lueur maligne dans le regard.

— Je ne suis pas un bibelot avec lequel on joue, répliqua Sìleas en tentant de le repousser, mais il était aussi immuable que le rocher auquel elle était adossée.

— Je ne vois pas ce que tu veux dire, répondit-il d'une voix où perçait à présent la colère ; son sourire avait disparu. Qu'est-ce qui te fait penser que je te prends à la légère ?

— Peut-être parce que tu as fait comme si ni moi ni ton serment n'existions, au cours des cinq dernières années, expliqua-t-elle. Et n'essaie pas de me dire que tu n'as pas connu de femmes en France, parce que je ne te croirais pas.

— Je ne te considérais alors pas comme mon épouse. (Il lui saisit le menton et riva sur elle son intense regard bleu.) Mais maintenant si.

— Eh bien, moi pas.

Elle se libéra de son bras pour contourner le rocher, mais il la saisit par la taille et la ramena à lui.

— Tu es ma femme, que tu le veuilles ou non, déclara-t-il au-dessus de sa tête. Alors, autant que cela te plaise.

— Cela ne me plaît pas, répliqua-t-elle. Pas du tout.

—Tu mens, Sìl, affirma-t-il en la dévorant du regard. Tu aimes quand je t'embrasse. Si tu l'as déjà oublié, je vais devoir te le prouver de nouveau.

Il la serra alors dans ses bras et entreprit de lui faire perdre la raison. L'assaut qu'il menait contre ses sens réduisait à néant chacun de ses arguments, l'un après l'autre. C'était comme si, jusque-là, elle avait été affamée de ses baisers sans le savoir. Mais, à présent qu'elle avait identifié l'objet de son manque, il fallait qu'elle s'en repaisse, qu'elle le touche. Elle aurait voulu avaler Ian tout entier, le prendre en elle pour ne jamais le perdre.

Elle s'agrippait à lui, incapable de s'approcher assez.

—Je veux te sentir, souffla-t-il en rejetant sa cape.

Partout où il les posait, ses mains laissaient sur sa peau une intense brûlure qui l'attirait sans cesse davantage. Il baissa la tête pour plaquer ses lèvres contre la veine folle qui battait dans le creux de son cou. Sìleas inspira tant bien que mal lorsqu'elle sentit ses paumes couvrir sa poitrine.

—Ah, grogna-t-il. Tes seins sont faits pour mes mains.

Il se pencha plus encore en avant et fit courir sa langue sur sa gorge. Ses lèvres étaient chaudes et humides contre sa peau. Lorsqu'il saisit un de ses tétons, une vague brûlante de désir pur déferla en elle, telle une rasade de whisky.

Elle rejeta la tête en arrière contre le rocher, se laissant envahir par ces nouvelles sensations. En sentant la bouche d'Ian sur sa poitrine, elle sursauta. Il avait libéré le téton de l'épais tissu de sa robe et faisait jouer sa langue dessus : une sensation si délicieuse qu'elle aurait voulu qu'il n'arrête jamais.

Il referma la bouche sur son sein, et elle frissonna des pieds à la tête. Un fugace instant d'embarras la traversa quand elle laissa échapper un gémissement, mais il fut bien vite englouti dans le tourbillon d'émotions qu'Ian faisait naître en elle. Il remonta vers sa gorge en une ligne de baisers passionnés, la laissant enfin respirer avec peine.

—Ah, j'adore les sons que tu fais ! lui glissa-t-il à l'oreille. J'aimerais te sentir sous moi, Sìleas. Je veux me perdre en toi et te donner tant de plaisir que tu crieras mon nom.

Il continua à l'embrasser jusqu'à ce que ses lèvres lui fassent mal. Lorsqu'il cessa, l'air glacial éteignit le feu qui lui embrasait la peau. Privée de ce corps qui s'était pressé contre le sien, elle ressentit comme un manque. Elle était étourdie, désorientée. Des picotements lui parcouraient les seins, son intimité la faisait presque souffrir, et ses doigts la démangeaient tant elle voulait toucher ses cheveux ou le tissu rugueux de sa chemise

—Tu vois que tu aimes mes baisers, fanfaronna Ian, bien trop sûr de lui. Et je te promets que tu les aimeras plus encore lorsque je te mènerai au lit.

Elle passa la langue sur ses lèvres sèches.

—Ça ne veut pas dire pour autant que j'aime être mariée à toi.

—C'est un bon début, répliqua-t-il, une lueur dans le regard.

—Tu es bien vaniteux, Ian MacDonald, déclara-t-elle avant de s'appliquer à réajuster sa robe.

Sentant Ian se raidir, elle leva les yeux et vit que son attention était fixée sur quelque chose dans son dos. Il se plaqua un doigt sur les lèvres et désigna le chemin d'un signe de tête. Elle se retourna. Une vingtaine d'hommes le parcourait dans leur direction. À en juger par les épées qu'ils transportaient, ils s'attendaient à rencontrer des ennuis, à moins qu'ils n'aillent les créer eux-mêmes.

Le groupe était mené par Hugh Dubh MacDonald en personne.

Sìleas perçut la tension qui habitait Ian lorsqu'il se plaqua contre elle, les collant tous deux au rocher.

— C'est Connor qu'ils viennent chercher, chuchota-t-il tout près de son oreille, tandis que les soldats suivaient le coude du chemin.

— Oh non! Que pouvons-nous faire?

— Le sentier de la corniche est le plus court pour aller chez Teàrlag. (Il fit volte-face et lui donna un baiser fougueux.) Je dois prévenir Connor et Duncan. Attends-moi ici, je reviens aussi vite que possible.

— Je viens avec toi. Vous pourriez avoir besoin de moi.

— Non. Tu restes ici. Je n'ai pas le temps de discuter. (Il s'éloigna de quelques pas avant de s'immobiliser.) Diable!

Elle se tourna de nouveau pour voir ce qui l'avait interpellé. Quatre des hommes de Hugh s'étaient postés en bordure du chemin principal, laissant les autres poursuivre leur route.

— Que font-ils? chuchota-t-elle.

— Hugh a dû se souvenir que nous prenions ce sentier, répondit-il à voix basse. Il laisse des hommes pour couper toute retraite à Connor et Duncan.

Elle leva les yeux et vit qu'il avait la mâchoire crispée et le regard d'un bleu acier.

— Viens, lui dit-il. Je ne peux plus te laisser ici, maintenant.

Chapitre 14

$\mathcal{I}$an s'engagea sur le tronc comme s'il s'était agi de franchir un vulgaire pas de porte et non une falaise à pic. Lorsque Sìleas lui avait annoncé, plus tôt, qu'elle voulait l'accompagner, elle avait été motivée par la seule envie de ne pas être séparée de lui. Mais la peur lui nouait à présent l'estomac.

Ian se tourna de côté sur le pont de fortune et lui tendit la main.

—Accroche-toi, nous allons traverser tous les deux.

Malgré le froid ambiant, elle avait les paumes moites. Elle les essuya sur sa cape avant de répondre à son invitation. La main qui se referma sur la sienne était sèche, chaude et rassurante. Avec précaution, Sìleas avança un pied sur le bois.

—Je ne sais pas si je vais y arriver.

—Souviens-toi juste de ne pas regarder en bas. Nous serons de l'autre côté avant même que tu t'en aperçoives.

Elle fit un nouveau pas. Ses deux pieds reposaient à présent sur le tronc, au-dessus du précipice. Elle avait beau garder les yeux rivés sur Ian, elle percevait le tumulte en contrebas.

—Tu te débrouilles très bien, l'encouragea Ian. Je ne te laisserai pas tomber.

Elle progressa un peu plus.

—Il est plus facile de garder ton équilibre en avançant rapidement, dit-il l'incitant à accélérer.

Elle fit un nouveau pas, puis un autre. L'épreuve lui semblait devenir plus simple. Elle se permit même de reprendre son souffle.

À mi-chemin, son pied glissa sur une plaque de mousse. Elle retrouva son équilibre presque aussitôt, mais son regard tomba sur les eaux bouillonnantes au pied de la falaise. Tétanisée par la panique, elle sentit la sueur ruisseler sous ses bras. Ses pieds refusaient de bouger.

— Regarde-moi, l'invita Ian d'un ton rassurant. Je te tiens, Sìl. Je te tiens.

Au prix d'un terrible effort, elle parvint à arracher son regard aux vagues déchaînées pour le porter sur Ian. Il semblait calme et confiant.

— Là, voilà, c'est très bien. Nous y sommes presque.

Pas après pas, elle le suivit, étreignant sa main à en avoir les doigts douloureux. Une éternité plus tard, elle atteignit le bout du tronc, et Ian la prit dans ses bras. Le soulagement qu'elle ressentit en posant le pied sur la terre ferme lui fit tourner la tête.

— Tu vas me devoir un millier de baisers pour ça, dit-il d'une voix avide et tendue. Nous devons nous dépêcher, maintenant.

Mais l'épreuve n'était pas encore terminée ; il leur fallait encore progresser à flanc de falaise jusqu'au repaire de Teàrlag.

— Tu peux me lâcher la main ? demanda-t-elle à Ian qui l'entraînait toujours à sa suite. Je ne sens plus mes doigts.

— Non.

Le sentier s'étrécit encore jusqu'à n'être plus qu'une corniche à peine assez large pour y poser un pied. Ils avancèrent en crabe, le dos à la paroi, sur des pierres branlantes. Sous ses orteils, il n'y avait plus rien que le vide, les vagues grises et l'écume blanche.

Sìleas entendait le battement de son cœur tandis qu'elle examinait l'à-pic à la recherche de buissons accrochés au roc auxquels elle pourrait se rattraper en cas de chute.

C'est alors que son talon glissa sur le sol instable et que son pied se déroba sous elle. Elle hurla le nom d'Ian et glissa vers sa mort.

Elle continua à crier, les deux jambes dans le vide.

— Je te tiens, dit Ian d'une voix où perçait la tension.

Elle se tut et leva les yeux. Ian avait les genoux fléchis, un bras plaqué contre l'affleurement pour ne pas basculer, et son autre main toujours serrée autour du poignet de Sìleas. L'effort violent qu'il fournissait était visible tant il avait la mâchoire crispée et les muscles du cou saillants.

Dans un grognement, il la hissa sur la corniche. Ses genoux tremblaient si fort qu'elle serait retombée aussitôt si Ian ne l'avait pas retenue.

— On ne peut pas s'arrêter ici, dit-il en la regardant droit dans les yeux. Je t'ai dit que je ne te laisserai jamais tomber. Tu dois me faire confiance.

Elle hocha la tête. Ian lui tenait fermement le bras ; il ne la lâcherait pas.

— Encore un petit effort, ma chérie, l'encouragea-t-il. Je vois presque le repaire de Teàrlag.

Le cœur au bord des lèvres, Sìleas parvint malgré tout à le suivre.

— Là, c'est très bien. Plus que trois ou quatre pas, et on y est.

Lorsque le sentier déboucha enfin sur la clairière menant chez la voyante, Sìleas n'avait plus qu'une envie : tomber à genoux et embrasser l'herbe.

— Et pour ça, tu me dois un nombre incalculable de baisers, déclara Ian. (Il s'essuya le front d'un revers de la manche.) Maintenant, nous devons trouver Connor et Duncan.

Ils gagnèrent le repaire en courant et y découvrirent les deux hommes attablés, en train de déguster un ragoût dans de grands bols de bois.

— Il est temps de filer, les gars, les informa Ian avec un calme froid. Hugh et vingt de ses hommes armés empruntent le chemin en ce moment.

Connor et Duncan s'étaient levés d'un bond avant même qu'il eut fini de parler.

— On sera dans la grotte, décida Connor qui sanglait sa claymore. Faites du bruit pour nous prévenir s'ils descendent vers la plage.

— Entendu. Partez, maintenant.

— Désolé, Teàrlag, s'excusa Connor par-dessus son épaule avant de franchir la porte.

— Mets-moi mon ragoût de côté, dit Duncan en attrapant une galette d'avoine.

Il les salua d'un geste de la main et emboîta le pas de Connor.

Sìleas s'affala sur la chaise encore chaude où était assis Connor peu avant.

— Où est ton whisky, Teàrlag? demanda Ian.

— Je vais le chercher, répondit la vieille femme.

Incapable de bouger, Sìleas regarda les deux autres agir avec vitesse et précision. En un clin d'œil, Ian versa le contenu des bols dans la marmite suspendue dans la cheminée, les essuya avec un linge et les remisa sur l'étagère qui surplombait la table.

Pendant ce temps-là, Teàrlag extirpa un pichet de sous son matériel à couture, dans le panier qui reposait dans un coin de la pièce, et en versa une généreuse quantité dans deux coupes placées sur la table.

— Bois ça, ordonna Ian à Sìleas en lui montrant l'exemple.

La jeune femme manqua de s'étrangler tant la brûlure qui lui ravagea la gorge était intense.

Ian essuya les coupes, les rangea sur l'étagère et s'assit à côté de sa promise.

— Voilà, nous étions en train de faire un brin de causette avec Teàrlag.

Quelques instants plus tard, la porte s'ouvrit brusquement, et plusieurs hommes, précédés de leur odeur de fauve, se massèrent dans la pièce. Le premier d'entre eux n'était autre que Hugh Dubh.

Sìleas ne l'avait pas revu d'aussi près depuis qu'elle était toute gamine. Tandis que Hugh balayait les lieux exigus du regard, elle fut frappée par sa ressemblance avec son frère, l'ancien chef de clan, et avec Ragnall. Il avait le même visage anguleux, la même mâchoire forte, et dégageait la même impression de puissance. Mais son regard, couleur de brume marine, dégageait quelque chose de sinistre. Le chef et Ragnall avaient été des hommes sévères, mais celui-là était habité par le mal.

— Où sont-ils ? aboya Hugh.

La vache, derrière la demi-cloison qui la séparait de la pièce principale, protesta lorsqu'un homme de Hugh la poussa de côté pour sonder sa paille à coups de claymore.

— Si vous lui faites perdre son lait, vous aurez affaire à moi, l'avertit Teàrlag.

— Les trois autres ne peuvent pas être bien loin, si vous êtes ici, déclara Hugh en s'adressant à Ian. Pourquoi est-ce que tu ne nous épargnerais pas à tous beaucoup d'ennuis en me disant où se trouve mon neveu ? Connor et moi avons à parler.

— Je suis persuadé que vous savez déjà qu'Alex s'est installé chez nous, répondit Ian en se calant dans sa chaise comme s'ils discutaient le bout de gras. Mais je n'ai vu ni Connor ni Duncan.

— Je ne peux m'empêcher de me demander quelle raison a pu pousser Ian MacDonald à consulter cette vieille femme, reprit Hugh en inclinant la tête en direction de Teàrlag. Et la seule réponse qui me vient à l'esprit, c'est : aucune. J'en déduis donc que, si tu es là, c'est que les autres doivent se cacher dans le coin. (Il adressa un geste à ses hommes et regagna la porte.) Venez, les gars. Allons les trouver.

— Je n'ai fait qu'accompagner mon épouse, expliqua Ian en posant le bras sur le dossier de la chaise de Sìleas.

Il attendit que Hugh fasse volte-face pour ajouter :

— Les problèmes de femmes, vous savez.

Hugh dévisagea la jeune femme, lui donnant le sentiment qu'il voyait sous ses vêtements.

— Elle ne me semble pas avoir de problème.

— Elle n'en a aucun, en effet, intervint Teàrlag, s'attirant aussitôt l'attention de tous.

— Je savais qu'Ian mentait, cracha Hugh, qui exhibait déjà son dirk.

— Il est vrai que sa femme l'a conduit ici, poursuivit Teàrlag avec une moue désolée. Il arrive qu'une fille connaisse des difficultés avec son époux, bien que celles-ci se manifestent rarement chez des gens aussi jeunes qu'Ian.

Celui-ci manqua de s'étouffer et faillit bondir de sa chaise.

— Teàrlag ! s'écria-t-il en foudroyant la vieille femme du regard.

— Serais-tu en train de nous dire que notre brave Ian a du mal à satisfaire sa charmante épouse ? demanda Hugh avec un rictus.

— Rien de grave, dit Teàrlag qui semblait vouloir minimiser l'étendue des dégâts.

Sìleas retint un rire et posa une main sur la cuisse d'Ian pour l'empêcher de se lever.

— Sìleas est d'une patience infinie, reprit Teàrlag, l'air triste. Elle a attendu son époux pendant cinq longues années. Je suis sûre qu'elle est disposée à patienter encore un peu, le temps qu'il se remette de sa… blessure de guerre.

— Ce n'est pas là que j'ai été blessé, protesta Ian. Mes parties vont très bien, merci.

Hugh et ses hommes éclatèrent de rire.

— C'est parfois là que résident les blessures, dit Teàrlag en désignant sa tempe d'un doigt noueux. Mais ne t'en fais pas, je vais te préparer une potion qui fonctionne… parfois.

À la vue de l'outrage qui se dessinait sur les traits d'Ian, Sìleas dut se mordre les joues pour refouler son hilarité.

Hugh et ses hommes s'esclaffaient. Plus Ian enrageait et plus ils gobaient l'histoire de la doyenne.

— Si tu perds patience avec Ian, je peux toujours te trouver un nouveau mari, proposa Hugh avec un clin d'œil grivois. Un homme qui saura redresser la barre.

Un nouvel éclat de rire parcourut ses rangs.

— Ne vous donnez pas cette peine, répondit Sìleas en baissant les yeux. Je suis certaine qu'Ian sera bientôt droit comme la justice.

— C'est une justice bien raide qu'elle espère, glissa un des hommes, qui fut récompensé par une vague de gloussements.

— Je n'ai aucun problème. (Ian se leva d'un bond, les bras tendus, poings serrés.) Et je suis prêt à combattre quiconque dira le contraire.

— Tu ferais mieux d'économiser tes forces, lui répliqua Hugh entre deux éclats de rire. (Il se tourna vers Sìleas.) N'oublie pas ma proposition.

Voyant qu'Ian s'approchait de Hugh, la jeune femme s'interposa.

Ian avait le souffle court ; Sìleas sentait sous ses doigts les muscles tendus de ses bras. Ce serait pure folie que de laisser Ian s'attaquer à Hugh et cinq de ses hommes, sans compter les quinze autres qui attendaient à l'extérieur.

Hugh rejeta la tête en arrière et emplit la petite pièce de son rire sonore. Sìleas savait qu'il faisait tout pour provoquer Ian – et qu'il était à deux doigts d'y parvenir.

—Il n'est pas très avisé de rire du malheur des autres, intervint Teàrlag. Surtout lorsqu'on en a de bien pires à affronter soi-même.

Le sourire de Hugh disparut aussitôt.

—Qu'est-ce que tu essaies de dire, vieille femme ?

—Je vois ta mort, Hugh Dubh MacDonald.

Celui-ci blêmit à vue d'œil et recula d'un pas.

Teàrlag plongea la main dans un petit bol qui reposait sur une étagère, près de l'âtre, et jeta une poignée de ce qui ressemblait à des herbes sèches dans les flammes, les faisant crépiter et fumer. Son œil valide se révulsa, et un son aigu, effrayant, émana d'elle tandis qu'elle dansait d'un pied sur l'autre.

—Aucun doute possible, dit-elle d'une voix distante, comme si elle leur parlait depuis l'autre côté du miroir. Tu es étendu sur une longue table, et les femmes préparent ton corps pour la tombe.

—Tais-toi, sorcière ! éructa Hugh en gagnant la porte à reculons, les mains tendues devant lui.

—Je vois ta mort, Hugh Dubh MacDonald, annonça Teàrlag en agitant les bras. Je vois ta mort, et personne ne te pleure !

— Maudite sois-tu, femme! Tu dis n'importe quoi. Tu ne vois rien du tout! cria-t-il avant de tourner les talons et de fuir à toutes jambes.

Ses hommes se bousculèrent dans leur empressement pour lui emboîter le pas.

Dès qu'ils eurent quitté les lieux, Ian tourna vers la voyante un regard assassin.

— Pourquoi as-tu estimé nécessaire de leur mentir à propos de ma virilité, Teàrlag? Je serai devenu la risée de tous les hommes de l'île avant ce soir.

— Des femmes aussi, fit remarquer la vieille femme en exhibant ses trois seules dents saines dans un grand sourire.

— Son histoire a détourné leur attention de Connor et Duncan, intervint Sìleas d'une voix apaisante, tout en essayant de dissimuler son propre amusement.

— Ma foi, reprit Teàrlag avec un geste dédaigneux de la main, tu le méritais pour ce que tu as fait subir à Sìleas.

— Quoi? s'indigna Ian en frappant du poing sur la table. Je n'ai rien fait qui me vaille d'être humilié.

— Tu crois peut-être que tout le clan n'a pas évoqué la façon dont tu as abandonné Sìleas le lendemain matin de votre mariage? expliqua Teàrlag, un doigt noueux pointé sur lui.

Ian se rassit. Après un long moment, il se tourna vers Sìleas et lui prit la main.

— Les femmes se sont moquées de toi?

— Et comment! répondit Sìleas dans un petit rire sans joie.

D'une voix aiguë, elle entreprit de les imiter: «N'es-tu pas capable de garder un mari à la maison, Sìl?» «À ton avis, qu'est-ce qui aurait pu retenir Ian?» «Peut-être que si tu lui avais donné un enfant, ton mari aurait eu envie de rentrer chez lui.»

Ian porta sa main à ses lèvres et y déposa un baiser.

—Je suis désolé. Lorsque j'étais en France, dans mes pensées, tu n'étais encore qu'une petite fille qui n'aurait su que faire d'un époux.

Qui me dit que je figurais vraiment dans tes pensées?

—Ian, va trouver les autres garçons, lui intima Teàrlag en reprenant les deux bols de l'étagère pour les placer sur la table. Ils n'ont pas fini leur repas.

Voir la vieille femme donner des ordres à Ian comme s'il n'était qu'un enfant de dix ans et non un homme de trois fois sa taille amusa Sìleas. Mais, Ian parti, elle redevint aussitôt grave lorsque Teàrlag riva sur elle son unique œil valide.

—Alors, dis-moi pourquoi tu n'as pas encore attiré ce joli mari dans ton lit, lui demanda-t-elle. Et je sais que cela n'a rien à voir avec la raison que j'ai servie à ce diable de Hugh Dubh.

Sìleas sentit ses joues s'embraser et baissa les yeux au sol.

—Laisse-lui du temps, reprit Teàrlag. (Elle couvrit la main de Sìleas de la sienne, noueuse.) Au fond de lui, Ian a tout ce que tu attends d'un homme. Tu as encore la petite bourse que je t'ai donnée?

Sìleas hocha la tête.

—Tu dors en la plaçant près de ton cœur?

Elle acquiesça de nouveau.

—Tu sais donc ce qu'il te reste à faire, ma chérie.

Chapitre 15

*J*an craignait pour sa santé.

Le désir que lui inspirait Sìleas le rendait presque stupide. Ce n'était certainement pas bon pour un homme de vouloir à ce point une femme sans obtenir satisfaction. Collecter les baisers qu'elle était supposée lui devoir ne faisait qu'empirer la torture.

La nuit, il veillait, visualisant sa peau laiteuse dans le clair de lune. Chaque fois qu'il entendait sa voix dans une pièce voisine, ou qu'il l'apercevait dans la cour, il se prenait à espérer qu'elle venait le trouver pour lui dire qu'elle était prête.

Il l'imaginait s'approchant de lui lentement, d'une démarche chaloupée, une étincelle dans le regard. Puis elle poserait les mains à plat contre son torse et dirait : « J'ai pris ma décision. Je te veux dans mon lit, Ian MacDonald. »

Il secoua la tête et reposa son marteau avant de se blesser. Chaque fois qu'il attirait la jeune femme dans un coin pour lui voler un baiser, quelqu'un apparaissait pour la lui dérober. Il était parvenu quelques fois à prendre ses seins dans ses paumes – diable, son sexe s'éveillait à cette simple pensée –, mais rien de plus.

Il ne pouvait plus endurer un tel traitement.

Et il n'avait pas de temps à perdre. Deux semaines seulement les séparaient de Samhain ; il leur fallait prévoir un coup spectaculaire. Il en avait discuté avec Connor et Duncan après avoir été les chercher dans la grotte, l'autre jour, près de chez Teàrlag. Tous s'étaient accordés pour dire que la meilleure manière de rallier les membres du clan à la candidature de Connor serait de prendre Knock Castle.

Mais, pour justifier une attaque contre les MacKinnon, Ian devait lever toute ambiguïté quant à sa légitimité à la tête du château en tant que mari de Sìleas. Bien sûr, ils pouvaient prendre Knock Castle sans raison – ce qui n'aurait rien d'exceptionnel –, mais cela forcerait la couronne à intervenir. Connor et les MacDonald n'avaient aucun besoin que ce genre d'ennuis vienne s'ajouter à ceux auxquels ils faisaient déjà face.

Ian n'avait par conséquent d'autre choix que celui de consommer son mariage. Et de partager la couche de son épouse. Il s'estimait plutôt chanceux que les besoins du clan et les siens soient en si parfait accord.

Tout était planifié. Ian avait réussi à convaincre sa mère et Niall qu'emmener Payton faire le tour de l'île aux phoques à la voile leur ferait à tous le plus grand bien. Et, bien évidemment, Alex n'avait eu aucun mal à persuader Dina de disparaître avec lui pour l'après-midi.

Ian aurait enfin Sìleas pour lui seul.

Il la trouva dans la cuisine. Penchée sur le plan de travail, elle étalait une préparation à base d'avoine au fond d'un plat. Il prit une profonde inspiration. Elle était ravissante avec ses cheveux relevés, à l'exception de quelques boucles folles qui lui encadraient le visage et lui tombaient dans le cou.

—Ça sent bon, dit-il.

Une chaude odeur de miel et d'avoine emplissait la cuisine.

Elle sursauta au son de sa voix et leva la tête, les yeux écarquillés.

—Je ne t'ai pas entendu entrer.

—Qu'est-ce que tu prépares ?

168

— Une surprise pour ton père, confessa-t-elle dans un sourire. Il aime les sucreries, tu sais. Et il m'en restera pour en apporter à Annie. Elle vient d'avoir un nouveau bébé.

Ian remonta ses manches et contourna la table pour venir se placer à côté d'elle.

— J'ai toujours aidé ma mère dans la cuisine.

Elle le regarda du coin de l'œil.

— Je suis sûre que tu lui étais d'un grand secours.

— Ça me blesse que tu ne me croies pas, s'offusqua-t-il. Viens, je vais te montrer comme je suis doué.

Elle arqua les sourcils, lui indiquant qu'elle le soupçonnait de ne pas parler seulement de ses qualités de marmiton.

Elle avait vu juste.

Elle enfonça une cuillère de bois dans le pot de miel, qu'elle laissa ensuite goutter sur sa préparation.

— Dina était censée me donner un coup de main. (Elle frappa violemment la cuillère contre le bord du plat.) Voilà, c'est bon.

— Tu ne verras pas Dina de l'après-midi, l'informa Ian en lui prenant la cuillère des mains pour en lécher le miel. Alex et elle… se tiennent compagnie.

Elle se figea, et ses joues s'empourprèrent.

— Ah, tout s'explique !

Ian ne fut que trop ravi de saisir cette chance de la mettre en garde contre Alex.

— J'espère que Dina ne s'attend pas à être la seule.

— Ça vaut également pour Alex.

Il rit, avant d'ajouter pour la forme :

— Alex n'est pas du genre à partager le lit d'une seule femme.

— Je ne crois pas que tu sois le mieux placé pour critiquer Alex ; tu peux difficilement te vanter d'être un saint toi-même. (Elle souleva le plat puis l'abattit sur la table si fort que celle-ci trembla.) C'est pour répartir le miel. Je vais attendre qu'ils rentrent pour le mettre à cuire.

Ian se pencha vers elle.

— Je vis comme un moine, maintenant, si ça peut te rassurer.

— Tu parles d'un sacrifice, répliqua-t-elle en déplaçant, sans le moindre but apparent, les ingrédients disposés sur la table. Ça fait combien ? Au moins une semaine, non ?

Il se plaça derrière elle et s'empara fermement de ses hanches. Ah, qu'il aimait la sentir contre lui.

— Une semaine peut sembler durer une éternité, murmura-t-il contre sa nuque, lorsqu'on passe la moindre de ses secondes à t'imaginer nue.

Il l'embrassa dans le cou, le long de la veine dont il sentait le pouls battre sous ses lèvres. Elle sursauta lorsqu'il appuya son sexe en érection contre ses fesses.

— Je rêverais de t'étendre sur cette table, chuchota-t-il en faisant courir ses mains sur les bras de sa promise.

— Chut ! Quelqu'un pourrait t'entendre.

Elle semblait scandalisée, mais frissonnait néanmoins.

— Il n'y a personne dans la maison, dit-il en lui mordillant le lobe de l'oreille. Rien que toi et moi.

La respiration de Sìleas changea lorsqu'il fit glisser ses mains sur ses côtes et lui effleura les seins.

— Je pense que, pour la première fois, je devrais te faire l'amour dans notre lit nuptial, déclara-t-il. Mais si tu veux qu'on le fasse sur cette table, je me plierai à ta volonté.

Sìleas s'essuya les mains sur son tablier et lui repoussa les bras.

— Laisse-moi.

Sa résistance n'était pas farouche. Lorsqu'elle lui opposait un refus catégorique, c'était à coups de poêle dans la tête, une lame à la main.

Il lui souffla tendrement dans la nuque et fut récompensé par un soupir qui s'échappa de ses lèvres. Sa peau, aussi soyeuse et crémeuse que le beurre frais, dégageait une odeur de cannelle mêlée de miel. Poussé par l'envie de la goûter, il fit courir sa langue au-dessus du col de sa robe.

Il prit dans ses paumes la douceur rebondie de ses seins et ferma les yeux sous le coup de la violente vague de désir qui le traversa. Oh, comme il la désirait !

Lorsqu'il effleura ses tétons, elle émit un ronronnement qui le rendit fou. Tandis qu'il les titillait, elle rejeta la tête en arrière, contre son épaule, et se mit à haleter.

Il avait également du mal à reprendre son souffle. Cette fois, elle le laisserait s'aventurer sous ses jupons, il en était convaincu. Que le ciel lui vienne en aide : il allait exploser si elle continuait à se frotter contre lui de la sorte.

Il était temps qu'il emmène sa femme à l'étage. Enfin. Alors qu'il était prêt à la soulever dans ses bras, il aperçut une marque à la base de sa nuque.

Une fine ligne blanche, à peine visible. Une cicatrice.

Il la souligna du bout du doigt.

— D'où ça vient, ça ?

Elle se raidit et essaya de se dégager de son étreinte, mais il la retint.

— Comment tu t'es fait cette cicatrice ?

— Ce n'est rien, répliqua-t-elle. Laisse-moi partir, maintenant. Je suis sérieuse.

Il repoussa le col pour en voir plus. La balafre se prolongeait vers le bas de son dos, jusqu'à disparaître hors de sa vue.

La jeune femme fit volte-face dans les bras d'Ian et plaqua les mains contre son torse. Levant vers lui un regard provocant, elle lui dit :

— Embrasse-moi.

Il riva les yeux sur ses lèvres entrouvertes, furieusement tenté. Mais pourquoi tenait-elle tant à faire diversion ? Lorsqu'elle s'empara de sa nuque et se pressa contre lui, il eut le plus grand mal à lui résister.

Il lui caressa la joue avec le pouce.

— Qu'est-ce que tu essaies de me cacher ?

Elle serra les lèvres en une fine ligne et plissa les yeux, abandonnant son rôle fugace de séductrice. Dommage. Mais quelque chose troublait Ian.

Chaque fois qu'il l'embrassait, tout se passait bien – très bien, même – jusqu'à ce qu'il entreprenne de dénouer ses vêtements. En y repensant, il se rendit compte que c'était la première fois qu'il lui voyait les cheveux relevés de cette façon.

— Tu peux choisir de coopérer ou non, mais je vais regarder.

La lèvre inférieure de la jeune femme se mit à trembler. Par tous les saints, que lui arrivait-il ? Sìleas ne pleurait jamais. Même lorsqu'elle n'était qu'une fillette de six ans que son père abandonnait dans des endroits inconnus dont elle devait rentrer seule, sans connaître le chemin du retour, elle ne pleurait pas.

Il lui déposa un baiser sur la tempe et l'invita doucement à se retourner.

— Non, dit-elle d'une petite voix.

Mais Ian savait qu'elle avait renoncé à le voir céder.

Ses doigts lui paraissaient gourds et maladroits tandis qu'il défaisait les minuscules boutons. Une fois arrivé à la taille, il fit glisser la robe des épaules de Sìleas. La chemise qu'elle portait en dessous était suffisamment échancrée dans le dos pour qu'il découvre ce qu'elle dissimulait.

Une rage d'une violence infinie s'empara de lui ; le sang lui martelait les tempes, et ses mains tremblaient. Il abattit son poing sur la table avec force.

—Je vais le tuer. Je jure que je tuerai celui qui t'a fait ça.

Sìleas sanglotait en silence, mais Ian était habité d'une colère telle qu'il avait peur de poser les mains sur elle.

—Qui est-ce qui t'a fait ça? demanda-t-il. Tu dois me le dire.

Elle s'essuya le visage.

—À ton avis? Mon beau-père.

—Ah, Sìl! Pourquoi ne m'as-tu rien dit?

Il aurait voulu rejeter la tête en arrière et hurler son indignation. Elle n'était encore qu'une enfant lorsque Murdoc l'avait ainsi marquée.

—Si j'avais su qu'il te maltraitait, je serais intervenu.

Mais il aurait dû s'en rendre compte. Il avait toujours été son protecteur, et cela avait eu lieu sous son nez.

—Quand t'a-t-il fait ça?

Il s'efforçait de garder une voix calme, bien conscient que ce n'était pas de sa colère que Sìleas avait besoin pour le moment, mais la tâche était ardue tant son corps vibrait de rage.

Elle inspira avec peine.

—La plupart du temps, Murdoc ne se souciait pas de moi. Comme tu le sais, il espérait que ma mère lui donnerait un fils qui hériterait de Knock Castle.

La mère de la jeune femme avait perdu plusieurs bébés avant même leur premier anniversaire. Sans parler de toutes les fausses couches dont Ian n'avait pas connaissance.

—Lorsque la mort de son dernier enfant l'a emportée, Murdoc s'est mis en tête de me marier à son fils Angus afin de garder mes terres. Il ne m'a alors plus laissé aucun répit. Quand je lui ai dit que je n'épouserai jamais un MacKinnon, et encore moins son répugnant rejeton, il a essayé de me faire céder en me rouant de coups.

Ian serrait les mâchoires pour se retenir de hurler des insultes, à tel point que ses muscles lui faisaient mal. Des années plus tôt, Angus MacKinnon avait failli déclencher une guerre de clans en violant une femme appartenant au clan de la mère d'Ian, le clan Ranald. Une forte somme avait permis de calmer les ardeurs belliqueuses, mais la rancœur persistait, tout comme les rumeurs autour du penchant invétéré d'Angus pour la violence.

— Mais tu sais comme je peux être têtue, poursuivit Sìleas en lui adressant un sourire amer par-dessus son épaule. Pour finir, Murdoc m'a fait enfermer dans ma chambre, puis il a envoyé chercher son fils.

— C'est ce jour-là que je t'ai trouvée ? demanda Ian, même s'il connaissait déjà la terrible vérité.

Elle acquiesça.

— Murdoc ne connaissait pas l'existence du tunnel.

Seigneur, pardonne-moi. Pendant tout ce temps, Ian avait reproché à Sìleas leur mariage forcé. Il pensait qu'elle en était responsable, avec son attitude de gamine irréfléchie. Pas un seul instant il n'avait pensé qu'elle puisse réellement être en danger ce jour-là.

D'un autre côté, il n'avait pas fait beaucoup d'efforts non plus pour s'en convaincre.

Elle se cacha le visage dans les mains et déclara d'une voix hachée :

— Je savais que tu me trouverais repoussante une fois que tu aurais vu ça.

— Mon Dieu, Sìl, comment peux-tu dire une chose pareille ? (Il la força à se retourner et la serra contre son torse.) Je t'en prie, ne me dis pas que tu as une si piètre opinion de moi.

Il lui caressa les cheveux et y déposa des baisers jusqu'à ce que ses sanglots se tarissent. Puis il la souleva dans ses bras et l'emmena dans l'escalier.

Parfois, les mots ne suffisent pas.

Chapitre 16

Sìleas laissait sa tête appuyée contre le torse d'Ian, tandis qu'il la portait dans l'escalier. Elle ne savait plus du tout où elle en était, mais elle se sentait en sécurité dans ses bras, et c'était un sentiment dont elle avait besoin.

Il l'emmena dans sa chambre et referma la porte d'un coup de talon. À peine eut-il reposé Sìleas sur ses pieds à côté du lit, qu'elle sentit sa robe tomber et resta plantée là, en sous-vêtements. Elle était bien trop éprouvée pour ressentir un quelconque embarras. Il garda une main posée sur son épaule, comme pour la stabiliser, tandis qu'il repoussait les couvertures. Puis, il la déposa sur le lit.

Avec une douceur surprenante pour un homme de sa carrure, il repoussa les cheveux de son visage du bout des doigts. Son geste lui rappela l'empathie de Payton, le jour où il les avait découverts dans la forêt et qu'il s'était agenouillé à côté d'elle pour lui parler avec gentillesse, tenant sa petite main entre les siennes.

Derrière l'homme redoutable et endurci par la guerre qu'Ian était devenu, demeurait le garçon attentionné qu'il avait été. Il lui prit le visage entre les mains et se pencha pour l'embrasser. Elle soupira en sentant le doux contact de ses lèvres sur sa bouche.

—Je ne veux pas t'affoler, lui glissa-t-il à mi-voix. Mais je viens au lit avec toi.

Sa gorge s'assécha lorsqu'elle le vit se départir de sa claymore, qu'il déposa au pied du lit, à portée de main. Elle savait qu'il n'agissait que par habitude, pourtant ce geste contribua à la rassurer. Personne ne franchirait cette porte tant qu'Ian serait là.

Elle le regarda ôter ses bottes et ses chaussettes, puis détacher son kilt et le laisser tomber au sol. Il ne portait plus que sa chemise, qui lui descendait jusqu'aux cuisses. Elle observa ses jambes musclées, si différentes de celles qu'il avait étant enfant, puis remonta lentement vers son visage. Ian était vraiment d'une beauté à couper le souffle.

Lorsqu'il croisa son regard et que ses yeux s'assombrirent, elle sentit l'excitation monter en elle. Même s'il n'éprouvait pour elle qu'une forme de pitié, elle ne put s'empêcher de réagir au désir qu'il affichait. Désir, pitié, devoir. Si telles étaient les seules raisons qui le conduisaient dans son lit, alors il ne serait jamais heureux avec elle. Du moins, pas durablement.

Elle prit une inspiration tremblante tandis qu'il déboutonnait sa chemise. Il s'interrompit à mi-chemin et laissa retomber ses mains.

Finalement, il n'avait plus envie d'elle. Ses cicatrices étaient trop répugnantes.

—Je ne vais pas te prendre ta virginité cette fois-ci. Tu es bien trop troublée, lui annonça-t-il. Je veux que ta décision de m'accepter pour époux soit prise à tête reposée, et avec ton cœur. Le lit trembla lorsqu'il la rejoignit sous les draps. Avant même qu'elle ait pu reprendre sa respiration, il l'attira dans ses bras. Sa chaleur et sa puissance la traversèrent tout entière.

—Ce que je vais faire, reprit-il, si proche de son visage qu'elle sentait la douceur de son souffle sur ses lèvres, c'est te convaincre que j'ai envie de toi et effacer tous tes doutes.

Elle déglutit. Elle le suspectait d'avoir en tête un plan qui impliquerait qu'il la débarrasse du reste de ses vêtements.

— Il fait trop clair, fut tout ce que sa gorge nouée lui permit de dire.

— C'est la première fois que tu es nue devant moi, et je veux te regarder.

La première fois. Y en aurait-il une seconde, s'il voyait son dos ? Il n'avait aperçu qu'une petite partie de ses cicatrices, dans la cuisine. Et, même si les balafres ne le dérangeaient pas, n'allait-elle pas le décevoir de mille autres façons ?

— Tu es aussi ravissante que ton nom, Sìleas, dit-il en insistant sur le « sh » initial. J'aurais dû me douter que tu deviendrais magnifique jusqu'au bout des dents.

Elle éclata de rire, ce qu'elle n'aurait pas cru possible vu la situation.

— Quoi, qu'est-ce qu'elles ont mes dents ?

— Rien du tout. (Il fit glisser son pouce sur la lèvre inférieure de Sìleas, qui retint son souffle.) C'est juste que j'aime les sentir sur ma peau.

— Tu plaisantes ? demanda-t-elle presque malgré elle.

Il secoua la tête sans la quitter des yeux, et elle sentit son cœur manquer un battement. Ian lui saisit la main et lui mordit doucement le pouce. Une vague de désir la submergea.

Lorsqu'il s'empara de sa bouche, toutes ses inquiétudes furent balayées.

Il l'avait déjà embrassée à de nombreuses reprises, et elle se croyait prête. Mais recevoir ses baisers alors qu'ils étaient allongés constituait une toute nouvelle expérience. Sìleas se sentait submergée par la proximité d'Ian, penché sur elle.

Ses lèvres étaient douces et chaudes. Lorsqu'elle posa une paume sur son début de barbe, il émit un ronronnement grave et introduisit sa langue dans sa bouche, ce qui fit naître un tourbillon de plaisir au creux de ses reins. Son cœur battait déjà trop vite, avant même qu'elle sente la chaleur de sa main sur sa poitrine.

Elle haletait lorsqu'il s'écarta.

—Ah, tu es parfaite, Sìl, lui chuchota-t-il à l'oreille.

Il lui mordilla le lobe, ce qui la transperça de frissons inattendus. Puis il lui embrassa la joue et descendit vers son cou, lui arrachant de brefs soupirs de ses lèvres entrouvertes. La douceur humide de sa respiration, de ses lèvres, de sa langue ; Sìleas ne pensait plus à rien d'autre qu'à sa peau. Mais, lorsqu'elle sentit les baisers d'Ian atteindre sa poitrine nue, elle ouvrit subitement les yeux.

Comme elle se redressait, Ian lui enserra les poignets et les plaqua contre le lit, de chaque côté de sa tête. Puis, il poursuivit sa progression. Sìleas ne s'était pas aperçue qu'il avait relâché son emprise, mais elle l'attirait à présent contre elle, les deux mains passées autour de son cou.

Elle laissa échapper un grognement de déception lorsqu'il se recula. Il la gratifia d'un sourire brûlant dont l'éclat illuminait son regard.

—Nous ferions mieux de nous débarrasser de la prochaine étape tout de suite, Sìl.

Elle se retrouva sur le ventre sans même s'en rendre compte.

Devinant ses intentions, elle agrippa fermement les pans de sa chemise.

—Non, Ian. Non.

Au lieu de la lui arracher des mains comme elle le redoutait, il repoussa ses cheveux et déposa un baiser sur sa nuque. Ses lèvres étaient si douces qu'elles lui arrachèrent un soupir. Il s'attaqua ensuite à son épaule dénudée. Se tenant à quatre pattes au-dessus d'elle, il progressa vers le bas de son corps, tout en la caressant d'une main ferme et en l'embrassant à travers le tissu de sa chemise.

Jamais on ne l'avait touchée ainsi. L'intimité de ce contact se répercutait au creux de ses reins. Elle sursauta soudain lorsqu'il lui mordit légèrement les fesses à travers le tissu. Lorsqu'elle se releva, en appui sur ses coudes, pour regarder derrière elle, il lui adressa un petit sourire diabolique.

Elle laissa sa tête retomber sur la couche et ferma les yeux. Elle se focalisa sur les mains d'Ian qui parcouraient ses hanches puis glissaient sur ses cuisses. Il lui saisit ensuite le pied, dont il couvrit la plante de baisers : une sensation à la fois agréable et drôle. Son pied ! Il devait sans aucun doute tenir un peu à elle pour faire une chose pareille.

Il entreprit de remonter le long de ses jambes, à même la peau cette fois. Elle serra de nouveau les poings sur sa chemise, mais sentit ses doigts se relâcher tandis qu'il s'attardait sur ses cuisses.

— Tu as les muscles noués, lui dit-il. Tu travailles trop dur.

— Hum.

La caresse de ses mains puissantes sur ses jambes douloureuses était délicieuse, même si elle ne pouvait s'empêcher de se tendre chaque fois qu'il s'aventurait vers l'intérieur de ses cuisses.

Quand il lui mordilla de nouveau les fesses, plus aucun tissu ne séparait ses dents de sa peau. Mais elle trouvait cela si agréable qu'elle ne protesta pas.

Elle flottait dans un océan de plaisir lorsque Ian se pencha en avant pour lui glisser à l'oreille :

— Je dois le voir.

Elle sentit alors un souffle d'air froid dans son dos, puis entendit le soupir choqué d'Ian qui sembla se pétrifier.

— Non ! s'écria-t-elle en essayant de se redresser malgré la ferme emprise d'Ian sur ses épaules.

Il resta silencieux un long moment, puis déclara, d'une voix tendue :

— Pour être franc, on voit à peine les cicatrices, elles sont très légères.

— Arrête de me mentir. Tu supportes à peine de me regarder.

— Non, non, pas du tout.

Elle inspira tant bien que mal et laissa sa tête retomber sur le lit.

— C'est juste que j'imagine à quoi elles ont dû ressembler à un moment, à ce qu'il t'a fait, expliqua-t-il. Et ça me rend fou. À tel point que j'ai envie de le tuer de mes propres mains.

En sentant ses lèvres se poser sur son dos avec une douceur infinie, Sìleas eut les larmes aux yeux.

— Depuis que ton père est rentré mutilé, je vis dans la peur que Murdoc ne vienne me récupérer.

Elle regarda Ian par-dessus son épaule et le vit grimacer, comme si ses mots le blessaient.

— Tu ne crains plus rien, maintenant, dit-il. Je ne le laisserai jamais t'emmener.

— Je sais, souffla-t-elle dans l'oreiller.

— Merci, Sìl, glissa-t-il avec douceur.

Depuis qu'elle avait reçu ces coups de fouet, elle ne s'était jamais sentie bien dans sa peau. Après avoir caché ses stigmates pendant de si longues années, elle acceptait enfin sa nudité, tandis qu'Ian couvrait son dos de tendres baisers. Il lui caressait les flancs, lui effleurait les seins puis redescendait les mains le long de sa taille, de ses hanches.

— Ah, Sìleas, tu es si belle ! J'aimerais te toucher tout entière.

Gòrdan et d'autres hommes lui avaient déjà dit qu'elle était belle, mais elle ne les avait jamais crus. Les mains d'Ian, en revanche, parvenaient presque à l'en convaincre. Il l'effleurait avec une révérence qui l'apaisait.

Mieux encore, son attitude respectueuse commençait à panser la plaie qu'elle portait au cœur.

Cinq ans plus tôt, les mots acerbes d'Ian, le jour de leur mariage, avaient agi comme de l'alcool sur ses balafres à vif. Ils n'avaient fait qu'approfondir la blessure qui la meurtrissait. C'était peut-être pour cela que lui seul pouvait la guérir.

Ian roula pour s'étendre à côté d'elle, l'entraînant avec lui, de sorte qu'elle perçut la chaleur réconfortante de son corps l'envelopper. Elle ferma de nouveau les yeux et suivit le parcours de sa main le long de sa cuisse, puis au creux de sa hanche, jusqu'à sa taille.

C'est alors qu'elle sentit, dans son dos, une pression insistante qui fit aussitôt voler en éclats son sentiment de paix. Les battements de son cœur redoublèrent de violence. Bien que Ian lui eût déclaré qu'il n'avait pas l'intention de prendre sa virginité – « cette fois-ci » –, elle prit soudain conscience de sa vulnérabilité, en se voyant là, étendue nue à côté d'un homme excité.

Elle se passa la langue sur les lèvres.

— Même si cela a été vraiment très agréable, je ferais mieux de me lever, maintenant.

Elle parvint à s'asseoir, mais Ian l'imita.

— Pas encore, dit-il, une main résolue posée sur sa hanche. Fais-moi confiance.

— J'imagine sans problème ce qui va suivre, dit-elle en tentant de se libérer.

— J'en doute, répliqua-t-il en raffermissant son emprise. Mais je suis bien décidé à te le montrer.

Elle se tourna vers lui.

— Je sais que tu te sens coupable pour des choses dont tu n'es pas responsable – comme la jambe de ton père ou les balafres dans mon dos –, et pour d'autres qui sont peut-être de ta faute. Mais ce n'est pas en te liant à moi que tu les résoudras.

— Je te l'ai dit, je ne franchirai pas cette limite, répondit-il en lui caressant le visage. Je sais que tu n'es pas prête. Tu peux me faire confiance.

Confiance ou pas, elle le laissa l'étendre de nouveau sur le lit. Elle était allongée sur le flanc, Ian derrière elle.

— Ta peau sent les bruyères d'été, déclara-t-il contre sa nuque.

Elle retint son souffle tandis qu'il passait la main sur son ventre, puis laissa échapper un soupir lorsqu'il s'empara d'un de ses seins. Tous ses sens étaient en alerte, la chaleur d'Ian l'enveloppait de toutes parts. Il sembla respirer avec plus de difficulté à mesure qu'il ponctuait son cou de baisers torrides. Puis il la serra contre lui, et leurs deux corps se mirent à décrire de concert un lent mouvement de va-et-vient.

— J'ai envie de toi, murmura-t-il. Dis-moi que tu le sais.

— Oui.

Il la désirait, c'était certain, mais sans doute aurait-il éprouvé le même désir pour n'importe quelle femme nue collée contre lui dans un lit.

Il l'arracha à sa réflexion lorsqu'il saisit son téton entre deux doigts. La sensation sembla naître au plus profond d'elle-même. Il la fit alors rouler sur le dos et prit la pointe de son sein dans sa bouche.

Tous les hommes savaient-ils faire ça ? Elle ne parvenait plus à respirer. Elle cambrait les reins comme pour le supplier de ne pas arrêter, tandis que les vagues de plaisir déferlaient en elle pour se concentrer dans son ventre.

Elle voulait sentir sa peau.

— Tu ne veux pas ôter ta chemise ?

— Tu vas me tuer, protesta-t-il en s'exécutant malgré tout.

Il l'attira alors dans ses bras, et elle serra les dents sous le déferlement de sensations qui l'assaillirent au contact de ses muscles durs et de son torse velu contre sa poitrine. Il l'embrassa jusqu'à ce qu'elle ait l'impression de flotter dans les airs.

Pendant tout ce temps, il décrivait du bout des doigts de lents cercles entre sa hanche et le haut de sa cuisse. Chaque fois qu'il effleurait la zone qui s'était éveillée entre ses jambes, un frisson merveilleux la traversait. La sensibilité extrême de cet endroit confinait à la torture ; des gémissements de déception lui échappaient presque dès qu'il s'en éloignait.

Lorsque, enfin, il glissa un doigt en elle, elle ne put retenir un « oui ! » qu'il accueillit d'un ronronnement grave avant de l'embrasser dans un nouvel élan.

Son baiser n'était plus lent et sensuel, mais fougueux, affamé. Elle s'agrippait à lui, comme pour l'attirer toujours plus près, et se sentait prête à devenir folle tant ses caresses étaient divines.

Il s'écarta et posa sur elle son regard bleu sombre.

— Je veux te voir atteindre ta délivrance, dit-il d'une voix rauque. Tu comprends ce que je veux dire ?

Malgré les mouvements délicieux de sa main, Sìleas parvint à se concentrer assez pour secouer la tête.

— Je veux te donner du plaisir jusqu'à t'entendre crier.

— Vraiment ? demanda-t-elle, en proie au doute. Tu en es sûr ?

— Et comment ! répondit-il avec un sourire diabolique. Fais-moi confiance. Laisse-moi faire.

Ils échangèrent un nouveau baiser passionné. Puis il s'aventura vers sa poitrine, sans que ses doigts cessent leur ronde envoûtante. Lorsqu'il prit son sein entre ses lèvres, elle s'entendit émettre de petits sons plaintifs et aigus. Le plaisir la transportait, tout son corps vibrait d'une tension douloureuse, et elle en voulait davantage.

Elle avait l'impression d'être sur le point de se briser en mille éclats, mais Ian ne lui laissait aucun répit.

C'est alors qu'elle ressentit une extase presque insupportable. Elle s'entendit hurler tandis que tout son corps se crispait, en proie à des spasmes délicieux. Puis elle fut parcourue de tremblements. Sans la laisser reprendre son souffle, Ian revint l'embrasser, animé d'un désir qui fit naître en elle une nouvelle vague de plaisir. Ses mains étaient partout, à presser, à caresser, et sa bouche toujours plus avide.

Lorsqu'il roula sur elle et la força à écarter les jambes avec son genou, elle se garda de lui rappeler sa promesse. Elle voulait la même chose que lui. Elle souhaitait le sentir en elle, s'unir à lui, ne faire plus qu'un.

Le fait que ce soit Ian, l'homme qui, depuis toujours, était destiné à devenir son mari, lui arracha une larme qui coula lentement sur le côté de son visage. C'était lui qu'elle voulait pour premier et dernier amant. Ce ne pouvait être que lui.

Elle sentit son membre contre son intimité, et le désir déferla en elle comme une immense vague qui se brise sur la grève. Elle empoigna ses épaules et l'attira à elle.

Mais, alors, il se cambra et posa doucement le front sur sa poitrine. Elle était si excitée que sa peau humide réagissait au simple souffle d'Ian.

— Je fais tout mon possible pour respecter ma promesse, expliqua-t-il.

— Je te demande de l'oublier. S'il te plaît, Ian.

Mais il se redressa et se laissa retomber sur le dos, à côté d'elle. La tension était presque palpable dans l'air qui les séparait. Tous deux peinaient à reprendre haleine.

—Il fallait que je fasse une pause, dit-il.

Elle roula sur le flanc et posa timidement la main sur le ventre d'Ian. Il tressaillit à son contact, puis lui prit la main et la porta à ses lèvres pour l'embrasser.

Il se tourna face à elle et lui caressa le visage.

—Ça t'a plu?

—Oui.

Elle rougit, soudain gênée.

—Tu étais magnifique, dit-il en lui caressant les cheveux. J'adore les sons que tu fais, et j'aime te sentir sous mes doigts.

À ces mots, elle sentit le désir renaître en elle. Elle déglutit. L'intensité du regard qu'Ian posait sur elle n'arrangeait en rien les choses. Lorsqu'il avança de nouveau une main entre ses jambes, elle eut le souffle coupé.

Les yeux toujours rivés aux siens, il dit :

—J'aime te sentir si excitée, Sìl. Tu es belle. Tu es tout ce que je veux.

—Je ne sais pas quoi faire. Ne devrais-je pas…

Elle essayait de ne pas perdre le fil de ses pensées, mais les caresses d'Ian rendaient toute réflexion impossible.

—Non, mon amour. Ce moment est le tien, entièrement, l'interrompit-il en l'invitant à rouler sur le dos.

Puis il l'embrassa, et elle se laissa emporter par la magie.

Chapitre 17

Ian se chargea d'accueillir personnellement chaque homme qui pénétrait dans l'église afin de s'assurer qu'aucun intrus n'y prendrait place.

— Père Brian, c'est une décision courageuse de nous avoir permis de nous réunir ici, dit-il alors que le prêtre approchait. Mais vous n'auriez pas dû courir le risque de venir, ce soir.

— J'ai adressé mes prières à Dieu, qui m'a donné sa bénédiction, répondit l'ecclésiastique avant d'entrer dans l'église.

Ian avait entendu dire que le prêtre vivait avec une femme et supposa que Dieu lui avait également donné sa bénédiction pour cela.

L'heure était venue de commencer.

Ian fit un pas dans la nuit et tendit l'oreille. Ne percevant rien d'autre que le souffle du vent, il retourna à l'intérieur et signala à Connor que tout était prêt.

Duncan et Alex le rejoignirent au fond de l'église, où ils seraient les premiers à recevoir d'éventuels intrus, tandis que Connor prenait place face à l'assistance. Étant donné la proximité de Dunscaith Castle, seules deux bougies, placées de part et d'autre de Duncan, avaient été allumées. Les hommes trouvèrent un siège, puis le silence retomba dans la salle. Même si l'église était plongée dans l'obscurité, Ian sentait que tous les yeux étaient rivés sur Connor.

— Vous êtes venus ce soir, déclara celui-ci d'une voix qui emplit la salle, parce que les MacKinnon nous ont dérobé Knock Castle et parce que vous savez qu'il nous faut le reprendre.

Plusieurs hommes crièrent alors en brandissant le poing ou en frappant leur claymore contre le sol.

— Vous avez servi mon père lorsqu'il était le chef du clan, poursuivit Connor quand le silence fut revenu.

— Il n'aurait jamais accepté que les MacKinnon s'emparent d'un de nos fiefs, jamais !

Cette saillie de l'un des anciens fut accueillie par un murmure d'assentiment général.

— Nous avons besoin de Knock Castle pour protéger nos terres des envahisseurs qui viendraient par l'est, poursuivit Connor. C'est un grand danger pour tous nos foyers de ne pas l'avoir aux mains des MacDonald.

Ian, qui appréciait la simplicité avec laquelle Connor présentait les choses, sourit. Il parlait un langage vrai que tous comprenaient, pas comme Hugh qui mentait comme un arracheur de dents, que les circonstances l'exigent ou non.

— Pour le bien du clan, nous devons le récupérer, conclut Connor, une fois encore salué par l'approbation de tous. Tout le problème est de savoir comment y parvenir sans un meneur.

— Il est grand temps que nous ayons un chef de clan désireux de se battre pour nous ! lança un homme.

Il avait raison, mais Connor était assez sage pour ne pas s'engager encore sur ce terrain-là.

Il laissa le brouhaha croître, puis leva les mains pour réclamer le silence.

— Hugh s'est autoproclamé chef, déclara-t-il, soulignant au passage que le clan n'avait pas eu son mot à dire dans la nomination de Hugh. Je ne souhaite forcer personne à aller à l'encontre de celui qui pourrait devenir notre chef pour de bon.

Des grommellements s'élevèrent de l'assistance. Jusqu'alors, tout se passait comme ils l'avaient prévu.

— Même si Hugh a refusé de prendre les armes pour Knock Castle, il n'a jamais interdit que d'autres s'en chargent.

Connor se tut, le temps que les hommes réfléchissent à ses propos et tirent les conclusions qu'il attendait – un art dans lequel il excellait.

— Il existe un homme qui peut prétendre légitimement à ce château, reprit-il. Et je dis qu'un homme qui jouit d'un tel droit ne devrait pas avoir à attendre que son chef de clan agisse à sa place, s'il se sent capable de mener la tâche à bien lui-même.

Plusieurs des hommes se tournèrent pour apercevoir Ian dans l'obscurité de l'église.

— Et si des membres du clan veulent lui prêter main-forte, c'est encore mieux !

Des cris enthousiastes accueillirent sa proposition.

Un homme s'avança au centre de la nef et attendit que Connor lui adresse un signe de la tête pour prendre la parole.

— Si c'est d'Ian MacDonald que tu parles, il n'a aucun droit sur Knock Castle.

À peine avait-il ouvert la bouche qu'Ian reconnut en lui le maudit Gòrdan.

— Seule Sìleas en est l'héritière – puis son enfant, après elle. Autant que je sache, dit-il en se tournant pour lancer un regard à Ian, elle ne porte l'enfant de personne.

Un enfant assurerait à n'en pas douter la légitimité d'Ian. Pour le moment, il ne pouvait revendiquer le château que pour Sìleas et leur future descendance.

— Ça ne fait qu'une semaine qu'il est rentré, cria Alex. Laissez-lui un peu de temps.

Sa remarque déclencha plusieurs éclats de rire et dissipa quelque peu la tension née de l'intervention de Gòrdan.

Mais celui-ci ne s'en laissa pas conter.

— Ian l'a abandonnée, reprit-il. Si Sìleas décide de choisir un autre mari, personne ne pourra l'en blâmer.

— Elle n'a jamais fait, et ne fera jamais, une chose pareille ! intervint Ian qui luttait pour se libérer du bras de Duncan afin d'aller coller son poing dans la figure de Gòrdan.

— Tout ce que je sais, répliqua celui-ci en se tournant de nouveau pour s'assurer qu'Ian n'en manque pas un mot, c'est qu'un homme ne risque pas de donner un enfant à sa femme si elle ne partage pas son lit.

Cette fois, Duncan ne put retenir Ian, qui se jeta sur Gòrdan. Tous deux roulèrent au sol, mais Ian ne put assener que quelques coups de poing avant que Connor et Alex s'interposent. En se relevant, Gòrdan essaya à son tour de frapper Ian, mais Duncan l'attrapa par-derrière et l'en empêcha.

— Si tu n'as pas encore couché avec elle, siffla Connor tout près du visage d'Ian, veille à y remédier avant que nous réunissions les hommes pour reprendre le château.

— Tu peux compter sur moi, répondit Ian, la mâchoire crispée et un regard assassin rivé sur son cousin.

— Quant à toi, Gòrdan MacDonald, reprit Connor en saisissant son interlocuteur par le devant de sa chemise, si tu crois que Sìleas devrait te choisir pour époux, je te suggère de la fermer et de garder ton venin pour le combat visant à récupérer son château.

— Sìleas est ma femme, déclara Ian sans quitter son rival des yeux. Si Gòrdan veut me la ravir, il devra d'abord me passer sur le corps. (Sur ces mots, il se dégagea de l'étreinte de Connor et remonta toute l'assemblée pour venir se placer au centre de la salle.) Un MacDonald se bat pour ce qui lui appartient, cria-t-il aux hommes réunis. Je vous demande de vous joindre à moi et de combattre à mes côtés, au nom de notre clan, pour reprendre Knock Castle. Mais que vous vous ralliiez à moi ou non, je le récupérerai. Parce que je suis un MacDonald et que je protège ce qui m'appartient. (Il laissa son regard dériver lentement sur l'assistance, puis dégaina sa claymore et la brandit.) Je suis Ian MacDonald, mari de Sìleas, et je vais reprendre Knock Castle !

Le plancher de l'église vibra sous le martèlement des pieds et des claymores, tandis que les hommes donnaient de la voix avec Ian, ébranlant tout l'édifice avec leurs cris de guerre.

— Knock Castle ! Knock Castle ! Knock Castle !

Chapitre 18

En voyant Ian et Alex avancer sur le chemin, Sìleas attrapa sa cape et courut à leur rencontre.

— Où étiez-vous passés ? demanda-t-elle en prenant le bras d'Ian à qui elle adressa un sourire.

Alex gratifia la jeune femme d'un clin d'œil entendu, comme s'il était le seul responsable du changement opéré entre elle et Ian.

— Nous sommes restés avec Connor et Duncan la nuit dernière, répondit Ian. Nous avions trop bu pour retrouver le chemin jusqu'ici.

Sìleas fit claquer sa langue.

— Au moins tu ne me mens pas, c'est déjà ça.

Ian s'immobilisa au milieu du chemin pour poser sur elle un regard chaud comme un soleil d'été.

— Tu m'as manqué, cette nuit.

Alex saisit le message et poursuivit seul sa route vers la maison.

— Nous devons parler, reprit Ian. Mais pas ici.

Consciente que Ian voulait mettre les choses au clair entre eux, Sìleas sentit son cœur effectuer une petite pirouette dans sa poitrine. Elle était prête. Après avoir passé la moitié de la nuit à réfléchir au problème, elle avait enfin pris sa décision.

Elle se sentit gagnée par une excitation nerveuse tandis qu'Ian l'entraînait sur le sentier qui menait à la petite plage, en contrebas de la propriété. L'espoir : voilà ce qui l'habitait. Lorsqu'il l'avait emmenée à l'étage, il lui avait montré l'homme qu'elle connaissait, celui à qui elle faisait confiance.

Elle n'était pas parvenue à se persuader qu'il l'aimait, cependant ; ses raisons pour faire d'elle son épouse étaient autres. Mais il avait fait preuve de tant d'attention qu'elle avait bon espoir que les choses finissent par changer. Et, même s'il ne l'aimerait jamais autant qu'elle l'aimait, lui, Ian l'avait convaincue qu'il tenait à elle et qu'il était à présent déterminé à se comporter en bon mari.

De toute façon, il était trop tard. Si elle avait dû le quitter, il aurait fallu qu'elle le fasse avant qu'il la conduise à l'étage, la veille. Elle était certes encore vierge, mais il lui avait pris son innocence. Elle se languissait de sentir de nouveau le poids de son corps, de faire courir ses doigts sur les muscles de son dos tandis que des vagues de plaisir déferleraient en elle.

Quelle femme saine d'esprit pourrait renoncer à un tel délice une fois qu'elle y avait goûté ? À la simple idée de partager chaque nuit son lit avec Ian, des frissons l'assaillaient.

Sìleas sourit intérieurement et toucha la pierre porte-bonheur qu'elle gardait dans sa poche. Une fois sur la plage, Ian la guida jusqu'au vieil appentis dissimulé dans les arbres au-dessus de la ligne de marée. Ils se glissèrent à l'intérieur, puis s'assirent sur le banc situé au milieu d'un assortiment familier de filets, de cordes et de chutes servant à rafistoler les voiles.

— Je le pensais vraiment quand je t'ai dit que tu m'as manqué, dit Ian en rivant sur elle son intense regard bleu.

— Toi aussi, tu m'as manqué.

— Je veux que tu sois à mes côtés pour toujours. Et je refuse de passer une nouvelle nuit sans toi.

Elle retint son souffle, attendant qu'il ait terminé.

— Ce que j'essaie de te dire – ce que je te demande, en fait –, c'est de devenir ma femme pour de bon, dès ce soir. (Il glissa les mains sous son kilt.) Tiens, j'ai quelque chose pour toi. (Il lui prit la main et y déposa un petit anneau d'argent.) Je n'avais pas de bague pour toi le jour de notre mariage. Et je tiens à corriger cette erreur.

Sìleas retourna l'anneau dans sa paume, le cadeau traditionnel du jeune marié à sa future femme. Elle fit courir un doigt sur le cercle, symbole d'un amour sans fin. La bague ressemblait à deux cordes entrelacées, entremêlées comme le deviendraient les vies des deux jeunes gens.

— Je sais que notre cérémonie de mariage n'a pas été ce qu'elle aurait dû être, reprit Ian.

Sìleas ne put s'empêcher de rire à cette remarque.

— C'était le pire jour de ma vie.

Il fit la grimace.

— Ça n'a pas pu être si terrible que ça.

— Si, crois-moi. Tu ne te rappelles pas cette robe que ta mère m'a fait enfiler ?

— Vous auriez pu y entrer à trois, concéda-t-il avec une moue.

— Et la couleur ! enchérit-elle en levant les yeux au ciel. Ça n'aurait pas pu être pire.

Ils rirent de bon cœur, pourtant le souvenir était amer pour eux deux. Néanmoins, le fait d'en parler soulageait Sìleas.

— Au moins, tu as eu l'homme que tu voulais, pas vrai ? plaisanta Ian en lui prenant l'épaule et en lui adressant un clin d'œil.

— Que le marié prononce son serment sous la menace d'un dirk pointé dans son dos n'est pas vraiment ce dont rêve une jeune femme lorsqu'elle pense à son mariage.

Ian redevint soudain sérieux.

— Je vais tout arranger. La bague n'est qu'un début.

Plonger son regard dans celui d'Ian revenait à se faire entraîner par la mer ; et Sìleas était bien disposée à se laisser porter, où que le courant l'emmène.

—Je suis prêt à être un bon époux pour toi, poursuivit-il en lui prenant la main. Dis-moi que tu veux être ma femme.

—Je le veux.

Ian récupéra l'anneau dans le creux de sa main pour le lui passer au doigt.

—Il te va bien, dit-il avant de porter la main à sa bouche.

La douceur de ses lèvres tièdes sur ses doigts rappela à Sìleas leur délicieux passage sur son ventre.

Elle déglutit.

—J'ai moi aussi un cadeau pour toi.

Voyant qu'il haussait les sourcils, elle fut ravie de le surprendre à son tour. Elle sortit le cristal de son étui pour le lui montrer. À peine plus gros que le pouce, il abritait comme un brouillard magnifique qui donnait l'impression de contempler la mer à travers une brume épaisse.

—Sais-tu ce que c'est ? lui demanda-t-elle.

—Un petit caillou ? plaisanta Ian.

—C'est une amulette, expliqua-t-elle à voix basse. C'est le cristal des MacDonald.

—Je le croyais perdu. (Il le prit avec précaution et le porta à son œil pour essayer de voir au travers.) Ce n'est quand même pas le cristal que les croisés sont censés avoir rapporté de la Terre sainte ?

—Si. Ma grand-mère l'avait en sa possession. (Sìleas baissa les yeux sur ses mains, posées sur ses genoux.) Mais elle n'aimait pas mon père et savait ma mère faible. Alors, pour éviter qu'il s'en empare, elle l'a confié à la vieille voyante pour qu'il me revienne. Teàrlag me l'a donné dès que je suis venue m'installer avec les tiens. Elle m'a dit qu'il protégeait son porteur.

— Dans ce cas, tu dois le garder.

Ian glissa le cristal dans la paume de Sìleas, puis referma les mains sur celles de la jeune femme.

Elle le regarda alors droit dans les yeux et secoua la tête en signe de dénégation.

— Tu m'as dit que tu me protégerais, et je te crois. Mais qui va te protéger, toi ? C'est mon cadeau de mariage, tu ne peux pas le refuser.

C'était la chose la plus précieuse qu'elle possédait. En la lui remettant, elle lui signifiait qu'elle était prête à lui confier sa vie, et son cœur.

— Je veillerai à ce qu'il ne lui arrive rien, pas plus qu'à toi, s'engagea-t-il, solennel.

— Teàrlag a confectionné cet étui pour le protéger. (Elle tira alors sur la lanière de cuir qui dépassait de sa poche.) Elle a renforcé la puissance du cristal par ses incantations.

Elle ne lui répéta pas les propos de la voyante quant aux propriétés supposées de la pierre : celles de faire en sorte que le second cœur qui dormirait à proximité du cristal n'oublie jamais son prédécesseur. Elle espérait que c'était vrai.

Elle ouvrit la bourse, et Ian y laissa tomber l'amulette. Elle dut retenir ses larmes lorsqu'elle tendit les bras pour lui passer la lanière autour du cou.

Elle couvrit ensuite la bourse d'une main, juste sur son cœur.

— Je perçois tes pulsations au travers, dit-elle en le regardant. Garde-le bien à l'abri et en sécurité pour moi.

Ian la prit alors dans ses bras. Elle sentit la douceur de son souffle lorsqu'il lui murmura à l'oreille :

— Merci, Sìleas.

Ils se serrèrent ainsi pendant un long moment.

Puis Ian l'embrassa avec tendresse et déclara :

—Je te rejoindrai donc cette nuit.

—Oui. Ce soir.

Ce soir. Le début de leur nouvelle vie commune.

Chapitre 19

— Le bébé d'Annie est vraiment magnifique, déclara Sìleas qui marchait, bras dessus, bras dessous, avec Beitris, de retour de chez leurs voisins. Niall, c'est adorable de nous avoir accompagnées.

Ian avait prévu lui aussi de se joindre à eux, mais Payton lui avait demandé de l'aider à s'entraîner dans la cour. Ce serait la première fois qu'il retoucherait à sa claymore depuis sa blessure.

— Tu as l'air heureuse, aujourd'hui, lui fit remarquer sa belle-mère avec un clin d'œil. Peut-être auras-tu, toi aussi, un bébé à présenter, l'année prochaine.

Sìleas sentit son cœur s'emballer à cette simple évocation. Beitris avait deviné que tout avait changé entre elle et Ian ; ce qui la réjouissait presque autant que Sìleas.

Elle ne put s'empêcher de rougir sous le regard inquisiteur de Niall. Elle n'avait pas la moindre intention de lui annoncer que son frère et elle s'apprêtaient à partager le lit conjugal, même si, comme les autres membres de la maisonnée, il l'apprendrait avant le lendemain matin.

— Regardez qui approche, annonça Niall d'un ton amer.

C'était Gòrdan, et il fondait droit sur eux, visiblement déterminé à ne pas garder pour lui ce qu'il avait en tête. Sìleas prit une profonde inspiration. Elle avait redouté qu'il croise leur chemin, à l'aller ou au retour, sa maison se trouvant sur la route qui menait chez Annie.

—Autant être franche avec lui, lui glissa Beitris à l'oreille avant que Gòrdan les rejoigne.

—Beitris, Niall, les salua-t-il avec un hochement de tête. Sìleas, je peux te parler ? C'est important.

—Nous marcherons doucement, annonça Beitris à sa bru. Tu n'auras qu'à nous rattraper après votre conversation.

Gòrdan adressa un sourire chaleureux et plein d'espoir à la jeune femme, qui se sentit au plus mal. Beitris avait raison : le moment était venu de lui dire que les choses avaient évolué entre Ian et elle. Gòrdan était quelqu'un de bien, elle lui devait au moins ça.

—Je ne pourrai plus venir me promener avec toi dorénavant, lui annonça-t-elle. J'ai décidé de rester avec Ian.

—Dis-moi que ce n'est pas vrai, l'implora-t-il en s'agrippant à son bras, le regard furieux. Dis-moi qu'il n'est pas trop tard, que tu ne t'es pas encore donnée à lui.

Elle rougit au souvenir de tout ce qu'Ian lui avait fait. Même si elle était toujours vierge, elle s'était bel et bien donnée à lui.

—Il ne te mérite pas, reprit Gòrdan. Il ne t'aime pas autant que moi.

Ah, il ne lui facilitait pas la tâche.

—Ian a dit qu'il était prêt à devenir un bon mari pour moi, et je le crois.

—Avec sa gueule d'ange il peut avoir n'importe quelle fille, lança Gòrdan avec un grand geste, comme pour désigner une file imaginaire de femmes. Mais, toi, tu mérites un homme qui voie en toi la femme exceptionnelle que tu es.

Elle ne voulait pas le blesser, mais tourner autour du pot ne l'aiderait pas à se faire une raison.

—Ian tient à moi.

—C'est lui qui t'a dit ça ? demanda Gòrdan en haussant le ton. Ça me fait mal de me dire que tu gobes ses mensonges.

— Ça suffit, Gòrdan. Je sais que tu es en colère, mais je t'interdis de traiter Ian de menteur.

— Tu as toujours eu un faible pour lui, et ça te rend aveugle, répliqua-t-il en secouant la tête. Ce qu'Ian voit en toi, ce sont tes terres, rien d'autre.

— Non. C'est faux.

— Il est revenu sur l'île pour aider Connor à prendre le commandement, expliqua-t-il d'une voix rendue rauque par l'émotion. C'est la seule raison.

Le doute resserra alors ses doigts glacials sur le cœur de Sìleas.

— Non, Ian veut devenir mon époux.

— C'est pour ça qu'il est resté cinq ans à l'étranger ? Tu sais qu'Ian est prêt à tout pour Connor et que celui-ci veut voir ton château entre les mains des MacDonald.

— Qu'est-ce que tu insinues, Gòrdan ?

— Tous les quatre – Connor, Ian, Alex et Duncan – ont organisé une réunion secrète la nuit dernière dans l'église.

Un frisson de terreur lui parcourut l'échine.

— À quel sujet ? Vont-ils attaquer Hugh ?

— Connor est malin. Il sait qu'il est encore trop tôt pour défier son oncle de façon si frontale. Au lieu de cela, il charge Ian, ton époux, d'enjoindre aux hommes de reprendre Knock Castle.

Pourquoi personne ne l'avait mise au courant du plan visant à chasser son beau-père de son château ? Pourquoi Ian ne lui avait-il rien dit ? Au lieu de l'en informer, il avait laissé entendre qu'il avait passé la soirée à boire avec Connor et les autres.

— Ils ont tout planifié entre eux quatre, enchaîna Gòrdan en levant les bras au ciel. Ils savent pertinemment combien la perte de Knock Castle a blessé les hommes du clan dans leur fierté. Tous sont venus hier, poussés par la colère qu'ils ressentent envers Hugh pour ne pas avoir repoussé les MacKinnon. Et tous sont rentrés chez eux, persuadés que Connor, à la différence de Hugh, ne fermerait jamais les yeux tandis que nos ennemis nous déposséderaient de l'un de nos biens.

—En effet, Connor ne ferait jamais une chose pareille.

—Je te l'ai dit, résuma Gòrdan. Tout ce plan visant à reprendre Knock Castle n'a pour but que de rallier les hommes à la cause de Connor, qui brigue le commandement du clan.

Sìleas avait la gorge nouée. Elle demanda, d'une voix aiguë et ténue :

—Tu as dit que cette réunion s'était tenue hier soir ?

—Oui.

Et Ian était venu la trouver ce matin avec un anneau, déclarant qu'il refusait d'attendre une nuit de plus pour endosser son rôle d'époux. Elle avait l'impression de se tenir au bord d'un banc de sable qui se dérobait petit à petit sous ses pieds.

—Connor a besoin de la légitimité d'un époux pour justifier l'assaut, insista Gòrdan. C'est pourquoi Ian revendique son dû.

Elle entendit résonner les mots d'Ian : « Je ne reculerai devant rien pour Connor. »

Malgré tout, elle persista :

—Ça n'implique pas qu'Ian ne tient pas à moi.

—Tout ce qui lui importe, contra Gòrdan, c'est de devenir le héros qui sauvera le clan en plaçant Connor à la tête du commandement.

Ces propos avaient l'accent de la vérité ; Sìleas savait qu'Ian mourait d'envie de se racheter aux yeux de tous.

—Il est évident qu'Ian souhaite aider le clan, mais ce n'est pas forcément l'unique raison qui le pousse à devenir mon mari.

—Je te le répète : Ian cherche, grâce à toi, la légitimité pour revendiquer tes terres et ton château.

—J'étais déjà l'héritière de Knock Castle il y a cinq ans, et ça ne lui a pas pour autant donné l'envie de m'épouser.

Elle-même perçut le désespoir qui transparaissait dans sa voix.

—C'était avant Flodden. Avant que le père et le frère de Connor meurent. Avant que Hugh Dubh prenne le pouvoir. (Gòrdan battait en brèche le moindre de ses espoirs.) Et avant que Connor puisse raisonnablement prétendre au commandement. (Refusant de le croire, elle secoua la tête.) Celui-ci a ordonné à Ian de partager ta couche, afin d'obtenir un droit par alliance sur Knock Castle. Je l'ai entendu de mes propres oreilles.

Les phrases de Ian tournaient dans la tête de Sìleas : « Je ferai tout ce qu'il faudra pour le bien du clan. Je ne reculerai devant rien pour Connor. »

—Ian a assuré à Connor qu'il n'avait pas à s'inquiéter et qu'il « y veillerait ».

Le chagrin et la honte lui firent monter le rouge aux joues.

—Je ne t'ai jamais menti, tu le sais.

—Je refuse de te croire, dit-elle avant de s'éloigner.

—Il s'est moqué de toi pendant cinq ans, assena Gòrdan. Je t'en supplie, ne le laisse pas continuer pour le restant de ta vie.

Ces longues années d'attente la faisaient toujours souffrir. Et, pour sûr, Ian ne lui était pas resté fidèle lors de son séjour en France. Une bague et quelques mots doux suffisaient-ils à effacer tout cela ?

—Pour l'amour de Dieu, Sìleas, ouvre les yeux et vois l'homme qu'il est vraiment. (Gòrdan inspira une profonde bouffée d'air qu'il expira lentement.) Si jamais tu changes d'avis, je serai là, à t'attendre.

Les lèvres tremblantes, elle regarda Gòrdan tourner les talons pour rentrer chez lui. Non, elle refusait de le croire. Elle connaissait le cœur d'Ian. Elle savait qu'il ne la trahirait jamais de la sorte.

Mais, alors qu'elle regagnait la maison en courant, tout ce dont elle parvenait à se souvenir, c'était que pas une seule fois Ian ne lui avait dit qu'il l'aimait.

Chapitre 20

Jan chantonnait tout en versant un second pichet d'eau bouillante dans la baignoire. En un clin d'œil, il se débarrassa de ses vêtements sales, qu'il jeta dans un coin de la pièce, puis se glissa dans l'eau chaude en émettant un long soupir de satisfaction.

Ce soir. Ce soir il consommerait son mariage et se lierait à Sìleas pour le restant de ses jours. Il voulait que tout soit parfait pour elle. Bien entendu, il ne sentirait jamais aussi bon qu'elle mais, au moins, il serait propre. Il apporterait une carafe de vin dans leur chambre et illuminerait la pièce de bougies.

Il reposa la tête sur le bord de la baignoire et sourit, rêvant déjà de la nuit à venir.

Mince. Quelqu'un avait-il ouvert la porte d'entrée ? Avec son père endormi et le reste de la maisonnée parti rendre visite aux voisins pour l'arrivée de leur nouveau bébé, il avait espéré disposer des lieux pour lui seul un peu plus longtemps. Ah, il ferait mieux de s'activer avant que les femmes investissent la cuisine pour préparer le dîner !

Il se redressa et se savonna le visage. Après avoir plongé la tête en arrière pour se rincer, il sentit des doigts se glisser dans ses cheveux.

— Sìleas, sourit-il béatement, les yeux fermés, tandis que de l'eau ruisselait sur son visage.

Elle posa les mains sur ses épaules, et il soupira en les sentant glisser sur son torse. Mais quelque chose n'allait pas… Il se redressa d'un bond et fit volte-face pour découvrir que ce n'étaient pas les mains de Sìleas qui se promenaient sur son corps.

— Dina. Qu'est-ce que tu fiches ici ?

— C'est quoi, ça ? demanda-t-elle en lui passant la lanière de cuir par-dessus la tête avant qu'il ait le réflexe de lui saisir le bras pour l'en empêcher.

— Va-t'en ! Tu ne vois pas que je prends un bain ? (Il tendit la main.) Et rends-moi ça avant de partir.

Elle balança la bourse, juste hors de sa portée, avant d'éclater de rire et de la passer autour de son cou.

— Ce serait un joli cadeau pour me récompenser de ce que je vais t'offrir.

— On ne va rien s'offrir du tout, Dina, rétorqua-t-il, à bout de patience. Maintenant, rends-moi ça.

— Tu ne m'as même pas demandé ce que je comptais te donner.

Elle fit courir un doigt le long de la lanière de cuir, jusqu'à la bourse protégeant le cristal qui reposait juste entre ses seins.

— Nom de Dieu, Dina. Mais à quoi est-ce que tu joues ?

— Je n'ai pas pu m'empêcher de remarquer que tu dormais dans la vieille dépendance, dit-elle. C'est bien dommage de passer ses nuits tout seul, surtout lorsqu'on a le choix.

— Ce que tu as à offrir ne m'intéresse pas, répliqua-t-il. Maintenant, donne-moi ça et va-t'en.

Il se pencha en avant et empoigna sa jupe, puis tira.

— Rends-le-moi.

Elle avait dû dénouer sa robe par avance, car elle s'en dégagea en un clin d'œil. Il quitta des yeux le tissu serré dans son poing pour la découvrir en sous-vêtements. Puis, avant qu'il ait pu dire le moindre mot, elle était nue comme un ver.

Il n'avait pas eu l'intention de la regarder, mais il était un homme, après tout. Et bien que Dina ne soit pas la femme qu'il désirait, elle avait de sérieux… attributs. Elle restait plantée devant lui, dans le plus simple appareil. Et la frustration dans laquelle l'avait laissé Sìleas n'arrangeait en rien sa situation.

Malgré lui, son sexe se dressa.

— Maintenant, tu vas me rendre ça, te rhabiller et sortir de cette cuisine, que je finisse de prendre mon bain et de me préparer.

— Viens le chercher toi-même.

Comme elle l'avait prévu, il posa les yeux sur l'étui de cuir, qui oscillait entre ses seins offerts.

Il chercha des yeux sa serviette. Mince, il l'avait laissée sur un tabouret de l'autre côté de la table. Dina suivit son regard, contourna la table en un éclair, sa poitrine s'agitant, et s'empara de la serviette.

Ah! Il l'aurait volontiers étranglée.

— Puisque tu refuses de t'habiller et de partir, moi, je vais le faire.

Il s'agrippa aux rebords de la baignoire, se hissa et sortit de l'eau fumante. Il tendait la main pour s'emparer de sa chemise posée sur la table lorsqu'il entendit du bruit dans son dos et se retourna.

Les cris de Sìleas, qu'il aperçut dans l'embrasure de la porte, emplirent la petite pièce. Hagarde, elle hurlait comme si quelqu'un venait de la poignarder.

— Sìleas, dit Ian en s'approchant d'elle.

Mais, alors, elle baissa les yeux, et ses cris retentirent de plus belle. Il avait oublié qu'il était nu. Il empoigna sa chemise et s'en couvrit rapidement. Bien qu'elle soit encore vierge, il ne s'était pas attendu à ce qu'elle réagisse de la sorte à sa nudité.

— Tout va bien Sìl, l'apaisa-t-il en se dirigeant vers elle.

Elle recula, le visage frappé non pas de peur comme il s'y attendait, mais d'une douleur telle qu'il sentit un pincement lui serrer le cœur.

Voyant qu'elle regardait derrière lui, il se souvint de Dina. Tout à la réaction de Sìleas, il en avait oublié cette maudite femme. Il comprit alors à quoi la scène devait ressembler aux yeux de Sìleas, et pourquoi elle avait hurlé.

— Tu lui as donné ma pierre, murmura-t-elle d'une voix hachée.

Ian eut l'impression que le ciel lui tombait sur la tête.

— Non. Non, pas du tout! s'écria-t-il, tandis que la jeune femme tournait les talons pour s'enfuir en courant. Ce n'est pas ce que tu crois!

Il s'élança à sa suite, mais Niall lui barra le chemin.

— Espèce de salaud!

— Dégage, rétorqua Ian en repoussant son frère.

Malheureusement, ses pieds, comme le sol, étaient encore mouillés. Niall se jeta sur lui, et il tomba à la renverse, sur le dos. Son frère entreprit alors de lui marteler le visage et le torse de coups de poing en hurlant :

— Comment as-tu pu faire une chose pareille ? Comment?

Ian mourait d'envie de filer une sérieuse raclée à son jeune frère, mais Alex se chargea de les séparer.

— Pourquoi as-tu mis si longtemps? s'exclama Ian en enfilant sa chemise.

— Je me suis dit que tu le méritais peut-être, répondit Alex.

— Je n'ai pas touché Dina.

Il se tourna vers elle pour lui aboyer au visage :

— Dis-leur que je ne t'ai pas touchée. Dis-leur!

Dans son dos, Niall parvint à se libérer de l'étreinte d'Alex et lui assena un violent coup de poing à la tempe qui fit résonner son crâne. Lorsque le coup suivant arriva, il ne put rien faire pour le détourner.

Lorsqu'il reprit connaissance, il gisait par terre, à côté de la cheminée ; sa mère le toisait, et sa tête lui faisait un mal de chien.

—Où est Sìl ? demanda-t-il en tentant de se redresser.

Sa mère lui plaqua une main sur le torse pour l'en empêcher.

—Si tu bouges, je me chargerai personnellement de t'assommer de nouveau.

—Mère, je dois la voir. Elle est persuadée que j'ai fait quelque chose qu'en réalité je n'ai pas fait.

—Laisse-lui le temps de se calmer. Et, même alors, ça ne sera pas facile de la convaincre de t'écouter. Crois-moi, mon fils, la situation est bien mal engagée.

Il n'en doutait pas une seconde. Elle les avait surpris nus tous les deux, sans parler de son sexe au garde-à-vous.

—Tu devrais peut-être me laisser lui parler, proposa sa mère.

—Toi, au moins, tu me crois, mère ? demanda-t-il, rassuré que quelqu'un lui prête crédit.

—Tu es bien comme ton père, répondit-elle en dégageant une mèche du visage de son fils. Une fois que tu as trouvé la femme que tu veux, tu cesses de chercher ailleurs. (Elle se retourna lorsque Alex entra, accompagné d'une rafale d'air froid.) Mes sœurs n'ont pas eu tant de chance. J'espère que Connor et Alex ne suivront pas le pitoyable exemple de leurs pères.

—De quoi vous parlez ? lança Alex en traversant la pièce. (Puis il se pencha sur Ian, un grand sourire aux lèvres.) Ça y est, tu te réveilles enfin ? La prochaine fois que l'on ira à la bataille, je tiens à ce que ton frère nous accompagne.

— Combien de temps suis-je resté étendu là ?

Ian refoula un accès de nausée et se redressa malgré les protestations de sa mère.

Alex haussa les épaules.

— Je dirais une heure.

— J'exige que Dina quitte cette maison, déclara-t-il en se levant tant bien que mal.

Par le sang de Dieu, que sa tête le faisait souffrir ! Mais il lui fallait absolument parler à Sìleas. Il longea le mur pour garder l'équilibre et s'engagea dans l'escalier. Arrivé devant la porte de sa chambre, il frappa doucement.

— Sìl. (Il frappa de nouveau.) Sìleas, laisse-moi t'expliquer. Je t'en prie.

Rien.

Il revint à la charge à trois reprises.

Comme elle refusait encore de répondre à la quatrième fois, il la prévint :

— Je vais entrer.

Il tourna la poignée, mais un objet bloquait la porte. À coups d'épaule, il parvint à l'entrouvrir, mais au prix d'une effroyable vague de douleur qui lui vrilla le crâne. Espérant qu'elle n'était armée d'aucune poêle à frire, il glissa la tête dans l'embrasure.

Le silence qui régnait dans la pièce fit naître un frisson de malaise qui lui glaça la nuque. Il aperçut alors le coffre dont elle s'était servie pour entraver la porte. Après l'avoir ouverte un peu plus, il entra dans la chambre.

Debout au milieu de la pièce vide, il balaya lentement les lieux du regard. Il passa de la masse de vêtements jetés pêle-mêle sur le lit à la robe jaune qu'elle portait et qui, à présent, ne formait plus qu'un petit tas sur le sol.

Le silence ambiant rendait assourdissant le martèlement des battements de son cœur.

Il se retourna vers la patère censée accueillir la cape de Sìleas, bien qu'il sache déjà que cette dernière avait disparu.

C'était en effet le cas.

Une colère noire l'envahit tandis qu'il devinait sans mal où Sìleas s'était rendue, chez le premier de la file d'hommes qui n'attendaient qu'une chose : la lui arracher. Il redescendit les marches quatre à quatre et quitta la maison sans le moindre mot pour ceux qui s'y trouvaient.

Devant Dieu, il jura de battre Gòrdan MacDonald jusqu'à ce qu'il frôle la mort. Ensuite, il ramènerait sa femme chez lui – par les cheveux, s'il le fallait.

Chapitre 21

*B*ien qu'elle trébuchât à plusieurs reprises sur le chemin rocailleux plongé dans l'obscurité, Sìleas continua néanmoins à courir, comme si la distance qu'elle parviendrait à mettre entre elle et ce qu'elle avait vu dans la cuisine pouvait suffire à amoindrir la violence de la douleur qui lui transperçait le cœur. Mais elle avait beau fuir à toutes jambes, la vision d'Ian et Dina flottait toujours devant ses yeux.

Tous les deux. Ensemble. Nus.

Découvrir son cristal qui pendait entre les seins de Dina constituait une trahison pire encore. Elle avait refusé son lit à Ian. Avec le temps, elle aurait sans doute réussi à lui pardonner de s'être encore donné à une autre femme avant qu'ils partagent la couche conjugale.

Mais le cristal avait été son cadeau de noces. Il symbolisait le cœur qu'elle lui offrait, et Ian le savait.

Une petite bourse de cuir, nouée à sa taille, lui battait la cuisse tandis qu'elle courait dans le noir. Elle espérait avoir emporté assez d'argent pour payer la traversée du détroit à bord d'un bateau de pêcheur, puis pour s'acheter un cheval, une fois de l'autre côté. Grâce à Dieu, elle avait gardé les vieux vêtements de Niall qu'elle utilisait pour récurer l'étable. Si jamais on le lui demandait, le pêcheur en question dirait qu'il avait conduit un jeune homme sur la rive opposée.

Qu'est-ce que c'est que ça?

Malgré le bruit de sa respiration, elle entendait quelque chose dans son dos. Un loup? Un ours? Elle se rappelait Ian lui disant de ne jamais s'enfuir devant une bête sauvage sous peine de passer pour une proie à ses yeux. Maudit soit-il! Ne se débarrasserait-elle donc jamais de la voix d'Ian qui résonnait dans sa tête?

Elle décida de ne pas y prêter attention et accéléra.

Plus elle courait vite, plus le son la rattrapait. Elle hurla en sentant la bête la percuter et l'envoyer bouler par terre. Celle-ci atterrit ensuite sur Sìleas de tout son poids, lui coupant le souffle et la clouant au sol.

—Sìleas, arrête de me frapper! J'essaie de me relever.

—Niall?

La masse roula sur le côté; Sìleas put enfin se redresser, et inspirer à pleins poumons. Sous le contrecoup de la terreur, elle avait l'impression d'avoir les membres en coton.

—Tu m'as fichu une peur bleue!

—Est-ce que je t'ai fait mal? demanda Niall.

—Non, mais pourquoi m'as-tu suivie? Tu as vu comme moi ce qu'ils faisaient dans cette cuisine, tu sais très bien que je ne rentrerai pas.

—Je ne pouvais pas te laisser partir seule, sans protection. Alors, je viens avec toi, où que tu ailles.

Elle faillit éclater en sanglots devant tant de gentillesse, mais se maîtrisa. Elle redoutait, si elle cédait aux larmes, que celles-ci ne tarissent jamais.

—Tu ne peux pas venir avec moi, déclara-t-elle. Ta famille n'apprécierait pas que tu m'aides à m'enfuir.

—C'est mon père qui m'a envoyé. Il t'a entendue descendre par la fenêtre et m'a demandé de te suivre pour te protéger. Il m'a également donné de l'argent.

Ce cher Payton. Cette fois, elle dut essuyer une larme.

— En plus, reprit Niall d'une voix où perçait un sourire, je ne veux pas que tu ailles chercher de l'aide auprès de Gòrdan.

— Gòrdan n'est pas un mauvais bougre, le rassura-t-elle avant de se demander pourquoi elle n'avait même pas pensé à aller le trouver.

— Il n'est pas non plus l'homme idéal – pas pour toi, Sìl. (Niall se leva et aida la jeune femme à en faire autant.) Alors, tu allais où ?

— À Stirling.

Niall laissa échapper un long soupir.

— Ça fait une trotte. Et pourquoi veux-tu aller là-bas ?

Sìleas se mit à marcher.

— Je compte demander à la reine de m'aider à obtenir une annulation de mon mariage par l'Église. Et tant que j'y serai, je lui demanderai aussi son soutien pour déloger mon beau-père de Knock Castle.

Elle n'avait aucune envie de s'installer dans ce château, mais il lui appartenait, et elle devait trouver un endroit pour vivre.

— Aller solliciter la reine est un peu radical comme démarche, tu ne penses pas ? objecta Niall. La loi des Highlands te donne parfaitement le droit de te séparer d'Ian. Ça ne te suffit pas ?

— Pour que, avant même que j'aie eu mon mot à dire, mon chef de clan m'impose un nouveau mari ? Je ne laisserai pas Hugh décider de ma vie, jamais. Non, le seul moyen que j'aie de m'affranchir de son autorité, c'est de recourir à quelqu'un de plus puissant. Je loue Dieu que cette personne soit une femme pour le moment.

— Mais Hugh ne restera pas une menace encore bien longtemps, lui fit remarquer Niall. Connor sera notre prochain meneur.

—Connor souhaite que Knock Castle revienne à l'un de ses proches. Il décidera que je n'ai aucune raison valable de quitter Ian.

—Connor est un homme honnête, contra Niall. Il acceptera que tu te sépares d'Ian, du moment que tu prends un autre membre du clan pour époux, surtout si le type en question est un autre de ses proches parents.

Elle grogna.

—Es-tu en train de me parler d'Alex? Je l'aime beaucoup, mais me marier avec lui reviendrait à passer de la peste au choléra.

—Tu n'as qu'à m'épouser, moi, proposa Niall d'une voix douce. Je suis aussi proche de Connor qu'Ian ou Alex.

Sìleas eut l'impression qu'on lui vrillait le cœur. Elle s'immobilisa, puis fit volte-face, bien qu'elle distingue à peine ses traits dans la nuit.

—Allons, Niall, dit-elle en posant ses doigts sur la joue du jeune homme. Tu n'es pas sérieux.

—Quoi? Tu crois que je suis trop jeune, c'est ça? s'offensa-t-il. Ou c'est parce que je ne suis pas aussi bien que mon frère, même après tout ce qu'il t'a fait subir?

—Non, ça n'a rien à voir, le rassura-t-elle, bien qu'il soit en effet beaucoup trop jeune. (Elle posa une main sur son bras.) J'ai grandi en regrettant chaque jour de n'avoir ni frère ni sœur. Le fait d'avoir découvert en toi le frère que je n'ai jamais eu est l'une des plus grandes joies de ma vie. Ne me demande pas d'y renoncer.

—Tu as également été comme une sœur pour moi, répondit-il en dansant d'un pied sur l'autre, d'après ce qu'elle percevait dans le noir. Mais… tu es si belle que je pense pouvoir souffrir cette perte.

— Ta proposition me va droit au cœur, dit Sìleas en l'incitant à reprendre leur marche. Mais je ne crois pas que je voudrai d'autre mari avant très, très longtemps.

— Où est-elle ? cria Ian en tambourinant à la porte de Gòrdan.

Aucune lumière ne filtrait pas la fenêtre ou sous la porte. Si Gòrdan avait entraîné Sìleas dans son lit ce soir même, Ian tuerait ce rejeton de Satan sur-le-champ.

Il continua à maltraiter la porte jusqu'à ce que les vitres en tremblent.

— Sors donc m'affronter comme un homme !

Lorsqu'on ouvrit enfin, il serra les poings, prêt à réduire le visage de Gòrdan en bouillie. Il ravala sa rage en découvrant la mère de son rival qui le regardait sous son bonnet de nuit.

— Je suis venu chercher ma femme.

— Sìleas ? (La mère de Gòrdan ramena sa robe de nuit sur son cou.) Ne me dis pas que cette fille t'a quitté. J'ai toujours su qu'elle n'amènerait que des ennuis.

Il prit alors conscience que ce serait le premier endroit où Gòrdan et Sìleas s'attendraient à ce qu'il vienne les débusquer. S'ils n'étaient pas là, il les traquerait sans relâche, jusqu'en enfer si nécessaire.

— Je dois vous demander de vous écarter, afin que je jette un coup d'œil, dit Ian.

Gòrdan apparut soudain derrière sa mère.

— Nom de Dieu, mais pour qui te prends-tu ? demanda-t-il en écartant sa mère. Qui es-tu pour te planter comme ça devant ma porte au beau milieu de la nuit et menacer ma mère ?

Ian écrasa son poing dans la figure de Gòrdan, le forçant à reculer dans la maison. Il avança d'un pas et empoigna son rival par le col de sa chemise.

—Je ne te le demanderai qu'une fois, aboya-t-il, nez à nez avec Gòrdan. Où as-tu caché ma femme?

—Sìleas? C'est pour elle que tu es venu? rétorqua Gòrdan en essuyant le sang qui lui maculait la bouche du revers de la main. Alors, comme ça, elle t'a enfin quitté? Tant mieux pour elle.

—N'essaie pas de me faire croire que tu n'étais pas au courant, répliqua Ian en balayant les lieux du regard. (Comme elle était invisible, il relâcha sa poigne et arpenta la pièce.) Où est-elle?

Il jeta un coup d'œil dans la cuisine.

—Il n'y a personne d'autre ici que nous deux, intervint la mère de Gòrdan.

Ian l'entendit manipuler une lampe. Lorsque la flamme prit vie, il découvrit que l'inquiétude déformait les traits de son rival.

—Elle est partie dans la nuit toute seule? demanda ce dernier. Bon sang, mais qu'est-ce que tu lui as fait?

La peur lui planta sa lame acérée dans les tripes.

—Ne me dis pas que tu ne sais vraiment pas où elle est?

—Je te le jure sur la tombe de mon père, répliqua Gòrdan.

Ian déglutit avec peine.

—Il faut que je la retrouve avant qu'il lui arrive malheur. (Une fois à la porte, il se retourna.) Me le diras-tu si elle vient ici?

—Oui, acquiesça Gòrdan. Mais, si elle a décidé de te quitter, je ne la renverrai pas vers toi.

—Où a-t-elle bien pu aller?

Ian se passait les mains dans les cheveux tout en faisant les cent pas dans la salle commune. En période de crise, il avait généralement les idées claires, mais là, il était incapable de réfléchir.

— Montons dans sa chambre pour voir si elle y a laissé une quelconque piste, proposa Alex.

Ian monta les marches quatre à quatre, avec son cousin sur les talons.

Arrivé dans la chambre, il ramassa la robe jaune. Instinctivement, il la porta à son visage et inspira à pleins poumons. Il ferma les yeux. Il souffrait physiquement de son absence, comme si une lame de rasoir lui lacérait le cœur.

Comment avait-elle pu le quitter ?

— Tiens, regarde-ça, s'écria Alex dans son dos.

Ian rejoignit son cousin à la petite table sur laquelle Sìleas tenait les comptes. Alex démolit les piles impeccables en étalant au hasard les parchemins sur la table.

— Lis ça, dit-il en tapant du doigt une feuille qui reposait au milieu des papiers éparpillés.

Ian sentit son cœur s'arrêter de battre à mesure qu'il parcourait la missive. Dieu du ciel, qu'est-ce qui lui était passé par la tête ? Il s'agissait d'une lettre adressée à la reine, la priant d'apporter son soutien à une demande d'annulation de mariage impliquant un certain Ian MacDonald. Elle réclamait également l'aide de la couronne pour chasser son beau-père de son château et de ses terres.

— On dirait que c'est un premier jet, indiqua Alex en désignant les taches d'encre qui maculaient la page.

— Elle a dû emporter la dernière mouture. (Ian reçut alors la révélation de la destination de Sìleas comme un violent coup de poing.) Nom de Dieu, elle se dirige vers Stirling !

Il entendit les bruits d'un pas léger dans l'escalier et se retourna pour découvrir sa mère dans l'embrasure de la porte. Elle resta plantée là, immobile, à se tordre les mains.

Lorsqu'elle prit enfin la parole, sa voix fut à peine plus audible qu'un murmure :

— Niall est parti, lui aussi.

Il fallut quelques secondes à Ian avant de comprendre la portée des mots de sa mère.

— Niall ? Niall est avec Sìleas ?

— Ton père pense que c'est une bonne chose qu'elle ne soit pas toute seule, lui confirma sa mère.

— Misère ! (Ian arpenta furieusement la pièce, tel un fauve en cage.) Mais qu'est-ce qui a bien pu leur passer par la tête, à ces deux-là ? Stirling n'est pas la porte à côté, il faut voyager plusieurs jours pour y parvenir. Doux Jésus, ils risquent de se faire assassiner en chemin !

D'horribles images de Sìleas violée, du couple battu à mort, et de leurs corps abandonnés sans vie aux charognards sur le bord du chemin, lui emplirent la tête.

— Niall sait manier l'épée, le rassura Alex, comme s'il lisait dans ses pensées. Je suis sûr que ton père lui a enseigné, comme il l'a fait avec toi, à déceler tout danger et à voyager sans être vu.

Les yeux de sa mère étaient rivés sur la robe jaune toujours serrée dans la main d'Ian, puis ils passèrent sur le lit.

— Les vieux vêtements de Niall qu'elle utilise pour récurer l'étable ne sont plus là. Je les avais lavés, pliés et déposés sur son lit.

— Si Sìleas est habillée en homme, le risque est moindre, souligna Alex.

— Mais même s'ils parviennent à atteindre Stirling en un seul morceau, cette ville est pire qu'un essaim d'abeilles, déplora Ian, les mains au ciel.

La mort prématurée de Jacques IV à Flodden avait laissé l'Écosse avec un enfant en guise de roi et sa mère, la sœur du détesté roi d'Angleterre, pour régente. Inutile d'être clairvoyant pour deviner que la cour grouillait d'intrigants puissants et impitoyables, prêts à tout pour s'attirer les faveurs de l'enfant et de sa mère.

— Je pars à leur recherche, déclara Ian en se dirigeant vers l'escalier. Et dès que je les aurai retrouvés, je les tuerai de mes propres mains.

Alex le rattrapa dans la salle commune.

— Nous n'aurons aucune difficulté à convaincre Connor et Duncan de se joindre à nous.

Ian secoua la tête.

— Non. Je ne sais pas combien de temps tout cela prendra, et l'assemblée de Samhain doit avoir lieu dans deux semaines à peine. Vous trois, vous restez là pour vous assurer que Connor soit choisi comme chef de clan.

— Nous venons avec toi, s'entêta Alex en enfilant son béret et son manteau accrochés à une patère. Nous avons le temps pour un aller et retour jusqu'à Stirling, si nous nous dépêchons.

Ian croisa le regard vert marin – et pour une fois sérieux – de son cousin.

— Connor et Duncan te diront la même chose, ajouta-t-il.

Ian le remercia d'un hochement de tête avant de sortir.

Chapitre 22

Sìleas s'agrippait au bras de Niall tandis qu'ils guidaient leurs chevaux sur les pavés des rues grouillantes de Stirling. En dépit de la crasse et de la fatigue accumulées après des jours de trajet, la jeune femme ne perdait pas une miette du spectacle alentour. Jamais auparavant elle n'avait mis les pieds dans une si grande ville.

— Peux-tu me lâcher le bras ? lui glissa Niall à voix basse. Je n'aime pas la façon dont les gens nous regardent, vu que tu es habillée en garçon et tout.

Sìleas s'exécuta aussitôt. Frappée de stupéfaction, elle en avait oublié son accoutrement.

— On dirait un palais bâti pour des dieux, dit-elle, les yeux rivés sur le château.

Ils l'avaient aperçu bien des lieues avant d'atteindre la ville, perché au sommet de falaises à pic qui le protégeaient sur trois côtés. Le quatrième, celui qui faisait face à la ville, constituait le seul accès possible. Il était gardé par un rempart circulaire et une imposante barbacane.

— Et si la reine n'est pas là ? demanda Niall. La famille royale dispose de plusieurs châteaux, tu sais.

— Ton père a dit que, si la reine était un tant soit peu sensée, c'est ici qu'elle emmènerait son roi de fils, répondit Sìleas. D'après lui, pas même les Anglais ne pourraient prendre Stirling.

Ils rebroussèrent chemin jusqu'à une auberge installée dans les faubourgs, qui proposait des chambres à l'étage et une écurie à l'arrière. Ils payèrent leur nuit, puis y prirent leur dîner.

Sìleas ne s'était jamais retrouvée entourée de tant d'étrangers. La plupart s'exprimaient dans le patois des Lowlanders. Bien qu'elle en connaisse quelques rudiments, ils parlaient trop vite pour qu'elle puisse comprendre grand-chose. Beaucoup étaient habillés à la mode anglaise.

— Tu veux bien arrêter de scruter leurs braguettes, siffla Niall en lui rabattant son béret sur les yeux. Tu vas nous attirer des ennuis – ou pire, des propositions inconvenantes.

Sìleas masqua un éclat de rire derrière sa main. Elle avait certes entendu dire que les nobles anglais portaient des pièces de tissu renforcées devant leurs parties, mais sans vraiment y croire.

— Il faut que je prenne un bain avant de me présenter devant la reine. (Elle renifla.) Je sens le cheval, et encore, ce n'est pas le pire.

— Je vais demander à l'aubergiste de nous faire monter de l'eau, indiqua Niall en se levant. Ça nous coûtera un supplément.

Peu de temps après, Sìleas aperçut une femme qui empruntait l'escalier, chargée de deux seaux débordants – apparemment, le traitement le plus proche du ménage que les marches recevaient depuis très, très longtemps.

Niall et elle lui emboîtèrent le pas jusqu'à une petite pièce fonctionnelle, meublée d'une unique couche. Après avoir recommandé à Sìleas de verrouiller la porte, Niall regagna la salle commune tandis qu'elle prenait son bain.

Elle tira la robe bleue qu'elle avait pliée dans son sac de toile, satisfaite d'avoir eu la présence d'esprit, malgré le chaos ambiant, d'emporter sa plus belle toilette pour se rendre à la cour. Elle l'étendit sur la couche pour l'aérer, puis se nettoya autant que possible dans la petite baignoire de bois avant d'enfiler la chemise qu'elle porterait sous sa robe le lendemain.

À son retour, Niall insista pour qu'elle dorme sur la couche. Elle s'y allongea en lui tournant le dos pendant qu'à son tour il se lavait dans l'eau du bain. Lorsqu'il eut fini, il s'enroula dans son kilt, par terre devant la porte.

Sìleas souffla les bougies, puis essaya de trouver une position confortable sur ce lit inconnu.

— Merci de m'avoir accompagnée, Niall, dit-elle dans l'obscurité. Je ne pense pas que je serais arrivée jusqu'ici sans toi.

— Pour être franc, je ne suis pas certain que notre venue soit une si bonne idée, répondit le jeune homme. La ville regorge de Lowlanders et, pire, d'Anglais, à commencer par la reine elle-même. Nous ne savons absolument pas dans quoi nous nous fourrons. Il serait peut-être préférable de rentrer à la maison et de régler tes problèmes là-bas.

— Je n'ai pas fait toute cette route pour repartir sans avoir vu la reine, affirma Sìleas, mais elle ferma les yeux et pria.

Niall avait-il raison ? Était-ce une erreur que de venir à Stirling ? Elle ne s'était jamais tant éloignée de Skye et se sentait coupable d'avoir entraîné Niall avec elle.

Le jeune homme était resté silencieux si longtemps qu'elle le croyait endormi quand il déclara :

— J'ai beaucoup repensé à ce que nous avons vu dans la cuisine.

— Et qu'est-ce qui a bien pu te donner à réfléchir ? s'enquit-elle d'un ton acéré.

— Et si Ian n'avait fait que prendre un bain et que Dina était entrée sans prévenir ? proposa Niall d'une voix hésitante. Tu as vu la baignoire, et Ian qui dégoulinait.

— Tu as oublié de préciser que Dina était nue, elle aussi, répliqua Sìleas, la mâchoire crispée. Et n'essaie pas de me faire croire que tu ne l'as pas remarqué.

— J'aurais difficilement pu ne pas m'en apercevoir, c'est vrai. Et j'ai d'abord pensé la même chose que toi en entrant dans la cuisine. (D'après la gêne qu'elle percevait dans la voix du jeune homme, il semblait clair qu'il aurait préféré être fouetté à coups d'orties plutôt que d'évoquer ce sujet avec elle.) Mais, tu vois, Dina est bien du genre à se délester de ses vêtements sans qu'un homme ait à le lui demander.

Sìleas se redressa sur sa couche pour foudroyer du regard la forme sombre étendue au sol.

— Et comment sais-tu une chose pareille, Niall MacDonald ?

— Eh bien… Elle l'a déjà fait avec moi, confessa-t-il.

La jeune femme resta bouche bée. Comment Dina avait-elle osé tenter de manipuler Niall ? Bien qu'il mesure plus de six pieds de haut, il n'était encore qu'un enfant.

Mais la propension de cette Dina à se dévêtir n'expliquait pas comment le cristal MacDonald s'était retrouvé autour de son cou.

— Tu espères vraiment me convaincre qu'il ne s'est rien passé dans cette cuisine ? persifla-t-elle. Comme quand elle s'est déshabillée devant toi, Niall ? Rien du tout ?

Le silence qu'observa le jeune homme suffit à confirmer sa faute.

— Ta mère aurait honte de toi, lui fit remarquer Sìleas.

Elle s'étendit de nouveau et donna quelques coups de poing à son oreiller pour qu'il retrouve un peu de volume.

— Je ne suis pas marié, répliqua Niall. Et ce que je fais avec une femme consentante ne concerne en rien ma mère.

— Pff, vous me dégoûtez, tous autant que vous êtes !

Elle lui tourna le dos et rabattit la couverture sur ses oreilles.

Seuls les sons montant de l'auberge venaient ponctuer le long silence qui s'était installé entre eux, jusqu'à ce que, finalement, Niall reprenne la parole.

— Si j'avais une femme comme toi, Sìl, je n'aurais jamais accepté les propositions de Dina. (Il se tut quelques instants.) C'est pour ça que je pense que, peut-être, Ian n'a rien fait de mal et que tu devrais lui laisser une chance de t'expliquer ce qui s'est passé.

Sìleas s'agita et se retourna sur sa couche étroite durant la moitié de la nuit, frappant les insectes qui infestaient le matelas de paille et réfléchissant aux propos de Niall. Elle était si faible lorsqu'il s'agissait d'Ian MacDonald qu'elle était presque prête à croire tout ce qui pourrait l'absoudre.

En sentant sa résolution flancher de nouveau, elle se rappela le souvenir d'Ian nu, le sexe en érection, avec Dina derrière lui, dans le plus simple appareil, à l'exception de la petite bourse qui oscillait entre ses seins et qui abritait son cristal.

Chaque fois qu'elle parvenait à se défaire de cette image, elle se tournait dans le lit, inquiète à l'idée de rencontrer la reine. Était-ce une folie que d'exposer son problème à la reine ? Ah, de toute façon, elle en avait assez que des hommes décident de sa vie pour elle. Une femme s'intéresserait sans doute plus à elle qu'à son château.

Après tout, même si la reine refusait de l'aider, qu'avait-elle à perdre ?

Fatiguée de chasser les punaises et de ressasser sans cesse les mêmes pensées, elle quitta la couche pour aller s'allonger par terre non loin de Niall. Elle lui était reconnaissante d'être resté et de ne pas avoir remis en cause sa décision, même si, à ses yeux, celle-ci relevait de la folie.

En annulant son mariage avec Ian, elle mettrait également un terme au lien formel qui l'unissait à Niall. Une perte de plus, douloureuse. Étendue à côté de lui, elle l'écoutait respirer, sachant qu'il resterait à jamais son frère de cœur. Elle espérait qu'il ressentait la même chose et pria pour ne pas le perdre, lui aussi.

Chapitre 23

Sìleas arpentait la petite chambre à l'étage de l'auberge. À chaque demi-tour, elle regrettait que Niall ait réussi à la convaincre de rester là tandis qu'il apportait sa lettre au château. Lorsqu'on frappa à la porte, elle ramassa son dirk posé sur le lit et colla une oreille contre le panneau de bois.

— Sìleas, laisse-moi entrer.

C'était Niall ; elle ôta la barre qui entravait l'ouverture.

— J'étais morte d'angoisse. Qu'est-ce qui t'a pris autant de temps ?

— Tu es ravissante, déclara-t-il en découvrant sa tenue.

— Raconte-moi comment ça s'est passé, le pressa-t-elle. Est-ce que la reine accepte de me voir ?

— Les gardes m'ont ri au nez quand je leur ai dit que je comptais attendre la réponse de la reine, relata Niall en se laissant tomber sur la couche. Mais, une heure après, ils sont venus me dire qu'elle nous recevrait ce matin même.

Sìleas eut subitement l'impression d'avoir ingurgité une livre de plomb et non pas du porridge sans consistance au petit déjeuner. Elle allait rencontrer la reine pour de bon.

— Je n'ai pas de miroir. Peux-tu m'aider avec mes cheveux ?

Niall écarquilla les yeux, mais il prit docilement les épingles qu'elle lui tendit. Lorsqu'elle eut dompté ses mèches folles en un chignon, il se plaça derrière elle et tenta de le fixer. Niall était un tireur à l'arc hors pair, mais dès qu'il s'agissait de cheveux, c'était comme s'il avait cinq pouces à chaque main.

— Je vais les retenir avec mon ruban, conclut-elle en constatant que le chignon ne tenait toujours pas malgré trois tentatives. (Une fois sa coiffure terminée, elle tourna sur elle-même.) Tu crois que ça ira pour la cour ?

— Tu y seras sans nul doute la plus jolie jeune femme, répondit-il avec un sourire radieux.

Tandis qu'ils traversaient la ville en direction du château, un sentiment de malaise s'immisça dans le dos de Sìleas, ralentissant ses pas. Pas étonnant que Payton pense le jeune roi en sécurité à Stirling. La barbacane, qui s'avançait devant le mur d'enceinte du château pour en constituer une entrée fortifiée, était gigantesque. Le regard de la jeune femme passa des quatre tours rondes de la barbacane à celles, carrées mais tout aussi massives, qui flanquaient le rempart.

— Nous pouvons encore rentrer à la maison, lui annonça Niall. Il n'est pas trop tard pour changer d'avis.

— Nous avons fait tant de trajet, répondit-elle. Et puis, ce ne serait pas très courtois de refuser l'invitation de la reine après l'avoir sollicitée.

Ils empruntèrent le pont-levis et présentèrent leur convocation aux gardes postés entre les deux premières tours rondes. Après avoir jeté un coup d'œil au sceau qui frappait la lettre, les sentinelles leur firent signe d'avancer.

Sìleas eut l'impression de ne pas pouvoir respirer en traversant la barbacane, oppressée qu'elle était par les tonnes de pierre qui la surplombaient et la flanquaient de chaque côté. Une fois dans le château, elle aperçut une nouvelle série de tours rondes orientées vers l'intérieur. Le sentiment d'écrasement s'évanouit lorsqu'ils débouchèrent dans la lumière, de l'autre côté.

— C'est là que j'ai attendu, déclara Niall. Ils appellent ça l'enceinte extérieure.

Sìleas eut le souffle coupé. Devant eux se dressait un bâtiment de pierre rose étincelante, aussi immense que gracieux avec ses hautes fenêtres et ses tours effilées, visiblement plus décoratives que défensives. Des silhouettes sculptées, tantôt de lions couronnés, tantôt d'une créature mythique dotée de cornes que la jeune femme ne reconnut pas, jalonnaient le faîte de son toit pentu.

Un garde, qui les avait accompagnés, désigna une porte cintrée sur le côté du bâtiment.

— Passez par là.

Sìleas et Niall lui obéirent et débouchèrent dans la cour intérieure du château, laissant le bâtiment aux tours décoratives sur leur droite. Une autre bâtisse imposante, constituée de la même pierre scintillante, lui faisait face. Le fond de la cour était délimité par une construction plus modeste décorée de vitraux ; sans doute une chapelle. Serviteurs, soldats et courtisans élégamment vêtus traversaient la cour d'un pas rapide, visiblement pressés de rejoindre leur destination.

— À ton avis, dans quel bâtiment se trouve la reine ? demanda-t-elle à Niall dans un murmure.

Il haussa les épaules en indiquant les tours décoratives.

— Celui-là est le plus grand.

Lorsqu'ils s'approchèrent des gardes, ceux-ci examinèrent Sìleas de la tête aux pieds, comme si elle dissimulait un dirk sous ses jupons – ce qui, bien entendu, était le cas. Elle fut néanmoins ravie de constater qu'ils venaient des Highlands.

— Nous cherchons la reine, leur annonça Niall.

— Vous êtes ici devant la grande salle de cérémonie. Elle n'est utilisée que pour les occasions les plus rares. (Âgé d'une quarantaine d'années, le garde qui leur répondit avait des troncs d'arbres musculeux en guise de jambes et des yeux rieurs.) Mais, puisque la jeune femme a un si charmant sourire, je veux bien vous laisser jeter un coup d'œil.

Après avoir regardé à droite puis à gauche, il entrouvrit la porte et leur fit signe d'entrer.

Ils pénétrèrent dans une pièce haute d'au moins trois étages, ornée de cinq cheminées et d'un plafond barré par de lourdes poutres de bois qui s'entrecroisaient pour former des voûtes arquées.

— C'est ici qu'a été couronné Jacques V il n'y a pas si longtemps, les informa le garde. C'est la plus grande salle de cérémonie de toute l'Écosse ; elle est plus vaste encore que celle du château d'Édimbourg.

Il semblait aussi fier que s'il avait bâti lui-même l'édifice.

— C'est une vision magnifique, et je vous remercie de nous avoir permis de la contempler, déclara Sìleas. Mais nous sommes attendus par la reine. Pouvez-vous nous indiquer où la trouver ?

Le garde ouvrit de nouveau la porte et pointa un doigt droit devant lui.

— Elle tient audience de l'autre côté, dans ce que nous appelons la maison royale.

Tandis que Sìleas emboîtait le pas de Niall, le garde l'intercepta en lui touchant le bras.

— Laissez-moi vous donner un petit conseil, ma chère, lui glissa-t-il, si proche qu'elle sentit l'odeur d'oignon de son haleine. N'entrez pas là-dedans avec ce seul jeune homme. Attendez et revenez avec votre père et d'autres membres de votre clan.

— C'est mon frère, il me protégera, répondit-elle en s'efforçant de sourire.

La maison royale était une structure imposante, mais qui n'avait pas l'élégance gracile de la grande salle de cérémonie. Des hommes et des femmes vêtus avec goût arpentaient ses galeries couvertes, tout en bois, et qui faisaient office de couloirs extérieurs permettant d'accéder aux étages supérieurs.

—Nous devons rester vigilants, lui glissa Niall à l'oreille tandis qu'ils traversaient la cour. Si la reine ressemble un tant soit peu à son maudit frangin, elle sera retorse et obstinée.

—Voilà qui correspond à la plupart des hommes que je connais, répliqua Sìleas. J'ai donc de l'entraînement.

—Méfie-toi également du comte d'Angus, Archibald Douglas.

—Le chef du clan Douglas? s'étonna-t-elle. En quoi nous intéresse-t-il?

—Hier soir, pendant que tu prenais ton bain, j'ai entendu dire que la reine s'appuyait beaucoup sur ses conseils. (Niall se pencha vers elle.) En fait, la rumeur veut même qu'elle ait attitré le comte dans son lit.

Sìleas se tourna pour lui adresser un regard outré.

—Mais le roi est à peine enterré.

—Tout juste, sans compter qu'elle porte son enfant, ajouta le jeune homme à voix basse. Mais, malgré tout, on dit qu'elle en pince plus qu'un peu pour Douglas – et que lui n'est pas insensible à l'idée de régner sur l'Écosse.

Arrivés à l'entrée de la maison royale, ils tombèrent sur un nouveau groupe de gardes qui les invitèrent à entrer dans le hall et à attendre qu'on les appelle.

À peine entrée, Sìleas fut contente d'avoir revêtu une robe à taille haute, plus ajustée que celles qu'elle portait tous les jours, car toutes les autres femmes en portaient de semblables. Sa toilette, cependant, était plus simple et bien plus modeste que celle des courtisanes. Et, à l'exception d'une poignée de Highlanders en chemise de lin couleur safran et kilt, la plupart des hommes observaient eux aussi la mode anglaise.

Sìleas traversa le hall, attirée par la vue spectaculaire qu'offraient les fenêtres de l'autre côté. En regardant par les vitres, elle constata que la maison royale avait été bâtie tout au bord des falaises à pic.

— On peut voir à des lieues d'ici. Ah, on dirait le Ben Lomond, là-bas! dit Niall, le doigt tendu.

— Je crois bien que vous avez raison.

Tous deux firent volte-face pour voir d'où provenait cette légère voix féminine.

Si la jeune femme ne s'était pas exprimée en anglais, Sìleas aurait cru avoir affaire à la reine des fées. Ses cheveux, rappelant le clair de lune, scintillaient en encadrant un visage magnifique aux traits délicats. Une robe rose chatoyant d'un éclat argenté flottait autour d'elle, sauf à l'endroit du corsage étroit à col droit qui révélait le sommet de deux petits seins au galbe parfait.

Qu'elle soit une fée ou non, Niall la scrutait bouche bée, comme victime d'un envoûtement.

— Vous êtes nouveaux à la cour, ou je vous aurais reconnu, dit-elle à Niall avec un sourire radieux.

Soit le jeune homme était en proie à un véritable enchantement, soit son anglais lui faisait défaut. Bien que Sìleas maîtrise encore moins cette langue que lui, elle parvint malgré tout à répondre :

— Nous venons d'arriver.

— Ah, vous venez des Highlands. (Elle laissa son regard dériver de nouveau vers Niall.) Pour être franche, j'avais deviné à votre taille et à votre beauté sauvage que vous en étiez originaire.

Niall sembla enfler tel un crapaud sous le coup de cette flatterie éhontée.

— Bienvenue à Stirling, reprit-elle. Je suis lady Philippa Boynton.

Philippa. Ce nom se planta comme une lame dans le cœur de Sìleas. C'était celui de la jeune femme qu'Ian avait évoquée la nuit fatidique où ils avaient dormi dans la forêt.

— Êtes-vous à Stirling depuis longtemps, vous-même ? s'enquit Sìleas, se demandant si le sort s'acharnerait vraiment sur elle jusqu'à lui faire rencontrer la femme qu'Ian souhaitait épouser.

— Non, pas cette fois-ci, répondit la jeune femme en portant son regard étincelant sur Sìleas. Ces derniers temps, je reste surtout à Londres, mais je suis venue à Stirling à de nombreuses reprises.

— Étiez-vous au château il y a cinq ans ? poursuivit Sìleas, la gorge serrée.

Son interlocutrice laissa échapper un petit rire cristallin.

— Ma foi, oui, je crois bien. J'y suis même restée plusieurs mois, à cette époque. Comment l'avez-vous deviné ?

Ah, c'était bien elle, la femme qu'Ian désirait épouser !

Le souvenir de cette nuit lui revint douloureusement en mémoire : le sol dur sous son dos, le froid qui régnait dans l'air et le ciel nocturne qui les surplombait. Mais, par-dessus tout, elle se rappelait le ton rêveur d'Ian lorsqu'il avait parlé d'une femme au rire merveilleux, à la grâce féerique et d'une beauté capable de convaincre un jeune homme qu'il était prêt pour le mariage.

Ian avait oublié de préciser que Philippa était anglaise. Pour qu'il décide d'annoncer à son père et à son chef de clan qu'il souhaitait prendre une Anglaise pour femme, il devait vraiment la désirer plus que tout.

La fée dévisageait Sìleas, comme dans l'attente d'une réponse. Mais Sìleas ne se souvenant d'aucune question se contenta donc de secouer la tête, laissant croire à la lady qu'elle n'avait pas compris ses mots.

Sìleas fut soulagée qu'un jeune homme en livrée vienne les interrompre.

— Son Altesse la reine va vous recevoir, déclara-t-il à Sìleas en s'inclinant légèrement devant elle. Je vais vous escorter jusqu'à son salon privé.

Sìleas salua Philippa, puis elle prit le bras de Niall. Tandis qu'ils suivaient le serviteur à travers le hall, Niall regarda lady Philippa par-dessus son épaule.

Le valet les entraîna vers une porte voûtée puis s'immobilisa au pied d'un escalier circulaire.

— Seule la jeune femme est conviée.

— Elle ne va nulle part sans moi, répliqua Niall.

— L'audience se tient dans les appartements privés de la reine, insista le valet. L'intimité de la reine et de ses suivantes doit être respectée.

Sìleas attira Niall sur le côté.

— Il n'y aura que des femmes dans les appartements de la reine, tu n'as aucune raison de t'inquiéter.

Niall ne sembla pas se satisfaire de son explication, mais il ne protesta pas lorsqu'elle rassembla ses jupes pour suivre le valet dans l'escalier.

Peu de temps après, Sìleas fut invitée à entrer dans la chambre de la reine. De jeunes femmes se prélassaient sur des sofas ou sur des coussins de soie et de brocart à même le sol. La reine, quant à elle, était assise sur un fauteuil à haut dossier, et ses pieds, étonnamment menus, reposaient sur un tabouret devant elle. Elle tenait sur ses genoux un chien qui ressemblait à un rat. C'était une femme potelée, aux yeux globuleux, qui rappelaient ceux de son animal. De grosses bagues scintillaient à chacun de ses doigts boudinés.

Debout à côté d'elle, une main posée sur le dossier du fauteuil, se tenait un bel homme ténébreux qui avait environ le même âge qu'Ian, une barbe finement taillée et un regard implacable. D'après ses vêtements raffinés et son port altier, Sìleas déduisit qu'il devait s'agir du comte d'Angus, Archibald Douglas. Elle avait appris la mort de son père lors de la bataille de Flodden, qui l'avait propulsé chef de son clan.

Sìleas avait la gorge sèche lorsqu'elle s'avança pour faire sa révérence à la reine, espérant ne commettre aucun impair.

— Vous êtes Sìleas MacDonald, de l'île de Skye, n'est-ce pas ? demanda la reine en anglais.

La jeune femme n'avait pas envisagé que la reine ne parle pas un mot de gaélique. Son mari, bien que né dans les Lowlands, avait gagné la confiance des habitants des Highlands en apprenant leur langue. Il était également grand amateur de leur musique.

— Peut-être ne comprend-elle pas l'anglais, avança l'homme que Sìleas pensait être Archibald Douglas.

— Je le parle un peu, indiqua Sìleas dans cette langue.

La reine laissa échapper un soupir impatient.

Sìleas prit une profonde inspiration pour reprendre son calme avant de se lancer.

— Votre Altesse, j'ai fait un long voyage pour venir vous demander de m'aider à obtenir l'annulation de mon mariage par l'Église.

Le visage de la souveraine sembla se froisser, comme si elle avait sous les yeux une déjection abandonnée par son chien. Archibald Douglas scruta Sìleas de la tête aux pieds, comme s'il la déshabillait du regard. Quel effroyable couple ils formaient tous les deux ! Comme le disait le proverbe : « Une chèvre habillée de soie n'en reste pas moins une chèvre. »

— Je présume que vous voulez épouser un autre homme ? (La reine se tourna vers ses suivantes.) C'est la raison la plus fréquente.

Sìleas sentit le rouge lui monter aux joues.

— Non, Votre Altesse.

— En quoi est-ce si urgent, alors ? s'indigna la reine en haussant ses sourcils épilés. Vous portez l'enfant d'un autre homme ?

Cette fois-ci, Sìleas avait le visage en feu et elle secoua la tête de droite à gauche avec vigueur.

Douglas intervint alors en gaélique :

— Vous êtes vierge, dans ce cas ?

— C'est une question bien cavalière, monsieur, répondit-elle dans la même langue, en le regardant droit dans les yeux.

Le Douglas se tourna vers la reine qu'il gratifia d'un sourire ravageur.

— Je n'ignore pas combien il vous est pénible de parler avec quelqu'un qui maîtrise si peu l'anglais.

Ses mots plongèrent Sìleas dans une colère telle qu'elle eut envie de cracher. Son anglais n'était pas si catastrophique.

— La nervosité de cette jeune femme, qui s'adresse pour la première fois à une personne de la famille royale, n'arrange rien. (Il s'adressait à la reine avec une voix douce et onctueuse comme du miel.) Voulez-vous que je règle ce problème à votre place ?

La reine foudroya Sìleas d'un regard assassin, qu'elle détourna lorsque Douglas lui glissa quelque chose à l'oreille qui la fit rosir jusqu'au cou. Une seconde plus tard, il se dirigea vers la porte qui donnait sur la galerie et lui adressa un geste de la main, lui indiquant de le suivre.

L'appréhension envahit Sìleas jusqu'à la faire frissonner tandis qu'elle lui emboîtait le pas, mais elle n'avait pas plus envie de rester en compagnie de celle-ci. Une fois dans la galerie et hors de vue de la reine, il lui saisit le bras avec fermeté et l'attira contre lui, amplifiant d'autant son sentiment de malaise. Elle s'efforça de ne pas oublier qu'elle se trouvait dans un palais, entourée de gardes et de soldats. Elle n'avait rien à craindre.

Après lui avoir fait franchir trois portes, il en ouvrit une quatrième qui donnait sur un petit salon privé. Sìleas fut soulagée d'y découvrir deux valets, qui se redressèrent d'un bond avant de s'incliner en les voyant entrer. Sur sa droite, elle aperçut un vaste lit de bois sombre rehaussé d'un baldaquin d'où tombaient d'épais rideaux pourpres. Son cœur s'emballa sous le coup de l'appréhension.

—Laissez-nous, ordonna Archibald Douglas.

Les valets disparurent par une issue dérobée. Tandis qu'ils la refermaient derrière eux, Sìleas porta une main à sa cuisse pour s'assurer que son dirk s'y trouvait toujours. Elle se maudit de ne pas avoir trouvé un endroit plus accessible pour le dissimuler. Elle avait pourtant cherché, mais sa robe n'offrait aucune cachette valable, sans parler de ses délicats souliers.

Le chef du clan Douglas préleva une carafe d'argent ciselé sur une desserte et se servit un verre de vin, qu'il porta à ses lèvres.

—Nous avons à parler, tous les deux, ma chère, déclara-t-il en lui tendant ensuite la coupe. Votre lettre à la reine indique que vous êtes l'héritière de Knock Castle.

Elle décida de tenir sa langue tant qu'elle ne savait pas où il voulait en venir.

—Je le savais, bien évidemment, mais j'avais cru comprendre que vous aviez épousé un MacDonald, ce qui, de fait, classait l'affaire.

La surprise dut s'inscrire sur ses traits, car il précisa :

—C'est mon travail que de savoir ce genre de choses.

Elle n'aimait guère que cet homme en sache tant à son sujet. Puisqu'il avait bu à la coupe, elle déduisit que le vin n'était pas empoisonné et en avala une gorgée. Le liquide ne fit rien pour apaiser la sécheresse de sa gorge.

— La reine va prochainement me nommer protecteur des Hébrides extérieures, ce qui inclut Skye, bien entendu. Ce qui signifie, ma chère, qu'il est bon de me compter parmi ses relations, ajouta-t-il d'une voix suave en se penchant vers elle. Et plus notre relation sera étroite, mieux vous vous en porterez.

Son cœur battait à présent la chamade. Malgré son inexpérience, elle n'avait aucun doute quant au marché qu'il lui proposait.

Il lui ôta la coupe des mains et la reposa sur la desserte.

— Je suppose que vous avez dû souffrir, tiraillée entre les MacDonald et les MacKinnon qui tous rêvent de vous voir rallier leur giron, en leur apportant votre château, reprit-il. Il est vraisemblable que les MacLeod tentent eux aussi quelque chose.

Lorsqu'il fit un pas en avant, elle battit en retraite.

— Je suis un homme puissant, poursuivit-il en posant la main sur le bras de Sìleas. Je pourrais vous protéger des MacDonald, des MacKinnon et des autres.

Elle recula encore, jusqu'à ce que ses talons butent contre le mur. Il était à présent si proche qu'elle percevait son haleine avinée et l'odeur musquée de sa peau, qu'il dissimulait sous son parfum.

— Vous êtes une très jolie jeune femme. (Il fit courir un doigt le long de sa joue.) Courageuse, qui plus est, d'avoir entrepris un si long trajet sans prévenir personne d'autre que le gamin qui vous attend dans le hall.

S'il avait eu pour but de lui faire comprendre combien elle était seule et loin de la protection des membres de son clan, il avait réussi.

Elle refoula sa peur et essaya de garder les idées claires.

— Je ne pense pas que la reine apprécierait d'apprendre que vous m'avez touchée.

— Non, vous avez raison, reconnut-il avec un sourire immaculé. C'est pourquoi je veillerai à ce qu'elle ne le sache jamais. Rien ne saurait être plus simple.

Elle passa la langue sur ses lèvres sèches.

— Il est grand temps que je parte.

— Allons, ma chère, je mérite bien une compensation pour partager la couche de cette truie de Tudor. (Il lui prit le visage entre les mains et fit courir son pouce sur sa lèvre inférieure.) Vous n'avez pas à vous inquiéter. Si vous tombez enceinte, je vous promets de reconnaître l'enfant.

La crudité avec laquelle il faisait état de ses intentions la laissa bouche bée.

— Vous n'êtes qu'un salaud, un calculateur, lui siffla-t-elle à la face. Vous ne cherchez qu'à mettre la main sur Knock Castle, vous ne valez pas mieux que tous les autres.

— Je vous rassure, ma chère, répondit-il en la saisissant par les épaules pour la plaquer contre le mur. Knock Castle n'est pas la seule chose que je désire de vous.

Si elle avait pu dégainer son dirk, elle l'aurait étripé sur-le-champ. Mais elle avait beau se débattre, il ne relâchait pas son emprise.

— Vous êtes une beauté, reprit-il d'une voix rauque en approchant sa bouche de celle de Sìleas. Et j'ai toujours eu un faible pour les vierges.

Chapitre 24

*I*an était tendu comme un arc, lorsqu'il pénétra dans Stirling. Il s'était attendu à rattraper Niall et Sìleas en chemin, mais les deux fuyards avaient fait vite, maudits soient-ils. Après plusieurs jours de trajet et d'inquiétude, il avait l'impression d'être une peau de bête qu'on aurait étirée sur un cadre pour la battre.

— Jetons un coup d'œil dans toutes les auberges et tavernes, proposa Connor. Ils seront forcément dans l'une d'elles.

Si tant est qu'ils aient atteint la ville. Une douleur lancinante vrillait le crâne d'Ian chaque fois qu'il pensait aux dangers qui rôdaient.

— Je vais les chercher au château, déclara-t-il.

— S'ils ne s'y sont pas encore rendus, nous pourrons régler toute cette affaire sans faire de vagues, argumenta Connor.

La peur vibrait en Ian.

— Je me fous de devenir la risée de toute l'Écosse. Je dois la retrouver rapidement, avant qu'il lui arrive malheur.

Si toutefois elle avait été épargnée jusque-là.

— Ils ne peuvent pas nous avoir devancés de plus d'une demi-journée, estima Alex. Sìleas n'a pas pu se présenter au palais et bénéficier immédiatement d'une audience devant la reine. Il est plus vraisemblable qu'on la fasse attendre un jour ou deux. Et encore, il n'est pas dit qu'on lui permette de voir la reine.

Ian accepta, à contrecœur, de commencer leurs recherches en ville. Après avoir laissé leurs montures dans l'écurie de la première auberge qu'ils trouvèrent, ils entrèrent dans la salle commune où le sort, pour une fois, leur sourit.

— Il y a une chambre de libre à l'étage, au fond du couloir, leur indiqua l'aubergiste tout en glissant l'argent que lui avait donné Ian dans une bourse de cuir accrochée à sa ceinture.

— Avez-vous vu deux jeunes hommes, l'un presque aussi grand que moi, accompagné d'une petite chose aux cheveux roux ? lui demanda Ian.

— Peut-être bien, répondit l'aubergiste en plissant les yeux. Qu'est-ce que vous leur voulez ?

Ian sentit son cœur s'emballer. Il avait envie de saisir l'homme par le col pour le secouer jusqu'à ce qu'il lui dise tout ce qu'il savait, mais, en même temps, il lui était reconnaissant pour sa bienveillance inespérée à l'égard du couple rebelle.

— Mes frères se sont disputés avec mon père et se sont enfuis, mentit Ian. Je suis venu les ramener à la maison.

— C'est une bonne chose que vous soyez venu, déclara l'aubergiste en servant un verre de bière à un autre client. Le grand a l'air de pouvoir se tirer d'une bagarre, mais il y a légion d'autres dangers dans Stirling, si vous voyez ce que je veux dire.

Ian voyait. Dieu soit loué, il les avait retrouvés !

— Dans quelle chambre sont-ils ? demanda-t-il tout en se dirigeant vers l'escalier.

— Le plus jeune est peut-être encore là-haut, mais le grand est parti il y a un petit moment. (L'aubergiste ricana puis secoua la tête.) Détail amusant, il s'est trouvé une jolie fille et a raconté qu'ils allaient rendre visite à la reine.

Dans la rue, les gens s'écartaient devant Ian, qui fonçait vers le château à toutes enjambées. Connor, derrière lui, ne le perdait pas d'une semelle, et les deux autres les suivaient un peu en retrait.

—Contrôle tes nerfs, lui intima Connor tandis qu'ils approchaient de la barbacane. Si tu dégaines ta lame, tu auras vingt gardes sur le dos avant même d'avoir pu prononcer son nom.

Ils déclarèrent aux préposés à la sécurité qu'ils étaient à la recherche d'une jeune femme, membre de leur clan.

—Elle était avec un grand type de quinze ans. Elle a une chevelure rousse éclatante et mesure à peu près cette taille-ci, expliqua Ian en plaçant une main au niveau de son menton.

—Difficile de l'oublier, celle-là, hein ? répondit l'un des gardes. Ah, elle était vraiment mignonne !

Ian prit une profonde inspiration pour éviter de lui envoyer son poing en plein visage.

—Si c'était ma femme, vous pouvez être sûrs que je la garderais à la maison, renchérit un autre.

Ian serrait les dents, tandis que Connor et Alex s'attelaient à convaincre les gardes de les laisser entrer. Dès qu'ils furent passés, ils se ruèrent vers la maison royale. Une fois le point de contrôle suivant franchi, Ian aperçut son frère.

Niall écarquilla les yeux en voyant les quatre compères traverser le hall dans sa direction.

—Où est-elle ? aboya Ian en l'agrippant par le devant de sa chemise. Parle !

—Un valet l'a emmenée dans le salon privé de la reine, expliqua Niall, le regard inquiet. Il a dit qu'aucun homme n'était autorisé à y pénétrer.

Ian savait d'expérience que c'était faux. Les suivantes de la reine y faisaient sans cesse entrer leurs amants.

—Ça ne m'a pas plu, mais puisqu'il n'y a que des femmes, Sìleas ne devrait courir aucun danger, poursuivit Niall d'un ton pourtant interrogatif. Ça fait tout de même un long moment qu'elle est partie.

Ian se tourna vers ses camarades.

— Vous pouvez occuper les gardes quelques instants ?

— Attends, je pense qu'il y a plus simple, l'interrompit Alex en regardant de l'autre côté de la salle. Il me semble voir la jeune Anglaise qui en pinçait pour toi.

Ian suivit la direction qu'indiquait Alex pour découvrir une femme à la silhouette gracieuse et au visage délicat, encadré de mèches d'un blond cristallin.

— Tu veux parler de lady Philippa ? s'enquit Niall d'une voix rêveuse.

Il s'agissait en effet de Philippa, la jeune femme qu'Ian avait, durant un temps, prévu d'épouser. Ça lui semblait dater d'une vie antérieure.

— Je parie que Philippa peut te faire entrer dans le salon de la reine en un clin d'œil, si elle s'en donne la peine, avança Alex en poussant son cousin dans le dos. Alors, fais un effort pour te montrer charmant.

Philippa tourna la tête et battit des paupières en voyant Ian la rejoindre. Après avoir glissé un mot à l'oreille de l'homme qui lui tenait compagnie, elle traversa à son tour la salle d'un pas aérien pour venir à sa rencontre, un sourire radieux aux lèvres.

— Tu es plus beau que jamais, Ian MacDonald, déclara-t-elle en lui tendant une main gantée. Combien de cœurs as-tu brisés depuis la dernière fois que nous nous sommes vus ?

— J'aimerais te parler en privé, répondit-il en l'entraînant par le coude.

Elle le regarda du coin de l'œil sans se départir de son sourire, tandis qu'il la guidait vers une alcôve plongée dans l'ombre.

— Bon sang, toutes les femmes vont jaser ! Elles seront vertes de jalousie.

Ian contint son impatience.

— Je ne t'ai jamais présenté mes excuses pour ne pas être revenu te chercher. (Il lui devait bien ça ; et il lui semblait avisé de faire amende honorable avant de demander une faveur.) J'avais l'intention de revenir t'épouser, mais… c'était impossible.

— Juste ciel, Ian, je n'aurais jamais pu accepter ! s'exclama-t-elle en partant de son petit rire cristallin qu'il trouvait alors si envoûtant. J'étais l'une des maîtresses du roi Jacques, à l'époque.

Cette révélation stupéfia Ian. Il l'avait crue innocente – et amoureuse de lui.

Elle lui offrit un sourire aigre-doux.

— J'obéissais alors aux volontés de ma famille. C'était pour cette raison que j'avais été envoyée à la cour.

— Je suis désolé que les tiens t'aient infligé un si piètre sort. Ils ont eu tort.

— Ah, Ian ! soupira-t-elle. Tu es vraiment galant. J'ai toujours aimé ça chez toi.

— Puisque tu es de nouveau à la cour, j'en déduis que la reine n'a jamais appris quel rôle tu jouais auprès du roi, dit Ian, qui espérait qu'elle figurait dans les petits papiers de la reine afin d'obtenir son aide. J'ai entendu dire qu'elle avait la rancune tenace ; tu prends un grand risque à resurgir dans les parages.

— Cette fois-ci, c'est mon mari qui m'envoie. (Elle se pencha vers Ian.) Il dit qu'Archibald Douglas, le comte d'Angus, détiendra bientôt le pouvoir de la couronne. C'est pourquoi il veut que je l'attire dans mon lit.

Ian se raidit.

— Ton mari t'a demandé de faire une chose pareille ?

— Comme si le fait de coucher avec lui pouvait nous valoir ses faveurs ! Archibald Douglas n'est pas du genre à penser avec son sexe, ni même avec son cœur, hélas. (Elle posa une main sur le torse de Ian.)

— Ah, quel dommage que tu sois tombée sur un mari si médiocre.

Elle haussa l'une de ses graciles épaules.

— Nous partageons le même point de vue sur presque tout. (Ian resta sans réponse.) En outre, je peux parfaitement jouer jeu égal avec Douglas, ajouta-t-elle. Pas comme la pauvre vierge qu'il tient entre ses griffes en ce moment. Cette fille est d'une innocence telle qu'elle n'a aucune chance face à un type comme lui.

Un frisson parcourut l'échine d'Ian.

— Parle-moi de cette fille.

— Apparemment, elle est l'héritière d'un château sur lequel Douglas veut mettre la main. Ce matin, je l'ai entendu convaincre la reine d'aider la fille à annuler son mariage – et de lui faire épouser un de ses cousins. (Elle soupira.) Je crois l'avoir croisée, et j'ai bien peur qu'une fois que le comte d'Angus aura vu combien elle est belle, son cousin perde la primeur de ses faveurs.

Ian lui agrippa le bras.

— Philippa, il faut absolument que j'aille la trouver.

La jeune femme écarquilla les yeux en plaquant une main sur sa poitrine.

— Ne me dis pas… Non, Ian, ce n'est quand même pas toi, le mari dont elle souhaitait se débarrasser, si ?

— Si, c'est moi, grogna-t-il. Et je suis venu la ramener à la maison. Peux-tu me faire entrer dans les appartements de la reine ?

Elle baissa la tête.

— Je ne suis pas du genre à m'effaroucher pour un rien, mais je dois bien admettre qu'Archibald Douglas m'effraie un peu.

— Je te promets que je n'avouerai jamais qui m'a permis d'entrer, s'engagea Ian en se penchant vers elle.

— Je suppose que tu dis vrai, même sous la torture, reconnut-elle avec un sourire timide. Viens, nous devons faire vite, annonça-t-elle en lui offrant son bras.

Philippa s'engagea dans l'escalier de service, dissimulé derrière un tableau. Arrivée sur la dernière marche, elle se tourna vers Ian.

— J'espère que tu ne lui en voudras pas si… (Elle s'interrompit et se mordit la lèvre.) … si tu arrives trop tard.

De la sueur perla sur le front du jeune homme.

— Indique-moi le chemin à suivre.

— La reine a mis à la disposition de Douglas tout un appartement pour son usage personnel, par là, expliqua-t-elle en désignant une porte tout au bout du couloir de service. Sois prudent, Ian, ajouta-t-elle avant de lui déposer un baiser sur la joue. Il y aura des gardes derrière la porte, et, à ce qu'on dit, Douglas est plutôt agile avec une épée.

Chapitre 25

Sìleas regrettait amèrement d'avoir quitté Skye.

— Si cela ne vous fait rien, laird Douglas…, commença-t-elle en tentant de s'éloigner de lui, mais elle n'avait nulle part où reculer. Je vais retirer ma demande d'aide auprès de la reine et rentrer chez moi.

— Foutaise! (Il saisit une boucle qui courait le long de son visage, tira dessus, puis la lâcha avec un sourire.) Dites-moi, ma chère, êtes-vous aussi indomptable que vos cheveux?

Elle n'aima pas la façon dont son regard s'assombrit lorsqu'il posa cette question.

— Je suis une femme des plus convenables.

S'il y avait un temps pour déformer la vérité, celui-ci était venu.

— À en juger par votre décision brutale de traverser la moitié de l'Écosse avec un freluquet pour seule escorte, je dirais que vous êtes plutôt du genre sauvage.

Sìleas retint son souffle pour éviter que sa poitrine ne touche le torse de Douglas, qui avait encore avancé. Une sueur froide ruissela dans son dos tandis qu'elle estimait ses chances d'atteindre le dirk attaché contre sa cuisse, avant qu'il l'en empêche. Dans tous les cas, soulever sa robe maintenant serait la pire manœuvre possible.

—Vous apprendrez qu'il y a de nombreux avantages à être ma maîtresse, dit Douglas en glissant un genou entre ses jambes.

—Je ne doute pas que certaines apprécieraient cette offre, mais rien de tout cela ne m'intéresse.

Elle répugnait à le toucher mais, lorsqu'il fut évident qu'il ne bougerait pas de son propre chef, elle posa une main sur son torse et le repoussa. Il ne sembla rien remarquer.

—Vous changerez rapidement d'avis, répondit-il, si près qu'elle sentait son souffle sur son visage. Je sais satisfaire une femme.

Son cœur s'emballa quand elle vit Douglas se pencher vers elle. Elle ferma les yeux de toutes ses forces et se réfugia dans la prière qui avait accompagné toute son enfance.

Par pitié, Dieu, envoyez Ian.

—Ça fait bien longtemps que je n'ai pas connu de vierge, poursuivit-il d'une voix grave, rauque. Je meurs d'impatience de vous enseigner tout ce que je sais.

Elle tressaillit lorsque la moustache de Douglas lui effleura la lèvre.

—C'est ma femme que vous importunez, Douglas.

Par un incroyable miracle, la voix d'Ian résonna dans toute la pièce. L'espoir s'empara de Sìleas. Avec lenteur, elle ouvrit les yeux, craignant d'avoir été victime de son imagination.

Elle cessa de respirer en apercevant, par-dessus l'épaule de Douglas, la réponse à sa supplique dans l'embrasure de la porte. Sa claymore à la main et un air meurtrier sur le visage, Ian était magnifique, et plus menaçant qu'elle ne l'avait jamais vu.

—Si vous vous écartez d'elle sur-le-champ, je présumerai que vous ne saviez pas qu'elle était ma femme, et je vous laisserai la vie sauve, proposa Ian.

Archibald Douglas la dévisagea, les sourcils arqués. Durant quelques instants, Sìleas se demanda si Ian était conscient qu'il menaçait le comte d'Angus, l'un des hommes les plus puissants de toute l'Écosse, et qui entretenait de plus une amitié « spéciale » avec la reine. Mais, bien entendu, il était au courant.

Douglas fit alors volte-face, entraînant la jeune femme avec lui. Il la tenait plaquée contre son corps d'une main, tandis que l'autre reposait sur le pommeau de son épée.

— Est-ce là le mari dont vous souhaitiez vous débarrasser ? demanda Douglas, un étrange sourire aux lèvres. Celui qui vous a laissé votre virginité ?

— Ne vous méprenez pas, cette femme est toujours mon épouse, et elle le restera tant que je serai en vie.

Tant qu'il sera en vie. Malgré sa situation précaire, Sìleas fut transportée par les propos d'Ian.

— Ainsi, vous êtes Ian MacDonald, des MacDonald de Sleat, constata Douglas en plissant les yeux. Dites-moi, êtes-vous aussi bon combattant qu'on le prétend ?

— Encore meilleur, répliqua Ian. Je vous demande maintenant, très poliment, de vous éloigner de ma femme. La prochaine fois, je ne serai pas aussi courtois.

Sìleas sursauta lorsque Douglas rejeta la tête en arrière et éclata de rire.

— J'aime beaucoup que le courage d'un homme frise à ce point l'inconscience, déclara-t-il. J'aurai besoin de guerriers dans votre genre quand je débarquerai sur les îles pour y faire taire la rébellion naissante.

— Vous ne verrez pas le soleil se lever de nouveau si vous ne relâchez pas ma femme tout de suite. Ma patience a ses limites.

—Je ferai appel à vous le moment venu. (Douglas poussa Sìleas vers Ian.) Reprenez votre femme, Ian MacDonald de Skye.

Ian saisit fermement le poignet de la jeune femme qu'il attira derrière lui.

—Mais, pour l'amour de Dieu, ne la laissez pas vierge une nuit de plus.

Chapitre 26

an entraîna Sìleas, sous le regard moqueur des courtisans qui emplissaient le hall. Il lui déboîtait pratiquement l'épaule, mais elle s'en fichait. Elle était si soulagée qu'il soit venu la chercher qu'elle avait envie de pleurer, même si seule la fierté d'Ian l'avait poussé à agir.

Sans ralentir sa cadence, Ian adressa un signe à quelqu'un. Sìleas eut à peine le temps de jeter un coup d'œil derrière elle, mais elle aperçut sans difficulté les quatre grands Highlanders encerclés d'une grappe de courtisanes.

Une pointe de culpabilité la traversa lorsqu'elle se rendit compte que Connor, Duncan et Alex avaient fait tout le trajet jusqu'à Stirling uniquement pour elle, alors qu'on avait besoin d'eux sur l'île. Tous trois virent clairement le couple, pourtant aucun ne sembla décidé à leur emboîter le pas. Seul Niall s'élança à leur suite.

— Dieu soit loué! Tu vas bien…

Niall se figea en voyant son frère faire volte-face.

Ian se trouvait dans un état de rage que Sìleas ne lui avait jamais connu.

— C'est passé à deux doigts, déclara-t-il, la mâchoire crispée. Ce satané Douglas avait les mains sur elle.

Niall tourna vers elle un œil hagard.

— J'aurais dû t'accompagner.

— Ce que tu aurais dû faire, aboya Ian, c'est de ne jamais l'amener à Stirling.

Même Niall comprit qu'il était préférable de garder le silence. Une fois dehors, Ian se dirigea vers la porte voûtée qui flanquait la chapelle. Ils la franchirent puis empruntèrent une volée de marches escarpées creusées à même la colline. Sìleas manqua de trébucher tandis qu'elle le suivait vers un immense espace herbeux bordé par le mur d'enceinte.

Sans un regard derrière lui, Ian s'engagea dans l'herbe d'un pas toujours aussi décidé. Soulevant sa robe de sa main libre, Sìleas trottinait pour ne pas perdre le rythme jusqu'à ce qu'ils atteignent le rempart. Elle se dit alors qu'il allait s'arrêter, mais il s'engagea dans l'escalier aménagé à flanc de paroi sans lui lâcher la main.

Lorsqu'il s'immobilisa enfin au sommet pour se tourner vers elle, elle était à bout de souffle.

— Nom de Dieu, mais qu'est-ce qui t'est passé par la tête ? s'écria-t-il. Tu sais qui est ce Douglas ?

Elle n'aperçut aucun garde en faction sur cette partie du rempart qui surplombait directement l'à-pic de la falaise. Ian l'avait apparemment amenée jusque-là pour pouvoir lui hurler dessus sans que personne l'entende ou l'interrompe.

— Cet homme aurait pu abuser de toi et abandonner ton cadavre dans une rue sans que quiconque n'en sache rien ! cria Ian tout en arpentant le chemin de ronde. (Il s'immobilisa et contempla l'horizon.) Dieu du ciel, Sìleas, et si je n'avais pas deviné où tu étais allée ? (Il se tut, la mâchoire crispée.) Et si je n'étais pas arrivé à temps ?

Le regard toujours droit devant lui, il escalada le rebord et s'assit sur le parapet, les jambes dans le vide.

Elle s'approcha de lui et contempla son profil.

— Pourquoi es-tu venu me chercher ? lui demanda-t-elle.

Il tourna vers elle un regard bleu d'une intensité telle qu'on aurait cru que l'air qui les séparait s'était mis à vibrer.

— Parce que tu es ma femme, que tu le veuilles ou non.

Elle sentit sa bouche s'assécher. Malgré ses efforts, sa voix trembla lorsqu'elle reprit la parole.

— Je vois. C'est donc ton amour-propre qui t'a poussé à venir.

— C'est vraiment ce que tu penses ? rétorqua-t-il, outré.

— Oui. (Elle se passa la langue sur les lèvres.) Et parce que tu as besoin de moi pour pouvoir prétendre légitimement à Knock Castle.

— Je ne dirai pas que ma fierté n'en a pas pris un coup : ce serait mentir. Et je ne dirai pas non plus que nous n'avons pas besoin de récupérer Knock Castle, répondit-il d'un ton sec. Mais ce n'est pas pour ces raisons que je suis venu.

Elle s'arracha à la contemplation de ses chaussures tachées de boue pour croiser son regard furieux.

— Alors pour quelles raisons ?

— Je suis venu parce qu'il est de mon devoir de te protéger, déclara-t-il. Je n'ai pas le droit de te faire faux bond, pas plus à toi qu'à ma famille ou à notre clan, et je ne faillirai pas. Même si tu n'avais pas été ma femme, il aurait été de mon devoir de veiller sur toi. J'ai accepté il y a longtemps de devenir ton protecteur, un rôle que je ne renierai jamais.

Sìleas comprenait le besoin qu'avait Ian de se racheter. Pour autant, elle espérait ne pas représenter seulement un devoir pour lui, un tort qu'il chercherait à redresser. Elle inspira à pleins poumons et expira lentement.

Il est difficile pour une femme de demander à un homme de prononcer les mots qu'elle aurait aimé lui entendre dire spontanément.

— Est-ce que tu tiens un peu à moi ?

— Mais bon sang, bien sûr que je tiens à toi ! dit-il en écartant un bras. J'ai toujours tenu à toi, depuis que tu es toute petite, et tu le sais.

Oui, comme à un animal de compagnie. Un soupir de déception lui échappa.

— Et j'ai envie de toi. (Ses yeux s'assombrirent alors et il la transperça d'un regard brûlant.) À tel point que j'ai parfois du mal à respirer en te voyant.

Il se détourna et s'abîma de nouveau dans la contemplation des montagnes lointaines. Après quelques instants de silence, il reprit :

— Lorsque tu es partie, Sìl…, plus rien ne comptait pour moi que de te retrouver.

Sans doute était-ce bon signe ? Voire une raison d'espérer ? Même s'il n'en venait jamais à l'aimer comme elle aurait rêvé qu'il le fasse, il semblait à présent bien décidé à la prendre pour épouse ; sans qu'on lui pointe un dirk menaçant dans le dos. Il ressentait de l'affection pour elle, et la désirait.

— Par tous les saints, tu m'as fichu une peur bleue à t'enfuir comme ça, reprit-il, poussé par de nouveaux accès de colère. Je ne savais pas où tu étais partie, ni si tu étais en sécurité.

— Niall a veillé sur moi, le rassura-t-elle, à présent plus calme.

— Niall sera un jour un homme sur lequel on pourra compter, mais il est encore jeune, réfuta-t-il en secouant la tête. Il n'appréhende pas le genre de danger que représentent des types tels qu'Archibald Douglas.

Il scruta l'horizon un long moment avant de reprendre :

— Je sais que tu as des griefs envers moi, mais je dois te dire les choses sans détour. Tu as eu tort d'apporter tes problèmes ici. C'est courir un grand risque que d'attirer l'attention de la couronne, et du clan Douglas. On ne sait jamais vraiment comment cela peut finir.

Elle s'appuya contre le parapet à côté de lui et croisa les bras pour repousser le vent violent.

— Pourquoi ne m'as-tu pas parlé de vos projets de prendre Knock Castle ?

— Je ne voulais pas que cela t'inquiète. En outre, notre plan était tout récent. (Il s'exprimait certes d'un ton revêche, mais au moins il n'avait pas nié que s'emparer du château familial de Sìleas faisait partie de leurs intentions.) Mais, maintenant, nous n'aurons plus le temps de lancer l'assaut avant l'élection du chef de clan lors de l'assemblée de Samhain.

— Je regrette que Connor et les autres soient venus.

— Aussi horrible que cela ait pu être de te retrouver seule avec Douglas derrière une porte fermée à clé, ç'aurait pu être pire encore. Ils savaient que je pourrais avoir besoin d'eux, et nous sommes tous loyaux les uns envers les autres.

Sìleas observa les nuages qui s'amassaient autour des montagnes en pensant à cette notion de fidélité, et notamment à celle d'Ian.

— Je suis prête à entendre ce que tu as à me dire à propos de Dina, annonça-t-elle.

— Dina ? Que veux-tu que je te raconte ? Elle n'a rien à voir avec nous. (Sìleas laissa le silence s'étirer, le temps que la colère d'Ian s'estompe.) Je voulais être propre pour toi, à l'occasion de notre nuit de noces. (Son ton prit alors des accents rêveurs.) Je prenais mon bain, et Dina est entrée dans la cuisine avec des idées derrière la tête.

— Mais, et le cristal ? demanda-t-elle. Je l'ai vu autour de son cou.

— Dina est arrivée par-derrière et me l'a ôté par surprise.

Il semblait plus embarrassé par cet aveu que lorsqu'elle l'avait trouvé nu en compagnie de Dina.

Il se laissa tomber du parapet et vint se placer devant elle.

—J'ai récupéré le cristal, dit-il en glissant une main sous sa chemise pour en tirer le cordon de cuir qui lui ceignait le cou.

Il ouvrit la bourse et recueillit le joyau dans le creux de sa paume pour lui montrer qu'il disait vrai.

—Je te jure que je ne l'ai pas touchée, reprit-il en la regardant droit dans les yeux.

Sìleas referma le poing d'Ian autour de la pierre et le serra entre ses mains.

—Je te crois.

—Si tu choisis de rester avec moi, je te promets d'être fidèle. Je ferai de mon mieux pour te rendre heureuse.

Il ne lui jurait pas un amour éternel, mais cela lui suffisait. Ian tenait à elle. En tant qu'époux, il ferait passer les besoins de sa femme avant tout ; il en irait de son honneur. Il serait prêt à se sacrifier pour la protéger s'il le fallait.

—Si tu es toujours décidée à me quitter, je ne lutterai pas, déclara Ian. Mais, en ces temps troublés, il te faut un homme pour te protéger. Si tu dois choisir un autre mari, il te faut le faire sans tarder.

Ce serait injuste d'épouser un autre homme alors qu'elle ne cesserait jamais d'aimer Ian. Comment avait-elle pu se croire capable de le quitter ?

—J'ai pris ma décision il y a bien longtemps, déclara-t-elle. Pour moi, ça a toujours été toi, Ian MacDonald.

—Parfait.

Il remit le cristal dans son étui, le glissa sous sa chemise et saisit la main de la jeune femme.

De nouveau, Sìleas dut courir pour suivre ses grandes enjambées. Il la tint fermement et accéléra encore à travers le château, puis la ville, comme si une meute de loups les talonnait.

—Où allons-nous ? demanda-t-elle.

— Je n'aime pas ce Douglas, répondit Ian sans ralentir. Mais je suis bien disposé à suivre son conseil au plus vite.

Sìleas déglutit au souvenir des mots du comte : « Pour l'amour de Dieu, ne la laissez pas vierge une nuit de plus. »

Chapitre 27

S ìleas aperçut Niall assis à une table, dans l'auberge sombre et bruyante. Il se leva dès qu'il les vit entrer.

— Évite de te fourrer dans les ennuis, lui intima son frère en le dépassant avec un regard lourd de sens. Je viendrai te retrouver demain matin.

Il était à peine midi.

Niall attrapa la jeune femme par le bras.

— Est-ce vraiment ce que tu veux, Sìl ?

Gentil garçon. Malgré son cœur qui battait la chamade, elle parvint à le rassurer d'un hochement de tête.

Ian traversa la salle commune sans le moindre regard alentour et entraîna Sìleas dans l'escalier. Devant la dernière porte du couloir, il la souleva dans ses bras pour lui faire franchir le seuil de la chambre.

Apparemment, Ian ne voulait prendre aucun risque avec les traditions, cette fois.

Il referma la porte d'un coup de talon et reposa Sìleas. Tandis qu'il faisait glisser un coffre du fond de la pièce vers l'entrée pour la bloquer, la jeune femme posa les yeux sur le lit qui semblait occuper tout l'espace. Lorsque Ian tourna vers elle son regard embrasé, elle déglutit tant bien que mal. Il semblait animé d'une énergie contenue avec peine.

Elle avait remarqué sa respiration rapide qui soulevait son torse en rythme, les muscles tendus de sa mâchoire, la tension qui semblait courir dans ses membres. Lorsqu'il fit un pas en avant, elle dut lutter pour ne pas reculer. Son désir palpable était chauffé à blanc par sa colère : une colère née de son amour-propre blessé et de sa peur pour la sécurité de son épouse.

Sans un mot, il l'attira violemment contre son torse et laissa exploser sa passion. Sa bouche avide réclamait son dû, sans retenue.

L'amant attentionné qui avait déposé de légers baisers comme autant de caresses sur son dos lacéré n'était plus. Cette fois, Ian lui laissa voir la faim sauvage qu'il éprouvait pour elle.

Elle se sentit submergée par la force de son envie, par l'assaut qu'il menait contre ses sens. Elle avait beau avoir peur, quelque chose, tout au fond d'elle, réclamait ce désir ardent, brutal et indomptable. Elle voulait se noyer sous le déluge de ses baisers fougueux, sentir la pression de ses mains insistantes qui lui agrippaient les hanches.

Ian s'arracha à ses lèvres pour l'embrasser dans le cou et la saisit par les fesses pour la soulever contre lui. Elle sentit alors son sexe en érection, dur et imposant.

— J'ai tellement envie de toi, lui glissa-t-il à l'oreille. Je mourrai si tu te refuses à moi.

Pour la première fois, elle ressentit l'emprise qu'elle exerçait sur lui – et la savoura. Elle posa les mains à plat sous sa chemise et lui mordit la lèvre. Il ne put retenir un grognement sourd.

— Je suis toute à toi, dit-elle avant de l'attirer à elle pour un nouveau baiser passionné.

Il la fit reculer jusqu'au lit où tous deux basculèrent. Lui encadrant le visage de ses deux mains, il l'embrassait comme si c'était la dernière fois. Sìleas sentait ses mains, rêches et avides, courir partout sur son corps ; elle eut l'impression que sa cage thoracique était trop étroite, qu'elle manquait d'air.

Ian posa alors une main sur sa poitrine et, du pouce, lui caressa le téton. Lorsque celui-ci commença à pointer, Ian baissa la tête pour le prendre dans sa bouche malgré le corsage qu'elle portait encore. Elle haleta lorsque de puissantes sensations parcoururent tout son corps. Le monde extérieur n'existait plus tant elle était focalisée sur ces baisers. Elle vivait une torture, une torture délicieuse qui la laissa hors d'haleine et lui fit tourner la tête.

Ian fit remonter ses jupons jusqu'à ce que sa main repose sur sa cuisse dénudée. Mais il en voulait plus.

— Je te veux nue, déclara-t-il d'une voix râpeuse, profonde. Tout de suite.

Il la fit rouler sur le côté et entreprit de déboutonner le dos de sa robe sans pour autant cesser de l'assaillir de baisers brûlants qui ne firent qu'accentuer l'ivresse et le désir de la jeune femme. L'instant suivant, elle leva les bras, et il fit passer sa robe par-dessus sa tête. Elle perçut la morsure de l'air frais sur sa peau embrasée ; visiblement, ses sous-vêtements avaient disparu avec la robe.

Avant même qu'elle ait le temps de se sentir gênée, Ian l'enveloppa de son corps, de sa chaleur, de sa passion. Le tissu grossier de sa chemise faisait frissonner sa peau sensible.

Lorsqu'il s'interrompit pour se débarrasser de ses bottes et ôter sa chemise, le cœur de Sìleas s'emballa dans l'attente de ce qui allait suivre. Lorsqu'il revint à l'assaut, ce fut peau contre peau.

Chaque parcelle de son corps réagissait aux caresses d'Ian, qui l'explorait sans relâche, sans cesser de lui embrasser le visage, les cheveux, la gorge. Leur nudité renforça encore son désir, déjà brûlant.

— Tu es à moi, dit-il en s'arrêtant pour lui adresser un regard incandescent. Et je revendique ton corps tout entier.

Elle sentit alors la caresse de ses cheveux tandis qu'il lui déposait d'ardents baisers dans le cou et se dirigeait vers son ventre sans cesser de lui caresser les seins. Les sensations qu'il faisait naître entre ses jambes devenaient presque insupportables.

Puis, tandis qu'il suivait la courbe de sa hanche, elle sentit une pointe de malaise s'insinuer dans le tourbillon de désir qui l'emportait. Sa gêne franchit un pas de géant lorsqu'il lui fit plier le genou et qu'elle sentit la caresse piquante de sa barbe et la douceur humide de sa bouche sur sa jambe.

La tension gagna encore en intensité à mesure qu'il remontait le long de sa cuisse. Il n'allait tout de même pas l'embrasser là ! Sìleas avait le souffle de plus en plus court, le sentant progresser tout doucement. Elle était complètement à sa merci et s'en fichait. Où qu'il veuille l'emmener, elle était prête à le suivre.

Oh, bon sang ! Lorsqu'il finit par poser sa bouche contre son intimité, elle ne put s'empêcher de tressaillir – sous le coup de la surprise ou en raison de la sensibilité de cet endroit, elle n'aurait su le dire. Il émit alors un grognement et raffermit encore sa prise sur ses cuisses.

Il faisait courir sa langue, déclenchant en elle des raz-de-marée de plaisir qui la forcèrent à s'agripper aux draps de toutes ses forces. Elle essaya de protester, mais les semblants de mots qui franchirent ses lèvres ne firent que l'encourager davantage.

Et, plus il insistait, moins elle voulait qu'il s'interrompe.

Elle crispa un peu plus les poings sur les draps auxquels elle confiait sa survie tandis que le plaisir enflait en elle. Lorsqu'elle fut incapable de supporter ce traitement plus longtemps, elle essaya de se dégager de son emprise.

Mais Ian fut impitoyable. Elle finit par succomber, en proie à de violents spasmes qui l'aveuglèrent.

Sans lui laisser le temps de reprendre son souffle, Ian vint s'allonger sur elle. Les doigts glissés dans ses cheveux, son souffle haché sur son visage, il posait sur elle un regard enivré. Son torse pesait sur sa poitrine sensible. Mais elle n'avait d'attention que pour son sexe, qui pressait à l'endroit où s'était trouvée sa bouche quelques instants plus tôt.

Comme animées d'une volonté propre, ses hanches se soulevèrent pour l'accueillir. Un son guttural s'échappa de la gorge d'Ian qui s'avança. Mais, à peine le sentit-elle pénétrer en elle, qu'il s'immobilisa.

Le visage tendu, il la regarda en clignant des yeux comme s'il débouchait en pleine lumière depuis un lieu sombre, très sombre.

Il se souleva lentement, comme s'il s'arrachait à un courant déchaîné, puis s'étendit à côté d'elle.

Elle se tourna pour lui faire face. Il dégagea les cheveux qui lui retombaient sur le visage. Un changement s'était opéré en lui. L'urgence qui l'animait quelques secondes auparavant semblait à présent canalisée, même si Sileas la sentait encore brûler juste sous la surface.

— Je n'ai jamais couché avec une vierge, je ne sais donc pas combien tu souffriras, déclara-t-il. Est-ce que tu as peur ?

Elle fit « non » de la tête. C'était presque vrai.

Elle baissa les yeux vers l'entrejambe d'Ian et les sentit s'écarquiller lorsqu'elle aperçut son membre.

— Oh, c'est plus gros que je ne l'aurais cru, dit-elle, incapable d'en détacher son regard. Ça va aller ?

Il émit un ricanement grave et lui releva le menton avec un doigt.

— Comme un gant. Nous sommes faits l'un pour l'autre.

Elle inclina la tête sur le côté afin de jeter un nouveau coup d'œil.

—Je n'ai pourtant pas l'impression…

—Où est passé ton courage? demanda-t-il, un sourire dans le regard. Veux-tu me toucher?

Voyant qu'elle ne répondait rien, il reprit:

—Tiens, donne-moi ta main.

Il inspira tant bien que mal tout en faisant lentement courir les doigts de Sìleas sur son membre. Elle fut surprise qu'il puisse être à la fois dur comme de la pierre et doux comme de la soie. Son extrémité était humide.

—Tu vois? Il n'y a pas de quoi avoir peur, dit-il d'une voix hachée.

Elle leva les yeux vers son visage: il semblait souffrir.

—Je te fais mal? demanda-t-elle tout en le caressant avec un peu plus de vigueur.

—On ne peut pas dire ça. Mais je ne vais pas pouvoir le supporter longtemps, pas tant que je ne t'aurais pas prise une première fois.

Elle hocha la tête, prenant note de cette information.

—Assieds-toi, ma chérie, dit-il en l'aidant à se redresser.

Il se laissa ensuite tomber à genoux par terre et l'attira vers le rebord du lit, si bien que les jambes de la jeune femme encadraient les hanches d'Ian.

Lorsqu'il la serra dans ses bras, elle eut plus que jamais conscience du membre qui reposait contre elle. Ian l'embrassa sur le visage et pencha la tête pour poursuivre dans son cou. Puis il revint à sa bouche pour lui offrir un long baiser passionné et l'explorer avec sa langue. Une douleur se réveilla au creux de ses reins tandis qu'elle le sentait bouger le bassin d'avant en arrière, si bien que son membre se déplaçait contre elle avec une lenteur délicieuse.

Il posa les mains sur sa poitrine et fit jouer ses doigts autour de ses tétons, sans cesser ses va-et-vient. Sìleas était presque incapable de se tenir droite. Elle était si humide que le membre d'Ian évoluait sans difficulté, mais le jeune homme ne semblait pas s'en apercevoir.

Il se pencha en arrière, et elle sentit la brûlure de son regard se poser sur son intimité. Elle avait le plus grand mal à respirer.

—Tu es si belle, déclara-t-il d'une voix à la fois douce et rauque.

En réalité, lui-même était tout simplement magnifique. Avec ses yeux d'un bleu nuit profond, teintés par le désir, ses cheveux de jais et son corps ferme de jeune guerrier, il aurait pu séduire la reine des fées en personne.

—J'ai tellement envie de toi, reprit-il.

Elle lui fut reconnaissante lorsqu'il l'étendit de nouveau sur le lit, car elle n'avait plus la force de se tenir assise. Il l'attira au centre de la couche et la surplomba de tout son corps. Sìleas haleta quand il plaça une main sur son entrejambe et entama une lente danse circulaire du bout des doigts.

Il se pencha alors pour l'embrasser, et elle passa les bras autour de son cou. Bien vite, elle se perdit dans la passion de ses baisers. Elle l'attira à lui, désireuse de sentir son poids sur son corps.

Elle fut comme privée d'air lorsque le membre d'Ian vint de nouveau se presser entre ses jambes. Sans réfléchir, elle les releva autour de la taille d'Ian et le serra contre elle.

Il rompit leur baiser. Les yeux posés sur elle, la scrutant avec attention, il avança tout doucement jusqu'à ce que quelque chose le force à s'immobiliser. De la sueur perla sur son front.

—Ça risque de faire un peu mal, dit-il.

—Ce n'est pas grave, le rassura-t-elle, excitée, impatiente.

—J'ai l'impression que tu es prête, constata-t-il, le souffle court. Qu'en penses-tu? Veux-tu que je patiente encore? demanda-t-il d'une voix implorante où perçait la tension.

—J'ai envie de te sentir en moi.

Il émit alors un son guttural et donna un coup de reins. Elle fut traversée par une douleur aiguë et sentit quelque chose céder en elle.

Sans doute avait-elle crié car Ian couvrit sa bouche de baisers.

—Ça va, mon amour?

Il l'avait appelée «mon amour».

—Oui, répondit-elle.

La douleur avait certes disparu, mais elle sentait la force de sa présence en elle.

—Tu es si étroite.

—Trop? s'enquit-elle, prise de panique. Est-ce que ça va aller?

—C'est parfait, la rassura-t-il en abaissant lentement les paupières. Tu n'imagines pas à quel point c'est bon.

Il l'embrassa de nouveau, et plus rien ne compta pour elle hors Ian. Elle se mit à ronronner, en proie à de nouvelles sensations exquises, lorsqu'il entama de lents va-et-vient en elle. Ses baisers devinrent avides, pressants, tandis qu'il accélérait ses mouvements. Elle se cambra et le saisit par les épaules : elle voulait qu'il soit plus proche encore, plus profond.

Tant d'émotions lui saturaient les veines qu'elle ne savait pas si elle allait fondre en larmes ou voler en éclats. La joie. L'amour. Une proximité qu'elle n'avait jusque-là ressentie avec aucun autre être humain. Elle n'aurait jamais pu imaginer la sensation qu'elle éprouvait à être ainsi dans ses bras, leurs corps unis, animés du même mouvement. Elle avait perdu toute notion des limites de son être.

—C'est si bon, Sìl, parvint-il à déclarer par à-coups. Je… Je ne tiens plus, mon amour.

Elle s'agrippa à lui tandis qu'il accélérait encore la cadence. Elle sentit le désir gonfler aussi bien en elle qu'en lui.

—Tu es mienne, haleta-t-il. Mienne. Mienne. Pour toujours mienne.

Pour toujours. Elle l'aimait depuis toujours.

—Sìleas ! s'écria-t-il dans un ultime coup de reins qui la fit exploser dans ses bras.

Elle ferma les yeux et crut voir des étoiles tandis que son corps se crispait autour de celui d'Ian. Elle hurla son nom tandis que des vagues de plaisir déferlaient en elle.

Il se laissa alors retomber sur elle. Malgré sa masse, elle accueillit avec joie la certitude qu'il était bien là, qu'il était à elle.

Ian avait enfin fait en sorte qu'elle lui appartienne.

En réalité, elle lui avait toujours appartenu.

Oh, bon Dieu, quel monstre et quel piètre époux il faisait ! À l'évidence, il avait été trop brutal avec elle – une vierge, de surcroît. Mais il n'avait jamais autant désiré une autre femme avant elle. Jamais. Au moins était-il parvenu à ne pas la prendre aussi vite que son envie le lui commandait.

Il aurait dû lui parler et se montrer tendre dès le début. Ah, il avait dû lui filer une peur bleue en lui sautant dessus à peine la porte fermée. Ensuite, il l'avait outrée en l'assaillant avec sa bouche. Il ne put retenir un sourire à cette pensée. Non, il ne regrettait rien de ce passage, et il était certain qu'elle non plus, d'ailleurs.

Et quand elle avait atteint l'apogée de son plaisir… Rien dans ce monde – ni sans doute dans le prochain – ne pourrait rivaliser avec cet instant. Son corps tremblait encore de lui avoir fait l'amour. Il se sentait privilégié d'avoir une femme qui puisse lui offrir de telles sensations.

Il l'attira contre lui, de sorte que sa tête repose sur son torse. Il savoura le parfum de ses cheveux et sombra dans le sommeil.

— J'ai rencontré la demoiselle anglaise que tu voulais épouser.

Les mots de Sìleas l'arrachèrent brutalement à sa torpeur.

— Quoi ?

— Philippa, expliqua-t-elle avec douceur. Elle est exactement comme tu me l'avais décrite.

— Je ne me rappelle pas ce que je t'ai dit à son sujet.

Pourquoi lui parlait-elle de Philippa ?

— Tu regrettes toujours qu'on t'ait empêché de te marier avec elle ? demanda-t-elle d'une toute petite voix.

— Sìl, je ne veux aucune autre femme que toi pour épouse.

Après ce qu'ils venaient de partager, comment pouvait-elle poser une telle question ? Il est parfois bien difficile de comprendre les femmes.

— Je t'ai dit qu'il n'y aurait jamais d'autre femme, reprit-il. Mais je ne peux pas changer le passé.

C'était bien le problème. C'était précisément à cause de leur passé qu'elle avait besoin qu'on la rassure.

Il la fit rouler sur le dos et se pencha sur son visage.

— Tu n'as pas la moindre raison d'être jalouse de Philippa, poursuivit-il en la regardant droit dans les yeux. Et pas seulement parce que tu es plus belle qu'elle.

— Ah, je sais maintenant avec certitude que tu me mens ! répliqua-t-elle dans une grimace.

— Tu ne sais pas combien tu es ravissante.

Elle était magnifique avec ses cheveux en bataille sur l'oreiller et les joues encore rosies par leur étreinte.

Elle retint son souffle lorsqu'il baissa la tête pour faire jouer sa langue sur son téton. Celui-ci se dressa aussitôt, réclamant davantage d'attention. Ian appuya son sexe contre le flanc de Sìleas afin qu'elle prenne conscience de l'effet qu'elle lui faisait.

— Ç'aurait été une terrible erreur de me marier avec Philippa.

Elle se passa la langue sur les lèvres et demanda d'une voix haletante :

— Et pourquoi ça ?

— Parce que tu es faite pour moi. (Il roula sur elle, lui écartant les jambes par la même occasion.) Et si tu as le moindre doute à ce sujet, laisse-moi te prouver qu'il est infondé.

Chapitre 28

*J*an adressa un clin d'œil à Sìleas, tout en lui serrant doucement la jambe sous la table, et finit le reste de son porridge. Il savait qu'il passait pour un imbécile énamouré aux yeux des autres résidants, lesquels avalaient un petit déjeuner ou une chope de bière avant de s'attaquer à leurs tâches de la journée, mais il ne parvenait pas à se départir de son sourire.

— Tu es ravissante ce matin, dit-il en écartant une mèche rousse de son visage.

Il était également incapable d'arrêter de la toucher, bien qu'il sache que cela la mettait mal à l'aise.

— Nous allons retrouver les autres et quitter Stirling ce matin même ? demanda-t-elle.

Ian était sur le point de lui proposer de regagner leur chambre pour une heure ou deux lorsqu'un homme pénétra dans l'auberge, dont il passa la salle commune en revue. Mince sous son épaisse barbe noire, il avait les traits d'un Douglas. Son regard se posa alors sur Ian, et il se dirigea vers eux d'un pas décidé. *Oh, non !*

— Le clan Douglas tient à vous offrir un cadeau de mariage, déclara-t-il d'un ton qui tenait plus de la menace que de la félicitation.

Ian lui prit des mains le parchemin qu'il leur tendait et en rompit le sceau. C'était une charte pour Knock Castle et les terres qui l'entouraient, signée par la reine en sa qualité de régente.

— Remerciez Archibald Douglas de ma part, répliqua Ian, qui enroula le document avant de le glisser dans sa chemise pour le conserver en sécurité. Je suppose que vous ne savez pas s'il s'agit de la seule charte de ce type ?

La couronne avait pris la fâcheuse habitude de délivrer plusieurs chartes portant sur la même propriété à différents clans, ce qui ne faisait qu'alimenter les conflits déjà existants.

L'homme ne répondit pas, préférant s'asseoir à côté d'Ian sur le banc.

— Donald Gallda MacDonald de Lochalsh fait de nouveau des siennes.

Donald Gallda était en effet à la tête de la récente rébellion contre la couronne. Comme son père et son cousin avant lui, Donald cherchait à redonner aux MacDonald leur gloire passée, lorsque leur chef était également le seigneur des îles. Après l'échec du soulèvement mené par son père, le roi avait envoyé Donald grandir dans les plaines, d'où le surnom de Gallda (« l'étranger ») que lui donnaient les habitants des Highlands.

— L'époque du seigneur des îles est depuis longtemps révolue, reprit le visiteur. En vous associant à cette fronde, vous ne ferez que vous attirer, à vous comme à tous les MacDonald de Sleat, des ennuis.

Bien qu'Ian fût d'accord avec l'homme, il refusait de lui faire part de son opinion sur le sujet. Vingt ans plus tôt, le roi d'Écosse avait forcé le seigneur des îles à se soumettre, et, depuis, le clan MacDonald s'était ramifié en plusieurs branches, chacune ayant son propre chef : un état de fait irréversible. Les anciens vassaux des MacDonald – parmi lesquels on comptait les MacLeod, les Cameron et les

MacLean, avaient eux aussi pris goût à leur indépendance retrouvée.

— Je me suis laissé dire que Donald Gallda avait chassé la garnison royale et s'était emparé du château d'Urquhart.

— Ah, ce sont des démons! éructa le messager. Lancer leur offensive alors que nous venions de subir des pertes face aux Anglais.

— Je viens de prendre épouse, reprit Ian. Aussi, cette rébellion ne me concerne pas le moins du monde aujourd'hui, annonça-t-il en passant son bras autour des épaules de Sìleas.

Le visiteur ne partirait-il donc jamais?

— Nous avons les mêmes ennemis, s'entêta celui-ci.

Il disait vrai, même si un journal aussi complet que celui tenu par Sìleas pour gérer le bétail eût été nécessaire pour suivre l'évolution des alliances fugaces et versatiles établies entre les clans. Cependant, les MacLeod de Harris et de Dunvegan étaient des rivaux de longue date des MacDonald de Sleat, et ils soutenaient la rébellion. Lachlan Cattanach MacLean de Duart, aussi connu sous le nom de Shaggy MacLean, avait lui aussi rallié le soulèvement, et Ian nourrissait une rancœur toute personnelle à son endroit pour avoir passé quelque temps dans son donjon.

— Si Douglas était certain que votre cousin apportera son soutien à la couronne, poursuivit l'émissaire, il pourrait se laisser convaincre de vous donner un coup de main lorsque Connor s'apprêtera à arracher le pouvoir des mains de son oncle.

— J'essaie de conseiller Connor du mieux que je peux, soyez-en sûr.

Lorsque leur visiteur se leva enfin et partit, Ian souffla bruyamment.

— Il est clair que déposséder Hugh Dubh du commandement ne fera que marquer le début des ennuis de Connor.

—En effet, acquiesça Sìleas. Mais plus vite il sera chef, mieux ce sera.

—Voilà une femme qui a du plomb dans la cervelle, commenta Ian en lui soulevant le menton d'un doigt. Que dirais-tu de retourner dans notre chambre?

Ah, elle avait les yeux d'un vert si profond! Et, mieux encore, ils lui disaient exactement ce qu'il voulait entendre.

Il se levait du banc lorsqu'une lourde main se posa sur son épaule. Quoi encore? Il repoussa la main et se tourna pour découvrir un homme hirsute qui, d'après l'odeur qu'il dégageait, vivait à la dure depuis bien trop longtemps.

—Je vous ai vus parler à Douglas, déclara-t-il d'une voix si grave que le banc vibra.

—Il nous a apporté un cadeau de mariage, expliqua Ian qui perdait patience. Et, si ça ne vous dérange pas, j'aimerais retourner au lit avec ma femme.

—Un instant, mon ami, l'interrompit l'homme d'un ton qui n'avait rien d'amical. Rentre chez toi et dis à ton chef que nous comptons sur les MacDonald de Sleat pour rallier notre lutte contre la couronne.

Diable, avec combien d'émissaires devraient-ils discuter avant de pouvoir remonter dans leur chambre?

—C'est parce que vous trouvez que les Anglais n'ont pas abattu assez d'Écossais à Flodden que vous voulez que l'on s'entre-tue? (Ian avala une longue rasade de bière et reposa brutalement sa chope sur la table.) Quoi qu'il en soit, vous semblez avoir bien mal choisi votre moment pour passer à l'action.

—Nous devons frapper maintenant, tant qu'il n'y a encore aucun roi, expliqua le visiteur. Même les habitants des Lowlands refuseront de suivre une Anglaise au combat.

—J'ai le sentiment que ce ne sera pas la reine qui les commandera, mais Archibald Douglas, avança Ian. Je ne

l'aime pas, mais je ne ferai jamais l'erreur de le sous-estimer.
Un regard d'acier brûle dans ses yeux.

Lorsque le second messager les laissa seuls à son tour,
Ian prit la main de Sìleas.

—Nous ferions mieux de nous dépêcher.

—Ah, ils sont venus nous trouver ! répondit-elle.

Ian fit volte-face pour apercevoir Connor et ses trois
compagnons qui entraient dans la salle. Il soupira, bien
conscient que ses amis lui avaient déjà laissé plus de temps
que de raison. Ils ne pouvaient plus se permettre de repousser
leur départ. Il éprouva cependant une légère satisfaction à
lire la déception sur les traits de Sìleas.

Ils étaient tous assis autour d'un feu de camp, et Sìleas
luttait pour ne pas fermer les yeux. Niall, pour sa part,
avait baissé pavillon et ronflait allégrement, la tête posée
sur un rondin, tandis que les autres discutaient toujours.
La seule chose qui gardait Sìleas éveillée était son estomac qui
grondait famine – et son dos douloureux. Chaque journée de
voyage lui donnait l'impression d'avoir passé une semaine
entière sur son satané cheval.

Par égard pour elle, les hommes s'efforçaient de ralentir
leur rythme, mais elle percevait néanmoins l'urgence qui
les animait. Samhain – et l'assemblée qui élirait le nouveau
chef – devait se tenir dans moins d'une semaine. Les jours
qu'ils avaient perdus pour venir la récupérer à Stirling
représentaient un luxe qu'ils ne pouvaient pas se permettre,
et, pourtant, aucun ne lui avait adressé le moindre mot
de reproche.

Et aucun ne le ferait.

Ian avait fait d'elle sa femme, et les autres l'avaient
acceptée. Le lien étroit qui unissait les quatre compères
était presque palpable ; elle le sentait, qui l'enveloppait de

sa protection. Elle avait la certitude, subtile, tacite, que tous seraient prêts à se sacrifier pour elle.

Elle avait certes connu Connor, Alex et Duncan lorsqu'ils étaient enfants, mais, à présent, elle apprenait à découvrir les hommes qu'ils étaient devenus. Elle les dévisagea à tour de rôle, en commençant par Alex qui ressemblait trait pour trait à l'un de ses ancêtres vikings en maraude, jusqu'à ce qu'il éclate de rire : ce qui lui arrivait souvent. Elle passa ensuite à Duncan, un homme imposant, capable de jouer la plus douce des musiques qui soit, mais dont le regard était en permanence obscurci par un voile de tristesse. Lorsqu'elle avait demandé à Ian la raison de cette mélancolie, il lui avait répondu que Duncan était amoureux de la sœur de Connor, laquelle était mariée au fils d'un chef de clan irlandais.

Pour finir, elle observa Connor. Il ressemblait tant à Ian que quiconque ne les connaissant pas bien les aurait confondus. Si l'assemblée des hommes faisait de lui le nouveau chef du clan, ce serait en raison de sa force et de son intelligence. Mais Sìleas ne doutait pas qu'il ferait un grand meneur, car il était également assez humble pour écouter les conseils avisés et qu'il éprouvait de la compassion pour tous, jusqu'aux membres les plus modestes du clan.

— J'ai l'impression d'avoir été autant jaugé à Stirling que chez nous, déclara-t-il tout en faisant tourner les lapins embrochés au-dessus des flammes.

— Tous souhaitent parier sur le bon cheval, confirma Duncan. Ce qui m'inquiète le plus, c'est que tous s'attendent à recevoir une récompense.

— Avec la couronne entre les mains d'un nourrisson, c'est chacun pour soi, déplora Connor en secouant la tête. Et les charognards se nourriront sur le dos des plus faibles.

—Les Douglas et les Campbell sont les pires de tous, intervint Alex. Ils sont comme deux chiens qui se battent pour le même os.

—Ouais, et je commence à sentir leurs dents, plaisanta Connor.

Tous éclatèrent de rire.

—Si tu avais envoyé Alex s'attaquer à la reine, dit Duncan, nous aurions tous des titres aussi chics que les Douglas à l'heure qu'il est.

—Tu fais offense à mon honneur, s'indigna Alex. Je ne remplis mon rôle pour le clan qu'avec les jolies femmes.

Une fois l'hilarité retombée, Connor déclara :

—Nous ferions mieux de ne pas nous faire remarquer, les amis. Nous avons déjà plus d'ennemis que nécessaire, inutile d'en récolter de nouveaux.

L'odeur des lapins rôtis finit par tirer Niall de son sommeil. Il se redressa et s'étira.

—Est-ce que c'est prêt ? Je meurs de faim.

—J'aime autant servir Sìleas la première, répondit Connor en ôtant la viande des flammes. Son estomac fait tellement de bruit que ça dérange les chevaux.

Sìleas eut l'eau à la bouche en voyant Connor tendre la broche de fortune à Ian, qui découpa une généreuse tranche à l'aide de son couteau. Bien qu'elle apprécie les plaisanteries et le tour agréable de la conversation, dès qu'elle fut rassasiée, sa fatigue l'empêcha de suivre avec attention.

—Ta femme risque de s'étouffer si elle s'endort avec la bouche pleine, remarqua Connor.

Elle ouvrit les yeux en sursaut et découvrit que tous la regardaient en souriant.

—Ce serait bien dommage, après tout le mal que nous nous sommes donné pour la retrouver, plaisanta Duncan.

—Bon sang, Duncan, tu te rends compte que c'est déjà ta deuxième boutade de la soirée? contra-t-elle, et tous rire de bon cœur.

Ian lui tendit un flacon de bière et lui frotta le dos tandis qu'elle en buvait une gorgée afin d'aider le lapin à passer.

—Allons te mettre au lit.

Il posa le flacon de côté et souleva Sìleas dans ses bras.

—Bonne nuit, Sìleas. Dors bien, lancèrent les autres tandis qu'Ian la conduisait dans l'obscurité, à l'écart de la lueur du feu.

Lorsqu'il trouva un endroit isolé, à quelque distance des autres, il la reposa et étala leur couverture. Elle était persuadée qu'elle sombrerait dans le sommeil à peine couchée, mais, en réalité, blottie dans les bras d'Ian, elle écouta le souffle du vent dans les arbres et la légère mélodie qui s'échappait de la flûte de Duncan.

Ian lui souleva alors le menton pour l'embrasser tendrement. Elle entrouvrit la bouche et l'attira contre elle. Elle l'aimait tant.

Il se recula.

—Tu es certaine de ne pas être trop fatiguée?

—Oui. J'ai envie de toi, Ian MacDonald.

Elle fit courir sa main sur son membre dressé pour appuyer ses propos.

C'était chaque nuit la même chose depuis qu'ils repartaient vers Skye. Après avoir chevauché si longtemps qu'elle tenait à peine debout, ils mangeaient et discutaient tous ensemble. Puis Ian l'entraînait à l'écart des autres et installait leur couche.

À peine s'étendait-elle avec lui que sa fatigue semblait s'évaporer telle une brume matinale. Puis ils faisaient l'amour une bonne partie de la nuit, et c'était pour elle un perpétuel émerveillement, une magie qu'elle avait peur que les fées ne lui envient.

Lorsqu'ils atteignirent la côte, Sìleas baignait dans un brouillard de bonheur. Ils tombèrent sur un lointain cousin d'Alex, un MacDonnell, disposé à leur faire traverser le détroit de Sleat à bord de son bateau. Malgré le froid et la brise humide qui balayaient l'embarcation, Sìleas, bercée par le roulis, s'endormit dans les bras d'Ian.

Elle se réveilla lorsqu'une tension diffuse s'empara du corps d'Ian. En ouvrant les yeux, elle aperçut Knock Castle encerclé d'un voile de nuages bas, sur la crête, au nord.

— J'espère que tu sais que je t'aurais voulue pour femme quand bien même tu n'aurais pas été l'héritière de Knock Castle.

Elle n'écouta pas la pointe de doute qui subsistait au fond de son cœur et hocha la tête.

— Mais nous devons le récupérer.

Elle serra le bras d'Ian. Même avec lui à ses côtés, serait-elle capable de vivre dans un lieu qui lui avait causé tant de chagrin ? Pourrait-il jamais être purgé des souffrances de sa mère et de la méchanceté de son beau-père ?

Parviendrait-elle à trouver le bonheur avec Ian dans un château qui faisait pleurer même un fantôme ?

Elle comprenait très bien l'importance que ce lieu revêtait pour le clan, mais sa simple vue suffisait à lui nouer l'estomac. Savoir qu'en ce moment Murdoc et Angus s'y trouvaient ne faisait qu'empirer son malaise.

— Ils ne peuvent pas nous voir depuis le château, si ? demanda-t-elle au risque de passer pour une idiote.

— Ils remarqueront notre embarcation, mais de nombreuses autres empruntent ces eaux, la rassura Ian. Et ce n'est pas un bateau qu'ils connaissent. (Ian garda les yeux rivés sur la bâtisse jusqu'à ce qu'elle soit hors de vue.) Je ne laisserai pas l'homme qui t'a fait souffrir demeurer chez toi.

Mais, à Knock Castle, elle ne s'était jamais vraiment sentie chez elle.

Chapitre 29

*D*es cris de bienvenue envahirent la maison à l'instant où Ian poussa la porte.

— Dieu soit loué, vous êtes tous sains et saufs et vous nous l'avez ramenée ! s'écria sa mère.

Elle serra Ian dans ses bras, puis chacun de ses compagnons, tandis que Payton étreignait Sìleas.

— Est-ce que ma tête de mule de fils te traite mieux à présent ? lui demanda-t-il, un bras passé autour des épaules de la jeune femme. Les hommes ont parfois besoin d'une petite frayeur pour y voir plus clair.

— Dans ce cas, père, je dois y voir plus que clair, car elle m'a flanqué une de ces frousses, intervint Ian en riant.

Ah, quel bonheur de rentrer chez soi !

Ils échangèrent les dernières nouvelles au cours du dîner. Bien que personne n'ait été informé de leur départ, et comme c'était en général le cas sur Skye, la nouvelle s'était répandue en moins de deux jours.

— Les partisans de Hugh font courir la rumeur que Connor est parti pour toujours, déclara Payton. Nous avons également appris de la sœur de Duncan que Hugh fait tout un tas de promesses – que vraisemblablement il ne tiendra pas – pour être choisi. Malheureusement, son petit manège semble fonctionner.

La situation n'augurait rien de bon. Tous savaient depuis le début que Connor aurait le plus grand mal à arracher le commandement des mains de son oncle, mais ils avaient compté sur la prise de Knock Castle pour faire pencher la balance en sa faveur. Une victoire suffisait à renverser les opinions. Mais il était trop tard pour réunir assez d'hommes en vue d'un assaut.

— Avec Samhain dans deux jours à peine, déclara Alex en assenant une tape dans le dos de Connor, nous allons devoir faire vite pour annoncer à tous que tu es de retour et prêt à prendre ta place de meneur.

Le temps leur faisait défaut. Il devait néanmoins exister un moyen de convaincre les membres du clan que Connor était l'homme de la situation – ou que Hugh ne l'était pas.

Durant le repas, ils débattirent de la stratégie à adopter pour l'assemblée, mais, une fois le dîner achevé, ils firent abstraction des incertitudes à venir pour laisser place aux célébrations de leur retour à la maison et du début de la vie conjointe d'Ian et de Sìleas.

Duncan sortit sa flûte tandis que les autres entonnaient à tour de rôle les couplets de vieilles chansons connues de tous. Alors qu'elle chantait en frappant dans ses mains, Sìleas rayonnait d'un bonheur qui réchauffa le cœur d'Ian.

Il se laissa aller contre le dossier de sa chaise et observa les autres. Il surprit son père adressant un clin d'œil à sa mère et comprit combien ses parents étaient soulagés que les choses se soient arrangées entre lui et son épouse. Même Niall s'était joint aux festivités. Malgré sa méfiance initiale à l'endroit de son frère depuis leur départ de Stirling, il s'était laissé amadouer par le bonheur visible de Sìleas.

Ian éprouvait un profond sentiment de bien-être, ici, chez lui, en compagnie de Sìleas, de ses amis et de sa famille. Il ne se rappelait pas avoir jamais été aussi heureux.

— Nous ferions mieux de nous dire au revoir dès maintenant, proposa Connor en se levant. Duncan, Alex et moi, nous devons nous lever tôt demain matin ; bien avant que notre couple de tourtereaux ouvre les yeux. Nous ferons de notre mieux pour parler à un maximum d'hommes avant l'assemblée de Samhain.

—Je vous rejoindrai avant que la cérémonie commence, annonça Ian.

—Sìleas, ma chère, demanda Duncan de sa voix bourrue, porteras-tu cette robe dont tu nous as parlé ?

Ian faillit tomber de sa chaise. Duncan était vraiment quelqu'un de bien : il ne reculait devant aucun effort pour intégrer Sìleas à leur cercle d'amitié.

—Je devais vraiment être abrutie de fatigue pour parler chiffon avec toi, répondit Sìleas, les joues colorées d'un joli rose. Je ne pensais pas que tu écoutais mes babillages.

—Je ne passe pas mon temps à jacasser comme certains, commenta Duncan en tournant vers Alex un regard entendu, je t'ai écoutée religieusement. Elle est verte et s'accorde avec tes yeux, c'est bien ça ?

Ian interrogea Alex et Connor du regard, mais ses deux compères paraissaient aussi abasourdis que lui par la conversation de Duncan.

—Elle est bien verte, en effet, reconnut Sìleas avec un franc sourire. Dis-moi, est-ce que tu joueras de la flûte à l'assemblée ?

—Ah, ce flûtiau ne me sert que quand je dois voyager léger ! l'informa Duncan en se frappant le torse à l'endroit où pendait son instrument retenu par un cordon sous sa chemise. Lorsque Connor sera élu, je jouerai de ma corne-muse, et peut-être aussi de ma harpe. Ma sœur veille sur elles en mon absence.

Les trois hommes se levèrent, prêts à rejoindre la vieille dépendance pour la nuit.

Sìleas se hissa sur la pointe des pieds pour déposer un baiser sur la joue de Duncan.

—Je te verrai à l'assemblée.

—Attention à ce que tu fais, ma chère, répondit-il. Je n'aimerais pas me retrouver avec le dirk d'Ian planté dans le dos.

—Je veux bien courir le risque, moi, lança Alex, les bras écartés pour étreindre la jeune femme. Tu te rappelles que tu m'as promis un baiser lorsque nous étions dans la barque ?

—De quelle promesse…

Avant même qu'Ian ait fini de poser sa question, Alex souleva Sìleas et l'embrassa en plein sur la bouche.

À peine Ian l'avait-il arrachée des griffes de son cousin que Connor déclara :

—Puisque nous partirons tôt, je suppose que je ferais mieux, moi aussi, de réclamer mon baiser dès maintenant.

En homme avisé, il se contenta d'une bise amicale sur la joue.

—Ça suffit, j'en ai assez de vous voir tripoter ma femme comme ça, s'indigna Ian en passant son bras autour des épaules de Sìleas et en la serrant contre lui.

—Mais, et moi ? s'écria Niall en approchant.

—Tu as passé plus d'une nuit seul avec ma femme et, pourtant, tu respires encore, l'interrompit Ian. Je te conseille de t'en contenter.

Une fois les hommes partis s'installer dans la dépendance et les parents d'Ian absorbés dans une conversation feutrée autour de l'âtre, Sìleas entraîna Ian à l'écart.

—J'aimerais aller expliquer notre situation à Gòrdan, lui dit-elle. Ce ne serait pas bien qu'il l'apprenne de quelqu'un d'autre.

Ian acquiesça.

—D'accord. Je t'y accompagnerai demain matin.

—J'aime autant m'en occuper tout de suite. Ça ne te dérange pas ?

Ian se souvint de l'allusion qu'avait faite son frère à propos d'une longue file d'hommes qui n'attendaient qu'une chose : que Sìleas se lasse de lui. Si elle était pressée d'annoncer au premier de ses prétendants qu'il pouvait cesser de perdre son temps, eh bien, il n'y voyait aucun inconvénient.

— Je vais venir avec toi. Je t'attendrai dehors, ajouta-t-il. Je ne veux pas que tu sortes seule.

Un peu plus tard, Ian était adossé à un arbre, sous un ciel sans lune, à observer sa femme qui frappait à la porte de Gòrdan.

Lorsque celui-ci ouvrit, un rai de lumière tomba sur Sìleas et traversa la cour. Ian ne percevait que des murmures tandis que les deux échangeaient sur le pas de la porte.

Puis il entendit la mère de Gòrdan crier :

— Cette foutue gosse a abandonné son mari pour toi, c'est ça ?

— Du calme, mère. Je t'expliquerai plus tard, répondit Gòrdan, comme toujours patient.

Puis il s'avança et referma la porte derrière lui.

La discussion à voix basse se poursuivit durant quelques instants avant que Sìleas quitte Gòrdan pour s'approcher de l'arbre sous lequel l'attendait Ian. Malgré l'obscurité, celui-ci sentait le regard de Gòrdan pointé sur lui.

— Prends bien soin d'elle, lança Gòrdan.

— Tu peux compter sur moi.

Ian serra la main de son épouse tandis qu'ils rebroussaient chemin dans le noir. Il ne lui posa aucune question sur la conversation qu'elle venait d'avoir ; si elle voulait en parler, elle le ferait.

Avant d'atteindre la maison, il s'immobilisa et se tourna vers elle. Il dégagea les cheveux qui lui battaient le visage, mais il faisait trop sombre pour qu'il puisse déchiffrer son expression.

—Je regrette de t'avoir humiliée en ne rentrant pas, dit-il.

—Je sais que tu ne pensais pas à mal.

En réalité, il ne se souciait alors pas du tout de ce qu'elle pouvait ressentir, et tous deux le savaient.

—Si c'était à refaire, je ne me montrerais pas aussi stupide.

—Vraiment ? demanda-t-elle d'une voix où perçait un sourire.

C'était tout elle : essayer de le soulager en prenant les choses à la légère. Il la serra dans ses bras et posa le menton sur sa tête.

—Je suis désolé de t'avoir fait souffrir. Si seulement on ne nous avait pas forcés à nous marier alors que nous n'étions pas prêts, nous pourrions le faire maintenant, dans le respect des traditions.

—Il est vrai que je n'étais pas prête, reconnut Sìleas. Mais j'ai toujours voulu que tu sois mon mari.

—C'est parce que tu as bien plus de plomb dans la cervelle que moi, concéda Ian en jouant avec son menton sur ses cheveux. Je déteste penser que ma femme se souviendra pour toujours de notre mariage comme du pire jour de sa vie. Je ferais tout pour qu'il en soit autrement.

Sìleas s'écarta quelque peu, et il sentit la douceur de ses doigts sur sa joue.

—Dans ce cas, considère que notre mariage a débuté maintenant, et non pas cinq ans auparavant.

Ian prit alors conscience qu'elle avait eu raison de vouloir informer Gòrdan de la situation dès ce soir, afin de se débarrasser d'un poids. Enfin de retour chez eux, ils pouvaient à présent s'embarquer dans leur nouvelle vie commune.

Il étreignit la jeune femme.

—À partir de ce jour, je promets de faire de mon mieux pour me racheter.

Chapitre 30

Sìleas comprenait le besoin qu'avait Ian de lui dire de telles choses. Oh, elle le croyait volontiers lorsqu'il disait vouloir la rendre heureuse! Il était sincère mais habité par une sorte de vide. Tant qu'il ne se serait pas racheté d'avoir été absent alors qu'on avait besoin de lui, il ne pourrait se pardonner. Elle ne l'en aimait que davantage.

En le regardant rire et parler avec ses amis et sa famille ce soir-là, Sìleas sut qu'elle pourrait se retrouver face à lui à la table du petit déjeuner pendant les cinquante prochaines années sans jamais s'en lasser. Même si l'amour n'est pas toujours équitable, si Ian tenait à elle et remplissait de son mieux son rôle de mari idéal, son sort serait toujours meilleur que celui réservé par la plupart des hommes aux femmes qui leur sacrifient pourtant leur vie – un sort incomparablement plus enviable que celui qu'avait connu sa pauvre mère.

Les sensations qu'ils partageaient lorsqu'ils faisaient l'amour étaient si puissantes qu'elle était tentée de croire qu'Ian finirait par l'aimer comme elle l'aimait. Il l'appelait « mon amour » quand il était en elle, et parfois même « *a chuisle mo chroí* » (toi qui fais battre mon cœur).

Elle avait cependant entendu de nombreuses histoires d'hommes qui parlaient d'amour une fois au creux des reins de leur femme, mais qui disparaissaient bien avant l'arrivée du bébé. Un jour peut-être, Ian lui dirait ces mots à d'autres moments – à table, par exemple, ou lorsqu'il ferait jouer un de leurs enfants sur ses genoux. Elle saurait alors qu'il les pensait sincèrement.

Entre-temps, elle se contenterait de la chaleureuse affection qu'il lui témoignait – ainsi que de leurs nuits ardentes, bien entendu.

Mais elle ne cesserait d'attendre ce jour où il lui offrirait pleinement son cœur.

Ian fut satisfait de trouver la maison silencieuse à leur retour. Lorsqu'il ouvrit la porte de leur chambre pour y laisser entrer Sìleas, une dizaine de bougies inondaient la pièce de leur douce lueur. La prévenance de sa mère le fit sourire.

Debout à côté du lit, il encadra le visage de Sìleas de ses mains. Lorsqu'il lui avait fait l'amour pour la première fois à Stirling, son désir trop longtemps refoulé avait rendu les choses frénétiques, intenses. Pour être franc, une pointe de colère teintait, ce jour-là, son envie de la posséder, jusqu'à ce que l'émerveillement le frappe et l'ébranle au plus profond de lui-même.

Lors de leur retour vers Skye, ils avaient fait l'amour chaque nuit, dans le noir, sous son plaid, sur le sol humide et froid. Chaque fois, le désir insatiable se manifestait, ce sentiment qu'ils ne disposeraient jamais d'assez de temps.

Mais, ce soir, ils étaient chez eux, pour la première fois réunis en tant que mari et femme dans leur lit conjugal. En plongeant son regard dans celui de Sìleas, il sentit une infinie tendresse pour elle.

—J'ai envie de te faire l'amour lentement, cette nuit, dit-il en faisant courir son pouce sur la joue de la jeune femme.

Lorsqu'il se pencha pour l'embrasser, elle leva la tête pour venir à sa rencontre. Ses lèvres étaient douces et chaudes.

Le désir s'éveilla en lui, mais il prendrait son temps et se délecterait d'elle. Elle serait là pour toujours. Elle était sienne.

De la main, il parcourut la cambrure de son dos, jusqu'au creux de sa taille et à l'évasement de ses hanches. Elle passa les bras autour de son cou et se pressa contre lui. Pendant de longues minutes, ils restèrent à côté du lit, perdus dans de langoureux baisers.

Puis elle se recula et reposa la tête contre son torse avec un soupir de satisfaction qui le fit sourire.

— Tes cheveux sont magnifiques.

Il glissa ses doigts dans les longues boucles, observant le jeu de la lueur des bougies, qui s'y reflétait. Toutes les nuances de rouge y étaient présentes ; de l'or au carmin en passant par la cannelle et le cuivre.

— Tu veux bien m'aider à déboutonner ma robe ? demanda-t-elle.

Tandis qu'il s'exécutait en suivant la ligne de crochets, qui courait dans le dos de la jeune femme, le fait de penser qu'il pourrait s'en charger tous les soirs le ravit. Il fit glisser le tissu sur les épaules de Sìleas et embrassa la peau tiède et laiteuse qu'il révéla. Lorsqu'elle tourna la tête pour le regarder, il distingua de minuscules éclats dorés dans le vert de ses yeux.

Le désir qu'il y lut le bouleversa.

— Mettons-nous au lit, Ian.

Il déglutit en voyant la robe cascader par terre où elle forma un petit tas dont Sìleas sortit. Avant qu'il ait pu reprendre son souffle, les sous-vêtements de la jeune femme avaient subi le même sort.

Apparemment, sa femme avait décidé d'imprimer un ton à leurs nuits ensemble. Un ton auquel Ian ne trouvait rien à redire. Il fut par ailleurs satisfait qu'elle ait cessé de laisser ses cicatrices la contrarier.

Il la parcourut lentement du regard en commençant par la masse ondulée de ses cheveux étincelants qui ruisselaient sur ses épaules et sa poitrine nues, puis en passant sur les fines boucles qui couvraient son intimité, sur ses longues jambes, et enfin sur ses chevilles et ses pieds graciles.

— Ah, que tu es belle, Sìleas !

— Tes vêtements. (Lorsqu'il s'assit sur le lit pour ôter ses bottes, elle le repoussa en arrière.) Laisse-moi faire.

Il ignorait jusqu'alors combien il pouvait être excitant d'avoir une femme nue à ses pieds, l'aidant à enlever ses chaussures. Il entrevit le paradis ; une vision que son sexe salua en se dressant. Sìleas, agenouillée entre ses jambes, fit courir ses mains sur les cuisses d'Ian. Il desserra sa ceinture et la jeta de côté n'importe où.

Il avait le souffle court ; les caresses de Sìleas progressaient sur ses jambes, sous sa longue chemise. Bien entendu, il ne portait rien dessous. Son sexe déformait le tissu, réclamant qu'on s'intéresse à lui.

S'il te plaît, Sìleas. Il se mordit la lèvre ne pas la supplier de le toucher.

Les mains évoluant toujours vers ses hanches, elle le regarda droit dans les yeux.

— Ta chemise !

— À tes ordres !

Il se souleva juste assez pour libérer le tissu sur lequel il était assis et l'ôta d'un coup sec.

À présent, elle le torturait de caresses en s'attardant sur le haut de ses cuisses, la courbe de ses hanches, puis sur son torse. Finalement, elle saisit son sexe d'une main.

Tandis qu'elle entamait un lent va-et-vient, il la saisit par les épaules et l'embrassa de toute sa passion. Un long moment s'écoula avant qu'il se rappelle sa volonté de lui faire l'amour lentement. Lorsqu'il rompit le baiser, la promesse qu'il s'était faite lui revint… mais la respecter se révélait bien difficile. Les cheveux de Sìleas lui caressaient les cuisses et le ventre tandis qu'elle couvrait son torse de baisers.

Lorsqu'il la sentit descendre, son esprit cessa subitement de fonctionner.

—Ah!

Tout l'air quitta ses poumons quand il sentit le doux contact de ses lèvres sur l'extrémité de son membre.

—C'est comme ça qu'il faut faire? demanda-t-elle.

Il fut incapable de répondre. Elle dut néanmoins prendre ses grognements pour des encouragements, car elle poursuivit ses efforts. Elle s'en sortait bien, mais il parvint toutefois à reprendre assez de souffle pour lui suggérer :

—Tu peux utiliser toute ta bouche, mon amour.

Sìleas laissa parler son instinct, et n'eut pas besoin de plus d'instructions. Ian s'étendit sur le lit, haletant. Il se dit vaguement qu'il devrait l'arrêter pour lui faire l'amour de façon convenable, mais il était incapable de s'y résoudre. Le traitement qu'elle lui administrait était trop délicieux.

Il jouit en une explosion qui manqua de le tuer et le laissa débordant de reconnaissance. Il attira la jeune femme à lui sur le lit et l'étreignit entre ses bras.

—Ah, mon amour! C'était… c'était… très, très agréable…

Il essaya de garder les paupières ouvertes, mais il venait de passer une quinzaine de jours sans dormir quasiment.

Il fut réveillé par l'odeur des bruyères d'été dans les cheveux de Sìleas. Lorsqu'il ouvrit les yeux, elle était assise, appuyée sur un bras, et le regardait en souriant. Elle semblait épanouie.

—Dis-moi que je n'ai pas sombré trop longtemps.

—Non. Juste un tout petit somme.

D'après la hauteur de cire restant aux bougies, elle disait la vérité. Il avait sans doute eu le temps de rêver d'elle cependant, car il était de nouveau en proie au désir. Il posa une main sur la cuisse de la jeune femme.

— Comment as-tu appris à faire ça?

La simple pensée de sa bouche suffit à mobiliser son sexe.

— J'ai entendu les femmes raconter combien leur époux aimait ça. (Il n'avait jusqu'alors jamais beaucoup apprécié les commérages.) Mais, comme elles riaient, je ne savais pas vraiment si elles étaient sérieuses, poursuivit-elle en faisant la moue. Je suppose qu'elles l'étaient.

La lumière des bougies jouait sur sa peau. Ses tétons rosis se découpaient dans la lueur. Lorsqu'il prit un de ses seins dans le creux de sa main et qu'il fit courir son pouce sur son extrémité, le regard de la jeune femme se voila.

— J'ai beaucoup aimé, dit-il.

Il l'attira à lui pour lui donner un baiser langoureux et glissa une main entre ses jambes. Elle était brûlante, et son impatience transparaissait dans la passion avec laquelle elle l'embrassait.

La prochaine fois, à coup sûr, il prendrait son temps.

Il tint sa promesse. Et, la fois suivante, également. Ils sombraient dans le sommeil entre deux séances d'ébats amoureux.

Lorsqu'il se réveilla pour la énième fois, les bougies étaient presque entièrement consumées, et la lumière du petit matin filtrait par la fenêtre. Il se hissa sur un coude pour contempler Sìleas endormie. Au milieu de sa chevelure sauvage, son visage semblait paisible.

Ian éprouva pour elle une tendresse si forte qu'il en eut presque mal.

Bien qu'il lui ait dit à Stirling qu'il l'aurait laissée choisir un autre homme si elle n'avait plus voulu de lui, il s'apercevait à présent de l'énormité de son mensonge. Il n'aurait jamais pu la laisser partir.

Il l'aimait. Il ne savait pas quand cela était arrivé, mais suspectait que cela s'était fait bien avant qu'il s'en rende compte. Du revers de la main, il écarta une mèche du visage de son épouse.

Sìleas se sous-estimait. Il aimait sa force, sa générosité, sa curiosité et son courage. Et, même si elle n'appréciait guère de le lui entendre dire, il aimait aussi le dévouement dont elle faisait preuve à l'égard de sa famille. Un dévouement teinté d'une infinie bonté.

Il aimait son franc-parler, sa force de caractère et le fait qu'elle se donne sans arrière-pensée. Lorsqu'elle n'était encore qu'une petite fille, elle comptait sur lui pour la tirer de ses mauvais pas. À présent qu'elle était adulte, elle lui avait confié son cœur.

Il ferait de son mieux pour être digne de cette confiance, à ce jour et pour toujours.

Lorsqu'il perçut l'odeur du porridge et le murmure de voix masculines provenant de la salle commune, en bas, il sut qu'il lui fallait se lever. Il resta néanmoins durant quelques instants supplémentaires à regarder le visage de Sìleas et le mouvement régulier de sa poitrine. Il eut le plus grand mal à l'abandonner, quand bien même il savait qu'il dormirait de nouveau avec elle cette nuit – ainsi que la plupart des autres nuits de sa vie.

Mais il devait absolument parler à son père avant que Connor et les autres partent. Un doute trop horrible pour qu'il puisse le croire s'était insinué dans l'esprit de Ian quant à ce qui s'était réellement passé à Flodden. Il espérait que son père avait recouvré autant de mémoire que de facultés physiques.

Chapitre 31

Sìleas chantonnait tout en faisant sa toilette dans le baquet avant de s'habiller. Avait-elle dormi si longtemps ? Aucun son ne lui parvenait d'en bas, aussi espérat-elle se retrouver seule en compagnie d'Ian. Elle sentit une bouffée de chaleur lui monter au visage en s'imaginant croiser Beitris et Payton après la nuit dernière. Et s'ils l'avaient entendue à travers les murs ?

Ses membres étaient si faibles qu'elle manqua de perdre l'équilibre dans l'escalier.

À peine eut-elle posé le pied dans la salle commune qu'Alex fit brusquement irruption par la porte d'entrée, une main plaquée sur le flanc. Elle cligna des yeux, incapable de comprendre ce qu'impliquait ce qu'elle voyait.

Diable, mais c'était du sang qui s'échappait des doigts d'Alex ! Tandis qu'Ian et son frère aidaient leur cousin à s'asseoir, elle se précipita dans la cuisine pour y prendre un linge propre et une bassine d'eau. À son retour, Ian avait déjà ôté le kilt d'Alex et découpé sa chemise, révélant une profonde entaille écarlate sur son flanc et une seconde le long de sa cuisse.

— Ian, il faut aller chercher Connor et Duncan, déclara Alex d'une voix hachée. Ils sont en bien plus piteux état que moi.

Alex grimaça lorsque Sìleas entreprit de nettoyer sa blessure au côté avec le linge humide.

—Où sont-ils?

—Nous sommes tombés dans une embuscade sur le chemin, à environ une demi-lieue au nord, expliqua Alex. Mais ils ne pourront pas marcher.

—Allons-y, lança Ian à son frère. Nous prendrons des chevaux.

—Ian. (Il s'immobilisa sur le pas de la porte à l'appel de son cousin.) Ils nous ont laissés pour morts; je ne pense pas qu'ils reviendront. Mais gardez quand même l'œil ouvert.

—Combien étaient-ils? demanda Ian.

—Une vingtaine lors de l'embuscade, répondit Alex. Un peu moins après.

Beitris, qui était entrée dans la salle commune au milieu de l'échange, avait aussitôt prêté main-forte à Sìleas pour contenir le saignement d'Alex.

Une fois la porte refermée avec fracas derrière Ian et Niall, Sìleas déclara:

—Tu vas devoir t'allonger, Alex, afin que l'on recouse cette plaie que tu portes au visage. Elle a l'air d'être profonde.

—C'est inutile, répondit-il tout en laissant malgré tout les deux femmes l'aider à s'étendre près de la cheminée.

—Doucement, dit Sìleas. J'ai bien peur que tu n'aies une ou deux côtes cassées.

Elle alimenta ensuite le feu tandis que Beitris partait chercher du fil et une aiguille.

—Nous allons devoir faire vite, déclara cette dernière en revenant. Il faut que nous soyons prêtes pour accueillir Duncan et Connor.

Le cœur de Sìleas, en proie à la peur, battait à tout rompre, tandis qu'elle nettoyait le sang et la terre qui maculaient le visage d'Alex. S'il disait être le moins touché des trois, dans quel état arriveraient les deux autres?

— Tu veux bien me raconter ce qu'il s'est passé ? demanda-t-elle à Alex pour qu'il se désintéresse de ce qu'elle faisait.

— Ils nous cherchaient. (Il eut un hoquet lorsque l'aiguille piqua sa chair.) Je suppose que quelqu'un nous aura vus traverser le détroit hier.

— C'était Hugh ? demanda Sìleas.

— Non. (Alex grimaça de nouveau au second passage de l'aiguille.) C'étaient les MacKinnon, avec quelques-uns de leurs bons amis, les MacLeod.

Les doigts de la jeune femme se figèrent.

— Tu en es sûr ? Mais que feraient-ils si loin de leur base, en plein territoire MacDonald ?

— C'est une excellente question, reconnut Alex. Ton beau-père Murdoc les accompagnait. Cette espèce de sale porc d'Angus également.

Sìleas tenta de déglutir pour refouler la panique qui lui étreignait la gorge. Elle s'efforça de réprimer les tremblements de sa main et finit son travail de suture. Elle prit ensuite l'onguent que Beitris lui tendait pour en étaler avec application sur la plaie.

— Et voilà, dit-elle en s'essuyant les mains. Tu vas peut-être garder une cicatrice, mais ça ne fera que te rendre encore plus intéressant aux yeux des filles.

Les deux femmes travaillèrent vite au nettoyage, puis au pansage de ses autres blessures.

— Reste allongé, lui conseilla Beitris qui, elle, se releva. Bon, nous ferions mieux de préparer de l'eau et des couvertures pour les deux autres.

À peine eurent-elles réuni le nécessaire qu'Ian fit irruption dans la pièce, portant Duncan dans ses bras. La tête du colosse roux, telle celle d'un enfant endormi, oscillait sur l'avant-bras d'Ian. Sìleas étendit une couverture sur le sol devant l'âtre, à l'endroit où Alex s'était tenu quelques instants plus tôt. Ian s'agenouilla et déposa Duncan avec précaution.

— Il faut que j'aide Niall avec Connor, dit-il en la regardant droit dans les yeux. Il est dans un sale état.

Le sang qui s'échappait des blessures de Duncan inondait déjà les dalles placées devant la cheminée.

— Que Dieu nous vienne en aide ! implora Sìleas tandis que Beitris remplaçait Ian de l'autre côté de l'homme gémissant.

— Il essaie de reprendre connaissance, constata Beitris. C'est bon signe.

La jeune femme suspectait que la déclaration de son aînée ne visait qu'à leur donner de l'espoir. S'emparant du couteau que sa belle-mère avait ramené de la cuisine, Sìleas entreprit de découper la chemise imbibée de sang de Duncan. Elle dut réprimer un haut-le-cœur devant l'ampleur des dégâts.

— Oh, mon Dieu, non ! s'écria-t-elle, une main sur la bouche.

— Laisse-moi m'en occuper, intervint Alex qui claudiqua jusqu'à elle et la poussa de côté. J'ai déjà soigné de telles plaies.

Avant qu'elle ait pu protester, Ian avait de nouveau franchi la porte, avec Connor cette fois-ci. Il lui soutenait la tête et les épaules tandis que Niall se chargeait des jambes.

Sainte Marie, mère de Dieu ! Pas étonnant que les MacKinnon les aient laissés pour morts. Sans ses cheveux d'un noir de jais, tellement semblables à ceux d'Ian, Sìleas n'aurait jamais reconnu Connor en cet homme brisé.

Ian l'étendit sur la couverture qu'elle déploya pour lui. À l'aide de son dirk, il cisailla les vêtements de Connor dont il jeta les lambeaux écarlates dans le feu. Il était couvert de tant de sang que Sìleas fut incapable de savoir où se trouvaient ses blessures. Mais, plus encore que le sang, ce fut le soupçon de souffle qui lui restait qui effraya la jeune femme.

Tout comme Alex, Ian travaillait avec une diligence et une efficacité qui trahissaient son expérience en la matière. Elle savait qu'il avait combattu en France – et à la frontière avant ça –, mais les dangers que son homme avait affrontés ne lui avaient jamais paru réels.

— Tu veux bien aller chercher le whisky ? lui demanda Alex qui s'occupait de Duncan en compagnie de Beitris. Merci, dit-il lorsqu'elle s'empara du pichet sur l'étagère. Maintenant, peux-tu en humecter quelques linges ?

Elle s'exécuta avant de tisonner le feu pour en faire une fournaise rugissante destinée à maintenir les blessés au chaud.

— Sa flûte lui a sauvé la vie, commenta Alex en brandissant l'objet.

L'instrument, que Duncan gardait autour du cou, retenu par un cordon de cuir, était courbé en son centre, là où il avait reçu un coup d'épée.

Duncan tressaillit quand Alex et Beitris appliquèrent les linges imbibés de whisky sur ses plaies. Même si Sìleas souffrait devant tant de douleur, la ténacité de Duncan la rassura.

Connor, quant à lui, ne fit que frissonner lorsque Ian épongea ses blessures. Sìleas ne cessa de prier avec ferveur tout en lui tendant des linges propres.

— Tu crois qu'il va s'en tirer ? demanda-t-elle dans un murmure saccadé.

— Je ne le laisserai pas mourir, répondit Ian.

Elle l'aida à serrer les bandages autour de la tête, du torse, puis des bras de Connor. Ah, le teint de sa peau avait tourné au gris ! Il avait perdu bien trop de sang.

Par pitié, Seigneur ! Connor est un homme bon, et l'espoir de notre clan. Ne nous l'arrache pas.

Ian réfléchissait à un plan tout en s'évertuant à étancher les plaies de Connor. Il fallait qu'il conduise les blessés en sécurité. Connor avait vraisemblablement été la cible principale de leurs assaillants, mais ces derniers, quels qu'ils furent, avaient bien tenté de les tuer tous.

—Nous allons devoir vous trouver une cachette, le temps que vous vous remettiez, dit-il à Alex par-dessus son épaule. Autant laisser croire à ceux qui ont fait ça qu'ils ont réussi leur coup.

—C'étaient des MacKinnon et quelques MacLeod, précisa Alex. Mais je soupçonne Hugh d'avoir conclu un pacte diabolique avec eux. Autrement, ils ne se seraient jamais aventurés si loin en territoire MacDonald pour nous tuer.

—Je partage tes craintes, reconnut Ian qui nouait fermement le dernier bandage autour du bras de Connor. Mais démontrer ça risque de ne pas être une mince affaire.

—Ç'aurait été pire encore si nous n'avions pas survécu, commenta Alex.

Il capta alors le regard de son cousin et lui adressa un discret signe de tête pour lui indiquer qu'il souhaitait lui parler sans que les autres entendent. Lorsque Ian fut accroupi à côté de lui, il demanda :

—As-tu remarqué que les MacKinnon et les MacLeod n'avaient pas pris le temps de rassembler leurs morts ? Quelque chose a dû les effrayer.

—Oui. Raison de plus pour vous mettre à l'abri. (Ian s'essuya le front avec sa manche.) Je vais vous emmener en bateau au repaire de Teàrlag. C'est la meilleure des soigneuses, et vous pourrez y rester terrés, comme au bon vieux temps. Niall, va chercher la charrette que nous puissions les amener jusqu'à la plage, lança-t-il à son frère avant de regagner sa place auprès de Connor.

Il baissa les yeux vers le visage tuméfié, et la rage l'envahit. Jusque-là, il avait été trop occupé à tarir l'hémorragie et à sauver la vie de son camarade pour remarquer à quel point il avait été maltraité.

— J'aurais dû tuer Hugh Dubh l'autre jour, sur le parvis de l'église, regretta-t-il, les poings serrés. Je jure devant Dieu que je ferai couler son sang pour ses actes.

Sa mère vint s'agenouiller à côté de Sìleas, auprès de Connor. Elle serra les lèvres lorsqu'elle fit courir ses doigts sur la joue de l'homme étendu.

— Il faut que tu ailles chercher le prêtre avant de l'emporter, dit-elle à son fils.

— Nous n'avons pas de temps pour ça, rétorqua Ian.

— C'est le seul fils de ma défunte sœur, insista-t-elle en le regardant droit dans les yeux. Je refuse qu'il rejoigne son Créateur sans s'être lavé de ses péchés.

— Connor ne mourra pas.

— J'ai bien peur du contraire, mon fils, répliqua-t-elle d'une voix douce. D'autant que tu risques d'anéantir le peu de chances qu'il lui reste en le déplaçant.

Ian examina Connor tout en évaluant les risques.

— Non, je l'emmène avec nous. Hors de question qu'on vienne l'arracher de cette maison pour le trucider dans la cour comme un vulgaire animal.

Alex acquiesça. Dans la confusion ambiante, Ian n'avait même pas remarqué la présence de son père, qui les avait rejoints dans la salle commune.

— Ian a raison, intervint Payton en posant la main sur l'épaule de son épouse. Si ces hommes apprennent que Connor a survécu et qu'il est ici, ils viendront le chercher.

Une rafale d'air glacial vint déranger les flammes qui s'agitèrent dans la cheminée lorsque Niall franchit la porte.

— La charrette est juste devant.

Ian se passa une main sur le front. Tant que ses parents et Niall n'abritaient pas Connor chez eux, ils seraient en sécurité. Mais l'idée de laisser Sìleas ici alors que Murdoc rôdait dans les parages ne lui plaisait guère.

Que pouvait-il faire d'elle? Avec Hugh et les MacKinnon bien décidés à régler son compte à Connor, emmener la jeune femme avec eux reviendrait à lui faire courir un risque plus grand encore qu'en la laissant ici. En outre, la minuscule barque de pêche était déjà trop étroite pour charrier les blessés.

Il n'avait pas le choix.

—Niall, je veux que tu accompagnes Sìleas chez Gòrdan.

Ian baissa les yeux vers la jeune femme agenouillée à côté de Connor, de qui elle tenait la main, tel un ange. Dieu du ciel, qu'il l'aimait! Il posa un genou à terre et lui caressa la joue.

—Tu ne serais pas en sécurité, ici, à la maison, alors que les MacKinnon rôdent dans le coin, lui dit-il. Ils ne penseront jamais à te chercher chez Gòrdan, et je sais qu'il te protégera, même au péril de sa vie.

Elle se mordit la lèvre et acquiesça.

—Une fois que tu l'y auras conduite, exposa-t-il à Niall, va trouver le prêtre et demande-lui de nous rejoindre au repaire de Teàrlag à la nuit tombée; explique-lui qu'il ne doit pas se faire remarquer.

La présence de l'homme d'église rassurerait sa mère, et ses prières ne pourraient pas nuire aux blessés.

—Je vais t'aider à les descendre jusqu'à la barque avant de partir avec Sìl.

—Je peux vous donner un coup de main, intervint Alex.

Ian aperçut le film de sueur qui scintillait sur le front de son cousin, qui se leva en titubant. Alex était plus atteint qu'il ne voulait le laisser paraître.

Sur le chemin qui menait à la grève, le vent glacial soulevait les couvertures dans lesquelles les blessés étaient enveloppés. Sìleas accompagna le convoi jusqu'aux premières vagues. Pendant que Ian et Niall transportaient Duncan puis Connor de la charrette à la barque, Sìleas dénicha un bâton qu'elle offrit à Alex en guise de canne, avant de l'aider à monter à bord.

Ian observa ses trois comparses ; Alex se tenait courbé au-dessus des deux autres, allongés au fond de l'embarcation, au ras de l'eau. Dieu seul savait comment Ian s'affranchirait de l'ascension escarpée qui conduisait jusqu'au repaire de la voyante, chargé de ces lourds fardeaux, mais il y parviendrait.

Il serra l'épaule de son frère avant de se retourner pour dire au revoir à Sìleas.

— Il n'y a pas meilleur homme que toi, Ian MacDonald, lui dit-elle d'une voix ferme tout en rivant sur lui un regard clair et fier. Si quelqu'un peut les sauver, c'est bien toi.

Elle avait toujours eu une foi inébranlable en lui : une confiance dont il n'avait jamais eu tant besoin.

— Je reviendrai dès que possible. (Il lui prit le visage entre les mains et déposa un baiser fougueux sur sa bouche.) Sois prudente, *mo chroí*.

Chapitre 32

— *P*rends ce dirk, dit Niall en lui tendant une dague tandis qu'ils s'éloignaient de la grève. Et glisse-le dans ta manche, au cas où.

Ils empruntèrent la bifurcation qui menait chez Gòrdan et marchèrent en silence d'un pas vif; tous deux absorbés dans leurs pensées, qui accompagnaient les blessés qu'ils venaient de quitter. Être obligé de confier la protection de son épouse à Gòrdan avait dû constituer une amère concession pour Ian. Il n'avait cependant pas hésité une seule seconde à faire passer la sécurité de Sìleas avant sa fierté.

La jeune femme jeta un coup d'œil par-dessus son épaule et, à travers les arbres, aperçut Ian qui poussait la barque dans l'eau. Un frisson lui parcourut l'échine.

Je vous en supplie, Seigneur, veillez sur Ian et protégez-le pour moi. Ne laissez pas ces jeunes guerriers mourir.

Le domaine de Gòrdan n'était plus très éloigné, mais le chemin était si tortueux et escarpé qu'on ne pouvait voir d'une maison à la suivante. Ils suivirent un coude et découvrirent au loin une dizaine de cavaliers qui approchaient dans leur direction.

Sìleas prit une profonde inspiration. Étaient-ce son beau-père et Angus qu'elle discernait à l'avant du groupe? Même à cette distance, sa chevelure la trahirait. Ce qu'elle avait redouté pendant toutes ces années avait fini par se produire.

Ils venaient la chercher.

—Cours, ordonna-t-elle à Niall. Ils vont m'emmener, et tu ne peux rien pour les en empêcher.

—Nous pouvons encore faire demi-tour, proposa Niall en tirant sur la manche de la jeune femme.

—Non! S'ils nous suivent, ils apercevront les autres sur la barque, s'écria-t-elle. Et ils les tueront tous.

Les MacKinnon avaient laissé Connor pour mort. En se rendant compte qu'ils avaient échoué, ils se vengeraient sur tous les passagers de la frêle embarcation. Ian avait beau être un combattant hors pair, les assaillants seraient trop nombreux. Il mourrait en essayant de sauver ses amis. De la même façon, Payton et Beitris accourraient pour prêter main-forte et se feraient tuer eux aussi. Elle refusait qu'une telle chose se produise.

—Je t'en prie, Niall, dit-elle. Je t'en supplie, pars. C'est après moi qu'ils en ont.

—Pas sans toi.

Elle perçut alors le chuchotement familier de l'acier lorsque Niall dégaina la claymore fixée dans son dos.

—Tu dois partir pour dire à Ian qu'ils m'ont prise, l'implora-t-elle en lui retenant le bras.

Elle sentait la vibration des sabots lui remonter dans les jambes et lui marteler la tête.

—Trop tard. Mets-toi derrière moi, lui ordonna Niall en joignant le geste à la parole.

La seconde suivante, la dizaine de MacKinnon les encerclait.

—Voilà un jeune homme courageux, déclara l'un d'eux en riant, tandis que tous mettaient pied à terre.

Il recula néanmoins d'un bond lorsque Niall fit voler sa claymore tout près de son torse.

— Voyons, mon petit, il est inutile que tu meures aujourd'hui, déclara un autre. En revanche, la demoiselle repart avec nous.

Les brutes s'écartèrent pour laisser passer Murdoc, qui était resté en selle.

— Tu as beaucoup de comptes à rendre, Sìleas, lança-t-il d'une voix glaciale en baissant les yeux sur elle. Puis, désignant Niall du regard, il demanda : qui est ce jeune homme prêt à mourir pour toi ?

Sans lui laisser le temps de songer au moindre mensonge, Niall répliqua d'un ton de défi :

— Je m'appelle Niall MacDonald, fils de Payton et frère d'Ian.

— Emparez-vous de lui, ordonna Murdoc.

Sìleas hurla en voyant le cercle d'hommes se refermer de tous côtés sur Niall. Il trancha le bras d'un de ses assaillants et en entailla un autre, mais ils étaient trop nombreux. Il ne leur fallut que quelques instants pour le maîtriser.

— Il est à toi, Angus, déclara Murdoc à son fils.

Sìleas fut saisie de panique quand celui-ci mit pied à terre. Essayer de discuter avec lui ne servirait à rien ; il prenait un malin plaisir à faire souffrir les autres et n'était pas du genre à se soucier des conséquences de ses actes. Seul Murdoc était sensé. La mort de Niall ne constituait aucun enjeu à ses yeux ; Sìleas devait trouver un moyen de l'en désintéresser.

— Vous allez le regretter, si vous lui faites du mal, cria-t-elle.

Murdoc leva la main, intimant à Angus de patienter.

— Je ne vois pas comment je pourrais regretter que ce monde compte un MacDonald de moins.

— Ian MacDonald est un homme têtu, exposa-t-elle. Vous avez sans doute appris qu'il était resté cinq années

entières à l'étranger, simplement parce qu'on l'avait forcé
à m'épouser.

— Je me suis même laissé dire qu'il avait refusé de te
déflorer, ricana Murdoc, aussitôt imité par ses hommes.
Par chance, Angus, ici présent, n'est pas aussi regardant.

Sìleas s'appliqua à ne pas tourner les yeux vers le jeune
homme en question, de peur de perdre le contrôle de ses nerfs.

— Il est vrai qu'Ian ne veut pas de moi. (Elle tendit le
bras et désigna Niall.) Mais ce garçon est son unique frère.
Et si vous touchez à un seul de ses cheveux, il vous traquera
jusqu'au dernier. Peu importe le temps que cela lui prendra ;
un jour, il finira bien par vous surprendre sans que vous vous
y attendiez. Voilà combien il est têtu.

— Assez parlé, l'interrompit Angus, l'arme au clair.

La peur lui étreignit le cœur lorsqu'elle vit le jeune homme
s'approcher de Niall.

— Murdoc, vous n'avez rien à gagner à lui faire du mal.

— Si Ian t'a traitée avec si peu d'égard, répondit l'intéressé, les yeux plissés, pourquoi t'inquiètes-tu tant du sort
de son frère ?

— Parce qu'il est comme un frère pour moi également,
expliqua-t-elle, appuyant la véracité de ses propos du regard.

— Si ta mère n'avait pas été aussi inutile, commenta
Murdoc dans un accès de colère, tu aurais un vrai frère à
l'heure qu'il est.

Sìleas s'assura que son dirk était bien en place dans sa
manche. Si Murdoc n'empêchait pas son fils d'agir, elle le
poignarderait lorsqu'il la dépasserait. Elle avait conscience
qu'une seule chance lui serait offerte, mais elle ne savait pas
où frapper. Elle s'efforça de réfléchir, malgré les battements
frénétiques de son cœur. Angus avait trop de ventre ; un coup
de poignard au torse risquerait bien de ne pas l'arrêter. Non,
elle devrait le frapper à la jugulaire.

— Angus, nous avons ce pour quoi nous sommes venus, statua Murdoc avant de se tourner vers ses troupes. Attachez le gamin à un arbre. Et s'il pourrit avant qu'on le retrouve, tant pis pour lui.

Sìleas manqua de s'effondrer tant le brusque soulagement qu'elle ressentit la laissa chancelante. Elle observa, impuissante, les hommes bâillonner puis ligoter Niall malgré ses ruades.

— Viens, Sìleas. Nous n'avons plus de temps à perdre, lui ordonna Murdoc. Tu vas chevaucher avec Angus.

Elle eut le plus grand mal à ne pas perdre courage devant le rictus qu'afficha Angus, dévoilant ses dents brunâtres et ravagées.

— Laissez-moi au moins lui dire au revoir, parvint-elle à articuler.

Avant que quiconque puisse l'en empêcher, elle s'élança vers l'arbre auquel Niall était attaché et passa les bras autour du cou du jeune homme.

— Dis à Ian que je l'attendrai, lui glissa-t-elle à l'oreille tout en laissant tomber le dirk derrière lui.

L'instant d'après, les mains brutales d'Angus la forcèrent à faire demi-tour.

Chapitre 33

Connor gisait, si immobile qu'Ian dut garder un œil sur le soulèvement de son torse tout en manœuvrant la barque vers la plage. Connor était toujours vivant, mais sa vie ne tenait plus qu'à un fil.

Ian et Alex échangèrent des regards inquiets, mais ne trouvèrent rien à dire. Dès qu'il eut tiré l'embarcation sur le sable, Ian souleva le corps inerte de son cousin. Son estomac se noua : quelle épreuve que de voir Connor dans cet état !

Laissant Alex surveiller Duncan, il s'approcha des marches peu sûres creusées à même la falaise. Il repensa à toutes les fois où ils les avaient empruntées en courant, que ce fût pour monter ou pour descendre, lorsqu'ils étaient enfants. À présent, les deux années qui séparaient Ian de Connor étaient imperceptibles, mais, alors, lorsqu'ils n'étaient encore que de jeunes garçons, Ian admirait son cousin. Aussi courageux que les autres, il était en outre le plus intelligent des quatre. S'ils avaient atteint l'âge adulte, c'était uniquement parce que Connor les avait convaincus de renoncer à leurs entreprises les plus folles – ou, du moins, à certaines d'entre elles.

Une fois à proximité du sommet de l'escalier, Ian leva les yeux pour découvrir Teàrlag et Ilysa, la sœur de Duncan, les bras croisés pour lutter contre le vent, penchées par-dessus le bord de la falaise.

—Je vous ai vus venir, lança Teàrlag.

Ian comprit qu'elle faisait allusion au don de voyance pour lequel elle était renommée.

Les femmes l'aidèrent à entrer, puis lui indiquèrent les couvertures qu'elles avaient étendues devant la cheminée, pour qu'il y dépose Connor. En constatant l'état dans lequel était plongé le jeune homme, Ilysa devint presque aussi blême que lui.

— Va chercher les autres, le congédia Teàrlag d'un geste de la main.

De retour à la barque, Ian fut soulagé de découvrir Duncan conscient et capable de s'accrocher à son dos. Il était néanmoins solidement bâti, et Ian faillit perdre l'équilibre à plusieurs reprises sur les marches de pierre glissante. Le vent charriait à présent une bruine glaciale. Lorsqu'ils atteignirent enfin le sommet, Duncan tremblait de tous ses membres. Son corps, déjà soumis à rude épreuve, ne pouvait pas faire face à la pluie et au froid.

Ian fit brusquement irruption dans le repaire, traversa la salle commune en chancelant, puis déposa son fardeau sur le lit de Teàrlag. Il s'agissait d'un lit clos, aménagé à même la cloison qui séparait la salle commune de l'étable, où la vache de la voyante meuglait d'un ton plaintif.

Ilysa étendit une couverture sur son frère tandis que Teàrlag prélevait une pierre chaude de l'âtre pour la poser sous ses pieds.

Sans prendre le temps de souffler, Ian regagna la plage pour s'occuper d'Alex.

— Je peux monter tout seul, si tu me donnes un coup de main, déclara celui-ci.

— Non, je vais te porter sur mon dos, répliqua Ian. Ce sera plus rapide, et je n'ai aucune envie d'en débattre.

Alex accueillit la décision sans le moindre enthousiasme, mais il ne discuta pas.

Ian grogna en soulevant son cousin.

— Nom de Dieu, mais vous pesez aussi lourd que des bœufs, tous les trois !

Lorsqu'il atteignit le repaire pour la troisième fois, Ian souffrait de crampes qui lui tétanisaient les jambes. Alex insista pour qu'on l'installe sur une chaise. Il ne proféra néanmoins pas la moindre plainte lorsque les femmes lui enveloppèrent les épaules dans une couverture, lui placèrent une pierre chaude sous les pieds et un bol de bouillon fumant entre les mains.

Ian se laissa lourdement tomber sur un tabouret, près de la table. Il était parvenu à amener ses trois comparses en vie, même si celle de Connor ne tenait plus qu'à un fil et que l'état de Duncan était à peine plus enviable. Les talents de guérisseuses des deux femmes le rassurèrent, bien qu'il se doutât qu'elles ne pourraient faire grand-chose à part les maintenir au chaud et leur administrer du potage.

Et prier.

— Tu ne dois pas traîner, lui dit Teàrlag en tournant vers lui son œil valide. Ta femme est en danger.

Sìleas. Il se leva d'un bond, comme s'il avait reçu un coup de fouet.

— Peux-tu m'en dire plus ? demanda-t-il.

— Seulement qu'elle a très peur, répondit la voyante.

— Prends ça, dit Ilysa qui lui proposa des galettes d'avoine enveloppées dans un linge, tandis qu'il franchissait la porte.

Les cieux s'ouvrirent sur le chemin du retour, le trempant jusqu'aux os. Il poussa un hurlement de frustration lorsque la pluie diluvienne l'obligea à affaler la voile pour finir le trajet à la rame. Tandis qu'il s'échinait contre les éléments, son cœur semblait battre au rythme des gouttes qui lui cinglaient le visage.

Si elle n'avait pas laissé le dirk à Niall, elle s'en serait servie pour poignarder Angus. L'odeur pestilentielle du jeune homme l'enveloppait, manquant de la suffoquer tandis qu'ils chevauchaient. Elle posa les yeux sur la cuisse massive qui frottait contre la sienne et imagina y planter sa lame. Chaque fois qu'il bougeait le bras avec lequel il lui enserrait la taille pour l'appuyer sous le galbe de ses seins, elle lui retournait un coup de coude dans les côtes.

Angus n'esquissait pas la moindre réaction.

— Combien de petites filles as-tu violées depuis la dernière fois que je t'ai vu ? demanda-t-elle avec un nouveau coup.

— Je ne les compte pas, répondit-il, visiblement amusé. C'est dommage que tu aies grandi, Sìleas. Tu feras l'affaire, mais je t'aimais mieux avant.

— Tu n'es qu'un animal répugnant ! Tu rôtiras en enfer !

— Je me confesse régulièrement, lui opposa-t-il. Avec une lame sous la gorge, les prêtres se montrent assez cléments avec leurs pénitents – à l'exception de ce foutu père Brian. Quel sale hypocrite moralisateur, celui-là !

— Mon mari va te faire la peau avant que tu aies le temps de retourner à confesse, le menaça-t-elle. Tu mourras l'âme encore noire de tous tes péchés.

— Ton mariage n'est qu'une mascarade, et tout le monde sur Skye le sait. (Il se pencha en avant, jusqu'à ce que sa moustache crasseuse lui frôle la joue et que son haleine lui soulève le cœur.) Mais, bientôt, tu auras un vrai mari, qui sait quoi faire avec une femme.

Les attaques qu'elle lançait pour détourner sa peur se tarirent. Ian viendrait la chercher, mais quand ? Il la croyait en sécurité sous la protection de Gòrdan. Combien de temps passerait-elle à Knock Castle en compagnie de Murdoc et de son fils avant qu'Ian apprenne qu'elle s'y trouvait ?

Une pluie glaciale se mit à tomber, comme pour doucher le peu d'espoir qu'il lui restait.

En voyant Knock Castle émerger de la brume qui entourait le promontoire, Sìleas sentit la terreur lui enserrer la poitrine, l'empêchant quasiment de respirer. Elle n'y avait pas remis les pieds depuis le jour où elle s'était enfuie par le tunnel après que Murdoc l'avait battue. Tandis qu'ils empruntaient le pont-levis, elle contempla la massive herse métallique et frissonna. Doux Seigneur, comment Ian allait-il bien pouvoir la sortir d'ici ?

Elle se demanda si le fantôme qui hantait le château serait présent pour l'accueillir comme il l'avait toujours fait. La légende voulait que la Dame verte – elle devait son surnom à la robe amande qu'elle portait – sourie ou pleure en présage du sort réservé à la famille qui occupait les lieux.

Chaque fois qu'il avait accueilli Sìleas, le fantôme pleurait.

Chapitre 34

Lorsqu'il atteignit enfin la grève, les muscles de ses bras et de ses épaules menaçaient de s'arracher de ses os. Ian plissa les yeux contre la pluie battante et observa les alentours. Il discerna une silhouette sur la plage, quelqu'un qui agitait les bras.

C'était Niall. Ian sentit son cœur s'arrêter de battre. Teàrlag avait vu juste. Les choses avaient mal tourné. Il bondit hors de la barque, pataugea jusqu'à la plage tout en tractant l'embarcation à sa suite, bien vite rejoint par Niall qui brava à son tour le ressac pour l'aider.

— Ils ont pris Sìleas ! cria Niall pour se faire entendre malgré le vent et la pluie cinglante qui les malmenaient.

— Qui ça, « ils » ?

— Les MacKinnon, expliqua Niall, des sanglots dans la voix. Son beau-père et Angus étaient parmi eux.

Ian donna un violent coup de poing sur l'embarcation. *Seigneur, non !*

À peine eurent-ils tracté la barque à l'abri de la marée que Niall relata les événements à son frère en un flot ininterrompu.

Ces diables de MacKinnon avaient enlevé la femme d'Ian – et presque tué son frère.

— J'ai essayé de la sauver, indiqua Niall, la gorge serrée.

Ian crispa la mâchoire sous le coup de la colère qui déferlait en lui. Il posa la main sur l'épaule de son cadet.

— Je sais.

— Ian ! Niall !

À ces cris, Ian leva les yeux et aperçut Gòrdan qui courait vers eux sur le chemin surplombant la grève.

— Dites-moi que les MacKinnon ne se sont pas emparés d'elle, implora-t-il tout en dévalant le talus.

Comment Gòrdan savait-il que les MacKinnon étaient derrière tout ça ? Une envie de meurtre s'infiltra dans les veines d'Ian. Il dégaina son dirk et se dirigea vers Gòrdan.

— Que sais-tu, exactement ?

Niall retint le bras de son frère.

— Gòrdan ne ferait pas de mal à Sìleas. Laisse-le s'expliquer.

Gòrdan avait le regard perdu d'un homme effondré, et c'est lui qui était venu les trouver. Ian abaissa la pointe de son arme, sans toutefois la rengainer.

— Lorsque Sìleas est venue me parler, hier soir, ma mère a pensé qu'elle avait décidé de te quitter pour m'épouser, commença-t-il, visiblement chagriné. Elle a envoyé le gamin qui travaille pour nous à Knock Castle, au beau milieu de la nuit. Elle lui a confié un message pour Murdoc, expliquant que vous étiez tous les quatre rentrés de Stirling, en compagnie de Sìleas, et que vous logiez tous chez tes parents. Le gamin vient juste de me l'apprendre.

Niall informa alors Gòrdan de la situation, et ce dernier tomba à genoux dans le sable mouillé, se prenant la tête à deux mains. Ian l'abandonna sur la plage, sans même un regard en arrière. Maudits soient Gòrdan et sa mère !

— Murdoc a très certainement ramené Sìleas à Knock Castle, à l'heure qu'il est, dit-il à Niall tandis qu'ils regagnaient la maison. Je dois la tirer de là.

Ian serra les poings en repensant aux cicatrices que Murdoc avait laissées sur le dos de son aimée. Il le tuerait, quoi qu'il arrive. Mais si ce porc portait de nouveau la main sur elle, alors Ian le débiterait lentement, membre après membre.

—Ian, l'appela son frère, l'œil inquiet. Elle a laissé entendre à Murdoc qu'elle ne comptait pas pour toi et que vous n'aviez jamais… euh, que vous n'aviez pas consommé votre mariage. (Ian attendit que son frère poursuive.) Il a prévu de la marier à Angus.

À la simple pensée des doigts boudinés d'Angus posés sur la peau délicate de Sìleas, une violente colère le fit trembler. Il devait la secourir, et vite. S'il ne l'atteignait pas avant qu'Angus la viole, il ne se le pardonnerait jamais. Jamais.

Il ne pouvait se permettre de laisser sa fureur embrumer ses réflexions. Il s'efforça de ne penser qu'au problème immédiat. La première chose à faire était d'établir un plan pour extraire Sìleas de Knock Castle. Puis, une fois sa femme en sécurité, Ian devrait empêcher Hugh de garder la tête de son clan. Sans ses comparses, la tâche lui incombait, et à lui seul.

Il tenta de puiser du réconfort dans le message que Sìleas avait chuchoté à l'oreille de Niall : «Dis à Ian que je l'attendrai.» Elle avait la certitude qu'il ne lui ferait pas défaut.

De tout temps, il avait eu Connor, Duncan et Alex à ses côtés. Enfants, ils jouaient ensemble. Adolescents, ils avaient appris à naviguer et à manier la claymore ensemble. Adultes, ils combattaient côte à côte. Au fil des ans, ils avaient pris ensemble bon nombre de risques insensés et s'étaient mutuellement sauvé la vie. Ils veillaient les uns sur les autres.

Mais, à présent, alors qu'Ian avait plus que jamais besoin d'eux, il se retrouvait livré à lui-même.

—Tu peux compter sur père et sur moi, proposa Niall, comme s'il lisait dans ses pensées.

Ian se retint de rire. En ajoutant père Brian, il pourrait former un nouveau quatuor. Mais un unijambiste, un gamin de quinze ans et un prêtre offriraient de bien piètres substituts à de valeureux guerriers dans la fleur de l'âge.

— Veux-tu que je rassemble tous les hommes que je peux trouver ? demanda Niall.

— Les hommes étaient prêts à se battre à nos côtés parce qu'ils croyaient que Connor serait notre nouveau chef, répliqua Ian en secouant la tête en signe de dénégation. Hugh va faire courir la rumeur du départ ou de la mort de Connor. Et tant qu'il ne sera pas de nouveau sur pied, ce serait le mettre en danger que de faire savoir qu'il a survécu à l'embuscade.

— Alors, qu'allons-nous faire ? s'enquit Niall.

— Ce que les Highlanders ont toujours fait face à un adversaire plus fort qu'eux, répondit l'aîné en regardant son frère droit dans les yeux.

— C'est-à-dire ?

— Nous allons user de ruse et de tromperie, bien sûr.

Chapitre 35

Les souris se faufilèrent sous les joncs répandus au sol lorsque Murdoc traîna Sìleas dans son sillage. La salle commune du château était plus insalubre encore que dans son souvenir.

— Apporte donc à manger sur cette table ! cria Murdoc à l'adresse d'une femme qui tremblait de peur dans un coin. (Il donna un coup de pied à deux chiens qui se disputaient un os, puis se tourna vers sa captive.) Nous procéderons au mariage une fois repus.

— C'est impossible, protesta Sìleas. Je suis déjà mariée. Et c'était un mariage tout ce qu'il y a de plus officiel : un prêtre nous a unis, Ian et moi.

— Alors, comme ça, tu crois vraiment que le poivrot que ton chef a déniché était un prêtre ? s'esclaffa Murdoc avec un rictus mauvais.

Sìleas fut abasourdie.

— Bien sûr.

En prononçant ces mots, elle se rappela que le prêtre ne cessait de trébucher en lisant le texte, sous le regard lourd de menaces du chef de clan. D'autres détails, occultés par les souvenirs horribles de ce jour, refaisaient à présent surface : le prêtre se prenant les pieds dans une robe trop grande pour lui ; ses efforts pour les suivre dans l'escalier – plutôt que d'ouvrir la marche –, vers le lit nuptial qu'il avait aspergé d'eau bénite – juste avant qu'Ian menace de lui faire regagner le rez-de-chaussée la tête la première.

—Tu es aussi crédule que ta mère, commenta Murdoc.

En effet, elle avait été bien naïve.

—Ian et moi avons prononcé nos serments, ce qui, selon la loi des Highlands, nous unit en tant que mari et femme. (Elle s'efforça de déglutir.) Et, en dépit de ce qu'on en dit, je pourrais très bien porter son enfant.

D'instinct, elle posa la main sur son abdomen en prenant conscience du fait qu'elle disait peut-être vrai.

—Tu crois sans doute que je m'inquiète de qui est le père ? répliqua Murdoc avec un haussement d'épaules. Et, si Angus refuse de reconnaître ton chiard comme le sien, eh bien, ma foi, la mort d'un nourrisson n'a rien d'exceptionnel.

Elle le dévisagea, bouche bée. Elle n'aurait jamais cru Murdoc capable d'une telle cruauté.

—Si tu n'es pas encore pleine, tu le seras rapidement, poursuivit-il. D'une façon ou d'une autre, tu finiras bien par me donner l'héritier MacKinnon que ta mère aurait dû m'offrir. Nous avons besoin de ce rejeton pour prétendre légitimement à ce château.

—Je jure, Murdoc, que vous ne mettrez jamais la main sur un de mes enfants.

—Ne crois pas pouvoir t'échapper cette fois ; j'ai fait obstruer le tunnel. (Il la propulsa alors avec force en avant.) Va aider à garnir cette table. Les hommes ont faim.

Ian se dissimula sous son plaid lorsqu'il passa devant Dunscaith Castle, sur le chemin de l'église.

La chance était de son côté, car il trouva le prêtre seul, agenouillé devant le modeste autel.

—Désolé, mon père, mais ça ne peut pas attendre.

Le prêtre se signa avant de se relever.

— Avez-vous donc tant besoin de confesser vos péchés, Ian MacDonald ? demanda père Brian en époussetant sa robe.

— Non, mon père. Je n'ai pas de temps pour ça.

— C'est bien ce qu'il me semblait, reconnut le prêtre. C'est dommage, car je suis prêt à parier que ce serait beaucoup plus intéressant que ce que j'entends d'habitude.

— Un jour, je me confesserai à vous pendant des heures, autour d'un pichet de whisky, si vous voulez, proposa Ian. Mais, pour le moment, c'est d'un autre type de service que j'ai besoin.

— Je vous écoute.

— Êtes-vous en bons termes avec les MacKinnon ?

— Que je le sois ou non, je me dois de servir tous les clans de la région, répondit père Brian en haussant les épaules. D'ailleurs, j'étais sur le point de leur rendre visite, comme je le fais chaque année.

— Vous laisseraient-ils entrer dans Knock Castle ? demanda Ian.

— S'ils ont des péchés à confesser ou des mariages à célébrer, ils m'ouvriront leurs portes, répondit l'ecclésiastique. Pourquoi cette question ?

À la mention des mariages, Ian sentit son estomac se nouer. L'idée que la volonté de Murdoc d'unir Sìleas à Angus lui serve à entrer dans Knock Castle le répugnait.

— Murdoc MacKinnon y retient ma femme captive, déclara Ian, la mâchoire crispée. Je dois la tirer de là. Seriez-vous prêt à m'aider, mon père ?

Voyant que le prêtre ne répondait rien, Ian précisa :

— Il envisage de la livrer en pâture à Angus MacKinnon.

— Ah, pas Angus ! J'ai vu ce que cet homme a fait à de jeunes gamines, s'offusqua père Brian, le regard injecté de colère. Qu'attendez-vous de moi ?

— Je vous exposerai les détails en chemin, dit Ian en espérant qu'un plan se manifesterait à lui rapidement.

Dieu lui avait envoyé père Brian, c'était déjà un bon début.

Ian se signa avant de quitter l'église. *Je vous en prie, Seigneur, faites qu'il ne lui arrive rien avant que je la rejoigne.*

Chapitre 36

Sìleas écarquilla les yeux en apercevant la jeune femme adossée au mur près de l'escalier qui descendait aux cuisines.

— Dina, chuchota-t-elle. Qu'est-ce que tu fais ici ?

— L'un des MacKinnon en pince pour moi, répondit-elle. Et je n'avais nulle part où aller.

— Je suis désolée pour toi.

Bien qu'elle eût des raisons de lui en vouloir, Sìleas ne souhaitait à aucune femme de finir dans cet enfer.

— Je suis moi aussi désolée de te voir ici, répondit Dina.

— Tu serais prête à m'aider ?

— Je ne peux pas te faire sortir. Des gardes sont postés à l'entrée.

— Dans ce cas, il faut que je trouve un moyen de faire diversion afin qu'Ian puisse venir me chercher.

— Tu as l'air persuadée qu'il va venir, commenta Dina.

— Je le suis.

— Je n'aurais jamais agi comme je l'ai fait si j'avais su que tu voulais Ian, expliqua Dina. Mais, comme tu ne lui donnais pas ce qu'il désirait, je ne voyais rien de mal à m'en charger.

Les hurlements de Murdoc qui retentirent dans la salle commune les interrompirent.

— Ça vient, ce dîner ?

Lorsque sa coupe métallique vint s'écraser contre le mur, tout près de la tête de Sìleas, les deux jeunes femmes se mirent en marche vers les cuisines. L'escalier était plongé dans l'obscurité, mais de la lumière et des éclats de voix leur parvenaient d'en bas.

— J'ai du poison, glissa Dina à l'oreille de Sìleas.

— Du poison ? (Elle s'immobilisa et fit volte-face pour dévisager sa compagne d'infortune.) Où as-tu trouvé du poison ?

— C'est Teàrlag qui me l'a confié, expliqua Dina. Je suis allée lui demander une amulette avant de venir ici. Et, sans que je lui dise où je me rendais, elle m'a répondu : « Une fille aussi effrontée que toi risque d'avoir besoin de bien plus qu'un simple porte-bonheur. » (Dina se pencha pour glisser la main dans sa botte.) Et elle m'a donné cette petite fiole. On pourrait la verser dans la bière, qu'est-ce que tu en dis ?

— Je refuse de tous les assassiner, contra Sìleas.

— Teàrlag a dit qu'une goutte ou deux suffirait à rendre quelqu'un malade, indiqua Dina en confiant la fiole à Sìleas. Les brocs de bière se trouveront sur un plateau près de la porte. Je vais faire diversion le temps que tu t'en occupes.

— Comment vas-tu t'y prendre ?

Dina rit.

— Tu verras. C'est simple comme bonjour.

Sìleas suivit la jeune femme sous le plafond bas et voûté du cellier qui menait aux cuisines bruyantes. Elle s'immobilisa dans l'embrasure de la porte tandis que Dina traversait la pièce d'une démarche chaloupée vers un molosse armé d'un fendoir qui braillait des ordres à l'attention de ses commis.

Il s'interrompit brusquement en voyant Dina approcher.

— Je suis affamée, Donald, dit-elle dans un ronronnement. (Elle posa la main sur l'épaule du cuisinier.) Aurais-tu quelque chose de… spécial… pour satisfaire l'appétit d'une jeune femme ?

319

Tous, dans la cuisine, avaient cessé leur activité pour observer Dina, penchée sur leur chef à qui elle s'adressait d'une voix langoureuse et lascive. Sur une table, à côté d'elle, Sìleas remarqua la demi-douzaine de brocs de bière prêts à être emportés dans la salle commune. Elle tourna le dos au reste de la pièce et ôta le minuscule bouchon de la fiole.

Combien de gouttes était-elle censée verser dans chaque broc ? Il était difficile d'estimer ce que chaque homme boirait. Elle s'efforça de réprimer les tremblements qui lui secouaient les mains tandis qu'elle agrémentait chaque pichet de quelques gouttes.

— Qu'est-ce que tu fous là ?

La dureté de la voix qui résonna dans son dos la fit sursauter et renverser le reste de la fiole dans le dernier broc.

— Murdoc lui a demandé d'apporter plus de bière, intervint Dina. Je te conseille donc de la laisser faire.

Sìleas s'empara du plateau et quitta la cuisine à vive allure, incapable d'empêcher les brocs de déborder. Au pied de l'escalier, elle marqua une pause pour reprendre son souffle et tenter de se calmer. Il n'aurait servi à rien d'empoisonner la bière si c'était pour la répandre entièrement.

Avant même qu'elle ait atteint la table, les hommes se servirent directement sur le plateau.

— Assez, bandes d'animaux ! s'écria-t-elle en levant les bras de peur qu'ils n'en laissent aucun.

Il ne lui restait plus qu'un broc lorsqu'elle atteignit enfin la table, mais c'était celui qui avait reçu la dose additionnelle. Elle fit de son mieux pour masquer son sourire tandis qu'elle le déposait entre Murdoc et Angus.

Un troisième homme la bouscula alors pour s'emparer du broc. La fureur lui embrasa la poitrine à la vue de la bière qui lui dégoulinait sur le menton tandis qu'il s'abreuvait à même le pichet.

—Alors, comme ça, on veut me prendre ma bière, hein ? demanda Angus qui assena un coup à l'homme avant de lui arracher le broc des mains.

Sìleas sentit l'espoir renaître en elle lorsque Angus porta le broc à ses lèvres, puis mourir aussitôt quand rien ne s'écoula du pichet. Angus le projeta dans la cheminée et entreprit de frapper son vis-à-vis à la tête.

—Retourne en chercher, lui ordonna Murdoc avec une claque dans le dos, si forte qu'elle en perçut la morsure malgré les épaisseurs de sa tenue. Et dis à cet incapable de cuisinier qu'il aura affaire à mon dirk s'il n'apporte pas ses plats sur-le-champ.

Elle avait commis une grave erreur. Elle aurait dû réserver l'intégralité du poison pour tuer Murdoc. Sans lui, les autres se seraient affolés en tous sens, désorientés, tels des poulets à qui on aurait tranché la tête.

Murdoc se tourna vers elle et vit qu'elle le considérait d'un œil noir.

—Qu'est-ce que tu as à me regarder comme ça ? aboya-t-il en abattant son poing massif sur la table. Dégage !

Sìleas se tenait adossée contre le mur, en compagnie de Dina, à observer les hommes qui mangeaient et à attendre qu'ils montrent des signes de malaise. Son heure approchait.

Elle se mordit la lèvre.

—Pourquoi le poison ne fait-il pas effet, Dina ?

—Je ne sais pas. C'est peut-être encore trop tôt.

Sìleas sursauta lorsque Murdoc frappa la table de sa chope. Une fois certain que tous l'écoutaient, il cria :

—Il est temps de célébrer un mariage !

Il balaya la pièce du regard jusqu'à apercevoir Sìleas, à qui il fit signe d'approcher. Voyant qu'elle ne bougeait pas, il hocha la tête à l'attention de deux de ses molosses.

—J'ai entendu dire qu'Angus n'arrivait à rien à moins que sa victime ne crie et ne pleure, lui glissa Dina en lui serrant la main. Reste impassible.

Sìleas regardait autour d'elle, à la recherche d'un moyen de s'enfuir tandis que les deux brutes approchaient. Malgré le conseil de Dina, elle ne put s'empêcher de hurler lorsqu'ils la forcèrent à traverser la salle commune pour l'abandonner devant Murdoc et Angus.

—Prononce ton serment, maintenant, lui ordonna Murdoc.

—Non, répondit Sìleas en soutenant son regard. N'ayant pas réussi à m'y obliger quand j'avais treize ans, vous devez savoir que vous n'y arriverez pas plus aujourd'hui.

—Peut-être te montreras-tu plus docile après avoir couché, répliqua-t-il en haussant les épaules. Et, même dans le cas contraire, tout ce qui nous intéresse, c'est que tu portes un petit MacKinnon.

—Mon mari, Ian, vous tuera si vous laissez un seul homme poser la main sur moi. Et les MacDonald ne s'apaiseront pas tant que vous tiendrez Knock Castle.

—Tu es si naïve que ça fait peine à voir, commenta Murdoc. Hugh MacDonald et moi avons passé un marché. Je te garde, ainsi que Knock Castle, en échange de la mort de son neveu Connor.

Un tourbillon de colère s'éleva du plus profond d'elle-même et, avec lui, des mots comme animés d'une volonté propre.

—Au nom de ma mère, je te maudis, Murdoc MacKinnon! cria-t-elle le bras tendu et le doigt pointé sur Murdoc. (Elle embrassa ensuite toute la salle d'un mouvement circulaire.) Je maudis chacun d'entre vous! Vous allez souffrir pour m'avoir arrachée à mon mari et pour nous avoir dérobé ce qui nous appartient, à moi et à mon clan. Tous autant que vous êtes, vous allez payer !

Le silence s'installa dans la grande salle. Tous les hommes avaient les yeux rivés sur elle, et certains se signèrent.

—Angus ! (La voix profonde de Murdoc fit voler le silence en éclats et se réverbéra dans la poitrine de la jeune femme.) Emmène-la en haut.

Elle fut balayée par la panique lorsque Angus la souleva d'un bras pour la jeter sur son épaule.

La tête en bas, elle cria et roua le dos d'Angus de coups de poing. Le son de l'éclat de rire général s'estompa lorsqu'il s'engagea dans l'escalier en colimaçon qui menait aux appartements privés.

Lorsque Sìleas comprit qu'il la conduisait dans la chambre de sa mère, une véritable hystérie s'empara d'elle. Elle ne voyait plus que l'image de sa mère gisant sur le lit, sa robe de nuit et ses draps imbibés de sang, qui formait une mare par terre. Sìleas apercevait les minuscules perles écarlates qui gouttaient sur le sol tandis que sa mère mourait.

Elle griffa et feula comme un animal sauvage. Lorsqu'elle planta ses dents dans la main d'Angus, il la relâcha assez longtemps pour qu'elle puisse se dégager et s'élancer vers la porte.

Elle percuta alors Murdoc qui se tenait dans l'embrasure.

—Non, pas ici, implora-t-elle en se débattant. Par pitié, pas ici, pas où elle est morte !

Murdoc ne prêta aucune attention à ses suppliques, pas plus qu'il n'avait écouté sa mère.

Combien de fois s'était-elle tenue de l'autre côté du mur à entendre la pauvre femme pleurer ? Cette dernière avait dû subir les ardeurs de deux maris qui ne cherchaient qu'à obtenir un héritier pour ce château, quand bien même le prix à payer serait celui de sa vie.

Pendant des années, Sìleas avait remisé les souvenirs de ce calvaire au fin fond de sa mémoire. Elle trouvait sa mère si différente d'elle – belle, délicate, docile. En réalité, la jeune femme l'avait blâmée pour les choix qui les avaient conduites à leur triste sort. Mais, à présent, elle se rendait compte que sa mère avait dû se sentir aussi prisonnière qu'elle.

Tandis que Murdoc la ramenait vers le lit, elle revoyait la chevelure blond vénitien de sa mère étalée sur l'oreiller, sa beauté offrant un contraste violent avec les tâches sombres qui maculaient les draps. L'odeur du sang et celle, âcre, de la maladie, lui assaillirent les narines. Elle visualisait la peau d'une pâleur cadavérique et les membres sans vie d'une femme trop faible pour pleurer.

Lorsque Murdoc la laissa retomber sur le lit, elle sentit son dos s'enfoncer dans le matelas, lourd du poids de son chagrin. Elle revit sa mère comme la dernière fois : les yeux ouverts, mais ne discernant rien, un bras gracile tendu en travers de la couche, comme si elle espérait encore que quelqu'un lui prendrait la main pour l'extraire du cauchemar qu'était sa vie.

En dernier recours, ce fut Dieu qui eut pitié d'elle et qui l'emmena rejoindre ses défunts bébés.

Sìleas gisait les yeux grands ouverts, le regard rivé aux poutres qui couraient au plafond. Elle se sentait à présent invulnérable aux hommes, drapée dans le chagrin de sa mère, un chagrin qu'elle avait jusqu'alors refoulé.

Chapitre 37

Le crépuscule qui assombrissait le ciel accentua encore le sentiment d'urgence qui habitait Ian tandis qu'il scrutait les hauts remparts de Knock Castle.

—Il n'y a que deux gardes sur le chemin de ronde, déclara Payton, derrière lui.

Ian hocha la tête.

—Êtes-vous prêt, père Brian ?

—Prêt.

Ian grimpa dans la charrette à bras, puis s'agenouilla à côté du tonneau de vin.

—Nous aurions dû venir avec des chevaux, comme ça nous t'aurions accompagné, père et moi, regretta Niall, une fois de plus.

—Plus les charrettes sont grandes et plus les gardes sont suspicieux, lui opposa Ian. Je vous ouvrirai les portes dès que possible.

En réalité, Ian ne savait absolument pas s'il serait accueilli par deux hommes ou par quarante ; il n'y aurait aucun intérêt à ce qu'ils meurent tous en vain.

—Que Dieu vous accompagne, déclara père Brian avant de rejeter la bâche sur Ian, comme s'il étendait un linge de cérémonie sur un autel.

Il en tira ensuite les côtés, de sorte qu'elle recouvre Ian tout en laissant le tonneau apparent.

La supercherie datait de l'Antiquité. Mais il était peu vraisemblable que Murdoc ou Angus aient étudié leurs classiques.

Père Brian grogna en s'emparant des poignées pour pousser la charrette. Encore heureux que l'ecclésiastique fût un homme fort, car une bonne distance séparait les arbres de l'entrée du château juché sur son promontoire.

Le clapotis du vin lui résonnant dans les oreilles, Ian se demanda si les Troyens avaient disposé d'aussi peu d'espace que lui dans leur cheval de bois. Il agrippa les bords de la bâche pour la maintenir en place tandis que la charrette cahotait sur les planches du pont-levis. Lorsque père Brian l'immobilisa enfin dans un dernier sursaut avant de poser les poignées au sol, Ian dut appuyer de toutes ses forces ses pieds contre le rebord pour éviter de glisser.

Par un petit trou percé à la pointe de son dirk, il observa le prêtre qui frappait à la porte de bois. Quelqu'un lui répondit de l'autre côté, mais Ian ne put distinguer ses paroles.

— Je fais ma tournée de Skye, comme chaque année, énonça père Brian de sa profonde voix de stentor. (Il désigna la charrette du bras.) J'ai avec moi un tonneau de vin en provenance du monastère de Iona que je destinais à mon évêque, mais il est trop lourd à transporter. Je suis prêt à vous le vendre.

La porte s'entrouvrit. Les doigts d'Ian se refermèrent sur le manche de son dirk tandis que père Brian empoignait de nouveau la charrette.

— Puisque nous célébrons un mariage, je ne doute pas que vous souhaitiez nous faire cadeau de ce vin, proposa un garde.

Ian sentit son sang se glacer dans ses veines à l'évocation d'un mariage. Il pria Dieu qu'il ne soit pas trop tard pour sauver Sìleas d'un viol.

—Il n'y aura aucun échange de vin tant que je n'aurai pas entre les mains une rétribution pour le dur labeur fourni par les moines, répondit père Brian qui immobilisa son chargement dans la cour du mur d'enceinte.

Comme Ian l'avait prévu, la patience n'était pas le fort des gardes. Lorsque le premier souleva la bâche, Ian enfonça sa lame sous le bras tendu du garde et le tua avant qu'il ait pu prononcer le moindre son. Seuls cinq de ses compagnons encerclaient la charrette. Ian bondit à terre en dégainant sa claymore qu'il planta dans l'un d'eux.

Les autres, qui s'étaient massés autour du prêtre pour le délester de son vin, s'empressèrent de reculer. Père Brian, toujours serviable, tendit le pied et envoya à terre un garde qui poussa un cri. Tandis que l'un de ses compères se retournait pour voir d'où provenait le hurlement, la lame d'Ian fendit l'air en sifflant et lui trancha la tête, la détachant presque du reste de son corps.

Les gardes restants, épée au clair, se tenaient prêts. Ils n'étaient cependant plus que deux. Ian s'approcha de la paire, claymore brandie, bien disposé à en finir rapidement.

Du coin de l'œil, il aperçut l'homme que père Brian avait fait trébucher, qui se relevait et chargeait le religieux, l'arme en avant. L'instant d'après, le garde gisait aux pieds du prêtre, lequel essuyait le sang de la lame de son assaillant sur sa robe.

Ian décrivit un cercle complet, et l'un de ses opposants se mit à hurler lorsque la lame l'atteignit au flanc. Bon sang, pourquoi étaient-ils aussi bruyants? Le dernier garde chargea, estimant qu'Ian n'aurait pas le temps de se remettre de son mouvement.

Ce fut l'ultime erreur que l'homme commettrait jamais.

Ian balaya les remparts du regard. Ne voyant personne, il supposa que les deux sentinelles aperçues plus tôt étaient descendues à l'appel du vin et qu'elles figuraient à présent parmi les cadavres. Il gagna la porte en courant, d'où il adressa un signe à Payton et à Niall.

— Vous n'avez pas toujours été prêtre, mon père, je me trompe ? demanda Ian tandis que les deux hommes remisaient les corps dans une réserve aménagée au pied du mur d'enceinte.

— J'ai préféré laisser mes jours de guerrier derrière moi, reconnut le prêtre. (Une fois le dernier cadavre dissimulé, il se signa et s'essuya les mains sur sa robe.) Il aurait dû y avoir plus de gardes en faction. Où pensez-vous que soient les autres hommes ?

— À l'intérieur.

Occupés à célébrer un mariage.

La carrure massive d'Angus apparut dans son champ de vision. Comme si elle assistait à la scène depuis une position reculée, Sìleas le vit ôter son kilt puis soulever sa chemise. Elle frissonna, luttant pour repousser les images de sa mère et le chagrin qui la clouait au lit.

Lorsque les épaisses mains d'Angus lui saisirent les cuisses, elle revint à elle en sursaut. Elle ne supportait pas que cet ignoble individu la touche. Avant qu'elle ait pu se ressaisir assez pour se débattre, Angus jeta un coup d'œil par-dessus son épaule.

— Eh bien ? dit-il. Tu as l'intention de rester pour m'observer ?

— Je veux m'assurer que tu feras le nécessaire. La garder captive ne nous sert à rien tant qu'elle ne porte pas d'enfant.

La bête qui se tenait entre ses jambes, au bord du lit, l'empêchait de voir, mais Sìleas reconnut la voix de Murdoc.

— Je ne peux pas le faire si elle me regarde comme la morte, se plaignit Angus.

— Nous savons tous les deux de quoi tu as besoin pour prendre une femme, commenta Murdoc. Alors, vas-y.

À ces mots, le souvenir du conseil que lui avait donné Dina lui revint en mémoire : « Reste impassible. » Lorsque Angus se retourna vers elle, le bras levé, prêt à la frapper, elle s'arma de courage en vue du coup à venir.

Mais alors, le jeune homme sembla se pétrifier, le regard braqué au-dessus de sa tête. En entendant une angoissante lamentation emplir la pièce, Sìleas leva les yeux pour découvrir la forme translucide de la Dame verte qui flottait dans l'air. Celle-ci pleurait, secouée de sanglots déchirants.

Angus s'écarta du lit en titubant.

— Cette sorcière nous a attiré un fantôme avec ses malédictions !

Angus plaça une main devant son visage tandis que les gémissements de la Dame verte s'intensifiaient. La tristesse contenue dans sa voix aurait suffi à faire pleurer même les anges.

— Elle est venue pour moi !

Angus s'emmêla les pieds en essayant de tourner les talons pour s'enfuir de la pièce.

Sìleas s'assit sur le lit et tomba nez à nez avec son beau-père. L'apparition de la Dame verte lui avait donné le temps de recouvrer son courage, et sa colère.

— C'est à cause de vous qu'elle pleure, dit-elle. Vous l'avez toujours fait pleurer.

Murdoc traversa la pièce en trois longues enjambées et repoussa Sìleas sur le lit.

— Ses geignements ne m'ont jamais arrêté jusque-là, répliqua-t-il. Et ce n'est pas près de commencer.

Sìleas le dévisagea, le cœur serré par la terreur.

— Je suis la fille de votre épouse. Quand même, vous n'oseriez pas commettre un tel péché.

Murdoc, qui lui tenait fermement les épaules, se pencha sur elle jusqu'à ce qu'elle ressente la chaleur qu'il dégageait.

— Je te répondrai ce que j'avais coutume de dire à ta mère, lui siffla-t-il en pleine face. Je veux un enfant de mon sang.

Les sanglots de la Dame verte s'étaient apaisés ; comme si elle savait qu'ils n'auraient aucun effet sur Murdoc.

— Après avoir été une enfant hideuse, tu es devenue un bien joli petit lot, poursuivit-il en se reculant afin de poser son dur regard sur ses seins. Si Angus n'est pas à la hauteur, je peux sans problème le remplacer.

Chapitre 38

— *V*oyons si le coup du vin peut encore fonctionner, proposa Ian à ses compagnons. Père Brian, vous voulez bien emporter le tonneau dans la salle commune, histoire de faire diversion ? (Le prêtre acquiesça.) Une fois que tous seront réunis autour de père Brian, nous nous glisserons à l'intérieur avec la plus grande discrétion, poursuivit-il à l'attention de Payton et de Niall. Si Sìleas est dans la salle, nous la trouverons et disparaîtrons avant même que la plupart aient remarqué notre présence. (C'était du moins ce qu'il espérait.) Et, si elle n'y est pas… (Il déglutit en pensant à ce que cela impliquerait.) Eh bien, Niall et père, vous garderez l'escalier pendant que je monterai la chercher.

Bien piètre plan, certes, mais aucun autre ne lui était venu à l'esprit.

Père Brian prononça une brève prière avant de se signer. Tandis qu'il poussait la charrette sur les marches qui conduisaient au château en compagnie du prêtre, Ian se retourna pour apercevoir son père qui traversait la cour d'enceinte. Constatant avec quelle lenteur celui-ci se déplaçait, Ian craignit d'avoir mené tous les hommes de sa famille à une mort certaine.

— Dieu est avec nous, annonça le prêtre à Ian tout en lui tapotant le bras.

Il ouvrit ensuite la porte, fit rouler la charrette à l'intérieur et lança :

— Bien le bonsoir à vous, MacKinnon !

Ian, tous les muscles bandés, laissa quelques instants s'écouler avant de se faufiler dans la salle commune. Aucun garde n'avait été affecté à la surveillance de l'entrée, ou celui qui l'était avait déserté son poste pour rejoindre l'essaim qui s'était formé autour de père Brian et de son tonneau de vin. Lorsque Niall passa la tête dans l'embrasure, Ian lui fit signe de le suivre avant de longer le mur, caché dans l'ombre.

Il balaya du regard la salle à peine éclairée, à la recherche de Sìleas. Il y avait environ cinquante hommes appartenant aux MacKinnon, contre seulement quatre de son côté, mais presque aucune femme ; et Sìleas n'était nulle part en vue. Il sentit son estomac se nouer lorsqu'il se rendit compte que Murdoc et Angus manquaient également.

Ses yeux revinrent alors sur l'une des rares femmes. Que faisait Dina ici ? Elle le regardait fixement. S'attendant à ce qu'elle les dénonce, il sentit la tension s'emparer de lui.

Dina jeta un coup d'œil autour d'elle, puis elle décrocha la torche qui pendait au mur, pour la jeter sur les joncs qui recouvraient le sol. Elle releva ensuite les yeux vers Ian et désigna l'escalier d'un signe de tête.

Elle essayait de lui dire qu'ils avaient conduit Sìleas à l'étage.

Il franchit le passage voûté au pas de course et s'élança vers les marches tandis que les flammes commençaient à s'élever. L'escalier en colimaçon avait été conçu pour donner l'avantage au défenseur, qui pourrait manier sans entraves son épée, tandis qu'un attaquant droitier serait gêné dans sa progression par le centre de la structure. Mais ces efforts se révélaient vains face à un assaillant entraîné à se servir indifféremment de ses deux mains. Tout en franchissant les degrés quatre à quatre, Ian empoigna son arme de la main gauche.

Des bruits de pas résonnèrent plus haut dans l'escalier. L'instant d'après, un homme massif le percuta, et tous deux dévalèrent l'escalier sur les fesses. Lorsque Ian prit conscience que l'homme qui l'écrasait de son poids n'était autre qu'Angus MacKinnon, la fureur l'aveugla.

— Qu'est-ce que vous lui avez fait ? cria-t-il, tout en plongeant la lame de son dirk dans les entrailles d'Angus.

L'homme était fort, mais il se battait de façon désordonnée, lançant des coups de poing paniqués, comme en proie à la folie. En une fraction de seconde, Ian prit le dessus : il chevaucha le torse de son adversaire et lui plaqua son arme sur la gorge.

— Je t'ai demandé ce que vous aviez fait à ma femme.

Ian accentua sa pression, si bien que du sang perla à la pointe de sa lame.

— J'ai vu son fantôme ! s'écria Angus. Il planait au-dessus de moi.

Le cœur d'Ian cessa de battre. Il avait redouté qu'ils violent Sìleas, mais n'avait jamais pensé qu'ils iraient jusqu'à la tuer.

Il perçut alors un son effroyable, surnaturel, et sentit une vague de froid le balayer. *Seigneur, non ! Faites qu'elle ne soit pas morte !* Ian trancha la gorge d'Angus avant de reprendre son ascension au pas de course.

Lorsqu'il atteignit l'étage, il ouvrit une porte qui donnait dans une vaste chambre à coucher. Il aperçut alors un homme penché sur le lit et les genoux nus d'une femme, ainsi qu'un pan de tissu bleu vif qui dépassait sur le côté. Le bleu était le même que celui de la robe que portait Sìleas, la dernière fois qu'il l'avait vue.

Une colère noire, bouillonnante, s'empara de lui. En poussant un grognement, il s'élança, claymore à la main.

Chapitre 39

Murdoc plaqua une main sur la bouche de Sìleas qui se débattait sous son poids. Sa respiration saccadée l'empêchait de percevoir les sanglots de la Dame verte.

Même le fantôme du château avait fini par l'abandonner.

— Ta mère était un bien piètre réceptacle, déclara Murdoc. La baiser était une corvée. Mais une jeune femme aussi vigoureuse que toi me donnera un fils fort.

Murdoc la relâcha soudain lorsqu'un hurlement guerrier, tel un roulement de tonnerre, résonna dans la pièce. Sìleas fut submergée par le soulagement.

Ian était venu la chercher.

En un éclair, Murdoc fit volte-face et dégaina son épée. Il parvint à dévier l'attaque d'Ian qui l'avait visé droit au cœur, mais au prix d'une sérieuse entaille au bras. Le sang imbiba aussitôt la manche de sa chemise. Le fracas des lames qui s'entrechoquaient emplissait la chambre tandis que les deux hommes avançaient puis reculaient à tour de rôle.

Sìleas ramena ses genoux contre sa poitrine, médusée par le spectacle et absorbée par ses prières.

Avec sa chevelure brune qui volait en tous sens et ses yeux bleus dignes d'un faucon fondant sur sa proie, Ian était magnifique. Les muscles de tout son corps se tendaient puis se relâchaient à mesure qu'il entraînait sa lourde épée à deux mains dans une frénétique danse mortelle.

Derrière la violence maîtrisée d'Ian, elle percevait sa sourde colère. Il attaquait sans relâche, fendant l'air de sa lame avec une force assassine. Une nouvelle entaille se mit à saigner au sommet de la cuisse de Murdoc, non loin de son entrejambe. Une de plus et, cette fois, ce fut l'épaule qui saigna. Mais Murdoc revenait sans cesse à la charge. C'était un homme fort, doublé d'un guerrier expérimenté, et qui luttait pour sauver sa peau. Cette valse folle arrachait des grognements aux deux protagonistes.

Le combat s'approcha du lit, bientôt maculé de giclées écarlates. Lorsque Murdoc bascula en arrière, Sìleas rampa pour s'éloigner de lui. Mais, d'un brusque mouvement du bras, il lui saisit la cheville d'une main de fer, lui arrachant un couinement d'horreur.

— Argh! lâcha Murdoc tandis que la pointe de l'épée d'Ian s'enfonçait dans ses entrailles, le clouant au lit.

En un clin d'œil, Ian saisit son adversaire par les cheveux, lui trancha la gorge d'un coup de son dirk, puis extirpa sa claymore avec un bruit de succion des plus sonores.

Il enjamba ensuite le cadavre et souleva Sìleas dans ses bras. Elle s'accrocha à lui de toutes ses forces.

— Chut, chut! Je suis là, maintenant, l'apaisa-t-il dans un tendre murmure, tout en lui caressant le dos et en embrassant ses cheveux. Je vais te protéger.

— Ian! Il faut partir.

Au son de la profonde voix masculine, Sìleas tourna la tête pour découvrir père Brian dans l'embrasure de la porte. Derrière lui, dans la cage d'escalier, s'élevaient des tourbillons de fumée.

— Vite, insista le prêtre. Le château est en feu.

Ian traversa la pièce, la jeune femme toujours dans ses bras. Elle en profita pour contempler l'endroit qui avait été le théâtre des nombreuses souffrances de sa mère. La fumée s'épaississait si vite qu'elle peinait déjà à distinguer le corps de Murdoc au pied du lit. La dernière chose qu'elle aperçut fut l'éclat de la robe vert pâle qui glissait parmi les épaisses volutes grises.

Celles-ci étaient si denses dans l'escalier que Sìleas ne voyait déjà plus père Brian, bien qu'elle l'entendît tousser. Ses yeux étaient remplis de larmes, et sa gorge brûlait. Enfin, au pied des marches, ils aperçurent Payton et Niall qui les attendaient dans la salle commune, entourés de cadavres.

À peine Ian l'eut-il reposée par terre que les quatre hommes se mirent à courir en direction de la porte principale moins enfumée car le feu y était plus intense. Tout ce qui était susceptible de brûler – les joncs, les tables, les bancs renversés – se consumait. Sìleas balaya la salle du regard et constata que les flammes qui dévoraient la table principale commençaient à lécher la charpente de bois.

Elle espéra que Dina ait pu s'enfuir, car seuls des morts occupaient à présent la salle commune.

—Je passe le premier. Ils ont pu placer des hommes à l'extérieur, prêts à nous trucider dès que nous mettrons le nez dehors, annonça Ian avant d'ouvrir la porte.

En tout cas, il aurait fait ainsi à leur place, mais, lorsqu'il s'avança dans la cour d'enceinte, il se rendit compte que les MacKinnon avaient tout bonnement déserté le château. L'endroit était vide, à l'exception de Dina, d'une chèvre et de quelques poulets affolés.

—Tu aurais dû voir Niall, lui dit son père, tandis qu'il franchissait les marches l'une après l'autre. (Il était couvert de sang et prenait appui sur son fils cadet, mais il souriait comme s'il n'avait jamais été plus heureux.) Nous étions tous les deux – lui couvrait mon côté faible – et nous

336

avons découpé tous les MacKinnon qui ont eu l'audace de s'approcher de l'escalier.

Ian serra Sìleas un peu plus fort contre lui. Il était incapable de se joindre à la bonne humeur des deux hommes. La vision de sa femme plaquée sur un lit par un homme qui se tenait entre ses jambes le hantait toujours – comme elle continuerait probablement à habiter ses rêves pendant encore un très, très long moment.

—Père Brian valait le coup d'œil, lui aussi, renchérit Niall dans un éclat de rire. Refusant de se servir d'une épée, ou même d'un dirk, il a sillonné la salle pour assommer tous les MacKinnon qu'il croisait à coups de chandelier en argent.

—Ils n'étaient déjà plus bien vivaces, relativisa père Brian. Entre leurs vomissements et le feu, ils détalaient comme des lapins.

—Dina et moi avons empoisonné leur bière, intervint Sìleas d'une petite voix.

—Bien joué, les filles! s'exclama Payton en gratifiant la jeune femme d'un sourire radieux.

Tandis que les autres continuaient à partager leurs anecdotes, Ian serra Sìleas contre son torse et ferma les paupières. *Dieu soit loué, je l'ai finalement retrouvée!*

En entendant des bruits de pas sur les planches du pont-levis, il rouvrit brusquement les yeux. Il se plaça devant Sìleas et dégaina sa claymore, une fraction de seconde avant qu'une dizaine d'hommes franchissent la herse en courant.

—C'est Gòrdan! s'écria Sìleas.

Ian se détendit quelque peu en constatant qu'elle disait vrai, et que le jeune homme menait un groupe appartenant au clan MacDonald.

— Nous avons repris Knock Castle ! les accueillit Payton, l'épée brandie vers le ciel.

Les nouveaux venus scrutèrent le château en feu, puis la cour d'enceinte vide, avant d'abaisser leurs armes. Ils paraissaient plus déçus qu'autre chose.

— Je n'ai pu réunir qu'une dizaine d'hommes en si peu de temps, déclara Gòrdan en s'approchant.

— Je te remercie d'être venu, lui répondit Ian, qui lut la douleur dans les yeux de son interlocuteur lorsqu'ils passèrent sur Sìleas.

Gòrdan détourna le regard vers la fumée qui s'échappait par la porte principale de la salle commune.

— Et moi qui croyais que vous auriez besoin d'un coup de main. Apparemment, j'étais loin du compte.

— Nous avons besoin de ton aide, répliqua Ian.

Gòrdan reporta son attention sur le jeune homme.

— Bon. Et que voudrais-tu que je fasse ?

— Le crépuscule est proche. Nous allons devoir passer la nuit ici, déclara Ian. Mais, dès le matin, je dois ramener ma famille chez moi et conduire Connor à l'assemblée. Pourrais-tu assurer la surveillance du château pendant ce temps-là ?

— Bien entendu. Le corps de garde n'a pas été endommagé par les flammes ; c'est là que nous dormirons, proposa Gòrdan. J'enverrai un homme à l'assemblée, demain soir, pour qu'il s'exprime en notre nom à tous. (Il balaya de nouveau le château fumant du regard.) Avec toute cette pierre, le feu ne durera pas. Nous essaierons de récupérer tout ce qui peut l'être, mais je crains qu'il ne reste pas grand-chose.

Ian pensa à la somme de mauvais souvenirs qu'avait Sìleas de cet endroit censé devenir leur domicile. Il refusait d'en conserver le moindre meuble, drap, ou même la moindre planche de parquet.

—Laisse les hommes se servir dans ce qu'ils pourront tirer des décombres. Sìleas et moi repartirons de zéro.

À en juger par la façon dont la jeune femme lui étreignit la main, il sut qu'elle approuvait sa décision.

—Comment te sens-tu, ma chérie ? s'enquit Payton.

Tandis que la jeune femme s'approchait pour lui répondre et discuter avec Niall, Ian prit Gòrdan à part pour lui glisser un mot.

—J'aimerais te demander une autre faveur, déclara-t-il à voix basse.

Gòrdan baissa les yeux et délogea une motte de terre de la pointe de sa botte.

—Tu sais que je te suis redevable, après ce que ma mère a fait.

—Pourrais-tu t'occuper de Dina, lorsque nous serons partis, demain matin ?

Sous le coup du regard assassin que lui adressa Gòrdan, Ian ajouta :

—Juste le temps que je trouve quelqu'un d'autre pour veiller sur elle.

—Est-elle ta maîtresse ? siffla Gòrdan, les narines dilatées. Je te suis certes redevable, mais je refuse de trahir Sìleas.

—Tu m'as mal compris, l'apaisa Ian, en levant la main. Il n'y aura jamais d'autres femmes pour moi que Sìleas. (Gòrdan, les lèvres serrées, écoutait néanmoins.) Sans l'aide de Dina, nous ne nous en serions jamais tirés, expliqua Ian, et je n'ai pas envie qu'elle reste sans protection. Tu veux bien garder un œil sur elle et t'assurer qu'il ne lui arrive rien ?

Gòrdan glissa un regard en direction de la jeune femme, qui se tenait seule, les bras croisés pour lutter contre la bruine qui s'était mise à tomber.

— Elle a commis des erreurs, reconnut Ian, mais nous avons tous le droit à une deuxième chance.

— Oui, tu as raison, concéda Gòrdan avec un petit hochement de tête. Je veillerai sur elle.

Chapitre 40

Il faisait certes froid et humide dans le corps de garde mais, au moins, ils n'eurent pas faim. Gòrdan avait rapporté du poisson séché, des galettes d'avoine, ainsi que du fromage. Quant à père Brian, béni soit-il, il avait eu la présence d'esprit de mettre le tonneau à l'abri des flammes lorsqu'ils avaient fui la salle commune.

Après le dîner, le prêtre mena une prière. Tous baissèrent la tête et adressèrent leurs pensées à Connor, Alex et Duncan, ainsi qu'à l'ensemble de leur clan.

Tandis que les autres sombraient dans le sommeil ou s'absorbaient dans des discussions, Ian resta adossé contre le mur en compagnie de Sìleas : de là, il pouvait surveiller la porte. Il n'avait aucun moyen de s'assurer que les MacKinnon ne reviendraient pas. Bien qu'il ait bloqué l'entrée et posté quelques hommes dehors, sous la pluie, il ne dormirait que d'un œil. Il ne disposait pas des troupes nécessaires pour repousser une attaque d'envergure.

Il enveloppa Sìleas plus étroitement dans son tartan et lui déposa un baiser sur les cheveux. La jeune femme reposait contre son torse. Chaque fois qu'il repensait à la chance qu'il avait eue de ne pas la perdre, il avait le sentiment qu'un énorme poing lui enserrait le cœur.

— Je dois te dire quelque chose, déclara la jeune femme dans un soupir.

Le sang martela les tempes d'Ian, qui s'arma de courage pour entendre l'inacceptable. Il lui fallait faire front et se montrer fort pour elle.

— Était-ce Angus ou Murdoc ? demanda-t-il malgré sa gorge serrée.

Aussi longtemps qu'il vivrait, il s'en voudrait d'être arrivé trop tard pour lui éviter une telle horreur.

Sìleas lui caressa le visage du bout des doigts.

— Non. Il ne s'est rien passé de tel.

Lui mentait-elle pour l'épargner ? Il refusait d'insister pour le moment. Lorsqu'elle serait en sécurité et qu'ils disposeraient de plusieurs heures pour discuter, alors il apprendrait tout ce qui s'était produit dans ce maudit château.

— C'est la vérité, ajouta-t-elle. Je n'étais pas certaine que tu me trouves avant que l'un d'eux me viole, mais tu y es parvenu.

Une vague de soulagement déferla en lui. Ces porcs avaient certes posé leurs mains sur elle et l'avaient terrifiée, mais au moins elle n'avait pas eu à subir le pire des outrages.

— J'ai toujours su que tu finirais par arriver, poursuivit-elle. Comme toujours.

La confiance qu'elle plaçait en lui le submergea. Il lui prit la main pour embrasser ses doigts.

— Et demain, tu empêcheras Hugh Dubh de devenir notre chef, enchaîna-t-elle avec détermination. Tu le feras au nom du clan, de Connor et de tous les autres. Pour moi, aussi.

— Je ferai de mon mieux.

— Ce que je voulais te dire, c'est que Murdoc a reconnu avoir conclu un pacte avec Hugh, révéla Sìleas. En échange de la mort de Connor, Murdoc obtenait la jouissance de Knock Castle, et de moi.

—J'en étais sûr! s'exclama Ian en abattant son poing sur le sol. Je te promets que je ne laisserai jamais Hugh devenir chef.

Plutôt le tuer que de laisser une telle chose se produire.

Sìleas appuya de nouveau la tête contre le torse d'Ian.

—J'aimerais rester éveillée, juste pour sentir tes bras autour de moi, dit-elle d'une voix douce. Mais je suis si fatiguée que mes yeux se ferment tout seuls.

—Alors dors, *mo chroí*, murmura-t-il tandis qu'elle se laissait gagner par le sommeil dans ses bras.

Ian réveilla les hommes aux premières lueurs du jour. Il était impatient de conduire sa femme dans un lieu plus sûr et de voir comment Connor et les autres se portaient. Il n'avait en outre pas une seconde à perdre. Les courtes journées de novembre approchaient à grands pas : la cérémonie de Samhain débuterait dès le crépuscule.

—Ian, appela son cadet depuis la porte. Viens voir ça.

Ian, qui avait perçu l'urgence dans la voix de son frère, accourut le rejoindre sur le pont-levis.

—Là, dit Niall en pointant le doigt vers la mer, où trois galères approchaient de la côte.

Oh non, non, non! Ian plissa les yeux pour essayer d'en distinguer les occupants malgré la pluie fine qui s'abattait. Diable, l'homme qui se tenait à la proue du navire de tête n'était autre que son récent geôlier, Shaggy MacLean.

Que venait-il faire ici ? Avec trois vaisseaux chargés d'hommes de main, sa visite semblait n'avoir rien d'amical.

—Dieu du ciel, jura Ian. Je n'ai pas le temps de m'occuper d'une meute de MacLean sanguinaires, ce matin.

Ian se retourna lorsque père Brian les rejoignit sur le pont-levis.

— Je ne doute pas que vous fassiez appel à Dieu, plutôt que de prononcer Son nom en vain, déclara le prêtre. Parce nous allons avoir besoin d'une intervention divine, ça, c'est certain.

Il avait raison : les Maclean débarquaient.

— Vite, tous sur le chemin de ronde ! cria Ian en se ruant dans le corps de garde. Que chacun prenne le bouclier d'un des morts avec lui. Les MacLean arrivent, nous devons leur faire croire que nous sommes plus nombreux qu'en réalité.

Il n'opposa aucune objection en apercevant Sìleas et Dina, bouclier à la main, qui emboîtaient le pas de Gòrdan, lequel s'engageait sur une échelle. Si les hommes de Shaggy parvenaient à entrer, elles seraient plus en sécurité sur les remparts.

— Je descends, annonça Ian à l'intention de ses compagnons.

La pluie et les boucliers ne leurreraient Shaggy qu'à une certaine distance. Ian se devait donc de l'intercepter sur la plage.

Shaggy était du genre à percevoir la faiblesse de son opposant, aussi Ian marcha-t-il comme s'il disposait de tout son temps vers l'endroit où les galères avaient touché terre.

— On est bien loin de chez soi, n'est-ce pas, Shaggy ? lança-t-il, une fois à proximité de son interlocuteur.

Il fut content de découvrir Hector, le fils aîné de Shaggy, aux côtés de son père. Hector jouissait en effet de la réputation d'être plus posé et plus digne de confiance que celui-ci.

— Quelle espèce de fou oserait défier seul trois navires ? répondit Shaggy en lui retournant un regard assassin, sous ses sourcils sombres. Mais, ma foi, la rumeur prétend qu'Archibald Douglas a dit de toi que tu ne connaissais pas la peur, à un point qui frise la folie douce.

Dans les Highlands, les nouvelles voyageaient parfois plus vite que les hommes.

Ian haussa les épaules.

— Je me demandais juste ce que vous faisiez à croiser sur ces eaux.

— Je cherchais cette charmante petite galère que tu m'as subtilisée, répondit Shaggy. Je ne l'ai pas vue en passant devant chez toi, alors je poursuis mes recherches.

Ian tenait la réponse à l'une de ses questions. C'était à n'en pas douter la vue des trois navires de guerre de Shaggy qui avait poussé les MacKinnon à fuir après leur embuscade pour tuer Connor et les autres. Il ne croyait pas, en revanche, que Shaggy se soit déplacé pour un simple bateau volé.

— Je suis désolé de ne pouvoir vous offrir l'hospitalité que vous méritez, déclara Ian. Mais nous avons dû mettre le feu à la salle commune au cours de notre reconquête du château, ce qui a grandement endommagé le donjon. (Shaggy s'élança vers Ian, mais son fils le retint par le bras.) J'ai une proposition à vous faire, enchaîna Ian. Et si vous n'êtes pas aussi fou qu'on le dit, vous l'accepterez.

Hector dut de nouveau contenir les élans de son père.

— Écoutons d'abord de quoi il retourne, souffla-t-il.

— Vous avez misé sur le mauvais cheval en aidant Hugh à se proclamer chef à la place de Connor. Nous nous sommes évadés de vos geôles et, maintenant, nous contrôlons Knock Castle. (Ian laissa à Shaggy le temps de digérer ses paroles.) Je vous suggère de changer de camp tant que vous le pouvez encore. (Shaggy émit un grognement sourd, qu'Ian prit pour un encouragement à poursuivre.) Hugh n'a pas levé le petit doigt lorsque les MacKinnon se sont emparés de Knock Castle, c'est pourquoi vous avez pensé pouvoir le récupérer à votre tour. Avec un meneur qui ne fait rien pour protéger nos terres, les MacKinnon et les MacLeod n'auront aucun mal à nous envahir, ce qui signifierait la fin pure et simple des MacDonald sur Skye. (Ian laissa s'écouler un long moment de silence.) Avez-vous réfléchi à ce que feraient les MacKinnon et leurs frères plus puissants encore, les MacLeod, une fois qu'ils auraient mis la main sur tout Skye ?

— En quoi est-ce que les actes de ces maudits MacLeod me concernent ? rétorqua Shaggy.

Ian écarta les bras.

— S'ils n'ont plus rien à craindre de la part des MacDonald les plus proches d'eux, alors ils se tourneront vers le sud pour lorgner sur vos terres de l'île de Mull.

À en juger par les regards en coin que lançait Hector à Shaggy, Ian déduisit que le jeune homme avait déjà dû adresser ces mêmes mises en garde à son père. Il suffisait d'un peu de bon sens pour savoir que le maintien d'un équilibre était indispensable, tant avec les amis qu'avec les ennemis. D'autant que, dans les Highlands, ceux-ci échangeaient fréquemment leur rôle.

— Mais rien de tout cela ne se produira, car Connor sera bientôt notre chef, avança Ian en croisant les bras avec la désinvolture la plus naturelle possible. Connor n'est pas le genre de type que l'on aime compter parmi ses ennemis. Donc, si vous aviez des plans concernant Knock Castle, je vous conseille d'y réfléchir à deux fois.

Shaggy et son fils se dévisagèrent.

— Hugh assure qu'il rejoindra la rébellion contre la couronne, déclara Shaggy. Connor en fera-t-il de même ?

— Ne vous fiez pas aux promesses de Hugh. Je ne peux pas parler pour Connor, mais je sais qu'il sera prêt à tout pour le bien du clan.

Shaggy garda les yeux rivés sur Ian tout en se grattant le menton. En dépit de la pluie et du vent marin glacial, un filet de sueur ruissela dans le dos d'Ian. Le temps commençait à lui manquer. Il fallait à tout prix qu'il se débarrasse des MacLean au plus vite afin de retourner auprès de Connor.

Malgré tout, il rejeta la tête en arrière, comme pour scruter le ciel jusqu'à ce que, enfin, Shaggy daigne reprendre la parole.

—Connor n'est pas encore marié, à ce que je sache ?

La question surprit Ian à tel point qu'il faillit éclater de rire. Pour autant, les raisons qu'avait Shaggy de la poser étaient évidentes. Vu le nombre de femmes qu'il avait épousées, puis écartées, au fil des ans, il disposait, à n'en pas douter, de toute une ribambelle de filles à caser.

—Non, pas encore, répondit Ian, qui se balançait sur ses talons en espérant que son interlocuteur et ses fichus bateaux reprendraient enfin le large.

—Dans l'hypothèse où Connor s'unirait à l'une de mes filles – si toutefois il devenait bien votre chef –, alors je pourrais me laisser convaincre de lui offrir la galère comme cadeau de noce.

—C'est un excellent navire, rapide, qui plus est, reconnut Ian. Je parlerai de vos filles à Connor.

—Dis-lui qu'il peut venir à bord de la galère pour chercher l'une d'elles. (Les dents inégales de Shaggy apparurent au milieu de sa barbe broussailleuse, dans ce qu'Ian identifia comme un sourire.) Lorsque Connor viendra chercher sa future épouse, lança Shaggy en route vers son navire, alors nous discuterons de sa position sur la rébellion.

Pauvre Connor ! Il aurait bien du pain sur la planche, une fois nommé chef de clan.

Si toutefois il survivait.

À peine Ian eut-il franchi la porte du château qu'il courut vers son cheval.

— Je n'atteindrai peut-être pas Dunscaith Castle avant le début de l'assemblée, dit-il à son père tout en montant en selle. Peux-tu retarder la nomination du chef jusqu'à ce que j'arrive avec Connor ?

— Le seannachie va raconter des histoires du clan, depuis la nuit des temps jusqu'à aujourd'hui, répondit Payton. Quand il en arrivera au père de Connor, j'irai de mon petit couplet personnel en l'honneur de mon vieil ami et j'encouragerai les autres à m'imiter. Il serait déplacé pour Hugh de nous interrompre. Mais, tout de même, tu ferais mieux d'avoir le vent dans le dos.

— Je t'accompagne, lança Sìleas à Ian en tendant la main vers lui.

— Parfait. Je préfère te savoir avec moi, dit-il en l'aidant à prendre place sur sa monture.

La dernière fois, il l'avait laissée derrière lui, croyant qu'elle y serait plus en sécurité. Il n'était pas prêt à courir de nouveau le risque de la perdre. Quels que soient les événements qui les attendaient, ils les affronteraient ensemble.

Dès que les navires de Shaggy quittèrent la baie et eurent disparu, Ian et Sìleas s'élancèrent au galop sur le pont-levis. Le soleil découpait un cercle gris clair dans les lourds nuages qui s'amoncelaient au loin. La pluie balayait tout le paysage jusqu'à Dunscaith Castle ; il était donc vraisemblable que Hugh n'ait pas vu la fumée qui s'était élevée de Knock Castle, ni appris que ses plans étaient sérieusement menacés.

Ian comptait sur cette éventualité. Pour espérer parvenir à ses fins, il devait bénéficier de l'effet de surprise.

Chapitre 41

— J'ai rarement vu un homme en si piteux état, déclara Ian en se penchant pour serrer l'épaule valide de Connor. Mais ça ne m'a pas souvent fait tant plaisir de te voir.

Connor était certes faible et meurtri, mais il n'avait rien perdu de sa vivacité.

— Il ne peut encore aller nulle part pour le moment, intervint Ilysa, les traits tirés par l'inquiétude. Et le pauvre Duncan semble aussi fragile qu'un chaton.

Malgré la gravité de la situation, Ian ne put s'empêcher d'échanger des regards amusés avec les autres hommes. Bien qu'il soit grièvement blessé, personne d'autre que sa sœur n'aurait osé comparer Duncan à un chaton.

— Et la jambe d'Alex m'inquiète sérieusement, enchaîna-t-elle, un doigt accusateur pointé vers le patient récalcitrant.

— Ah, nous allons tous nous en remettre ! intervint Duncan, pourtant si pâle qu'on ne voyait plus que les taches de rousseur sur son visage.

— Tu te sens capable de voyager ? demanda Ian à Connor. L'assemblée ne va pas tarder à débuter.

Aussi menue soit-elle, Ilysa n'hésita pas à venir se placer entre Ian et Connor, les mains sur les hanches.

— Tu n'as quand même pas l'intention de le tirer de son lit, Ian MacDonald ?

— Je peux sans problème me rendre à l'assemblée, déclara Connor en se redressant, les dents serrées.

Duncan retint le bras de sa sœur, tandis qu'Ian allait prêter main-forte à son cousin.

— Connor doit y aller, insista Duncan. Nous le devons tous.

L'effort fourni par Connor pour s'asseoir lui avait coûté ; il pantelait, et de la sueur couvrait son front.

— Nous devons certes y aller, mais le tout est de savoir comment, fit remarquer Alex depuis l'autre bout de la pièce, sur son tabouret minuscule. Ça me fait mal de le reconnaître, mais, dans l'état où nous sommes, nous ne risquons pas d'instiller beaucoup de peur dans le cœur de nos ennemis.

Ian les scruta à tour de rôle. Duncan et Alex disposaient à eux deux d'une paire de jambes et d'un bras valides, et il était peu vraisemblable que Connor puisse se lever.

— Alex a raison. Si Hugh vous voit arriver comme ça, il vous achèvera avant même que vous ayez mis les pieds dans le château, confirma Ian. Nous allons devoir vous y faire entrer tous les trois sans que personne vous voie. Deux éléments jouent en notre faveur, poursuivit-il. Tout d'abord, Hugh ne s'attend pas à ce que vous pointiez le bout de votre nez, car il vous croit morts.

— Et nous sommes à la veille de Samhain, compléta Sìleas, vous pouvez donc porter des déguisements.

La moitié du clan en ferait autant – que ce soit pour imiter les morts ou les repousser, Ian se le demandait encore.

— Nous pourrions nous peindre le visage en noir, proposa Duncan. Beaucoup de jeunes le font.

— Si je me présente accompagné de trois types de votre carrure avec votre couleur de cheveux – surtout toi, Duncan –, j'ai bien peur que vos visages noircis ne suffisent pas à empêcher les gens de deviner qui vous êtes.

Teàrlag, penchée depuis un petit moment au-dessus de sa marmite qui bouillonnait sur le feu, se retourna et prit pour la première fois la parole :

— Ilysa, je n'ai pas encore jeté les vêtements de la dernière personne que nous avons aidé à mettre en bière. Ils feront l'affaire, tu ne penses pas ?

— Voilà qui va plaire à mon brave frangin, commenta Ilysa dont le visage s'illumina lentement d'un sourire. Je crois bien que nous allons vous permettre d'entrer dans le château incognito.

Ian manœuvra la petite galère de Shaggy pour franchir la pointe. Heureusement, un fort vent soufflait, lui épargnant de devoir ramer.

— Tu es ravissante, railla Alex, tandis que Duncan tenait sa coiffe pour l'empêcher de s'envoler. Je me demande si nous parviendrons à repousser les avances de ces messieurs.

Duncan avait revêtu les atours d'une célèbre commère décédée quelques semaines auparavant et qui, par chance, était énorme. Alex et lui avaient décidé que la courte paille désignerait l'heureux élu qui se grimerait de la sorte.

— Le premier qui s'avisera de me toucher se retrouvera sur les fesses, rétorqua Duncan, le regard mauvais.

— Loin de moi l'idée de te blesser, mais, à mon avis, tu n'as rien à craindre, intervint Ian. J'espère que tu as néanmoins pensé à emporter un dirk dans tes jupons.

— Pff, grogna Duncan, les yeux rivés sur Dunscaith Castle.

Alex ajusta l'un des masques que Teàrlag leur avait confectionnés à partir de vieux morceaux de tissu, afin qu'ils dissimulent leurs blessures.

— Quel dommage que je doive couvrir mon joli minois alors que toutes les filles du clan seront présentes à l'assemblée.

Installé au fond du bateau, Connor dormait profondément. Bien qu'Ian l'ait porté la plupart du temps, le trajet du repaire de la voyante à la grève l'avait vidé du peu d'énergie qu'il possédait encore.

— On ferait mieux de le réveiller dès maintenant, déclara Ian.

Duncan et Alex l'aidèrent à s'asseoir, et Sìleas lui enfila son masque.

Ian, quant à lui, n'avait pas besoin de se grimer : les gens s'attendaient à ce qu'il assiste à la réunion. Malgré tout, il garda son béret vissé sur la tête tandis qu'il guidait l'embarcation vers le ponton du château. Plus tôt, il y aurait trouvé une ligne de bateaux faisant la queue, mais la lumière de l'après-midi avait décliné, et la soirée était déjà entamée. L'éclat des torches qui balisaient l'entrée maritime se reflétait sur l'embarcation qui les précédait, l'unique autre retardataire.

Ilysa, de son côté, avait regagné le château plus tôt, par la route, pour éviter que son absence, alors que l'on installait le banquet en vue de l'assemblée, soulève des interrogations.

L'eau clapotait entre la coque du bateau et les degrés de pierre tandis qu'un garde, qui avait saisi la corde de proue, s'affairait à la fixer à un crochet métallique. C'était l'instant critique. Ian était prêt à dégainer sa claymore pour réduire l'homme au silence, si nécessaire.

Son collègue, un type maigrelet, offrit vaillamment sa main à Duncan.

— En voilà une belle plante, dis-moi !

D'après son visage, Duncan semblait plus disposé à étrangler le jeune homme qu'à accepter sa main. Ah,

352

les ennuis s'annonçaient! Ian se tendit en voyant le garde qui relevait la tête afin de dévisager les nouveaux venus l'un après l'autre. En croisant le regard d'Ian, il se fendit d'un grand sourire, auquel manquaient plusieurs dents.

—C'est moi, Tait, glissa-t-il à voix basse. Ilysa m'a envoyé donner un coup de main à l'entrée maritime.

La lumière des torches disposées dans le dos du garde permirent tout juste à Ian de reconnaître les traits de Tait, l'homme qui nourrissait une haine farouche à l'endroit de Hugh depuis que celui-ci avait violé sa sœur.

—Je vais m'occuper de ce dernier bateau et refermer derrière moi, lança Tait à l'autre garde. Tu ne voudrais quand même pas manquer le feu de joie, si?

Cette fois-ci, lorsque Tait offrit de nouveau sa main à Duncan, celui-ci la saisit sans faire d'histoire. Le bateau s'enfonça dans l'eau quand il posa un pied sur le rebord, avant de remonter lorsqu'il en descendit.

—Content de vous voir ici, les gars, confessa Tait, une fois le second garde disparu dans les escaliers. Ce maudit Hugh Dubh a passé la journée à parader dans tout le château comme un foutu paon.

Tait monta à bord afin d'aider Ian à sortir Connor de l'embarcation. Tout en le portant, Ian jeta un coup d'œil par-dessus son épaule et découvrit que Sìleas prêtait main-forte à Alex.

—À l'heure qu'il est, tous seront dans la cour pour le feu de joie, les informa Tait.

Ian contempla la longue série de marches qui les attendait, flanquée de chaque côté par des torches accrochées aux murs. Malheureusement, ils n'avaient d'autre choix que de passer par la salle commune pour accéder à la cour d'enceinte. Au niveau de l'eau, seul restait le donjon froid et humide – un lieu dont Ian espérait ne pas voir l'intérieur de sitôt.

Alex, capable de se débrouiller seul, passa le premier. Duncan, traînant tant bien que mal sa jambe, lui emboîta le pas, suivi comme son ombre par Sìleas.

—Je pense pouvoir y arriver, annonça Connor d'une voix mal assurée.

Mais un grognement lui échappa et quand Ian et Tait l'aidèrent à franchir la première marche.

—Garde tes forces, lui proposa Ian. Tu en auras bientôt besoin.

—J'ai entendu dire que Hugh avait demandé à ses hommes de garder un œil sur toi, Ian, l'informa Tait alors qu'ils progressaient à la suite des autres dans l'escalier.

Ces foutues marches étaient sans fin.

—Il croit savoir que certains des hommes veulent avancer ton nom lors de la nomination du chef, maintenant qu'ils pensent que Connor est mort – bien que tu ne sois pas du même sang.

—Et pourquoi crois-tu que je me sois donné tant de mal pour conduire Connor jusqu'ici, ce soir? plaisanta Ian.

Connor cessa son ascension pour tourner la tête.

—Tu devrais peut-être accepter ce rôle, Ian. Je ne suis pas en état de diriger le clan.

—Non, il est hors de question que tu me refiles la corvée de m'occuper de cette foule d'entêtés, lui opposa Ian en l'incitant à franchir une nouvelle marche. Tu es l'homme de la situation. Le seul et l'unique.

Le feu de joie de Samhain rugissait au centre de la cour d'enceinte, comme chaque année. Cette constance parut étrange à Sìleas, alors que tant d'autres choses avaient changé dans sa vie.

Personne ne leur prêta d'attention particulière tandis qu'ils se fondaient dans les ombres à l'extérieur du cercle d'observateurs réunis autour du feu. Beaucoup portaient des déguisements hauts en couleur, et plusieurs promenaient des lanternes faites à partir de raves évidées dans lesquelles ils avaient sculpté des visages destinés à repousser les mauvais esprits.

Quelques femmes jetaient des os ou des noix afin de lire, dans les dessins qu'ils formaient en retombant, le nom de leur futur époux : Samhain était une période propice à la divination. Nombreuses étaient celles qui disaient « oui » ou « non » à leur promis dans les jours qui suivaient cette soirée, en fonction de ce que les signes leur avaient révélé.

Les enfants, comme à leur habitude, s'amusaient, mais Sìleas perçut la tension qui animait les adultes malgré les réjouissances. Hugh avait fait savoir qu'il désirait que chaque homme lui prête serment d'allégeance avant la fin de la nuit.

— Lorsque nous entrerons pour la cérémonie, lui glissa Ian à voix basse, je veux que tu ailles trouver Ilysa et que tu restes avec elle. Elle saura comment te faire sortir de là si les choses tournent mal.

— D'accord.

Elle comprenait son besoin de ne pas avoir à s'inquiéter au sujet de sa femme au moment le plus crucial.

Lorsque cornemuses et tambours retentirent, la foule reporta son attention sur Hugh, qui lui faisait face, l'immense feu de joie dans son dos.

— Samhain est l'occasion de tous nous réunir afin de célébrer la dernière moisson de l'année et d'honorer nos morts, scanda-t-il, les bras en croix. Je vous suis très reconnaissant pour les longues histoires que tant d'entre vous ont relatées à la mémoire de mon défunt frère adoré, poursuivit-il en insistant sur les mots « tant » et « longues » et en adressant un regard en coin au groupe d'hommes d'âge mûr parmi lesquels se trouvait le père d'Ian. Mais Samhain marque aussi le début de notre nouvelle année, et c'est l'occasion de fêter l'avènement d'une nouvelle ère pour les MacDonald de Sleat.

Sìleas tapa du pied par terre ; Hugh était en verve, ce soir.

—J'ai gardé une place à la table principale pour feu mon frère, ainsi que pour mon neveu Ragnall, comme le veut notre tradition, afin que leurs esprits puissent se joindre à nous en cette soirée si particulière de Samhain.

Sìleas jugea osée la mention de leur précédent meneur alors que tout le clan savait que Hugh avait toujours tenu son frère en bien piètre estime. Pour autant, tous, dans les Highlands, respectaient les liens du sang.

Hugh se plaqua la main sur le cœur.

—Je sais que mon frère serait ravi de me voir lui succéder en tant que chef du clan.

Alex et Duncan toussèrent violemment. Hugh tourna vers eux un regard noir, mais les ombres leur assuraient l'anonymat.

—Il est temps à présent de mettre notre chagrin de côté, aussi douloureux cela soit-il, reprit Hugh, et de prêter allégeance à notre nouveau dirigeant.

—Croit-il vraiment pouvoir éviter le vote, purement et simplement ? demanda Sìleas à Ian dans un murmure.

—Oui, mais les hommes ne vont guère apprécier.

À en juger par les grommellements de protestation qui s'élevaient de la foule, il était clair qu'Ian avait vu juste.

—Puis nous ferons la fête, dès que chacun aura prêté serment, s'entêta Hugh. Tous à la salle commune !

—Reste bien avec les hommes et tiens-toi prêt, intima Ian à Tait. (Puis il se tourna vers Connor et les autres.) Ne vous faites remarquer par personne avant mon signal.

Grá mo chroí, dit-il ensuite à Sìleas en lui serrant la main avant de disparaître dans la foule.

(« Amour de mon cœur. »)

Sìleas attendit avec les trois autres jusqu'à ce que presque tous les gens présents à l'assemblée soient entrés dans la salle commune. Le vacarme des voix y était assourdissant tandis qu'ils se glissaient à leur tour dans la salle pour aller se placer contre le mur du fond.

Elle se pencha en avant pour jeter un coup d'œil à ses trois compagnons. Ils avaient l'apparence d'un trio, certes dépareillé, mais pas inhabituel, d'alcooliques : deux hommes portant des masques de Samhain et une énorme femme avec une coiffe, tous trois adossés contre le mur et s'appuyant l'un sur l'autre pour ne pas perdre l'équilibre.

Connor souleva son masque et inclina la tête pour lui glisser quelques mots :

— Tu ne devrais pas rester près de nous, les choses vont bientôt se mettre en branle.

Sa voix lui parut plus assurée qu'auparavant, et sa stature également plus droite. Cela au moins était bon signe. Elle lui serra le bras, puis s'en alla rejoindre Ilysa et Beitris, parmi les autres femmes.

De là, elle jouissait d'une vue parfaite sur Hugh, installé dans le fauteuil du chef de clan, sur une estrade au bout de la salle commune. En revanche, elle ne connaissait pas les deux hommes au visage patibulaire qui le flanquaient, mais elle supposa qu'il devait s'agir de camarades hérités de ses jours de piraterie. Les deux brutes posaient sur la foule un regard méprisant, visiblement désireuses d'arracher ses vœux au premier qui rechignerait à les livrer de bon cœur.

— À qui l'honneur d'ouvrir le bal ? lança Hugh.

Le silence retomba alors sur l'assistance, tandis que tous attendaient de voir qui ferait le premier pas. Lorsque Ian s'avança dans l'espace qui séparait l'avant de la foule de Hugh et de ses gardes, on eut l'impression que tous retenaient leur souffle.

— Eh bien, tu as plus de jugeote que je ne le pensais, Ian Aluinn ! le railla Hugh en employant le surnom dont les femmes qui cherchaient à le ridiculiser l'avaient affublé plusieurs années auparavant. Je croyais que mes hommes auraient à te persuader d'accomplir ton devoir.

Mais, au lieu de mettre un genou à terre pour prêter serment, Ian se retourna vers la foule. Un feu ardent brillait dans ses pupilles, et il se tenait bien campé sur ses jambes, comme prêt à affronter une demi-douzaine d'adversaires simultanément – ce qui était d'ailleurs sans doute le cas. Ah, son époux était à couper le souffle.

— Notre tradition veut que nous laissions les hommes s'exprimer avant la désignation d'un nouveau chef de clan, scanda Ian d'une voix qui résonna dans toute la salle. Et j'ai des choses à dire.

Un profond murmure d'approbation s'éleva de l'assistance.

Hugh tapota des doigts l'accoudoir de son siège, comme si l'envie de donner l'ordre de réduire Ian au silence le démangeait. Néanmoins, la réaction de la foule à l'affirmation d'Ian indiquait clairement qu'elle s'attendait à ce que Hugh respecte la tradition, quand bien même les gens ne nourrissaient que peu de doutes quant à l'issue d'une telle intervention.

— Je t'en prie, parle donc, concéda Hugh avec un petit geste impatient de la main. Mais, étant ici le seul dont le sang appartient à la lignée des meneurs, je n'en vois pas bien l'intérêt.

Ian tourna alors la tête pour lancer un regard en direction de Hugh.

— Comment pouvez-vous affirmer de façon aussi catégorique que mon oncle n'a pas laissé derrière lui un ou deux autres fils dont vous n'auriez jamais entendu parler ?

Des éclats de rire sonores éclatèrent çà et là dans la salle, car tous savaient que leur chef, comme son père avant lui, avait couché avec un nombre incalculable de femmes au fil des ans.

— Mais non, je n'ai pas interrompu le déroulement de cette soirée pour annoncer l'existence d'un autre prétendant au fauteuil de meneur, reprit Ian, le poing levé. Je suis venu ici vous dire que j'ai repris Knock Castle des mains des MacKinnon !

La salle retentit alors d'un fracas métallique lorsque tous les hommes dégainèrent leur claymore avant de manifester leur joie à grand renfort de rugissements. Hugh se leva et tendit les mains pour obtenir le silence, mais il dut patienter un certain temps avant de pouvoir se faire entendre.

Une fois l'allégresse retombée, il déclara :

— Annoncer que tu as récupéré le château n'en fait pas pour autant une vérité.

Sìleas sursauta en voyant Gòrdan émerger de la foule pour venir se placer aux côtés d'Ian. Ses vêtements étaient couverts de suie, et il semblait épuisé d'avoir galopé à vive allure pour arriver à temps.

— La plupart d'entre vous savent qu'Ian et moi nourrissons quelques différends, dit-il. Vous pouvez donc me croire si je vous dis qu'il a en effet repris le contrôle de Knock Castle hier.

Quelques-uns lancèrent des cris, mais Gòrdan leva la main pour indiquer qu'il n'avait pas fini.

— Shaggy MacLean écume en ce moment les eaux voisines, j'aimerais donc que certains me rejoignent au château dès le matin. Autant éviter de le perdre au profit des MacLean alors que nous venons tout juste de l'arracher aux MacKinnon.

La salle s'emplit de nouveaux grondements de joie et de lames brandies haut. Son discours achevé, Gòrdan adressa un bref hochement de tête à l'assistance avant de replonger dans la foule.

— C'est en effet un bien grand jour pour les MacDonald de Sleat, déclara Hugh, comme si la victoire lui était due, et alors que tous savaient qu'il n'avait pas daigné lever le petit doigt lorsque les MacKinnon étaient à la tête de Knock Castle.

Tous les yeux, cependant, étaient rivés sur Ian, qui s'était attiré la bienveillance de la foule. Il franchit les quelques pas qui le séparaient de la table principale, là où deux places avaient été réservées pour les absents.

— Avant que nous choisissions un nouveau chef, dit lentement Ian d'une voix posée, nous devons éclaircir les circonstances de la mort de son prédécesseur – et de son fils, Ragnall.

Un frisson sembla parcourir la salle à l'évocation des disparus ; lors de Samhain, le voile qui séparait les morts des vivants était ténu. Sìleas visualisait presque l'ancien meneur et Ragnall – des hommes imposants, musclés, les cheveux clairs et le visage sévère – encadrer Ian.

— Ceux d'entre nous qui se trouvaient à Flodden savent ce qui s'est passé, répliqua Hugh, balayant l'assistance de son regard gris et dur. Pendant que Ian se délectait de bons vins en faisant la cour aux demoiselles de France, nous nous faisions massacrer par les Anglais !

Ian attendit que le murmure qui s'ensuivit se tarisse. Puis, d'une voix étranglée par la colère, il assena :

— Ce ne sont pas les Anglais qui ont abattu notre chef et son fils.

Hugh, qui dévisageait Ian, bouche bée, pâlit à vue d'œil avant de se ressaisir brusquement. La foule, abasourdie, resta silencieuse.

Ian tendit le bras, le doigt pointé sur Hugh, et déclara d'une voix qui résonna dans toute la pièce :

— Je vous accuse, Hugh Dubh MacDonald, du meurtre de notre chef et de son fils à Flodden !

Un vacarme assourdissant emplit la salle commune.

Hugh essaya à plusieurs reprises de prendre la parole avant de pouvoir se faire entendre.

— J'ai combattu à Flodden, dit-il, les poings crispés et un regard assassin braqué sur Ian. Comment oses-tu m'accuser du pire des crimes, alors que je pataugeais dans le sang des nôtres jusqu'aux chevilles, à lutter, tandis que toi, tu avais déserté notre clan au moment le plus critique ? (Il se tourna alors vers ses gardes.) Emparez-vous de lui !

Sìleas, le souffle coupé, s'élança en avant, mais fut retenue par Beitris et Ilysa.

La voix de Tait s'éleva alors à l'autre bout de la pièce :

— Écoutons ce qu'Ian a à dire !

D'autres se mirent à scander :

— Oui ! Laissez-le parler ! Laissez-le parler !

Hugh leva alors la main pour arrêter ses gardes qui, de toute façon, n'avaient obéi qu'avec lenteur.

— Il est facile de porter des accusations, dit-il à Ian. Encore faudrait-il avoir de quoi les étayer.

— Ce ne sont pas les preuves qui manquent, répliqua Ian avant de laisser retomber le silence, afin que tous mesurent le poids de ses mots.

Puis il ajouta :

— Je demande à mon père, Payton MacDonald, de s'avancer.

Sìleas étreignit les mains de Beitris et Ilysa en voyant Payton gagner le devant de la foule. Malgré sa démarche claudicante et ses cheveux gris, il restait un homme impressionnant, dont le visage et les mains portaient de nombreux stigmates de guerre. Son cœur déborda de fierté lorsqu'elle vit père et fils, tous deux dignes et honnêtes, se tenir côte à côte devant leur clan.

— Père, peux-tu nous dire qui combattait à tes côtés à Flodden ?

— Je me tenais à la gauche de notre chef, et Ragnall à sa droite, comme nous le faisions toujours, répondit Payton. Nous étions sur le front – là encore, comme d'habitude.

Un grondement approbateur balaya la salle, car tous savaient que les trois hommes combattaient toujours ainsi.

— Et qui se trouvait derrière toi ? lui demanda Ian.

— Cette fois-là, c'étaient Hugh Dubh avec quelques-uns de ses hommes.

La déclaration de Payton déclencha un murmure dans la foule, bien que la présence de Hugh dans leur dos ne constitue en rien la preuve de quoi que ce soit.

— Peux-tu nous dire comment notre chef et Ragnall ont été tués ?

Payton secoua la tête.

— Je n'ai pas vu qui leur a porté les coups, mais tout ce que je sais c'est qu'ils nous ont été assenés par-derrière. Depuis lors, je ne cesse de me demander par qui. (Le silence qui régnait dans la grande salle commune était si total que Sìleas s'entendit respirer.) Les Anglais étaient déchaînés, et nous luttions pour notre survie, reprit Payton. Mais, tout de même, j'aimerais savoir comment certains de leurs soldats ont pu se glisser dans notre dos sans qu'on les voie.

Ian haussa les épaules.

— Lorsque les combats font rage, il est impossible d'avoir les yeux partout.

— Nous combattions toujours tous les trois ensemble, expliqua Payton. Nous assurions réciproquement nos arrières. Je conçois tout à fait qu'un Anglais ait pu échapper à la vigilance de l'un de nous. Mais de nous trois? demanda-t-il sceptique. Non, ça ne me semble pas possible.

Plusieurs manifestèrent leur appui; les trois hommes étaient en effet des combattants renommés, derniers survivants de batailles qui en avaient vu tomber plus d'un.

— Nous avons été touchés tous les trois en même temps, poursuivit Payton. J'ai vu notre chef s'effondrer à l'instant où m'est parvenu le cri de Ragnall. Et, avant d'avoir pu m'élancer vers l'un d'eux, j'ai reçu un coup à l'arrière du crâne.

— À l'arrière du crâne, et par-derrière, répéta Ian. Sais-tu qui t'a porté ce coup, père?

Payton secoua de nouveau la tête.

— Je n'ai refait surface que quinze jours plus tard, dans mon lit, avec une jambe en moins.

— Et c'est ça, ta preuve? intervint Hugh en levant les bras au ciel. C'est bien triste que mon frère et Ragnall soient tombés à Flodden, mais tu nous fais perdre notre temps à ressasser le passé.

Ian pointa le doigt en direction de trois des hommes qui se tenaient au premier rang.

— Diriez-vous que vous avez combattu les Anglais et nos adversaires des Highlands assez de fois pour pouvoir distinguer leurs armes?

— Ne dis pas de bêtises, répliqua l'un des hommes interpellés. Ce serait un jeu d'enfant.

— Dans ce cas, pouvez-vous nous dire quel type d'armes a causé la cicatrice que mon père porte à la nuque?

Payton ôta son béret et se retourna. On avait pris soin de raser la zone qui entourait une balafre longue comme la main.

—Tu as eu de la chance que ton assaillant ne te touche qu'avec la pointe de son arme, autrement, tu serais un homme mort, déclara l'un des participants pris à parti. C'est probablement ton déplacement vers le chef et Ragnall qui t'a sauvé la vie.

—Pouvez-vous nous dire quelle arme a causé cette blessure ? insista Ian.

—C'est une claymore qui a fait ça, pas une lame anglaise, répondit l'intéressé, appuyé par les hochements de tête de ses deux compères. Tu vois la forme de l'entaille ? Oui, c'est sûr, ça a été fait par une claymore.

Un vacarme assourdissant s'éleva une fois de plus dans la salle commune. Ian leva les bras pour ramener le silence.

—Nous comptons de nombreux ennemis dans les autres clans, fit remarquer Hugh. Et la plupart étaient présents là-bas, ce jour-là. Notre chef était mon frère, et Ragnall mon neveu. Je n'aurais jamais levé la main sur des gens de mon sang.

—Ah bon ? Connor n'est pas de votre sang ? aboya Ian en s'approchant de Hugh, les poings serrés. Pourquoi est-ce que vous ne raconteriez pas aux membres de notre clan le sort que vous lui avez réservé ?

—Je ne l'ai pas revu depuis plus de cinq ans.

—Je sais ce que vous avez fait, insista Ian, dont les yeux n'étaient plus que deux fentes. D'abord, vous avez mandaté Shaggy MacLean pour qu'il nous tue tous les quatre avant que nous remettions les pieds sur Skye. Mais notre évasion de ses geôles vous a pris par surprise. (Hugh tenta de dire quelque chose, mais Ian l'en empêcha en haussant encore le ton.) Alors, vous avez conclu un pacte avec ce diable de Murdoc MacKinnon. Vous lui avez dit qu'il pouvait garder

Knock Castle – et prendre ma femme ! – en échange de la mort de Connor.

Tous les hommes présents à l'assemblée s'étaient demandé pourquoi Hugh n'avait rien fait pour reprendre Knock Castle : Ian venait de leur offrir une explication crédible.

—Tu n'es qu'un menteur ! aboya Hugh, dont le front se couvrait de sueur.

—Murdoc MacKinnon a révélé votre trahison à mon épouse.

—Les femmes sont prêtes à dire n'importe quoi, du moment qu'elles pensent que c'est ce que l'on veut entendre. (Hugh balaya la salle du regard.) Ce que je crois, moi, c'est que Connor et ses deux compères ont décidé de repartir en France peu après votre retour.

—Dans ce cas, pourquoi avoir essayé de faire croire que les MacKinnon les avaient tués ? lui opposa Ian. Peut-être devrais-je demander à Connor, Alex et Duncan de nous faire part de leur version des faits ?

Au son, à la fois doux et aigu, d'une flûte, tous tournèrent la tête vers le fond de la salle. Là, se tenaient Connor, Alex et Duncan, débarrassés de leurs déguisements. Les hommes retinrent leur souffle et les femmes leurs jupes afin de laisser la voie libre aux trois compères qui s'avancèrent.

—C'est Samhain, mon oncle, lança Connor. Es-tu prêt à rencontrer les morts ?

Hugh, les yeux écarquillés, émit un son étranglé, tandis que ses hommes se signaient en reculant. Malgré leur boiterie et leur visage tuméfié, les trois compères n'en restaient pas moins des guerriers redoutables.

—Tu aurais dû m'assassiner de tes propres mains, déclara Connor lorsqu'il eut rejoint son oncle. Seul un imbécile confierait une tâche d'une telle importance à un MacLean ou à un MacKinnon.

Voyant plusieurs membres du clan l'encercler, Hugh chercha ses gardes du regard afin qu'ils le protègent. Mais ses alliés, réputés pour leur talent de pirates à échapper à la capture en se volatilisant dans les brumes, avaient disparu dans la foule. En un clin d'œil, Hugh fut dépossédé de ses armes et entraîné à l'écart.

Tous les yeux étaient rivés sur les quatre Highlanders revenus de France. Malgré leurs blessures, c'étaient des guerriers dans la fleur de l'âge, qui incarnaient une nouvelle génération de MacDonald, bien disposés à endosser leurs rôles de meneurs et de protecteurs de leur clan.

Le père d'Ian entreprit de frapper le sol avec sa canne. Aussitôt, les autres l'accompagnèrent en tapant dans leurs mains ou avec le pied. Des voix sonores s'élevèrent alors dans la salle commune pour scander en cadence : « Me-neur ! Me-neur ! Me-neur ! »

Connor s'avança et leva les bras devant la foule dont les rugissements gagnèrent encore en intensité, affirmant par là que son choix était établi.

C'était un miracle que Connor puisse se tenir debout seul aussi longtemps. Il sembla à Sìleas que la foule ne remarquait pas ses premiers vacillements, mais Alex et Duncan vinrent le flanquer en claudiquant.

Ian, légèrement en retrait, scruta la salle jusqu'à ce qu'il l'aperçoive.

Ils avaient réussi. Connor serait le prochain chef du clan des MacDonald de Sleat.

Ian avait l'impression qu'on l'avait délesté d'un lourd fardeau qui pesait sur ses épaules – et ce, depuis le jour où il avait eu vent du désastre de Flodden. Il venait de se racheter en évitant à son clan une catastrophe.

Mais la lutte n'était pas pour autant terminée. Hugh comptait toujours des partisans – dont certains étaient encore présents dans l'assistance, tandis que d'autres avaient profité de la confusion pour quitter le château. Il faudrait s'occuper d'eux le moment venu, mais, pour l'heure, ils ne constituaient aucune menace.

Ian voulait partager ces instants avec Sìleas. Le sourire aux lèvres, il se tourna dans sa direction.

Son cœur bondit quand il l'aperçut qui lui retournait son sourire, les yeux brillants. Les gens s'écartèrent de son chemin tandis qu'il fendait la foule pour la rejoindre. Soudain, Sìleas regarda derrière lui et hurla.

Il tourna les talons juste à temps pour apercevoir un éclat d'acier dans le dos de Connor, Alex et Duncan, à l'endroit où Hugh était retenu. Au milieu des manifestations de joie tumultueuses, personne ne sembla remarquer que l'homme qui était censé retenir Hugh s'effondrait au sol, la gorge dégoulinante de sang. L'instant suivant, l'autre membre du clan en charge de Hugh se courba en avant, les lèvres écarlates.

Personne ne prêta attention au cri de mise en garde que poussa Ian en voyant Hugh s'emparer du dirk glissé dans la ceinture du mourant. Ian se fraya aussitôt un chemin à travers la foule pour essayer d'atteindre Connor avant Hugh.

Mais, bien qu'il courût aussi vite que possible, il vit la scène se dérouler avec une précision surnaturelle, comme si le temps avait été ralenti. Il remarqua chaque visage sur son passage, les mains de Connor qui battaient la cadence, la tête d'Alex rejetée en arrière sous le coup du rire, et le déplacement de Hugh en direction de Connor, son arme pointée vers le dos du tout nouveau chef de clan.

—Non! s'écria-t-il, en franchissant les trois dernières enjambées à toute allure avant de s'élancer dans les airs.

Il sentit alors la morsure d'une lame lui effleurer l'épaule tandis qu'il s'écrasait au sol, sur le dos de Connor, dans un bruit sourd. Lorsqu'il se retourna, dirk à la main, il découvrit Duncan et Alex qui immobilisaient Hugh au-dessus de lui. Des hurlements résonnèrent dans toute la salle, et toutes les lames quittèrent instantanément leurs fourreaux.

— Je te suis reconnaissant de m'avoir sauvé la vie, grogna Connor, sous lui. Mais pourrais-tu descendre de là, maintenant? C'est comme si un cheval m'était tombé dessus.

— J'espère n'avoir rouvert aucune de tes plaies, s'inquiéta Ian en se relevant. Ah, à voir tout ce sang, je crains bien que ce ne soit le cas.

— Ce sang est le tien, cette fois, lui expliqua Connor après qu'Ian l'eut aidé à se remettre debout. Retourne-toi, que je voie à quel point il t'a entaillé.

— Je ne sens rien du tout, relativisa Ian en glissant un regard à sa chemise imbibée de sang.

— Connor, que veux-tu que nous fassions de ce meurtrier? s'enquit Alex, qui secoua Hugh.

— Mon père était un grand meneur, et mon frère, Ragnall, aurait été meilleur encore, déclara Connor, les yeux rivés sur son oncle. Mais tu as privé le clan de leur commandement.

Ian pensait que Connor ferait un meilleur chef que ses deux parents, mais le moment ne se prêtait pas à une telle remarque.

— Tu n'as pas la dureté indispensable à tout dirigeant, cracha Hugh. Ton père l'avait, au moins.

— Je refuse d'entacher la fête de ce soir avec une exécution, mais tu peux faire tes prières, Hugh, car tu mourras demain matin. (Connor se tourna alors vers les quelques membres du clan qui se tenaient à proximité.) Conduisez-le au donjon et surveillez-le de près. Il est retors.

Le vacarme qui éclata dans la salle commune lorsque les hommes entreprirent de promener Connor dans le siège du chef fut assourdissant. Après les révélations sur le meurtre de son précédent meneur, le clan avait exprimé clairement son choix. Cela ne signifiait pas pour autant qu'aucun ne nourrissait de doutes quant à la capacité de Connor de les diriger, mais ceux-ci resteraient pour l'heure inexprimés.

Ils l'avaient choisi parce qu'il était le fils de son père et le frère de Ragnall, et aussi parce qu'il n'était pas Hugh. La plupart ne savaient encore rien des aptitudes de Connor. Avec le temps, il ferait ses preuves. Et, une fois que tous le connaîtraient aussi bien qu'Ian le connaissait, ils suivraient l'homme intègre qu'il était, et le grand meneur qu'il s'apprêtait à devenir.

Pour ce soir, Connor et son clan étaient en sécurité. Les célébrations occuperaient une bonne partie de la nuit, mais Ian n'était pas tenu d'y assister. Il lui restait encore une chose à faire pour effacer le passé, une dernière étape vers son rachat aux yeux de celle qui lui importait le plus.

Il aperçut Sìleas qui jouait des coudes au milieu de la foule pour gagner les premiers rangs. En apercevant son regard, elle le gratifia d'un sourire radieux, comme avant. Après tous ses manquements, le sourire de la jeune femme était un petit miracle, un cadeau dont il espérait devenir digne avec le temps.

Il la souleva dans ses bras et l'entraîna hors de la grande salle commune.

La plupart des convives y dormiraient à même le sol, ce soir, mais Ian avait l'intention d'occuper l'une des rares chambres à coucher. Connor lui devait bien ça.

Chapitre 42

À peine la porte de la chambre refermée derrière eux, Ian attira Sìleas contre lui. Il enfouit son visage dans sa chevelure et huma la désormais familière odeur de sa peau. Lorsqu'elle était en danger, Ian n'avait qu'une idée en tête : la secourir. S'assurer de la présence de Connor à l'assemblée avait ensuite mobilisé toutes ses ressources.

— J'ai failli te perdre.

Ce n'est qu'alors, une fois ses tâches accomplies et le danger écarté, qu'il prit pleinement conscience du poids de ses mots. Il avait échappé à cette éventualité de si peu que ses genoux menacèrent de céder sous lui. Il fit courir ses mains sur Sìleas pour s'assurer qu'elle était bien là, entière.

— J'aurais dû empêcher Murdoc de t'enlever, se reprocha-t-il.

— Ian, tu ne peux pas te tenir responsable de tout ce qui est arrivé. (Elle se pencha en arrière pour le contempler avec toute la sincérité de ses grands yeux verts.) Et c'est toi qui m'as tirée de ses griffes.

— J'ai manqué à mes devoirs tant de fois. À commencer par le jour où j'ai refusé de croire que tu étais en danger lorsque je t'ai trouvée à la sortie de ce tunnel. Je n'aurais jamais dû te laisser t'occuper de tout, seule, alors que je partais pour la France. Je ne sais pas comment te faire comprendre à quel point je suis désolé.

— Tu es rentré au moment précis où nous avions le plus besoin de toi, le réconforta-t-elle en lui caressant la joue du bout des doigts. Si tu étais resté là, tu aurais pu te faire tuer à Flodden avec les autres. Et où serions-nous aujourd'hui sans toi ? Ton père serait encore dans son lit à cracher son venin sur Niall, Hugh serait chef, et moi probablement mariée à cette brute d'Angus.

L'image des mains de ce porc sur le corps de la jeune femme fit déferler en Ian une vague glaciale de colère. S'il pouvait le tuer une seconde fois, il le ferait sans hésiter.

— Je ne sais pas si tu pourras me pardonner un jour.

— Sais-tu pourquoi je t'ai attendu pendant cinq longues années, Ian MacDonald ? lui demanda-t-elle avec un léger sourire qui illuminait ses traits.

La raison d'une telle patience restait en effet un mystère pour lui.

— Parce que j'ai toujours su que tu étais hors du commun. Je l'ai vu alors que je n'étais qu'une toute petite fille. Même lorsque tu commettais des erreurs, je continuais à croire au garçon dont le cœur débordait de courage et de bonté. Je savais quel homme tu deviendrais.

Il lui prit le visage entre les mains. La foi qu'elle plaçait en lui le submergea de gratitude ; cette minuscule gamine qui le croyait capable de la tirer de tous les mauvais pas dans lesquels elle se fourrait, l'adolescente de treize ans qui avait accepté de lier son destin au sien sans même y réfléchir. Mais, surtout, la jeune femme qui avait attendu son retour et qui, alors qu'il la trahissait une fois de plus, lui avait donné encore une chance de faire ses preuves.

Il n'avait cherché qu'une expiation, et elle lui avait offert le miracle de l'amour.

— Je ferai de mon mieux pour devenir l'homme que tu crois que je peux être.

— Tu l'es déjà, répliqua-t-elle.

Une irrésistible envie de lui faire l'amour s'empara alors de lui, un désir de lui montrer combien il tenait à elle. Mais elle aurait besoin de temps après tout ce qu'elle venait d'endurer. L'image de Murdoc se tenant entre ses jambes le hanterait pendant un long moment, et ce souvenir devait être encore bien plus effroyable pour elle. S'effacerait-il un jour assez pour qu'elle ait de nouveau envie de lui ?

— Laisse-moi t'aider à te mettre au lit, *a chroí*. Tu as besoin de repos et, si tu peux supporter le contact de mes mains, j'aimerais m'endormir en te tenant dans mes bras.

Il en voulait davantage, mais se contenta de déposer quelques baisers délicats sur le front de la jeune femme.

Son sexe était déjà tendu de désir avant même qu'elle passe les bras autour de son cou. Lorsqu'elle se dressa sur la pointe des pieds en se blottissant contre lui, il resta de marbre et lui rendit un chaste baiser. Mais, quand elle l'attira à elle pour resserrer son étreinte et qu'elle glissa la langue dans sa bouche avec fougue, il s'abandonna.

Il s'efforça néanmoins de mettre un terme à leur baiser.

— Tu n'es pas obligée de me faire plaisir. Tu devrais te r…

— J'ai terriblement envie de toi, l'interrompit-elle, agrippée à sa chemise. N'essaie même pas de me conseiller de me reposer.

Ian ne douta pas une seconde que sa femme savait ce qu'elle voulait.

Sìleas avait besoin qu'il lui fasse l'amour afin d'effacer la peur tenace qui l'habitait depuis qu'Alex avait fait irruption dans la maison la veille, couvert de sang. Elle avait gardé la tête haute depuis lors, mais elle avait dû affronter la terreur d'un viol, de sévices, de la mort ; elle avait craint pour la vie des amis et de la famille d'Ian, qui étaient également devenus les siens. Et, par-dessus tout, elle avait eu peur de mourir et de ne jamais revoir Ian.

Elle ressentait un besoin viscéral de le tenir dans ses bras, de le sentir en elle, sur elle. Ils se laissèrent tomber sur le lit, et commencèrent à s'embrasser et à se caresser comme s'ils pensaient qu'ils n'en auraient plus jamais l'occasion, ce qui avait failli être le cas. Ils s'arrachèrent mutuellement leurs vêtements jusqu'à se retrouver enfin nus, l'un contre l'autre. Mais ils en voulaient davantage.

Elle voulait sentir le poids de son corps. Lorsqu'elle l'entraîna par l'épaule, il roula aussitôt pour la recouvrir. Elle ferma les yeux et prit de profondes inspirations. C'était comme si elle avait besoin de le sentir sur elle de la tête aux pieds afin de se persuader qu'il était bien là.

Elle avait enfin la sensation d'être en sécurité.

Et elle avait envie de lui comme jamais auparavant. Il glissa une main entre ses jambes et grogna en découvrant à quel point elle était excitée.

—Je veux te sentir en moi, lui dit-elle d'une voix rendue rauque par le désir. J'ai besoin que nous ne fassions plus qu'un.

Lorsque le bout de son membre effleura l'intimité de la jeune femme, Ian fut parcouru par un tressaillement, tant il devait lutter pour réprimer l'envie de se perdre en elle aussitôt. Mais, sentant les jambes de Sìleas se refermer autour de sa taille, il succomba à ce que tous deux désiraient. Elle haleta quand il la pénétra.

Ils restèrent alors immobiles de longues secondes. Elle se délectait de le sentir ainsi en elle, dans l'insoutenable attente de son prochain mouvement.

—*Mo chroí.* (Il lui embrassa les paupières, les joues, les cheveux.) As-tu idée de combien je t'aime ?

—Oui.

Elle le savait, à présent. L'amour qu'il lui portait se lisait dans son regard, dans sa voix, dans ses caresses. Il l'enveloppait de sa douceur.

Le cœur d'Ian valait la peine d'attendre. Ian tout entier valait la peine d'attendre.

Les yeux rivés sur ceux de Sìleas, il se mit lentement à bouger en elle. Le petit étui de cuir qui contenait le cristal qu'elle lui avait offert glissait sur sa poitrine, comme s'il établissait un pont entre leurs cœurs à mesure qu'Ian intensifiait ses va-et-vient. Il avait le souffle court et les traits tirés.

— Plus fort.

Elle se cambra tout en le tirant par les épaules, l'incitant à venir plus fort, plus profond. Elle s'accrochait à lui avec tout son amour.

— *Mo shíorghrá... Mo shíorghrá...*

Il accompagnait ses mouvements de mots doux murmurés, mais elle était en proie à trop de sensations pour prononcer la moindre parole. Des larmes ruisselaient sur les joues de la jeune femme, causées par des émotions d'une intensité impossible à contenir. Ian s'empara de sa bouche et avala ses cris tandis que tous deux atteignaient l'extase dans une explosion de feu aveuglante.

Ian roula en l'entraînant avec lui, si bien qu'elle se retrouva étendue sur lui. Elle percevait les battements de son cœur qui tambourinait contre son oreille et sentit les tremblements de ses mains lorsqu'il écarta les cheveux de son visage.

— Nous ne faisons qu'un, déclara-t-il. À jamais.

La lueur grise de l'aube filtrait déjà par l'étroite fenêtre lorsqu'elle se réveilla. Ian, étendu à côté d'elle, la serrait dans ses bras, une main sur son sein. Elle se blottit contre lui et sentit son sexe dressé. Elle se retourna vers Ian qui fit lentement courir ses doigts sur sa peau et l'embrassa avec tant de tendresse qu'elle en eut le cœur serré.

— Cette fois-ci, j'ai bien l'intention de prendre tout mon temps, lui glissa-t-il, une étincelle dans l'œil. Et tu vas devoir me laisser agir comme je l'entends.

— D'accord, répondit-elle en lui rendant son sourire.

Ian se redressa et lui saisit la main.

— D'abord, j'ai quelque chose à te demander.

Son expression devenue soudain sérieuse déclencha un frisson d'inquiétude chez Sìleas. Elle s'assit en tailleur face à lui et ramena la couverture sur ses épaules.

— Je t'écoute.

Il se passa la langue sur les lèvres. Jamais de sa vie elle ne l'avait vu aussi nerveux, et cela l'angoissait.

— Ce que je voudrais te demander, c'est si tu serais prête à tout recommencer. Le mariage, je veux dire. Avec nos amis et nos voisins qui viendraient nous offrir leurs vœux, une grande fête, de la musique, des danses.

Abasourdie, Sìleas fut incapable de prononcer le moindre mot.

— J'aimerais qu'on fasse les choses dans les règles, cette fois-ci, expliqua-t-il.

Elle sentit les larmes lui monter aux yeux et répondit dans un murmure :

— Tu es sincère ?

— Oui, affirma-t-il en la couvant d'un regard tendre. Lorsque je prêterai serment devant tous nos amis et voisins, ils sauront que je le fais de bon cœur et que je suis bien décidé à respecter mon engagement.

Elle s'était évertuée à ne pas laisser les propos des autres la blesser, mais, au sein d'un clan installé sur une île où chacun savait tout de la vie des autres, cela n'avait pas été une mince affaire. Ian avait trouvé le moyen de restaurer sa dignité en lui rendant son honneur devant tout leur clan.

— Murdoc m'a dit que celui qui nous a mariés la première fois n'était pas vraiment prêtre, lui apprit-elle.

— Ah, ça ressemble bien à mon oncle d'avoir fait une chose pareille ! Nous demanderons à père Brian de nous unir. (Il releva alors le menton de la jeune femme.) Je veux que tu sois resplendissante dans une élégante toilette, et que chaque homme soit jaloux à en crever de savoir que tu es mienne.

Sìleas repensa à la robe mal ajustée qui béait sur sa poitrine et dont le rouge criard lui avait donné un teint marbré et une chevelure orange.

— Je porterai une tenue bleue, de la couleur des yeux de mon unique amour, déclara-t-elle tandis qu'un grand sourire illuminait lentement ses traits. Elle sera si magnifique que les femmes ne parleront de rien d'autre pendant des semaines.

— Tu es d'accord, alors ? demanda-t-il. Tu veux bien m'épouser de nouveau ?

Elle lança ses bras autour du cou d'Ian.

— Je veux bien me marier encore un millier de fois avec toi, Ian MacDonald.

Il la serra contre lui avec force.

— Lorsque j'étais petit, Teàrlag m'a prédit que je me marierai deux fois, lui relata-t-il d'une voix amusée. Elle aurait pu m'épargner une bien belle angoisse si elle m'avait dit que ce serait avec la même femme.

Sìleas le contempla.

— Et à laquelle de ces deux femmes comptes-tu faire l'amour lentement ?

— À toi, évidemment, *mo chroí*, répondit-il en l'embrassant dans le cou tout en l'aidant à s'allonger. *Et toujours à toi.*

Chapitre 43

Sìleas et Beitris accueillirent le dernier groupe de femmes qui pénétrèrent dans le corps de garde de Knock Castle. Celles-ci s'extasièrent à grand renfort de gloussements devant tous les cadeaux exposés dans ce but précis.

— Ah, la broderie sur cet oreiller est magnifique, Margaret, dit une convive à sa voisine.

— Mais moins utile pour une jeune mariée que la marmite que tu leur as offerte, lui retourna celle-ci.

Connor n'avait été nommé chef de clan que trois jours plus tôt, ce qui n'avait laissé que peu de temps aux femmes pour préparer leurs présents. Mais Sìleas attendait cette cérémonie de noces depuis si longtemps que personne ne se plaignit. Malgré la légère odeur de bois carbonisé qui planait encore dans l'air, Sìleas était ravie qu'Ian ait insisté pour célébrer leur union avant même que le château soit de nouveau habitable.

Lorsque les femmes eurent fini de contempler les cadeaux et de se féliciter l'une l'autre, Beitris déclara :

— Il est temps de laver les pieds de la mariée !

Sìleas ne put s'empêcher de rire lorsque les femmes l'assirent sur un tabouret devant un baquet de bois – le cadeau de noce d'Ilysa – pour lui ôter chaussures et bas, et lui plonger les pieds dans l'eau froide.

Elle n'avait pas grandi au milieu de femmes. Elle s'était toujours sentie quelque peu mal à l'aise en leur compagnie, surtout à l'époque où elle ne s'entendait ni avec les célibataires ni avec celles qui avaient déjà pris époux. Plus d'une lui avait adressé des remarques indélicates sur la longue absence d'Ian. Mais, aujourd'hui, elle se sentait acceptée en leur sein pour la première fois. Elle adorait la tournure que prenait cette journée.

Elle observa sa belle-mère qui retirait tant bien que mal son alliance pour la jeter dans le bassin.

— Votre mariage est le plus heureux que j'aie jamais vu ; je sais que votre bague m'apportera la plus grande des chances, dit-elle en prenant la main de Beitris, qu'elle regarda en souriant. J'ai déjà l'immense bonheur d'avoir une belle-mère qui est pour moi comme une mère.

Beitris renifla et se tamponna les yeux tandis que les autres femmes les acclamaient.

Puis toutes celles en mal d'époux se rapprochèrent du baquet. Sìleas ne put retenir de petits cris lorsque, à tour de rôle, elles entreprirent de frotter ses pieds sensibles tout en tâtonnant dans le fond du bassin en quête de l'anneau. Bien qu'Ilysa fût plus jeune qu'elle, et déjà veuve, Sìleas fut surprise de la découvrir au milieu de la file, à attendre son tour. Jamais auparavant elle n'avait évoqué la possibilité de se remarier un jour.

Son tour, cependant, ne vint jamais.

— Je l'ai ! s'écria Dina.

Les autres femmes échangèrent des regards interloqués ; toutes savaient parfaitement comment Dina avait perdu son dernier époux.

— Je te souhaite le plus grand bonheur, Dina, lui dit Sìleas. Puisses-tu être aussi chanceuse que moi.

Les femmes daignèrent enfin remarquer la présence d'Ian qui, comme le voulait la tradition, se tenait sur le pas de la porte en compagnie des autres hommes avec lesquels il plaisantait tout en essayant de jeter un coup d'œil dans la pièce des femmes. Il se laissa ensuite attirer à l'intérieur, où elles l'assirent sur un tabouret, face à Sìleas, de l'autre côté du baquet.

Il croisa son regard et la contempla avec douceur tout en se posant la main sur le cœur et en articulant : *a chuisle mo chroí*. Les femmes échangèrent force soupirs, mais cela ne les empêcha pas de lui couvrir les pieds de cendres avant de les plonger dans l'eau.

Le rituel du bain de pieds et de l'exposition des présents était censé se dérouler le soir qui précédait le mariage, mais ils avaient décidé de tout faire le même jour de sorte que père Brian puisse se remettre rapidement en route.

Ian prit Sìleas par la main pour l'aider à se relever. Alors qu'ils se tenaient tous deux debout dans le baquet, il lui offrit un baiser qui lui fit oublier qu'ils n'étaient pas seuls, jusqu'à ce que l'assistance manifeste bruyamment son approbation.

— Mon Donald pourrait en prendre de la graine, lança l'une des femmes d'âge mûr, saluée par un éclat de rire général.

— Allez, du vent, Ian Aluinn ! déclara une autre matrone deux fois plus petite que lui, mais qu'il laissa le reconduire à la porte. Avant que celle-ci se referme, il envoya un baiser à Sìleas :

— Je t'attendrai dans la cour, *a chroí*.

— Quelle chance tu as ! souligna Dina, tandis que les femmes aidaient Sìleas à sortir de l'eau pour lui essuyer les pieds.

D'après les regards qui avaient accompagné la sortie d'Ian, la jeune femme suspecta Dina de ne pas être la seule qui aurait volontiers changé de place avec elle.

Elle se demandait où était passée Beitris quand elle l'aperçut revenir du coin de la pièce, les bras chargés d'une robe de soie étincelante, dont la couleur rappelait celle des jacinthes.

— Oh, elle est magnifique, souffla Sìleas en faisant glisser ses doigts sur le tissu délicat. Quand avez-vous trouvé le temps de confectionner une telle merveille ?

Beitris partit d'un sourire tel que son visage sembla sur le point de se fendre en deux.

— Je me suis mise au travail le soir où Ian est rentré de France.

Sìleas ne prit même pas la peine de demander à sa belle-mère comment celle-ci avait su qu'elle en aurait un jour besoin. Elle leva les bras tandis que deux femmes lui ôtaient sa robe pour la laisser en sous-vêtements.

— Beitris, cette petite va te donner de nombreux petits-enfants, déclara une vieillarde aux cheveux d'un blanc immaculé après avoir pincé la hanche de Sìleas.

— Elle aura de beaux bébés, reconnut Beitris, qui laissa cascader la nouvelle tenue sur les épaules de sa bru.

La robe flotta autour d'elle dans un tourbillon de soie douce. Elle lui allait à la perfection et soulignait chacune de ses courbes, comme si elle avait été confectionnée par des fées. Sìleas croisa le regard de sa belle-mère et sut que toutes deux repensaient à l'horrible robe rouge qu'elle avait dû porter lors de son premier mariage.

— Merci, Beitris.

Elles échangèrent un sourire radieux.

— Ah, quelle allure ! s'exclamèrent les femmes à plusieurs reprises.

Une robe de mariage parfaitement ajustée constituait un excellent présage.

Certaines lui glissèrent ensuite les pieds dans des bas délicats pendant que d'autres la peignaient. En guise de touche finale, Ilysa lui noua un brin de bruyère blanche dans les cheveux – un autre porte-bonheur.

Toutes s'extasièrent alors, le souffle coupé, en lui assurant – comme elles le faisaient avec toutes les jeunes mariées – qu'elle était la plus belle qu'elles aient jamais vue. Mais, lorsqu'elle s'avança dans la cour d'enceinte et qu'Ian la regarda, Sìleas eut le sentiment qu'elles avaient dit vrai.

Il était si beau qu'elle eut l'impression de recevoir un coup à la poitrine. Le cristal qu'elle lui avait offert était à présent monté sur une broche qui servait à maintenir son tartan sur ses épaules. Comme elle, il arborait, passé dans son béret, un brin de bruyère blanche.

Duncan, Connor et Alex, habillés avec raffinement et élégance, se tenaient à côté de lui. Jeunes et en bonne santé, ils se remettaient vite de leurs blessures, bien que quelques bleus témoignent encore de leur mésaventure.

Lorsque Duncan lui lança un coup d'œil interrogateur, elle hocha la tête, et il se mit à jouer, emplissant la cour du son joyeux et plein d'espoir de sa cornemuse. Tous les regards se tournèrent vers la jeune femme tandis qu'elle rejoignait Ian pour se présenter devant père Brian.

—Moi, Ian Payton MacDonald, souhaite faire de toi, Sìleas MacDonald, mon épouse. En présence de Dieu, et devant ces témoins, je jure d'être un époux aimant et fidèle jusqu'à ce que Dieu nous sépare par la mort.

Sìleas, à son tour, prêta serment. Lorsque le prêtre les eut bénis, Ian embrassa son épouse, et la foule explosa de joie.

Connor fut le premier à les féliciter.

—Que Dieu vous accorde une vie longue et paisible.

Sìleas étreignit la main d'Ian. Entre la rébellion qui gagnait de l'ampleur et l'évasion de Hugh, la paix semblait peu envisageable, mais une longue vie avec Ian lui suffirait.

— Que vous puissiez vivre vieux, sans connaître le manque, leur souhaita à son tour Duncan.

Lorsque Alex se présenta devant eux, il dit à Ian :

— Tu t'es évité pas mal d'ennuis en te choisissant une MacDonald. Comme on dit : « Quand tu épouses une jeune femme, c'est avec tout son clan que tu te maries. »

— Je suis content que tu en aies pris conscience, intervint Connor en posant la main sur l'épaule du jeune homme. Je vais précisément avoir besoin que tu épouses une demoiselle d'un autre clan. Et je ne vais pas tarder à te rappeler à ton devoir.

— Non, pas moi, s'indigna Alex, qui recula d'un pas en levant les bras au ciel. Moi, j'obéis plutôt au dicton : « L'homme avisé ne met pas tous ses œufs dans le même panier. »

Tous firent mine de ne pas entendre les parents du jeune homme qui, dans un coin de la cour d'enceinte, se disputaient bruyamment.

Le corps de garde étant trop petit pour accueillir tous les invités, le banquet eut lieu dans la cour d'enceinte. Il y régnait certes un froid mordant, mais la pluie les épargna, et les plats qu'apportèrent les femmes étaient succulents et abondants. Après le repas, tous se réchauffèrent en dansant ou en jouant de la musique. Tous les hommes embrassèrent la mariée en lui remettant, comme le voulait la coutume, de petites sommes d'argent, jusqu'à ce qu'Ian y mette un terme.

— Allons trouver le prêtre, lui glissa-t-il à l'oreille.

Ils repérèrent père Brian et s'éclipsèrent sans que personne les remarque – en réalité, ceux qui les avaient aperçus firent mine de ne rien avoir vu. Lorsqu'ils atteignirent la chambre à coucher improvisée qu'Ian avait fait aménager à l'étage du corps de garde, le jeune homme souleva Sìleas dans ses bras pour lui en faire franchir le seuil.

Il la reposa ensuite, puis tous deux attendirent que père Brian ait fini d'asperger le lit d'eau bénite.

—À vous de remplir votre rôle, dit-il à Ian avec un clin d'œil, et vous aurez de nombreux et beaux enfants.

À peine eut-il refermé la porte derrière le prêtre que Sìleas éclata de rire :

—J'ai déjà glissé sous le lit l'amulette de fertilité que m'a confiée Teàrlag.

Ian l'attira dans ses bras.

—Nous allons devoir nous appliquer à ne pas gâcher notre chance.

Épilogue

Neuf mois plus tard

La peur s'emparait rarement d'Ian.

Sa mère descendait de temps à autre pour lui rapporter que sa femme se portait à merveille et que tout se déroulait comme prévu. Malgré ces propos rassurants, une étrange sensation de panique le traversait chaque fois qu'il entendait le bruit des pas de sa mère dans l'escalier.

— Assieds-toi, Ian, tu vas finir par user ton nouveau plancher, lui intima Alex.

Pourquoi avait-il mis Sìleas enceinte ? Qu'est-ce qui lui était passé par la tête ? Il ne pensait alors pas aux enfants, c'était certain. Il savait pourtant bien que la mère de la jeune femme était morte en couches.

— C'est une fille forte, tenta de le rassurer son père.

L'empathie qui se lisait dans son regard indiquait qu'il comprenait Ian, ce dont les autres, qui n'avaient pas d'épouse, étaient incapables.

Lorsque Sìleas poussa un nouveau hurlement, Ian sentit son cœur s'arrêter de battre.

— Ce n'est que lorsqu'elles sont trop faibles pour crier qu'il faut s'inquiéter, tempéra Payton.

Peut-être son père lui mentait-il, mais Ian puisa néanmoins du courage dans la force de la voix de sa femme.

—Je crois que je l'ai entendue jurer, intervint Duncan qui semblait aussi anxieux qu'Ian. C'est bon signe, non ?

—Combien de temps cela va-t-il encore durer, père ? (Ian se passait les mains dans les cheveux tout en faisant les cent pas.) Je n'aurais jamais dû la ramener ici, à Knock Castle. Et si ça nous attirait le mauvais œil ?

—Tu as d'abord forcé père Brian à bénir jusqu'au moindre recoin de cet endroit, souligna Alex, avant de séquestrer notre pauvre vieille Teàrlag pendant trois jours pour qu'elle prononce de stupides enchantements de protection.

—C'était uniquement pour rassurer Sìleas, répondit-il, sans relever les ricanements des autres.

—Si vous avez été malheureux entre ces murs, alors vous avez bien masqué votre jeu, fit remarquer Connor.

En réalité, ils avaient été plus qu'heureux, à tel point qu'Ian craignait d'avoir rendu les fées jalouses.

—Ian ! l'appela sa mère depuis la porte. Tu peux monter, maintenant.

Elle se décala pour le laisser passer en trombe puis gravir les marches de l'escalier quatre à quatre. Lorsqu'il pénétra dans la chambre à coucher, il découvrit Sìleas, calée sur des coussins et encadrée par Ilysa et Dina.

Malgré la fatigue, elle était radieuse. *Dieu soit loué !* Plus jamais il ne voulait traverser une telle épreuve.

Ilysa lui céda sa place.

—Nous allons vous laisser, dit-elle. N'hésitez pas à m'appeler si vous avez besoin de quoi que ce soit.

—Je vais vous dire au revoir ; Gòrdan ne devrait plus tarder à passer me prendre. (Dina caressa doucement son ventre arrondi en leur adressant un clin d'œil appuyé.) C'est un mari très… attentionné.

Lorsque Ian avait demandé à leur voisin de veiller sur la jeune femme, il ne se doutait absolument pas qu'il encourageait une union pérenne, qui s'avérait, de plus, être une véritable histoire d'amour. La droiture de Gòrdan avait stabilisé Dina, qui, en retour, avait saupoudré leur vie de quelques étincelles. Les joutes verbales qui opposaient leurs mères, en revanche, étaient dignes de figurer dans les légendes.

Une fois la porte refermée dans le dos des deux jeunes femmes, Ian caressa la joue de Sìleas du bout des doigts.

—Comment te sens-tu, *a chuisle mo chroí* ?

—Ça va.

—Ah, on dirait que tu viens d'être torturée !

—C'est le cas, répondit-elle en lui souriant malgré tout.

Le cœur d'Ian fit un bond dans sa poitrine ; elle irradiait d'une flamme intérieure qui la rendait irrésistiblement belle.

—Tu n'as pas encore jeté un œil, reprit-elle.

Un drap recouvrait la forme qui reposait sur son bras et dissimulait le visage du bébé aux yeux d'Ian.

—Qu'est-ce que c'est ? demanda-t-il. Une fille ou un garçon ?

Il espérait qu'il s'agissait d'un garçon, car la simple pensée d'avoir une fille le terrifiait au plus haut point. Que faire si elle suivait les traces de sa mère et se fourrait dans tous les ennuis imaginables ? Il se ferait des cheveux blancs bien avant son heure.

—Prends donc ta fille, lui proposa Sìleas.

Lorsqu'il souleva le bébé emmailloté, il fut surpris par le poids plume de l'enfant.

—C'est une toute petite chose, tu ne trouves pas ? (Il souleva le drap pour apercevoir le minuscule visage et, dès cet instant, il sut que cette enfant le tiendrait à sa merci.) Oh, comme elle est belle ! Elle aura une magnifique chevelure orange, comme sa mère.

—Mes cheveux ne sont pas orange.

Ils l'étaient, mais Ian n'insista pas.

— Tu veux peut-être voir l'autre, maintenant ?

— Quoi ? Il y en a d'autres ?

— Oui, une autre fille.

Jusqu'alors, il n'avait pas remarqué le petit renflement au creux du second bras de sa femme. Elle le souleva pour le confier à Ian.

Elle aussi a les cheveux orange, constata-t-il en découvrant sa deuxième adorable fille. (Il adressa ensuite un sourire crispé à sa femme.) Elles vont nous en faire voir de toutes les couleurs, tu ne crois pas ?

— C'est bien possible, concéda-t-elle avec complaisance. Mais tu seras un père formidable.

La foi que Sìleas plaçait en lui semblait inaltérable.

— Comment veux-tu que nous les appelions ? demanda-t-il.

— J'aimerais que l'une d'elles se prénomme Beitris, comme ta mère, répondit la jeune femme. Et que dirais-tu d'Alexandra pour la seconde, en référence à Alex.

— D'accord, accepta-t-il en posant un regard ravi sur ses filles. Il est vrai que Duncan ou Connor ne sont pas des noms pour filles.

— Nous allons devoir avoir des fils, maintenant. Il nous en faut au moins quatre.

— Quatre fils ? Mais pourquoi veux-tu des fils ?

Empli de joie par la naissance de leurs deux enfants, il n'était pas disposé à risquer de nouveau la vie de sa femme en couches.

— Pour que nous puissions les prénommer Connor, Duncan, Payton et Niall, bien sûr. (Elle lui toucha délicatement le bras.) J'ai été fille unique, tu sais, j'aimerais que nous ayons une maison pleine d'enfants.

Il acquiesça, priant pour que la prochaine fois se passe mieux, mais convaincu au fond de lui qu'il n'en serait rien.

— Si on continue à les faire deux par deux, ça devrait aller vite.

Il perçut alors un petit rire cristallin et leva les yeux pour découvrir ce qui ressemblait en tout point à une femme vêtue d'une robe vert pâle et qui flottait au-dessus du lit.

— C'est la Dame verte, elle est revenue, l'informa Sìleas visiblement ravie qu'un fantôme partage leur chambre. Je ne l'avais encore jamais vue sourire.

Ian supposa qu'il était prêt à vivre avec un fantôme hilare, si cela rendait sa femme heureuse.

Tandis qu'il se penchait, ses deux bébés toujours nichés au creux de ses bras, pour déposer un baiser sur les lèvres de sa bien-aimée, il aurait juré voir la Dame verte lui adresser un clin d'œil.

Remarque historique

L'été dernier, j'ai eu la chance de me rendre en Écosse. Par un après-midi mémorable, j'ai traversé la péninsule de Sleat, sur l'île de Skye, depuis les ruines de Knock Castle jusqu'à celles de Dunscaith Castle, sur une route à voie unique, où j'ai croisé plus de moutons que de voitures. Le fait de voir de mes propres yeux les châteaux que j'ai inclus dans mes romans était une expérience extraordinaire. Sans compter que l'île est d'une beauté à couper le souffle. Le paysage n'y a pas beaucoup changé au fil des siècles, et j'ai pu sans la moindre difficulté visualiser mes héros en train d'en arpenter les collines ou d'en sillonner les côtes.

L'étude des clans disparus depuis cinq siècles, en revanche, s'est révélée plus compliquée. À l'époque, très peu était consigné sur papier. On y trouve certes une riche tradition de récits oraux, mais les clans portent souvent un regard différent sur les événements depuis longtemps révolus. D'autant que les alliances claniques, dont les mariages entre familles de chefs font partie, étaient nouées puis rompues avec une fréquence dont il est difficile de garder trace.

Les MacDonald de Sleat offrent un parfait exemple de famille aux relations complexes. Hugh (Uisdean), le premier des MacDonald de Sleat et grand-père de mon personnage fictif Connor, a eu six garçons de six femmes différentes, toutes issues de familles importantes. Si j'ai bien compris, Hugh, l'un de ses fils et l'un de ses petits-fils ont tous trois épousé les filles de Torquil MacLeod de Lewis, tandis qu'un autre fils de Hugh s'est marié avec la précédente femme de ce même Torquil.

Comme c'est généralement le cas, les mœurs dissolues de Hugh ne firent rien pour encourager une quelconque harmonie familiale. Son fils aîné détestait tant ses demi-frères que, à sa mort, il a préféré léguer les terres du clan à la couronne plutôt que de les laisser se partager son héritage. L'absence de titres de propriété reconnus pour ces terrains a plongé les chefs suivants dans d'interminables conflits. Deux des autres fils de Hugh ont été assassinés par leurs propres demi-frères, et un troisième par l'un des petits-fils de Hugh.

Dans ma série, j'ai conservé l'animosité qui tiraillait cette famille, mais j'ai modifié certains détails ainsi que la chronologie de ces événements. J'ai également changé le nom d'Archibald, l'un des fils de Hugh, en Hugh. De nombreux autres personnages secondaires dans *Le Gardien* sont de réelles figures historiques, comme Shaggy MacLean ou Archibald Douglas, par exemple. Je me suis permis de broder librement à partir de ce que je savais de leur personnalité.

Afin de faciliter la lecture, j'ai eu recours aux versions anglicisées des noms gaéliques de certains de mes personnages. Pour la même raison, j'ai dérogé à l'usage qui veut qu'une personne reçoive différents prénoms en fonction de l'endroit où elle se trouve : le clan de sa mère, celui de son père, ou ailleurs.

Enfin, je confesse avoir réduit la durée des trajets afin de répondre aux exigences de mon intrigue, ainsi qu'avoir situé une partie des événements à Knock Castle pourtant encore connu en 1513 sous le nom de Castle Camus, ou Caisteal Chamuis. Je n'ai, en revanche, pas inventé la légende de la Dame verte de Knock Castle.

EN AVANT-PREMIÈRE

Découvrez la suite des aventures de
Ian, Alex, Connor et Duncan dans :

LE SÉDUCTEUR

(version non corrigée)

Bientôt disponible chez Milady Romance

Traduit de l'anglais (États-Unis)
par Constance de Mascureau

Prologue

—*I*l est inutile de pleurer, dit la femme. Si tu veux monter, calme-toi.

Claire s'essuya les yeux avec sa manche et se leva avec empressement.

— Tu vas devoir t'aguerrir, poursuivit la femme, en rassemblant ses jupes pour commencer à grimper à l'échelle de corde. Il paraît qu'en Écosse, on rencontre partout des guerriers sauvages plus prompts à vous trancher la gorge qu'à vous souhaiter une bonne journée.

Les barreaux de l'échelle étaient trop espacés pour Claire, et elle était gênée dans son ascension par les lourdes jupes de la femme qui lui balayaient la tête. Quand le bateau se mit à tanguer, Claire perdit pied. Pendant un long moment terrifiant, elle resta suspendue par les bras en agitant désespérément les pieds, jusqu'à ce qu'elle réussisse à reprendre appui sur le barreau.

Elle entendit la voix assourdie de la femme au-dessus d'elle :

— Je ne comprends pas comment les Écossais peuvent se dire chrétiens alors qu'ils croient à la présence de fées maléfiques derrière chaque rocher.

Enfin, Claire sentit le vent frais de la nuit lui fouetter le visage avec force et rejeter ses cheveux en arrière.

— Surtout, ne parle à personne, ordonna la femme en lui attrapant brutalement le poignet, sinon la maîtresse me congédiera et tu n'auras plus personne pour prendre soin de toi.

Claire leva la tête pour regarder les étoiles. Tous les soirs, quand la femme lui apportait de quoi manger et l'autorisait à monter pendant un court moment, elle trouvait l'étoile et faisait le vœu de rentrer chez ses grands-parents.

Elle ne comprenait pas pourquoi ils avaient laissé cette femme l'emmener, ni pourquoi, alors qu'elle s'adressait à l'étoile de loin la plus brillante, elle ne se retrouvait pas dans son lit le matin. Elle était cependant certaine que grand-père et grand-mère n'approuveraient pas la façon dont la femme s'occupait de leur petite fille chérie. Aussi décida-t-elle d'exprimer un nouveau vœu ce soir-là.

Je vous en prie, envoyez une personne plus gentille pour veiller sur moi.

Chapitre premier

— *Tu es un monstre, Alex Bàn MacDonald !*

Alex rattrapa la botte que la jeune femme lui avait jetée à la figure. Il s'arrêta dans l'escalier pour l'enfiler, quand son autre botte vint heurter le mur en pierre derrière lui et dégringola les marches.

— Janet, j'aurais aussi besoin de ma chemise et de mon plaid, s'il te plaît, lui lança-t-il.

Elle se pencha dans l'escalier, ses longs cheveux bruns tombant en cascade sur ses épaules, et lui jeta un regard furieux.

— Je ne m'appelle pas Janet !

Damnation. Janet était la précédente.

— Je suis désolé, Mary. Mais tu n'as certainement pas envie qu'on me voie quitter ta maison le derrière à l'air, alors sois gentille et lance-moi mes habits.

— Tu ne sais même pas pourquoi je suis en colère, n'est-ce pas ?

Alex perçut dans la voix de Mary une émotion qui le rendit nerveux. Mon Dieu, il détestait quand une femme se mettait à pleurer. Il envisagea un instant de partir sans ses vêtements.

— Je dois y aller, dit-il. Mon ami est là avec le bateau et m'attend.

— Tu ne vas pas revenir, je présume ? demanda Mary.

Il n'aurait pas dû venir en premier lieu. Il avait évité Mary pendant des semaines, mais la veille au soir, elle l'avait retrouvé dans la maison de son père, ivre et désespéré. Après une semaine passée chez ses parents, il aurait même suivi un démon en enfer pour pouvoir s'échapper de chez eux.

— J'allais quitter mon mari pour toi, lui cria Mary du haut de l'escalier.

— Pour l'amour du ciel, jeune fille, ne fais pas ça !

Alex se mordit la langue pour ne pas lui rappeler que c'était elle qui lui avait couru après. Elle lui avait alors clairement fait comprendre que tout ce qu'elle voulait de lui était situé entre ses jambes.

— Je suis sûr que ton mari est un homme bon.

— C'est un idiot !

— Idiot ou pas, il ne sera pas ravi de découvrir les vêtements d'un autre homme dans ta chambre à coucher, dit Alex avec la même voix calme qu'il employait pour apaiser les chevaux. Alors Mary je t'en prie, donne-les-moi pour que je puisse partir.

— Tu vas le regretter, Alex Bàn MacDonald !

Il le regrettait déjà.

Sa chemise et son plaid volèrent jusqu'à lui, et la porte claqua en haut. Tandis qu'il s'habillait, Alex sentit un nœud se former dans son estomac. D'ordinaire, il parvenait à se séparer en bons termes des femmes dont il partageait la couche. Il les aimait bien, elles l'aimaient bien, et elles étaient conscientes qu'ils allaient uniquement passer un peu de bon temps ensemble. Mais il s'était mépris sur les intentions de Mary.

— Alex ! (La voix lointaine de Duncan, qui attendait sur la côte, lui parvint aux oreilles par la fenêtre ouverte.) Un homme est en train de remonter le chemin. Dépêche-toi de venir sur le bateau !

Alex sortit par la fenêtre et courut jusqu'à la petite embarcation, pas très fier de lui. Il se mit à la barre pendant que Duncan hissait la voile, puis ils prirent le large.

Duncan était d'une humeur massacrante, ce qui n'était pas rare chez lui. Il parcourut le bateau d'un pas lourd en s'assurant que les cordages étaient correctement attachés.

— Tu n'es pas fatigué de toutes ces frasques avec les femmes ? demanda-t-il enfin à Alex. Dieu sait que je le suis.

Alex ressentait en effet une profonde lassitude, mais il n'était pas près de l'admettre.

— C'était plus facile en France, répondit-il simplement.

Alex et Duncan avaient passé cinq années en France avec les cousins d'Alex, Connor et Ian, à se battre et à séduire les femmes. C'était la belle vie. Une fois qu'une aristocrate française avait donné un héritier à son époux, personne ne se scandalisait si elle prenait discrètement un amant. C'était même attendu de sa part. À vrai dire, les Highlanders ne respectaient pas mieux leurs vœux de mariage, mais quand une femme mariée avait une liaison, cela se terminait bien trop souvent par des effusions de sang et des guerres de clans.

— Comment as-tu su où j'étais ? ne put s'empêcher de demander Alex.

— Hier soir en arrivant, j'ai vu Mary te traîner complètement ivre, répondit Duncan. Tu n'avais pas l'air en état de faire des prouesses, mais il est vrai qu'elle ne me semble pas très exigeante.

Alex tourna les yeux vers l'horizon lorsque le bateau passa devant les maisons respectives de ses parents. Quand sa mère avait quitté son père, elle n'était pas allée bien loin.

Elle s'était installée de l'autre côté de la crique afin de pouvoir le surveiller. Son père n'était pas mieux : comme elle, il payait certains de ses serviteurs afin de connaître ses faits et gestes.

— Pourquoi ma mère tient-elle absolument à revenir chez mon père quand je suis là ? demanda Alex, sans s'attendre à une réponse. J'ai encore les oreilles qui bourdonnent de leurs cris.

Quand ils furent en pleine mer, Alex s'allongea pour profiter du soleil et de la brise marine. Une longue traversée les attendait, entre leur île natale de Skye et les Hébrides extérieures.

— Rappelle-moi comment Connor nous a convaincus d'aller rendre visite aux MacNeil, demanda Alex.

— Nous nous sommes portés volontaires.

— Quelle bêtise, puisque nous savons parfaitement que le chef du clan MacNeil est à la recherche de maris pour ses filles.

— En effet.

Alex ouvrit un œil pour regarder son ami, un grand gaillard aux cheveux roux.

— Nous devions donc être bien soûls pour accepter, n'est-ce pas ?

— Oui, répondit Duncan en arborant l'un de ses rares sourires.

Duncan était un homme bon, bien que d'humeur un peu maussade ces derniers temps, preuve que l'amour était capable de terrasser le plus fort des hommes.

— Et ce n'est qu'après nous avoir fait miroiter la perspective de faire la chasse aux pirates qu'il nous a demandé d'aller voir les MacNeil pendant notre passage dans les Hébrides extérieures, lui rappela Duncan.

— Depuis que Connor est devenu chef, j'ai l'impression qu'il est de plus en plus manipulateur, fit remarquer Alex.

— Tu pourrais résoudre le problème en épousant l'une des filles du chef MacNeil, répliqua Duncan en esquissant en sourire.

— Je vois que tu n'as pas perdu ton sens de l'humour.

Peu d'hommes osaient taquiner Duncan, aussi Alex faisait-il son possible pour compenser cela.

— Tu sais que c'est le souhait de Connor, dit Duncan. Il n'a pas de frères pour sceller des alliances avec d'autres clans par le mariage, il faudra donc se contenter d'un cousin. Si les filles de MacNeil ne te plaisent pas, le choix ne manque pas parmi les autres filles de chefs.

— J'accepterais de donner ma vie pour Connor, déclara Alex, soudain sérieux, mais pas de prendre une femme.

— Connor sait comment arriver à ses fins. Je parie que d'ici six mois, tu seras marié.

Alex se redressa et regarda son ami en souriant.

— Et qu'est-ce que nous parions ?

— Ce bateau, répondit Duncan.

— Parfait.

Alex aimait beaucoup cette petite galère élégante qui fendait les eaux tel un poisson. Duncan et lui se la disputaient depuis qu'ils l'avaient volée à Shaggy Maclean.

— Je sens que ce cher bateau va beaucoup te manquer.

— Peux-tu coudre un peu plus vite ? demanda Glynis en jetant un coup d'œil par la fenêtre. Leur bateau a presque atteint la jetée.

— Votre père va vous tuer.

Le visage de la vieille Molly était sévère, mais elle continuait de passer l'aiguille avec agilité le long de la fente au niveau de la taille de Glynis.

— Plutôt mourir que me remarier, marmonna la jeune femme.

— Si votre stratagème fonctionne, ce sera une fois mais pas deux.

La vieille Molly s'arrêta un instant pour faire un nœud dans le fil et le renfiler dans le chas de l'aiguille.

— C'est un jeu perdu d'avance, ma fille.

Glynis croisa les bras d'un air buté.

— Il peut toujours essayer de me faire épouser quelqu'un d'autre, je refuse !

— Votre père est tout aussi obstiné que vous, et c'est lui le chef. (La vieille Molly leva les yeux de son ouvrage pour regarder fixement Glynis de ses yeux délavés.) Vous savez, tous les hommes n'ont pas un cœur de pierre comme votre premier mari.

— Peut-être que non, dit Glynis d'un air peu convaincu. Mais les MacDonald de Sleat sont des coureurs de jupons notoires. Je le jure sur la tombe de ma grand-mère, jamais l'un d'eux ne deviendra mon époux.

— Faites attention à ce que vous jurez, ma fille. Je connaissais bien votre grand-mère et la respectais beaucoup. Je ne voudrais pas que, par votre faute, elle se retourne dans sa tombe.

Soudain, on frappa brutalement à la porte. La vieille Molly sursauta.

— Aïe ! glapit Glynis en sentant l'aiguille s'enfoncer dans sa peau.

— Descends tout de suite dans la grande salle, Glynis ! cria son père de l'autre côté de la porte. Nos invités arrivent.

— Je suis presque prête, papa, répondit Glynis en s'avançant furtivement vers la porte.

— N'essaie pas de m'amadouer avec ta voix douce. Qu'est-ce que tu fais là-dedans ?

Glynis se risqua à entrouvrir la porte et à sortir la tête. Son père, un homme à la silhouette haute et massive, semblait d'une humeur exécrable, à la hauteur de sa réputation.

—Tu m'as ordonné de me vêtir de façon à faire forte impression sur ces maudits MacDonald, répondit-elle. Cela demande du temps à une femme, papa.

Il la regarda en plissant les yeux, mais ne répliqua pas. Malgré toutes ces années passées aux côtés de son épouse et de ses filles, la gent féminine demeurait un mystère pour lui. Dans la lutte qui l'opposait à son père, Glynis était déterminée à tirer profit du moindre avantage qu'elle possédait sur lui.

—Le nouveau chef n'est pas venu en personne, déclara son père, d'une voix qui pour lui était basse. Mais il est inutile d'espérer qu'un chef te prendra comme épouse alors que tu t'es couverte de honte. Il faudra se satisfaire d'un de ceux qui sont présents aujourd'hui.

La gorge nouée, Glynis déglutit péniblement. Son père lui reprochait l'échec de son mariage et estimait qu'elle avait déshonoré sa famille, et c'était pour Glynis une blessure plus grande que toutes celles que son mari avait pu lui infliger.

—Je n'ai rien fait de honteux, dit-elle en serrant les dents. Mais je n'hésiterai pas à changer cela si tu me contrains à me remarier.

Suivant la vieille coutume du mariage à l'essai dans les Highlands, Glynis était tout à fait dans son droit quand elle avait rompu son union. Malheureusement, sa décision n'avait été bien acceptée ni par son père, ni par son ancien époux.

—Tu as toujours été têtue comme une mule, cria son père dans l'entrebâillement de la porte. Mais je suis ton père et ton chef, et tu agiras selon ma volonté.

— Quel homme voudra d'une femme déshonorée ? siffla-t-elle avec hargne.

— Ah, mais la beauté rend les hommes stupides, répondit son père. Malgré ce qui s'est passé, il te reste cela.

Glynis claqua la porte au nez de son père et la barra violemment.

— Tu feras ce que je te dis, ou je te jetterai à la rue et te laisserai mourir de faim ! hurla son père.

Ce furent les seules paroles qu'elle put saisir parmi une longue bordée de jurons. Elle entendit l'écho de ses pas qui s'éloignaient dans l'escalier de pierre en colimaçon.

Glynis cligna des yeux avec force pour refréner ses larmes. Elle avait déjà assez pleuré.

— J'aurais dû vous offrir du poison pour votre mariage, ainsi vous seriez revenue veuve chez votre père, dit la vieille Molly derrière elle. J'avais pourtant prévenu le chef qu'il vous mariait à un homme mauvais, mais il ne sait pas mieux écouter que sa fille.

— Nous n'avons plus de temps à perdre. (Glynis s'empara du petit bol sur la console et le tendit à Molly.) S'il perd patience et remonte pour me traîner en bas, nous aurons fait tout cela pour rien.

La vieille Molly soupira lourdement puis plongea ses doigts dans la pâte d'argile rouge.

PEMBERLEY

Découvrez aussi dans la même collection :

Chez votre libraire

Victoria Dahl	La Famille York : *Cœur brisé*
Sally MacKenzie	Noblesse oblige : *Le Comte mis à nu*

24 août 2012

Elizabeth Aston	*Les Aventures de Miss Alethea Darcy*
Sally MacKenzie	Noblesse oblige : *Le Gentleman mis à nu*
Margaret Mallory	Le Retour des Highlanders : *Le Séducteur*

Achevé d'imprimer en juin 2012
Par CPI Brodard & Taupin - La Flèche (France)
N° d'impression : 68917
Dépôt légal : juillet 2012
Imprimé en France
81120813-1